**Die Autorin**

Isabel Lucero ist die Autorin des Amazon-Bestsellers LIVING IN SIN, der erste Teil der THE ESCORTS Serie. Dank der Karriere ihres Ehemanns bei der Air Force konnte sie die Kleinstadt ihrer Kindheit in New Mexico hinter sich lassen und die Welt bereisen. Seit zehn Jahren ist sie glücklich mit ihrer Jugendliebe verheiratet; zusammen haben sie die zwei schönsten und besten Kinder der Welt.

Schon vor ihrer Teenagerzeit war Isabel eine ausgesprochene Leseratte. Besonders gern verschlang sie die Bücher von Mary Higgins Clark und James Patterson, bevor sie dank einer gewissen Autorin namens E.L. James die Indie-Autoren entdeckte. Derzeit lebt sie in Übersee und arbeitet am dritten Teil der THE ESCORTS Serie.

Isabel liebt es, sich auf Facebook und Twitter mit ihren Lesern oder anderen Buchliebhabern auszutauschen. Schreibt sie an – Isabel unterhält sich jederzeit gern über alles Mögliche, nicht nur über Bücher!

# ISABEL LUCERO

## THE ESCORTS

# JACE

**EROTIC ROMANCE**

Aus dem Amerikanischen von Stefanie Zurek

ROMANCE EDITION

**JACE**

**ISABEL LUCERO**

Die Originalausgabe wurde 2014 unter dem
Titel *LIVING IN SIN* von Isabel Lucero veröffentlicht.

1. Auflage
Deutsche Erstveröffentlichung

8712 Niklasdorf, Austria


Covergestaltung: © Sturmmöwen
Titelabbildung: © Georgijevic
Korrektorat: Dietlind Koch, www.dkagentur-gt.de
Printed in Germany

ISBN-Taschenbuch: 978-3-902972-45-3
ISBN-EPUB: 978-3-902972- 61-3

www.romance-edition.com

# 1. KAPITEL

## Jace

Ich betrete das spärlich beleuchtete Restaurant und nehme am Ende der Bar Platz. Noch bevor ich den Blick durch den gesamten Raum schweifen lassen kann, um zu sehen, ob jemand meine Aufmerksamkeit auf sich zieht, ist der Barkeeper schon bei mir.

»Hey, was kann ich dir bringen?«

»Einen Wodka Tonic, bitte.«

»Kommt sofort«, sagt er und greift nach dem Alkohol. »Du bist ziemlich fein rausgeputzt. Heiße Verabredung?«

Mir ist bewusst, dass ich unter den anderen Anwesenden heraussteche. Alle sind ziemlich leger gekleidet, während ich einen dreiteiligen schwarzen Anzug trage, aber das ist in Ordnung so.

»Nein, aber bald«, erwidere ich und er lächelt kopfschüttelnd. Bestimmt denkt er, ich wäre ein eingebildeter Aufschneider, doch es ist die Wahrheit.

Er stellt den Drink vor mir ab und ich schiebe dem Mann einen Zwanziger zu. Ich sage ihm, dass er den Rest behalten kann, worauf er nickt und weggeht.

Als ich mich umsehe, entdecke ich eine junge Frau, die ein paar Stühle weiter an der Bar sitzt. Sie ist eine echte Schönheit, ihre Haut von einem karamellfarbenen Ton. Ihr lockiges Haar fällt ihr bis über die Schultern und sie trägt ein enges blaues Kleid.

Während ich von meinem Platz aufstehe und mit meinem Drink zu einem Barhocker gehe, der zwei Plätze von ihrem entfernt ist, verlässt mich ihr Blick keine Sekunde lang. Ich drehe mich etwas zu ihr und bemerke, dass sie mich ohne Scham mustert. Mit hochgezogener Augenbraue schenke ich ihr ein kleines Lächeln, was sie peinlich zu berühren scheint. Sie zieht den Kopf ein, wendet sich ab und angelt nach ihrem

Handy.

Solang sie auf dem Display tippt, werfe ich ihr mehrmals einen kurzen Blick zu. Auch sie mustert mich immer wieder aus dem Augenwinkel, ohne jedoch den Kopf zu bewegen. Sie tut so, als sei sie schwer zu kriegen, doch ich beherrsche dieses Spiel besser.

Der Barkeeper kommt zu uns, aber bevor er etwas sagen kann, ergreife ich bereits das Wort. »Noch einen Wodka Tonic, bitte.« Damit richte ich meine Aufmerksamkeit wieder auf die jungen Frau rechts neben mir. Kurz blickt sie zu mir hoch, als erwarte sie, dass ich ihr einen Drink spendiere.

»Würden Sie bitte auch den beiden Damen, die dort hinten sitzen, jeweils einen Wodka Tonic bringen?« Ich deute zu den Frauen, die an einem der Ecktische sitzen. Sie fielen mir sofort auf, als ich hereinkam. Der Push-up-BH der Blondine schiebt ihre Brüste beinah aus dem Ausschnitt ihres roten Shirts, die Brünette neben ihr hingegen trägt ein weißes Spitzenkleid.

Der Barkeeper bedenkt mich mit einem seltsamen Blick und die Dame an der Bar lenkt ihre Aufmerksamkeit auf die beiden Frauen, über die ich gerade gesprochen habe.

Ich schmunzle und leere meinen Wodka, ohne ihr auch nur die geringste Beachtung zu schenken.

Nach ein paar Minuten höre ich, wie die Frau im blauen Kleid zwei Shots ordert. Irgendetwas, das Lemon Drop heißt. Der Barkeeper stellt die beiden Gläser vor ihr ab, gleich darauf kommt sie damit auf mich zu. Ich mache mir nicht die Mühe, in ihre Richtung zu sehen, doch als sie eines der Gläser direkt vor mir abstellt, sehe ich dennoch auf. Erst jetzt bemerke ich ihre schwindelerregend hohen Absätze, die ihre Beine fantastisch in Szene setzen. Nun, wo sie steht, kann ich jede Kurve ihres Körpers bestens begutachten.

»Trinkst du einen mit mir?«, fragt sie.

Ich stehe ebenfalls auf und nehme das Schnapsglas in die Hand. Nur ein paar Zentimeter trennen uns, und obwohl sie auf diesen hohen High Heels läuft, überrage ich sie. Mit einem Meter dreiundneunzig passiert mir das nicht selten.

»Stoßen wir auf etwas Bestimmtes an?«, will ich wissen.

Sie beißt sich auf ihre Unterlippe und senkt kurz den Blick. Als sie wieder aufsieht, hat sie ein unwiderstehliches Lächeln aufgesetzt. »Wie wäre es mit Nächten, die wir niemals vergessen werden?«

Ich lächle sie an und nicke. »Warum nicht.«

Wir trinken die Shots und stellen die Gläser wieder auf den Tresen. Dann warte ich ab, ob noch etwas von ihr kommt, aber sie schweigt. Meinen Kopf neigend, spähe ich zu den beiden Frauen hinüber, denen ich die Drinks ausgegeben habe. Beide starren mich an und kichern. Ich wende mich wieder der Dame im blauen Kleid zu und bemerke, dass auch sie die beiden Frauen anstarrt. Sie sagt noch immer kein Wort, als sie mir ihre Aufmerksamkeit wieder zuwendet, also breche ich das Schweigen. »Ich denke, es wird Zeit, dass meine Nacht beginnt.«

Ich umrunde sie und bedeute den beiden Frauen am Ecktisch mit einem Kopfnicken, mir zu folgen. Sie beeilen sich, aus der Sitzecke zu gelangen und kommen, noch immer kichernd, auf mich zu. Sobald sie mich erreichen, wende ich mich wieder der Frau im blauen Kleid zu. »Kommst du auch?«

Zwei Sekunden. Dann gehe ich, ohne dabei jemandem Beachtung zu schenken. Ich verlasse das kleine Restaurant im Erdgeschoss des Hotels und steuere den Aufzug an, der mich nach oben zu einem Zimmer bringen wird, das bereits für heute Abend reserviert ist.

Der Fahrstuhl kündigt sich mit einem Klingeln an und die Türen öffnen sich. Ich trete ein und drehe mich zum ersten Mal um, seit ich das Restaurant verlassen habe.

Vor mir stehen drei wunderschöne Frauen.

Ich beuge mich ein wenig vor, um den Knopf für die dreizehnte Etage zu drücken und betrachte dabei jede einzelne meiner Begleiterinnen. Dann lehne ich mich gegen die Rückwand des Lifts, schiebe die Hände in die Hosentaschen und überkreuze meine Füße. Die Blondine flüstert den anderen beiden etwas zu, worauf alle nicken und lächeln.

»Ladys, es ist nicht nett, über mich zu tuscheln. Ich könnte mich gezwungen sehen, euch dafür zu bestrafen.«

Die Blondine stöhnt leise und windet sich. Die Frau im blauen Kleid beißt sich auf die Unterlippe, während die Brünette errötet.

Der Aufzug erreicht den dreizehnten Stock und ich lasse den Damen beim Verlassen den Vortritt. Unschlüssig stehen sie im Flur und warten darauf, von mir zu einem der Zimmer gebracht zu werden. Zum Glück liegt dieses nicht allzu weit vom Aufzug entfernt. Ich schiebe die Zimmerkarte in den Schlitz, drücke die Tür auf und bedeute den Frauen mit einer Geste, einzutreten. Als sie an mir vorbeigehen, begutachte ich den Körper jeder einzelnen noch einmal ausführlich.

Jackpot. Heute Nacht habe ich wirklich ein verdammt gutes Los gezogen.

Die drei setzen sich auf das Bett, während ich die Minibar ansteuere. »Hättet ihr Ladys Lust auf einen Drink?«, frage ich.

»Nein danke. Wir hatten heute schon genug«, antwortet die Blondine, wobei sie mit ihrem Haar spielt.

Ich gieße mir einen Schnaps ein und trinke ihn in einem Zug aus, anschließend entschuldige ich mich und verschwinde im Bad. Auf diese Weise haben die drei ein wenig Zeit, sich zu unterhalten. Ich bin mir sicher, sie wollen vorher ein paar Dinge festlegen. Im Schlafzimmer kann ich sie flüstern und lachen hören. Ich gebe ihnen noch eine Minute, dann kehre ich zu ihnen zurück.

Kaum komme ich in die Nähe des Bettes, steht die Blondine auf und schlendert zu mir. Sie löst den Knopf meines Jacketts, die oberen drei Knöpfe meines weißen Hemdes folgen. Als sie die Tätowierung auf meiner Brust bemerkt, zeichnet sie die Linien mit den Fingern nach. Danach knöpft sie den Rest meines Hemdes auf, zieht es mir mitsamt der Jacke von den Schultern und lässt beides zu Boden fallen.

Ohne das Hemd unterscheide ich mich erheblich von dem Mann im schicken Anzug. Das Tattoo erstreckt sich über meine Brust und einen Teil meines linken Arms. Entlang meiner Rippen habe ich ein weiteres, und würde mich die Blondine umrunden, würde sie zwei schwarze Flügel entdecken, die meine Schulterblätter bedecken.

Nachdem mich die Frauen einen Moment lang angestarrt haben, schiebt die Blondine ihre Finger in meinen Hosenbund und zieht mich mit einem teuflischen Lächeln zum Bett. Die beiden anderen scheinen ein wenig schüchterner zu sein als ihre Freundin. Ich werde also wohl dafür sorgen müssen, dass sie sich wohlfühlen.

Ich gebe der Blondine einen flüchtigen Kuss auf den Mundwinkel, bevor ich mich den anderen zuwende. Als ich mich ihnen nähere, rutschen sie auf der Matratze zurück, was mir mehr als recht ist. Ich knie mich auf das Bett und richte meine Aufmerksamkeit zuerst auf die Brünette. Ohne unseren Blickkontakt zu unterbrechen, bewege ich mich langsam auf sie zu. Sie mustert mich, als habe sie Angst, ich würde sie jeden Moment anspringen und zum Abendessen vernaschen, und damit liegt sie gar nicht so verkehrt.

Sobald ich nah genug bin, platziere ich meine rechte Hand auf ihrem Bein. Sanft fahre ich damit die Außenseite ihres Oberschenkels entlang und lasse sie unter ihr Kleid und bis zu ihrer Hüfte gleiten. Ich ziehe die Brünette ein wenig zu mir, sodass sie flach auf den Rücken fällt. Ihre Beine sind leicht geöffnet, ihre schwarzen High Heels ruhen auf der Matratze. Ich arbeite mich von ihren Beinen nach oben, bis mein Gesicht über ihrem schwebt. Mit der Hand streiche ich das Haar aus ihrem Nacken und vergrabe mein Gesicht dort, atme ihren süßen Duft ein. Dann lasse ich meine Zunge über ihre weiche Haut streifen. Sie atmet scharf ein und dreht ihren Hals etwas, um es für mich leichter zu machen. Ich fahre mit der Zunge über ihren Nacken, bis ich ihr Ohr erreiche, und knabbere leicht an ihrem Ohrläppchen. Ein Stöhnen kommt über ihre Lippen.

»Du bist so sexy«, flüstere ich ihr ins Ohr. Frauen lieben es, wenn man ihnen Komplimente macht. Und weil die Brünette ein wenig schüchtern zu sein scheint, versuche ich ihr auf diese Weise zu helfen, sich etwas mehr zu öffnen und fallen zu lassen.

Mich zurückziehend, blicke ich sie an. Sie lächelt und errötet dabei. Anschließend richte ich mich ein wenig auf, sodass ich zwischen ihren Beinen knie, und spüre, wie eine der anderen Ladys ihre Hände über meinen Rücken hoch zu meinen Schultern gleiten lässt. Helles Haar fällt über meine Schulter und streift meine Brust, ehe die Blondine ihr Gesicht an meinen Nacken schmiegt und damit beginnt, mich leckend und saugend zu liebkosen. Während sie das tut, lasse ich meine Hände unter das Kleid der Brünetten wandern, bis ich ihr Höschen zu fassen bekomme. Durch den dünnen Stoff streichle ich sie und spüre, wie feucht sie bereits ist.

Ich fange an, ihre Klitoris zu reiben und sehe dabei zu, wie die Brünette ihren Kopf zurückwirft, ihren Rücken durchdrückt und sich im Bettlaken festkrallt. In der Zwischenzeit widmet sich die Blondine dem Entfernen meines Gürtels, dann macht sie sich an den Knöpfen meiner Hose zu schaffen. Mit meiner freien Hand greife ich nach unten, um ihr zu helfen.

Um mich meiner Schuhe und Hose zu entledigen, rutsche ich kurz vom Bett. Dabei betrachte ich die Dame im blauen Kleid, die die Szenerie einfach bloß verfolgt, als handle es sich dabei um ihre ganz persönliche Erotikvorstellung.

»Hey, Schönheit. Möchtest du mir vielleicht ein wenig helfen?«, frage ich sie.

Sie wirft einen kurzen Blick zu dem anderen Mädchen, bevor sie sich wieder mir zuwendet.

»Okay«, erwidert sie widerspruchslos.

In dem Moment, als sie vor mir steht, packe ich ihren Hintern und ziehe ihren Körper an meinen. Dicht genug, dass sie meinen Schwanz an ihrem Bauch spüren kann. Sie betrachtet mich aus großen Augen und ich schenke ihr ein Lächeln.

»Ich fürchte, mein Freund braucht ein wenig Unterstützung, um da rauszukommen«, erkläre ich ihr.

Lächelnd blickt sie nach unten. Einen Augenblick lang glaube ich, dass sie die Initiative nicht ergreifen wird. Schließlich beginnt sie aber doch, über meinen harten Schwanz zu streicheln, der noch immer in meinen eng anliegenden Boxershorts steckt.

»Dieser Freund?« Ihre Stimme hat einen neckischen Ton angenommen.

Erleichtert, dass sie doch auftaut, bedenke ich sie mit einem weiteren Lächeln. »Ja. Er möchte auch ein wenig Spaß haben.«

Sie dreht sich noch einmal zu den anderen Frauen um, dann sinkt sie vor mir auf die Knie. Ihre beiden Gefährtinnen kommen langsam näher. Während ich beobachte, wie sie auf uns zukommen, spüre ich meine Unterwäsche nach unten gleiten und einen warmen Mund, der sich um die Spitze meines Schwanzes legt. Sie umspielt ihn mit ihrer Zunge und umfasst ihn mit einer ihrer Hände. Instinktiv greife ich nach ihrem Hinterkopf, bedeute ihr, mich ganz in ihren Mund zu nehmen. Die meisten Frauen schaffen das nicht, also erwarte ich es auch von ihr nicht, aber man darf ja träumen.

Die Blondine kommt auf mich zu und leckt kurz über meine Lippen, bevor sie ihre Zunge in meinen Mund schiebt und ich meine freie Hand um ihren Nacken lege. Nach einem langen, heftigen Kuss zieht sie sich zurück und wendet sich der Brünetten zu. Ich hingegen sehe meinem Schaft dabei zu, wie er wieder und wieder zwischen den vollen Lippen einer wunderschönen Frau verschwindet. Sie schafft es immerhin, mich fast vollständig in ihren Mund aufzunehmen. Schließlich entlässt sie meinen Schwanz und leckt über meine Eichel, nur um kurz darauf mit den Zähnen über meine sensible Haut zu streifen. Scharf ausatmend, werfe ich meinen Kopf zurück.

Leise kichernd, beginnt sie, mein Glied ausgiebig zu streicheln. Auch die anderen beiden Frauen haben inzwischen ihren Weg zum Bett gefunden, sind fast nackt und machen miteinander rum.

Gott, ich liebe mein Leben.

Ich ziehe die Kleine vor mir hoch auf die Füße, gebe ihr einen kurzen Kuss auf den Mund und führe sie hinüber zum Bett. Die Blondine hat unterdessen die Beine der Brünetten gespreizt und deren Brustwarze in ihren Mund genommen. Die

Brünette beißt sich mit geschlossenen Augen auf die Unterlippe. Ich arbeite mich zu ihrer anderen Brustwarze vor und sauge sie in meinen Mund. Die Brünette keucht auf – mit einem Mal ist ihr Blick auf mich gerichtet. Als ich sanft auf die harte Knospe beiße, lässt ihr Stöhnen meinen Schwanz vor Erregung zucken.

Die Blondine gesellt sich zu der Brünetten und beobachtet mich. Hinter mir sinkt die Matratze leicht ein und ich weiß, dass nun auch die andere Frau bereit für die Party ist. »Hey Süße. Wie wäre es, wenn du zu mir kommst?«, frage ich sie lächelnd.

Sie hat sich ihrer Kleidung mittlerweile völlig entledigt und kommt zu mir hochgekrochen. Ich hebe sie rasch hoch, platziere sie über den Kissen der Brünetten und stelle sicher, dass ihre Beine das Gesicht ihrer Freundin einrahmen. Zuerst quietscht sie auf, doch als sie begreift, was ich getan habe, wirft sie mir ein Lächeln zu.

»Warum bist du nicht ein wenig nett zu deiner Freundin hier?«, wende ich mich an die Brünette.

Sie erwidert nichts, sondern rutscht nur ein wenig weiter hoch. Dann sehe ich, wie sie sich mit ihrer Zunge langsam zu der nackten Pussy über ihrem Kopf vorarbeitet.

Die Brünette geht sehr sorgfältig vor, leckt von ihrem Eingang bis zu ihrer Klitoris und wieder zurück. Lady Blue Dress, wie ich die Frau im blauen Kleid nun nenne, stöhnt auf, was die Brünette anzustacheln scheint. Sie zieht ihre Freundin an den Schenkeln weiter zu sich, sodass ihre Pussy noch näher an ihrem Mund ist. Dann saugt und leckt sie an dieser herrlichen Stelle zwischen den Beinen ihrer Freundin und ich kann es kaum erwarten, mich tief in ihr zu versenken.

Ich zwinge mich dazu, mich von dem Schauspiel loszureißen und ziehe das Höschen der Brünetten nach unten. Ihre Pussy glänzt bereits feucht. Ich beginne, sie mit meinen Fingern zu massieren und dringe schließlich damit in sie ein. Erneut stöhnte die Brünette auf, dieses Mal lauter als zuvor. Ich liebkose ihre Klitoris für einen Moment, dann suche ich den Blick der Blondine. Sie ist damit beschäftigt, sich selbst zu befriedigen, während sie uns zusieht. Ich befehle ihr mit dem Zeigefinger, zu uns zu kommen; sie folgt meiner Aufforderung nur zu gern. Bedächtig bewege ich meine andere Hand zu ihrer Mitte, schiebe zwei Finger zwischen ihre feuchten Schamlippen und in sie hinein.

Nachdem ich der Blondine noch mehr lustvolles Stöhnen entlockt habe, entziehe ich mich ihr, packe sie bei der Taille und positioniere sie oberhalb ihrer brünetten Freundin. Ich führe ihr Gesicht zu der entblößten Scham, an der auch Lady Blue Dress gerade herumspielt. Während sie beschäftigt sind, stehe ich auf und hole ein paar Kondome aus meinen Hosentaschen, dann beziehe ich hinter dem Po der Blondine und der Pussy der Brünetten Stellung. Die beiden Mädels reiben nun ihre Unterleibe aneinander – bereits der Anblick dieser drei wunderschönen Frauen zusammen in diesem Bett lässt meinen Schwanz noch härter werden.

Ich streife das Kondom über und beginne, mein Glied an der feuchten Mitte der Blondine zu reiben. Aufstöhnend drückt sie mir ihren Hintern entgegen. Ich lege meine Hand auf ihren unteren Rücken und schiebe sie ein wenig nach oben, damit ich einen besseren Zugang habe. Um sie ein wenig zu ärgern, führe ich die Spitze meiner Erektion ein und ziehe sie sogleich langsam wieder hinaus. Sie stöhnt frustriert auf.

Schließlich ist auch meine Geduld am Ende. Mit einem schnellen Stoß versinke ich in ihrer warmen engen Höhle. Die Blondine keucht auf und ich gebe ihr einen Moment, um sich an meine Größe zu gewöhnen. Langsam fängt sie an, sich an meinem Schwanz zu reiben und ich ziehe ihn ein wenig zurück, um erneut zuzustoßen.

Die Blondine hat inzwischen aufgehört, ihre Freundin oral zu verwöhnen; offenbar unfähig, sich auf etwas anderes zu konzentrieren als mich hinter ihr. Ich packe sie an den Hüften und stoße erneut tief zu, wieder und wieder. Stöhnend vor Lust, gibt sie kleine kehlige Laute von sich und greift nach der Bettdecke. Ich lasse meine Hände zu ihrem Hintern wandern, liebkose ihn, bevor ich ihr fest auf die rechte Pobacke schlage.

»Oh Gott, ja!«, schreit sie überrascht auf.

Langsam wurde es Zeit, meine Aufmerksamkeit einer anderen zu widmen. Ich löse mich aus ihr und gleite in die Brünette hinein. Wie es scheint, hat sie nicht damit gerechnet, sogleich einen dicken, dreiundzwanzig Zentimeter langen Schwanz in sich zu haben.

»Oh, verdammt!«, ruft sie, die Worte leicht gedämpft, weil sie ihr Gesicht noch immer im Schoß ihrer Freundin vergraben hat.

Ich kann mir ein Grinsen nicht verkneifen und dringe immer wieder hart und tief in sie ein. Meine Bewegungen lassen den Hintern der Blondine vor mir wackeln und ich kann nicht anders, als ihr einen weiteren Klaps zu verpassen.

»Oh, ja!«, quietscht sie.

Sanft bewege ich sie von ihrer Freundin herunter und lege sie auf den Rücken. Noch während ich mich mit der Brünetten vergnüge, schiebe ich meine Finger in die Blondine und finde ihren G-Punkt.

»Oh. Verdammt. Verdammt. Ja. Genau da. Oh Gott.« Sie gibt weiter unzusammenhängende Worte von sich, während ich mich wieder der Pussy ihrer Freundin annehme.

Unglücklicherweise muss ich meine Finger aus der Blondine ziehen, damit ich die Beine der Brünetten packen und sie über meinen Unterarmen positionieren kann. Das Mädchen, das bis eben noch auf ihrem Gesicht geritten ist, widmet sich nun der Blondine.

»Ja Baby, leck ihre Pussy und lass sie in deinem Mund kommen«, sage ich zu ihr. Ich habe die Blondine schon fast so weit und ich bin sicher, es wird nicht lang dauern, bis sie zum Höhepunkt kommt.

Sie stöhnt eine kurze Erwiderung und neigt den Kopf zwischen die Beine ihrer Freundin.

Ich schenke meine Aufmerksamkeit wieder der Brünetten und hebe ihren Hintern etwas an, damit ich auch ihren G-Punkt treffe. Nun, da ihre Beine auf meinen Armen ruhen und ich sie nah an ihre Schultern drücke, kann ich wirklich tief eindringen.

Die Brünette beginnt zu stöhnen und unverständliche Worte zu murmeln.

Ich werfe einen Blick zu den anderen beiden Mädchen und stelle fest, dass sie absolut zufrieden damit sind, sich mit sich selbst zu beschäftigen. Während ich die Brünette weiter vögele, beißt sie mir in die Schulter und lässt ihre Nägel über mich gleiten. Sie ist fast so weit.

Ich gebe eines ihrer Beine frei, streichele mit der freien Hand ihre Klitoris und bearbeite weiterhin ihren G-Punkt.

»Oh, verdammt. Ja. Ja. Genau da. Hör nicht auf. Oh mein Gott.«

Nur Sekunden später kommt sie auf meinem Schwanz. Ich verlangsame meinen Rhythmus und lasse auch ihr anderes Bein hinab, damit sie sich etwas ausstrecken kann. Ich ziehe mich fast ganz aus ihr zurück, nur um erneut in sie einzudringen. Sie zuckt zusammen. Nachdem ich mich von ihr gelöst habe, krieche ich über sie und presse meine Lippen an ihr Ohr. »Du hast dich so gut angefühlt, Baby. Es war fantastisch, meinen Schwanz in deiner süßen kleinen Pussy zu haben.«

Endlich öffnet sie die Augen und beißt sich auf die Unterlippe.

Ich rolle das Kondom ab und streife ein neues über, dann mache ich mich zu den anderen beiden Frauen auf. Sie sind mittlerweile zu dem übergegangen, was unter Lesben *Scissoring* genannt wird. Die Blondine liegt auf dem Rücken und Lady Blue Dress hat ihr linkes Bein in der Luft und sitzt seitlich zwischen den Beinen ihrer Freundin. Sie reiben ihre Pussys aneinander, um zum Höhepunkt zu kommen. Ich weiß, ich sollte ihnen behilflich sein, aber verdammt, der Anblick ist heiß. Ich lehne mich über die Blondine und sauge an ihrem Nippel, während ich mit meiner Hand an dem anderen spiele.

Die Finger meiner freien Hand drücke ich auf die Klitoris der Blondine und beginne, sie mit kreisenden Bewegungen zu massieren. Ihre Freundin reibt noch immer ihre Scham gegen die der anderen, bis sich die Blonde anspannt und endlich die Erlösung findet, auf die sie so lang gewartet hat.

»Ooooh, verdammt«, ruft sie, als ich im selben Moment die Flüssigkeit sehe, die sie bei ihrem Höhepunkt abspritzt. Nicht viele Frauen können das.

Ich widme mich ihrer Klitoris, bis ich sicher bin, dass die Blondine zu Ende gekommen ist. Ihre Säfte bedecken sowohl ihre Schenkel als auch die ihrer Freundin.

Ihr ganzer Körper entspannt sich und es scheint, als würde sie jeden Moment einschlafen, doch dann erhebt sie sich und geht ins Bad. Vermutlich, um sich zu säubern.

Ich packe die Brünette am Bein und ziehe sie zum Ende des Bettes, wo Lady Blue Dress und ich warten. Ich positioniere sie so, dass sie mit gespreizten Beinen auf der Matratze und mit dem Kopf zu mir liegt, dann platziere ich Lady Blue Dress auf allen vieren über ihr, sodass die Brünette mit ihrer Pussy spielen kann, während ich sie von hinten nehme.

Die beiden haben jetzt die 69er-Stellung eingenommen und liebkosen einander ihren feuchten Schoß. Ich dringe in die herrliche Pussy von Lady Blue Dress ein und bewege meine Hand über ihren unteren Rücken bis zu ihrem Hintern, wo ich meinen Daumen leicht auf die kleine Öffnung dort lege. Dann warte ich ihre Reaktion ab. Sie wird mich schon wissen lassen, ob ich fortfahren soll oder nicht.

Sie versteift sich kurz, doch dann schiebt sie ihren Hintern in meine Richtung als Zeichen, dass ich weitermachen soll. Ich befeuchte meinen Finger mit meinem Mund und lege ihn wieder an die enge Stelle. Ganz langsam arbeite ich mich vor, damit sie sich an das Gefühl gewöhnen kann. Mittlerweile habe ich aufgehört, in ihre Pussy zu stoßen, an der sich ihre Freundin noch immer gütlich tut – als ich bemerke, dass die Blondine aus dem Bad zurückgekehrt ist. Ich höre, wie sie vor Lust stöhnt, ehe sie sich ebenfalls auf das Bett zwischen die Beine der Brünetten begibt und beginnt, sich selbst zu befriedigen.

Eine Sekunde verharre ich. Dann schiebt Lady Blue Dress ihren Hintern in meine Richtung, um meinen Finger tiefer in sich aufzunehmen. Ich gewähre ihr den Wunsch und lasse ihn hineingleiten.

»Mhm, oh Gott«, stöhnt sie.

Ich dringe mit meinem Finger tiefer ein und stoße gleichzeitig wieder mit meinem Schwanz in ihre Pussy, bis sie vor Lust ein paar Flüche ausstößt.

Ich werfe einen kurzen Blick zu den anderen beiden, die noch miteinander beschäftigt sind – die Blondine ist gerade dabei, der Brünetten einen weiteren Orgasmus zu besorgen. Ihre Lippen haben die Klitoris ihrer Freundin umschlossen und mit zwei Fingern erkundet sie die feuchte Mitte der Brünetten.

Als ich mit meinem Finger weiter in den Hintern von Lady Blue Dress vor mir stoße, spüre ich, wie sie sich anspannt. Ich nehme sie nun härter und schneller und sie schreit vor Wonne auf. Bevor ich mich versehe, schließen sich die Muskeln ihres Unterleibes um meinen Schwanz, während mein Finger noch immer in ihrem Hintern steckt.

»Ich komme«, ruft sie, als würde ich das nicht bemerken.

Ich gebe ihr ein paar Sekunden, bevor ich mich zurückziehe. Lady Blue Dress lässt sich erschöpft auf die Seite fallen – neben ihre Freundin, die ihrerseits wieder kurz davor ist, zu kommen.

Ich lasse die Blondine weiter an der Klitoris ihrer Freundin saugen und lecken, schiebe aber ihre Finger beiseite. Stattdessen benutze ich zwei meiner eigenen, die nicht in Lady Blue Dress waren, um tiefer in sie einzudringen und nach ihrem sensibelsten Punkt zu suchen. Ich krümme meine Finger etwas nach oben, und die Brünette kommt fast augenblicklich.

»Aah, jaaa«, ruft sie.

Noch bevor ich meine Finger aus ihrer pulsierenden Pussy befreien kann, hat sich die Blondine mir zugewandt, das Kondom abgezogen und damit begonnen, an meinem Schwanz zu saugen. Sie nimmt meine Eier in die eine Hand und befriedigt meinen Schwanz mit der anderen. Mit ihrer Zungenspitze umspielt sie meine Eichel, bevor sie mich ganz in den Mund nimmt.

Ich lasse mich einen Moment von ihr streicheln, dann ziehe ich meinen Schwanz aus ihrem Mund und bringe mich selbst zum Höhepunkt, bis ich mich über ihren Brüsten ergieße und sie mich mit schweren Lidern ansieht.

Wir lassen uns auf das Bett fallen, allerdings erlaube ich mir nicht, allzu lang zu verweilen. Wenig später stehe ich auf, suche meine Sachen zusammen und mache einen kurzen Abstecher ins Bad. Dort schnappe ich mir einen Waschlappen, um mich zu säubern und wasche meine Hände. Mein Haar muss ich zum Glück nicht richten, da ich es kurz geschnitten trage.

Nachdem ich mich wieder angekleidet habe, kehre ich in das Schlafzimmer zurück. Die Mädchen liegen ausgestreckt auf dem Bett verteilt, die Beine ineinander verschlungen, das Haar zerzaust, das Make-up verschmiert.

Meine Arbeit hier ist getan.

»Ladys«, sage ich, »heute Nacht war definitiv eine Nacht, die ich nie vergessen werde.« Ich werfe Lady Blue Dress einen Blick zu und sie lächelt. »Vielleicht sehen wir uns ja mal wieder.«

»Warte«, sagt die Blondine. »Ich möchte deinen Namen erfahren.«

»Ich heiße Jay.«

»Und dein echter Name?«, fragt sie.

Ich schenke ihr mein charmantestes Lächeln. »Ich heiße Jay«, antworte ich augenzwinkernd.

Sie seufzt resigniert, aber zwinkert mir ebenfalls zu. »Hab eine gute Nacht, Jay.«

»Oh, das werde ich. Ich danke euch, Ladys.«

Die Mädchen lächeln und kichern, als ich die Zimmertür hinter mir zuziehe.

Ich habe den Aufzug kaum betreten, als mein Handy in meiner Hosentasche zu vibrieren beginnt. Ich fische es heraus und sehe Nicos Namen auf dem Bildschirm. »Was gibt es?«

»Hey, Mann. Hast du Zeit?«, brüllt er ins Telefon. Im Hintergrund sind ein Wirrwarr aus Stimmen und der Klang von Clubmusik zu hören.

»Ja. Ich bin gerade im *Planet Hollywood* fertig.«

»Cool. Wir sind im *The Horse*. Wir haben einen Neuling dabei.« Er legt auf.

Großartig.

Ich verlasse das Hotel und hoffe, dass ich nicht zu lang warten muss, bis ein Taxi vorbeikommt. Nur wenige Minuten später fährt tatsächlich eines vor, um jemanden abzusetzen. Ich trete näher heran, damit ich das Taxi erwischen kann, bevor es jemand anderes tut. Als sich die Tür öffnet, sehe ich zuerst einen schwarzen High Heel, der auf dem Boden aufsetzt. Das Bein, zu dem der Schuh gehört, ist in eine durchsichtige schwarze Strumpfhose gehüllt. Schließlich steigt eine hochgewachsene, bildschöne Frau aus dem Auto. Das Haar hat sie zu einem strengen Knoten auf ihrem Hinterkopf gebunden und sie trägt einen knielangen schwarzen Rock, dazu ein weißes Top.

Ich sehe, wie sie darum kämpft, einen Koffer vom Rücksitz zu hieven. »Lassen Sie mich helfen«, sage ich und ziehe das Gepäckstück ins Freie.

Sie blickt kaum hoch, weil sie damit beschäftigt ist, in ihrem Portemonnaie nach Kleingeld zu suchen. Ich nehme mir die Zeit, sie noch ein wenig genauer zu betrachten. Ihre Lippen sind voll – die untere ein wenig mehr als die obere. Ihre Augen sind von einer unglaublichen grüngrauen Farbe und sie hat eine makellose Haut, die kaum Make-up erfordert. Dazu trägt sie einen hellen Lippenstift und Mascara. Als mir bewusst wird, dass ich sie anstarre, setze ich den Koffer auf dem Bürgersteig ab und trete einen Schritt zurück.

»Danke«, sagt sie abwesend und angelt nach dem Griff ihres Koffers.

Noch immer hat sie mich nicht angesehen, offensichtlich ist sie in Eile. Sie steuert auf das Hotel zu, das ich gerade verlassen habe, und ich komme nicht umhin zu bemerken, wie sich ihre Hüften dabei hin und her bewegen und wie ihr Rock ihren Hintern betont.

Gottverdammt!

Ich schlüpfe in das noch wartende Taxi. »Zum *The Horse*, bitte.«

Der Taxifahrer nickt und fährt los. Ich schließe die Augen und bereite mich auf eine lange Nacht vor.

# 2. KAPITEL

**Jace**

»Hey, Mann. Wir sind da«, sagt der Taxifahrer, als wir vor dem griechisch angehauchten Club anhalten.

Ich öffne die Augen und zücke mein Portemonnaie. Gähnend ziehe ich etwas Geld heraus.

»Lange Nacht?«, fragt er.

»Sie haben ja keine Ahnung.« Ich gebe ihm das Geld und steige aus.

Der Eingang ist mit weißen Säulen eingerahmt. Im Clubinnern laufen halb nackte Mädchen herum und tanzen auf einer Bühne. Fast augenblicklich werde ich angesprochen. »Hey, Sexy. Wollen wir etwas trinken?«, fragt mich ein Rotschopf mit kleinen Titten.

Was sie jedoch wirklich meint, ist, ob ich ihr jede Menge Drinks spendieren will, damit sie mich dazu überreden kann, mir ein paar Lapdances und eine Privatvorstellung in ihrem Zimmer geben zu dürfen. Keine Chance.

»Nicht jetzt, Schönheit. Ich bin auf der Suche nach meinen Freunden«, sage ich in der Hoffnung, sie damit beschwichtigen zu können.

»In Ordnung, aber ich komme dich später suchen.« Sie lässt einen Finger von meinem Kinn bis zu meiner Brust gleiten.

Ich lächle nur und wende mich ab.

Es dauert nicht lang, bis ich meine Leute gefunden habe. Sie stehen um eine Tänzerin herum, werfen ihr Geldscheine zu und sind kaum zu überhören. Das Mädchen hängt kopfüber mit gespreizten Beinen an der Stange und schafft es sogar noch, sich dabei grazil zu drehen.

»Hey! Schau dir mal dieses heiße Gerät hier an!« Troy kommt auf mich zu.

»Verdammt, ich weiß ja, dass man sich hier angemessen anziehen soll, aber ein Anzug? Du lässt uns ganz schön schlecht dastehen«, sagt Nico und lacht.

Ich verfalle in meine beste Model-Pose und streiche mir über das Kinn. »Hey, hasst mich nicht, nur weil ich schön bin«, scherze ich.

Troy zieht mich ständig mit meinen blauen Augen auf, weil sie so lange *Mädchenwimpern* haben, wie er sie nennt. Er ist dunkelhäutig, und obwohl ich auch teilweise schwarzer Abstammung bin, habe ich doch viel mehr von meiner Mom geerbt. Von ihr habe ich meine blauen Augen, die langen Wimpern und meine helle Hautfarbe. Was meine vollen Lippen und meine Größe betrifft, komme ich nach meinem Dad.

»Scheiße, Mann, du weißt doch, dass ich dich nicht hasse. Die Mädels denken immerhin, dass ich wie Tyson Beckford aussehe.« Er schiebt die Hände in die Hosentaschen und blickt lässig zur Seite. Das ist *seine* Model-Pose.

Wir alle brechen in Gelächter aus.

»Völlig egal, schließlich hat im Gegensatz zu mir keiner von euch auch nur ein bisschen was von Ricky Martin«, schaltet sich nun Nico ein.

»Ricky ist schwul, Nico. Willst du uns etwas beichten?« Troy zieht die Augenbrauen hoch.

»Was? Das habe ich nicht gemeint. Die Weiber stehen immer noch auf ihn, und ich weiß, dass ich es draufhabe«, erwidert Nico und fährt sich mit der Hand durch die Haare.

»Okay, Mädels. Ihr seid alle wunderschön. Nun kommt und setzt euch«, sagt Marc lachend von einem Tisch in der Nähe aus. »Und jetzt rück's raus. Warum hast du den Anzug an?«

Ich setze mich zu Nico, Troy, Marc und einem Typen, den ich nicht kenne, an den kleinen Tisch. »War für eine Kundin. Na ja, drei Kundinnen.«

»Drei Kundinnen!«, entfährt es Troy. »Was zum Teufel hast du mit drei Kundinnen gemacht?«

»Wer auch immer das Treffen gebucht hat, wollte einen mysteriösen Geschäftsmann, der sie und ihre Freundinnen für eine aufregende Nacht mit aufs Zimmer nimmt. Also habe ich das getan.« Ich zucke mit den Schultern.

»Warte, du musst uns schon ein paar Details mehr verraten«, sagt Nico.

»Mir wurde eine Beschreibung von dem gegeben, was sie an dem Tag tragen würden, damit ich wusste, wen ich ansprechen muss. Wir haben miteinander geflirtet, bevor wir aufs Zimmer gegangen sind. Sie wollten nicht, dass ich weiß, wie sie heißen, also wurden keine Namen ausgetauscht. Für sie ging es nur darum, jemanden in einer Bar aufzugabeln, den besten Sex ihres Lebens zu haben und dann wieder zum Alltag zurückzukehren.« Ich beende meine Erzählung mit einem verschlagenen Grinsen.

»Pah. Bester Sex ihres Lebens. Du arrogantes Arschloch«, murmelt Troy.

»Wie auch immer, deshalb der Anzug.«

»Klingt besser als meine Nacht«, sagt Marc.

»Oha? Was war denn heute bei dir los?«, frage ich.

Die anderen beginnen zu lachen, anscheinend kennen sie die Geschichte bereits.

»Sagen wir einfach, die Frau, mit der ich zusammen war, hatte einen ... Fetisch.«

»Ach komm schon. Was für einen Fetisch? Fußfetisch? Latexfetisch?«

»Ich wünschte, es wäre einer von denen gewesen. Sie hatte einen Sploshing-Fetisch.«

»Was zum Geier ist Sploshing?«, frage ich.

»Sie mag es, wenn man Essen und so'n Zeug auf ihr verteilt und dann vom Körper isst.«

»Aber das ist doch nicht weiter schlimm, oder? Ich meine, es kann ganz nett sein, Sahne oder Schokoladensirup von einem nackten Körper zu lecken.«

»Schade nur, dass sie verdammt noch mal gebackene Bohnen und Ketchup auf sich draufhaben wollte! Der Scheiß ist furchtbar.«

Ich und der Rest der Truppe fangen an, zu lachen. Marc schüttelt nur angewidert den Kopf.

»Vergiss die beste Stelle nicht, Mann. Erzähl ihm den Rest«, sagt Nico.

»Na schön.« Er seufzt. »Sie hatte einen Schokoladenkuchen dabei und ich war einfach nur glücklich über etwas Süßes. Nun, sie stellte den Kuchen auf einen Klappstuhl, der schon bereitstand und ...« Er bringt den Satz nicht zu Ende. Er will die Szene wohl nicht noch einmal durchleben müssen.

Doch Nico lässt ihn das nicht so schnell vergessen und springt augenblicklich ein: »Sie hat sich draufgesetzt und ihren Hintern darin herumgerieben!« Er schlägt vor Lachen mit der flachen Hand auf die Tischplatte. »Sie hatte die Schokolade in ihrem Hintern. Es sah wahrscheinlich aus wie Scheiße, oder Marc?«

Marc lehnt sich vor und gibt ihm einen heftigen Klaps gegen den Hinterkopf. »Du kannst mich mal, Nico.«

Dieser reibt sich die getroffene Stelle. »Auweia, Kumpel. Fühlst du dich noch immer scheiße deswegen?« Er heult erneut vor Lachen auf, steht aber auf und rückt außerhalb von Marcs Reichweite.

Mit zweiundzwanzig ist Nico der Jüngste von uns, aber manchmal benimmt er sich wie achtzehn. Für uns alle ist er wie ein jüngerer Bruder. Marc ist mit seinen vierunddreißig Jahren der Älteste, Troy ist dreißig, lügt jedoch wie eine Frau, was sein Alter betrifft. Er behauptet gern, er sei siebenundzwanzig, was meinem Alter entspricht. Es sind noch weitere Männer bei der Agentur unter Vertrag, aber wir vier hängen am meisten gemeinsam ab.

»Also, wer ist das?« Ich deute zu dem stillen neuen Kerl am Tisch.

»Ah, das ist Kade. Kade, das ist Jace«, sagt Marc und gestikuliert zwischen uns beiden hin und her.

Der Kleine wirkt nervös. Ich habe keine Ahnung, wie alt er ist, aber er wirkt ziemlich jung.

Mal sehen, wie nervös ich ihn noch machen kann. Ein kleines Aufnahmeritual für den Neuen in der Runde. »Wie alt bist du?«, will ich wissen.

»Zweiundzwanzig.«

»Bist du noch Jungfrau? Du siehst aus wie eine Jungfrau.«

Die Jungs lachen. Ich versuche, keine Miene zu verziehen.

»Nein, ich bin keine Jungfrau«, erwidert Kade. Sein Gesicht nimmt eine rote Farbe an.

»Also hast du keine Angst vor ein bisschen Pussy?«, frage ich, während er einen Schluck seines Getränks nimmt.

Vor Überraschung spuckt er einen Teil des Drinks wieder in sein Glas. Er sieht Hilfe suchend zu Marc, doch da der weiß, dass ich den Kleinen nur verarsche, schüttelt er bloß den Kopf und greift nach seinem Drink.

»Äh, nein. Ich habe keine Angst davor.«

»Davor? Was ist dein Problem? Kannst du nicht ›Pussy‹ sagen? Wie willst du eine Pussy ficken, wenn du nicht einmal ›Pussy‹ sagen kannst?«, frage ich. Er macht es mir wirklich einfach.

»Hey, vielleicht ist er ja wie Ricky«, schlägt Troy vor. »Vielleicht tut er das hier nur fürs Geld, aber eigentlich törnt ihn das weibliche Geschlecht nicht wirklich an. Vielleicht müssen wir mit ihm zu einem ganz anderen Club gehen. Er hat hier jedenfalls noch kein einziges Mal irgendwelche Möpse angestarrt.«

Der Neue läuft knallrot an und weiß offenbar nicht, wie er reagieren soll. Wahrscheinlich hält er uns alle für einen Haufen Arschlöcher. Er weiß ja nicht, dass alle Neuen das hier durchmachen müssen.

Eine Kellnerin kommt an unserem Tisch vorbei und Troy bemüht sich um ihre Aufmerksamkeit. »Entschuldigung, Miss?« Er grinst so breit und falsch, wie es nur geht, und entblößt dabei seine strahlend weißen Zähne. »Wir scheinen ein Problem zu haben.«

»Oh nein, was ist denn?«, fragt sie.

»Nun, sehen Sie, der junge Mann hier scheint an keiner ihrer Damen Interesse zu haben.« Er zeigt auf Kade. »Ich meine, der Rest von uns findet euch alle einfach atemberaubend, aber wir stehen ja auch auf Frauen.«

Die Kellnerin wirft Kade ein aufmunterndes Lächeln zu. »Der Kerl an der Bar ist schwul«, sagt sie schulterzuckend.

Endlich ergreift Kade das Wort. »Ich bin nicht schwul! Ich

liebe Frauen, Möpse und Pussys!« Er blickt mich direkt an und ich zucke nur mit den Schultern.

Die Kellnerin geht zum nächsten Tisch, und nachdem wir einen vielsagenden Blick ausgetauscht haben, brechen wir in schallendes Gelächter aus. »Wir verarschen dich nur«, sagt Troy.

Marc klopft ihm auf den Rücken und Kade entspannt sich ein wenig. Dann beginnen wir, dem Neuen von unseren verrücktesten Geschichten und Erfahrungen zu berichten. Ich glaube nicht, dass er auch nur ansatzweise begreift, auf was er sich da eingelassen hat.

Wir arbeiten alle für einen Escortservice, und was das Gesetz angeht, gehört Sex nicht zu unseren vertraglichen Verpflichtungen. Aber es geschieht dennoch, und zwar ziemlich oft. Die Agentur, für die wir arbeiten, hat eine recht lange Liste von Stammkundinnen, und obwohl sie es nicht müsste, bittet sie diese Kundinnen darum, sich regelmäßig auf Krankheiten testen zu lassen, falls sie Sex wünschen. Wenn wir von einer neuen Buchung erfahren, wissen wir in der Regel, ob nur unsere Gesellschaft oder auch Sex gefragt sind. Die Frauen, die uns buchen, neigen dazu, in ihrer Aufregung deutlich verlauten zu lassen, was sie sich wünschen. Natürlich klärt die Agentur sie darüber auf, dass sie uns nicht für Sex buchen, sondern in erster Linie bloß für unsere Zeit. Manchmal läuft es nur auf ein Date hinaus oder die Kundinnen brauchen nur jemanden zum Reden. Auch reiche alte Damen buchen uns, um sich mit einem Jungspund zu schmücken, wenn sie auf wichtige Veranstaltungen müssen. Wie dem auch sei, wir sorgen immer dafür, dass wir auf der sicheren Seite sind.

Ich habe schon einige solcher Verabredungen hinter mir. In der Regel lässt mich die Frau am Ende wissen, ob sie mich noch einmal buchen möchte und was sie sich beim nächsten Mal genau vorstellt. Falls sie keine Stammkundin ist, verlangt die Agentur vor dem nächsten Treffen einige Tests von ihr. Wir Männer werden von der Agentur ebenfalls regelmäßig auf Geschlechtskrankheiten überprüft, damit sich auch die Kundinnen keine Sorgen machen müssen. Auf Anfrage werden die

Testergebnisse sogar vorgelegt, obwohl unser Arbeitgeber auf äußerste Diskretion bedacht ist.

»Also kriecht sie auf dem Boden herum, miaut wie eine Katze und will von mir gekrault werden. Es war zum Schießen«, höre ich Nico eine seiner Verabredungen beschreiben.

»Hat sie geschnurrt, als du sie gevögelt hast?«, fragt Kade.

»Nein. Wir haben ja nicht einmal gevögelt. Sie wollte nur wie eine Katze behandelt werden. Manche Leute sind schon ziemlich verrückt, Kumpel. Was mir schlussendlich egal ist. Immerhin wurde ich dafür bezahlt.«

»Ist eigentlich jemand von euch in einer festen Beziehung?«, will Kade wissen.

Nico bricht in Lachen aus. »Machst du Witze? Welchem Mädchen wird es schon gleich sein, dass du dich ständig durch die Weltgeschichte vögelst?«

Troy steht vom Tisch auf. »Ich muss mal pinkeln.«

»Hast du eine Freundin?«, frage ich Kade.

»Nicht wirklich. Nur ein Mädchen, das ich schon ein Weilchen kenne. Wir haben aber keine richtige Beziehung.«

»Was bedeutet das? Du kennst sie schon eine Weile?«, fragt Marc.

»Sie ist nur eine Freundin. Wir flirten und wir haben es ein paar Mal miteinander getrieben, aber wir haben uns nie über eine Beziehung unterhalten.«

»Wirst du ihr von deinem neuen Job erzählen?«, hake ich nach.

»Irgendwann.«

Ich lache. »Lass mich dann wissen, wie es ausgegangen ist.«

»Also hast du kein Mädchen?«

»Nein, ich habe keins.«

»Und Troy?«

»Bei ihm ist es echt mies gelaufen. Er war verlobt und hat sie dabei erwischt, wie sie es in seinem Bett mit einem anderen getrieben hat. Nur dass es nicht irgendwer war, sondern sein Cousin. Troy hat seitdem allen Beziehungen abgeschworen und ist mit seinem Job glücklich.«

»Mann, das ist echt scheiße.« Kade schüttelt den Kopf.

»Ja. Aber fang bloß nicht vor ihm damit an. Auch wenn er so tut, als sei er über die Sache hinweg; er ist es nicht.«

Troy kehrt mit einem Tablett voller gefüllter Schnapsgläser zurück und wir hören auf zu reden. »Kommt schon, Jungs. Lasst das Trinken beginnen.«

Wir alle nehmen ein Glas mit klarer Flüssigkeit vom Tablett und heben es zum Anstoßen an. »Auf die Leute, die wir vögeln, auf die Leute, die uns vögeln, und falls die Leute, die wir vögeln, uns verarschen, dann zur Hölle mit ihnen und auf uns!«, sagt Nico.

»Auf uns!«, stimmen wir ein und kippen den Schnaps runter. Er brennt wohlig in meiner Kehle.

Die Musik dröhnt durch den Club. Wir lehnen uns zurück und sehen den Mädchen bei ihrer Performance zu. Nur Nico und Kade stehen an einer der Bühnen und geben der Stripperin verschiedene Anweisungen – die von der Dame allerdings geflissentlich ignoriert werden.

Marc lehnt sich zu mir herüber. »Ich glaube, ich werde mich verdrücken.«

Ich schiebe den Ärmel meines Anzugs hoch und werfe einen Blick auf die Uhr. Halb drei. »Ja, ich werde langsam auch aufbrechen. Sollen wir uns ein Taxi teilen?«, frage ich ihn.

»Ja. Lass uns gehen.« Wir stehen auf und verabschieden uns von den Jungs. Auf unserem Weg zum Ausgang hält uns der Rotschopf von vorhin auf.

»Du wirst doch nicht schon gehen, oder?« Sie mustert zuerst mich und dann Marc. »Wer ist dein Freund hier?«

»Doch, ich verschwinde. Sorry.« Ich bemühe mich nicht einmal, ehrlich zu klingen. Diese Mädchen nehmen die Männer schamlos aus. Ich weigere mich, für ein paar Möpse in meinem Gesicht zu zahlen, wenn ich sogar für mehr bezahlt werde, als nur einem Mädchen dabei zuzusehen, wie sie vor mir mit dem Hintern wackelt.

Sie zieht eine Schnute und wendet sich an Marc. »Was ist mit dir? Du kannst doch noch ein bisschen bleiben, oder?«

Marc lässt mich alt aussehen, wenn er seine Charmeoffensive startet. Er bedenkt das Mädchen mit einem Lächeln, lässt seine Finger ihren Arm hinabgleiten und nimmt ihre Hand. »Es tut mir leid, Süße. Mein Freund und ich müssen los. Aber ich komme wieder zurück und werde mich nach dir umsehen, okay?«

Das Mädchen schmilzt wie warme Schokolade dahin. »Oh. Okay«, schnurrt sie.

»Pass gut auf dich auf«, sagt Marc und zwinkert ihr zu.

»Ja. Ihr auch.«

Wir gehen nach draußen und warten auf ein Taxi.

»Wie geht es deiner Mom?«, fragt Marc.

»Ganz gut, glaube ich. Also, was hast du dieses Wochenende vor?«

»Nicht viel. Ich habe nur eine Kundin, aber sie hat mich sowohl für Samstag als auch Sonntag gebucht.«

»Noch mehr Spaß mit Sploshing?«, möchte ich amüsiert wissen.

»Oh Gott, nein! Nicht diese Frau. Ich weiß nicht, ob ich das noch einmal tun könnte.«

»Oh, natürlich könntest du das. Dafür wirst du schließlich bezahlt.« Ich lache.

Ein Taxi fährt vor und wir steigen ein.

»Drei Mädchen, was?«, fragt er mich mit einem Grinsen im Gesicht.

Schmunzelnd verziehe ich den Mund. »Ja. Passiert nicht oft.«

»Ich hatte noch nie drei gleichzeitig.«

»Ich will nicht lügen, das artet fast in Stress aus. Wenn ich drei Arme hätte, wäre es einfacher. Wenn meine Hand in der Pussy einer Frau und mein Schwanz im Mund einer anderen steckt, was zum Teufel mache ich dann mit der dritten?«

Marc lacht. »Keine Ahnung. Aber kein schlechter Arbeitstag.«

»Stimmt.«

»Denkst du je darüber nach, eine Beziehung einzugehen? Sesshaft zu werden?«

»Manchmal. Doch wie Nico schon sagte, welches Mädchen will bei dem Job, den wir haben, schon mit uns zusammen sein? Keines, das ich kenne.«

Marc seufzt nur. Die Sache mit dem Familiegründen scheint ihm mehr und mehr Sorgen zu bereiten. Ich vermute, es liegt daran, dass er jetzt Mitte dreißig ist.

Das Taxi hält vor dem Haus, in dem sich meine Eigentumswohnung befindet. Ich lasse das Thema fallen, ziehe ein paar Scheine hervor und werfe sie auf den Rücksitz. »Bis dann«, sage ich zu Marc, während ich aussteige.

»Ja. Mach's gut.«

Das Taxi fährt weg und ich gehe in die Lobby des Hauses. Ich lebe in einem über hundertfünfzig Meter hohen Wolkenkratzer und habe das Glück, das Penthouse ganz oben zu besitzen.

»Mister Jamison, wie geht es Ihnen?«, fragt der Concierge, als ich an ihm vorbeigehe.

»Mir geht es gut, John. Und Ihnen?«

»Wie immer, Mister Jamison. Meine Frau nervt damit, dass ich sie zu irgendeiner dieser Shows ausführen soll«, erwidert er mit einem Augenrollen.

John muss über vierzig sein und beschwert sich ständig über etwas, das seine Frau von ihm will.

»Sie müssen die Frau glücklich machen, das wissen Sie doch.« Ich lache.

»Da haben Sie recht. Glückliche Frau, glückliches Leben. Eine gute Nacht wünsche ich Ihnen, Mister Jamison.«

»Ihnen auch John, und Sie wissen doch, dass Sie mich Jace nennen können.«

»Natürlich.«

Ich setze meinen Weg fort und steuere auf den Fahrstuhl zu, der mich zu meiner Wohnung bringen wird. Als ich endlich oben bin, schlüpfe ich aus all meiner Kleidung und nehme eine heiße Dusche. Kaum habe ich das Bad verlassen, lasse ich mich auf das Bett fallen und bin eingeschlafen, noch bevor mein Kopf das Kissen berührt.

# 3. KAPITEL

**Adrienne**

Ich muss die Tür zu meinem Apartment mit dem Fuß ins Schloss stoßen, weil ich in jeder Hand drei prall gefüllte Einkaufstaschen habe. Erst in meinem Schlafzimmer setze ich die Taschen vorsichtig auf meinem Bett ab. Dann gönne ich mir aus der Küche eine Flasche Wasser, die ich fast in einem Zug leere.

Draußen ist es verdammt heiß.

Wieder im Schlafzimmer schlüpfe ich aus meinen Schuhen, setze mich aufs Bett und beginne, meine Einkäufe noch einmal zu begutachten. Die Taschen sind gefüllt mit hübschen Hochzeitsaccessoires. Ich muss für meine Kundin Mrs Roberts ein paar verschiedene Vorschläge zusammenstellen, da sie sich einfach nicht entscheiden kann, welche Tischdekoration sie für die Hochzeit ihrer Tochter wünscht. Warum die Tochter dabei kein Mitspracherecht hat, ist mir nicht ganz klar. Oder eigentlich doch. Mrs Roberts ist es gewöhnt, das zu bekommen, was sie will. Ich habe ein wenig Mitleid mit ihrer Tochter. Die Ärmste darf vermutlich bei ihrer eigenen Hochzeit keine einzige Entscheidung treffen.

Ich ziehe eine Glasschale hervor und fülle eine paar türkisfarbene und klare Steinchen hinein, dann füge ich Kerzen in verschiedenen Größen hinzu. In der Schale hingegen, die wie ein großes Weinglas aussieht, würde sich ein Blumenstrauß gut machen. Dann nehme ich ein paar größere Gläser zur Hand, werfe einige Blumen hinein und fülle sie mit Wasser. Obenauf wird ein schwimmendes Teelicht sicherlich toll aussehen. Den Abschluss bildet eine schmale Schale mit mehreren kleinen Schwimmkerzen und ein paar Blütenblättern im Wasser.

Ich hoffe, dass sich Mrs Roberts entscheiden wird, sobald sie die Vorschläge mit eigenen Augen gesehen hat. Fotos der Arrangements haben ihr offensichtlich nicht gereicht.

Ich nehme mein Telefon und wähle ihre Nummer.

»Ja?«, erwidert eine hochmütige Stimme am anderen Ende der Leitung.

»Hallo, Mrs Roberts. Ich bin's, Adrienne. Ich habe die Tischdekorationen für Sie vorbereitet.«

»Oh ja, natürlich, Liebes. Danke. Ich kann in etwa fünfzehn Minuten da sein, um sie mir anzusehen. Bis gleich.«

Sie legt auf, bevor ich antworten kann. Glücklicherweise habe ich in fünfzehn Minuten nichts anderes vor. Nicht dass ich eine Wahl gehabt hätte.

Ich trage die verschiedenen Dekorationsvarianten in mein Esszimmer und arrangiere sie auf dem Tisch. Danach habe ich gerade noch etwas Zeit, in meinem Wohnzimmer für Ordnung zu sorgen, als ich auch schon ein Klopfen höre.

Ich öffne die Tür und vor mir steht Mrs Roberts, ihrerseits ebenfalls mit etlichen Taschen bepackt.

»Himmel, da draußen ist es ja heißer als in der Hölle«, sagt sie und tritt an mir vorbei.

Ich lache kurz. »Ja, Ma'am, das kann man wohl sagen. So ist der Mai in Vegas eben.«

Wie immer macht sie es sich bequem, stellt ihre Taschen auf meiner Couch ab und studiert schamlos meine Habseligkeiten. »Oh, was ist das denn?«, fragt sie und nimmt eine Geburtstagskarte, die auf dem Wohnzimmertisch liegt, in die Hand.

»Eine Geburtstagskarte von meinem Dad.«

»Oh. Na dann, alles Gute zum Geburtstag, Liebes. Du hast mir gar nichts davon erzählt.«

»Danke. Er war gestern.«

»Hast du schön gefeiert?«, fragt sie, während sie zu dem großen Wandspiegel hinübergeht und versucht, ihr Haar zu richten, das der Wind ein wenig durcheinandergewirbelt hat. Dann prüft sie ihren Lippenstift.

»Ich war bloß zum Abendessen mit meinem Dad verabredet.«

»Also kein fester Freund?« Sie dreht sich mit einem traurigen Lächeln zu mir. *Du armes, einsames Ding*, scheint sie mir sagen zu wollen.

»Nein. Ich habe keinen festen Freund. Dafür hält mich meine Arbeit zu sehr auf Trab.«

»Oh, aber natürlich, Liebes.«

Ich gehe zu den Tischdekorationen hinüber, in der Hoffnung, Mrs Roberts möge sich eine aussuchen und dann wieder gehen, doch natürlich bleibt mir dieses Glück verwehrt.

»Wie alt bist du? Vielleicht kenne ich jemanden, mit dem du mal ausgehen könntest.«

»Oh, das ist nicht nötig. Ich bin gar nicht auf der Suche«, antworte ich. Wahrscheinlich würde sie nur versuchen, mich mit einem alten Knacker zu verkuppeln. Nein danke.

»Er ist nicht so alt wie ich, falls du dir darum Sorgen machst«, erwidert Mrs Roberts mit einem kleinen Lächeln. »Ich kenne auch ein paar jüngere scharfe Kerle.«

Ich lache laut auf. »Sie sind doch nicht alt, Mrs Roberts«, sage ich in dem Wissen, dass ihr das Kompliment gefallen wird.

»Du bist ein Goldstück. Ich zahle viel dafür, um nicht alt auszusehen.« Sie lacht.

Mrs Roberts muss Ende fünfzig oder Anfang sechzig sein, aber ich würde niemals nach ihrem Alter fragen. Allerdings sieht sie tatsächlich noch fantastisch aus. Sie ist in guter Form und trägt das blonde Haar kurz. Offensichtlich lässt sie sich regelmäßig *Botox* spritzen, denn in ihrem Gesicht findet man kaum eine Falte. Außerdem bin ich mir ziemlich sicher, dass sie sich die Brüste hat vergrößern lassen, da sie ihre Oberweite stets stolz und offenherzig präsentiert.

»Wie dem auch sei, ich werde dich wegen des festen Freundes nicht weiter nerven. Aber ein junges, hübsches Ding wie du verdient einfach ein wenig Spaß. Man soll sein Leben nicht nur mit Arbeit verbringen, sondern auch genießen.«

»Ja, Ma'am. Ich werde darauf achtgeben, auszugehen und mich zu amüsieren«, erwidere ich mit einem Lächeln.

»Gut. So, wo sind jetzt die Tischdekorationen?«

Die nächste halbe Stunde verbringt Mrs Roberts damit, eine Tischdekoration auszuwählen, doch schließlich fällt endlich eine

Entscheidung.

Gott sei Dank. Nachdem ich die Dame endlich freundlich zur Tür geleitet habe, muss ich an ihre Worte denken und daran, wie wenig Spaß ich tatsächlich habe. Ich arbeite ständig. Eine Eventplanerin hat niemals Feierabend. Ich verbringe meine Zeit damit, Hochzeiten, Firmenfeiern, Eröffnungen oder andere noble Veranstaltungen von reichen Leuten zu organisieren, die sich nicht selbst um die Einzelheiten kümmern wollen. Doch ich liebe meinen Job. Ich würde nichts anderes machen wollen.

Da ich allerdings wirklich mal einen oder auch drei Drinks vertragen könnte, rufe ich schließlich meine beste Freundin an. Vielleicht hat sie ja Lust, heute Abend etwas zu unternehmen.

»Emilie am Apparat«, höre ich die Stimme meiner Freundin.

Ich lache. »Was? Wer geht denn so ans Telefon?«

»Keine Ahnung. Ich probiere gerade verschiedene Versionen aus.«

»Okay. Was steht noch zur Wahl?«

»Sie sind bei Emilie«, sagt sie in ihrem fröhlichsten Tonfall.

»Weiter.«

»Emilie hier.« Diesmal klingt sie, als ob ihre Sekretärin ihr gerade den Anrufer durchgestellt habe.

»Ich hab eine Variante für dich.«

»Welche?«

»Hallo.«

»Ach, sei ruhig. Ich versuche, mal etwas anderes zu machen. Weshalb rufst du an?«

»Ich ziehe dich doch bloß auf. Geh ans Telefon, wie du willst, du kleine Spinnerin. Ich rufe nur an, weil ich fragen wollte, ob du Lust hast, heute Abend auszugehen.«

»Warte. Ich dreh durch! Adrienne will ausgehen? Was ist denn jetzt los?«, quietscht sie.

»Komm schon. So ungewöhnlich ist das nicht. Wir sind schon öfter zusammen abends weg gewesen.«

»Äh, ja. Vor ungefähr fünf Jahren!«

»Oh bitte. Du übertreibst. Willst du nun oder nicht? Ich habe auch noch andere Freunde«, necke ich sie.

»Pah. Von wegen. Deine Assistentin zählt nicht. Klar bin ich dabei. Wohin soll's denn gehen?«

»Ich weiß nicht. Komm später einfach vorbei. Dann machen wir uns fertig und überlegen uns etwas.«

»Okay. Ich schreibe dir eine SMS, wenn ich auf dem Weg bin.«

»Klingt gut. Bis später.«

»Emilie, over.«

Ich lache und lege auf.

Sie ist verrückt.

***

Einige Stunden später klopft es.

»Beeil dich! Ich muss mal!«, kommt Ems Stimme schrill vom Korridor.

Ich renne zur Tür und öffne sie. Emilie stürzt an mir vorbei, wirft ihren Rucksack auf den Boden und verschwindet im Bad.

Ich hebe ihn auf, lege ihn auf die Couch und warte auf die Rückkehr meiner Freundin.

»Puh! Einen Moment lang habe ich wirklich geglaubt, ich würde mir in die Hose machen.«

»Warum bist du denn nicht bei dir zu Hause noch einmal gegangen?«

»Bin ich doch! Aber ich habe die Blase eines Kindes. Oder die einer alten Frau.«

»Hast du denn wenigstens einen Vorschlag, wohin wir heute Abend gehen können? Ich habe keine Ahnung, was ich anziehen soll.«

»Die Frage müsste lauten, wohin wir nicht gehen. Du hast seit Ewigkeiten nicht mehr vorgeschlagen, zusammen einen draufzumachen, und ich werde das schamlos ausnutzen. Ich kann es nicht fassen, dass du gefragt hast, wohin wir gehen sollen. Wir leben in Las Vegas, verdammt noch mal!« Sie schüttelt ungläubig den Kopf und beginnt, aus ihrem Rucksack ein paar Klamotten herauszuziehen.

»Gute Güte. Beruhige dich. Also soll ich mich clubtauglich machen, nehme ich an?«

»Ja, Adrienne. Wir werden ein paar Clubs unsicher machen, also mach dich fertig.«

Sie holt ein kleines Schwarzes und ein goldfarbenes Kleid hervor. »Welches willst du anziehen?«

»Ich habe selbst Kleider, Em.«

»Das weiß ich, aber du hast nicht besonders viele clubtaugliche Sachen. Also entscheide dich.« Sie hält die beiden Kleider hoch.

»Hat das hier wirklich einen Schlitz bis ganz nach oben?«, frage ich ungläubig, als ich das schwarze Kleid näher betrachte.

»Ja! Ist es nicht sexy?«, erwidert sie und nimmt es wieder an sich.

»Ich denke, dann lasse ich dir da den Vortritt und nehme das andere.«

»Perfekt! Dann sollten wir uns jetzt um unser Make-up und unsere Haare kümmern«, meint sie und ist schon halb in meinem Schlafzimmer verschwunden.

Ich lasse das hautenge goldfarbene Kleid aufs Bett fallen, dann gehe ich ins Bad, wo Em schon dabei ist, ihr Glätteeisen einzustecken.

»Willst du deine Haare heute glatt tragen?«, fragt sie mich.

»Nein, das dauert viel zu lang. Schau es dir doch bloß an.«

»Dein Haar ist wunderschön! Ich beneide dich. Ich wünschte, ich hätte solche Locken. Stattdessen ist mein Haar langweilig und strähnig.«

»Ich würde morgens viel lieber mit glatten Haaren aufwachen, die man einfach nur durchbürsten muss.«

»Dank deinen Eltern für deine Locken«, sagt sie ernst.

Mein Dad ist zu einer Hälfte von schwarzer und zur anderen Hälfte von Cherokee-Abstammung, und meine Mutter hat deutsche und französische Vorfahren. Ich habe lange, weiche und unbezähmbare Locken. Manchmal liebe ich das, doch oft genug binde ich sie einfach nur streng zusammen. Wenn ich mir die Zeit nehme, mein Haar zu glätten, glänzt es wie Seide, aber da dieser Prozess so lang dauert, mache ich es eher selten.

Emily kämmt sich einen Seitenscheitel in ihr schulterlanges aschblondes Haar. Sie trägt einen schrägen Pony und streift ein Haarband über. Tatsächlich muss sie sich nur ein paar Strähnen zurechtkämmen und ist fertig. Ich beneide sie dafür wirklich.

»Vielleicht stecke ich mein Haar einfach bloß hoch oder so«, sage ich.

»Was? Nein! Lass die Locken offen, Mädel. Ich liebe sie. Wo ist das Beruhigungsspray?«

Ich lache. »Beruhigungsspray?«

»Ja. Du weißt schon. Das Zeug, das du in deine Haare gibst, damit es nicht zu kraus wird, aber die Locken beibehält.«

»Ahh. *Das* Beruhigungsspray. Aber es ist kein Spray, eher ein Gel. Ich hole es.«

»Was auch immer. Gib eine Handvoll davon in deine Haare und lass sie offen. Das passt super zum Kleid.«

Ich tue, was sie sagt – in erster Linie, weil mir nicht danach ist, mein Haar hochzustecken. Dann hole ich das Kleid und ziehe es an. Oh nein. »Nein! Das kann ich nicht anziehen.«

Emilie steckt den Kopf aus dem Bad und tut ihr Möglichstes, um unschuldig zu wirken. »Was ist denn?«

»Das weißt du ganz genau. Mir werden meine Möpse aus diesem Kleid fallen!«

»Nein, werden sie nicht. Ich hab doppelseitiges Klebeband dabei.« Sie angelt sich ihren Rucksack.

»Em, allein mit der Länge dieses Kleides übertreibst du es wirklich. Es endet genau unter meinem Hintern. Ich werde mich nicht einmal bücken können, ohne dass jemand eine Gratisvorstellung bekommt. Jetzt muss ich mir gleichzeitig darum Sorgen machen, dass ich mich vornüberbeuge und mir meine Brüste rausfallen. Nein. Vergiss es.«

Sie verschränkt die Arme vor der Brust und verzieht den Mund. »Hör auf, dich wie eine alte Frau zu benehmen. Du bist erst vierundzwanzig, also trage solche Kleider, solang du noch kannst. Du hast tolle Brüste, und wenn du das nächste Mal abends ausgehst, wirst du wahrscheinlich fünfzig sein und sie werden dir bis zur Taille hängen.«

Ich gehe zu dem langen Spiegel und versuche, das Kleid so gut wie möglich zu richten und daran herumzuzupfen. Es ist ein sexy Kleid, keine Frage. Das Gold passt gut zu meinem karamellfarbenen Hautton, und weil es so kurz ist, betont es meine Beine, auf die sogar ich stolz bin. Die gerafften Ärmel sind ein schöner Hingucker, aber vorn hat das Kleid einen Schlitz, der mir fast bis zum Bauchnabel reicht. Mit doppelseitigem Klebeband jedoch kann ich sicherstellen, dass meine Nippel keine Frischluft schnuppern und der Stoff den größten Teil meiner Brüste bedeckt.

Mein Bauch wird ein bisschen zu sehen sein, aber das ist nicht weiter schlimm. »Ich schätze, ich werde es tragen.«

»Wunderbar! Ich wusste, du würdest deine Meinung ändern, wenn du dich erst einmal im Spiegel gesehen hast. Du siehst heiß aus! Möglicherweise hätte doch ich das Kleid nehmen sollen.«

»Du wirst in dem schwarzen Kleid toll aussehen. Komm, geh dich umziehen – und ich werde mich in der Zeit mit Klebeband versorgen.«

Sie rauscht zurück ins Bad, während ich das Kleid an meinem Busen befestige und darauf hoffe, heute Nacht keine Peinlichkeiten zu erleben. Dann lege ich etwas Mascara nach, trage ein wenig transparenten Gloss auf meine Lippen auf und bin bereit für das, was auch immer die Nacht bringen wird.

Em tritt aus dem Badezimmer. In dem kleinen Schwarzen, das an der Seite immer wieder gebräunte Haut hervorblitzen lässt, sieht sie umwerfend aus. »Wir werden heute Nacht den Männern die Köpfe verdrehen!« sagt sie aufgeregt.

Das bringt mich zum Lachen. »Lass uns nur hoffen, dass wir dabei niemandem das Genick brechen.«

Wir haken uns beieinander ein und ziehen los.

***

Ich lebe nur ein paar Straßen vom Strip entfernt, also dauert es nicht lang, bis wir unser Ziel erreichen. Anscheinend gehen wir zuerst in die *Ghostbar*. Das Taxi hält vor dem *The Palms* und wir steigen aus.

Als ich die lange Schlange vor dem Club sehe, verziehe ich das Gesicht. »Toll. Wir hätten früher kommen sollen.«

»Entspann dich. Ich regle das«, sagt Em und marschiert zielstrebig auf den Anfang der Schlange zu.

»Was machst du da?«, flüstere ich ihr eindringlich zu. »Die Leute in der Schlange werden uns umbringen.«

»Nein, werden sie nicht. Ich habe VIP-Pässe.« Sie zieht zwei Karten aus ihrer Handtasche.

»Wie bist du denn an die gekommen?«

»Ich habe eben Verbindungen.«

Wir schlüpfen in den Club und steuern schnurstracks auf das Sky-Deck zu. Im fünfundfünfzigsten Stock des Hotels ist die Aussicht atemberaubend. Wir holen uns ein paar Drinks und machen uns zum Ghost-Deck auf, das noch unglaublicher ist. Durch die Glasfläche, die den Boden bildet, kann man direkt bis auf den Strip unter uns sehen.

»Ich nutze es definitiv zu wenig aus, hier zu leben«, sage ich und meine es so.

»Das weiß ich doch. Du bist ja auch verrückt.«

Nachdem wir ein wenig umhergeschlendert sind, haben wir Glück und finden zwei Stühle, die soeben von zwei Kerlen freigegeben wurden. Wir setzen uns und nippen an unseren Getränken, während wir die Leute beobachten.

»Also, was war bei dir in letzter Zeit los? Hat dich die Arbeit so sehr in Beschlag genommen, dass du nicht einmal deine beste Freundin anrufen konntest?«, verlangt Em zu wissen.

»Um ehrlich zu sein, ja. Gerade plane ich für die Tochter einer reichen Frau die Hochzeit. Die Mutter ist ein wenig speziell. Ich bin ständig durch die Stadt gelaufen, um Dinge aufzutreiben und sicherzustellen, dass die Location genau so ist, wie sich die Kundin das vorstellt. Ich kann es kaum erwarten, dass das Mädchen endlich heiratet. Es war echt stressig.«

»Die einzige reiche Person, von der ich mich herumkommandieren lassen würde, wäre *Mister Grey*«, sagt Emilie augenzwinkernd.

»Ich glaube, wenn sie dich gut genug bezahlen würden, gäbe es auch noch andere«, erwidere ich schmunzelnd.

»Vielleicht hast du recht.«

»Sie sind ja auch nicht alle reich, doch ich scheine wirklich ziemlich oft an die *Richie Riches* dieser Welt zu geraten. Aber lass uns nicht über die Arbeit reden. Bäh.«

»Okay, schon verstanden. Rate mal, wen ich neulich gesehen habe?«, wechselt sie mit großen Augen das Thema.

»Oh Gott. Wen?«

»Liam!«

»Ugh.« Ich verziehe angewidert das Gesicht.

»Ach komm schon. Willst du nicht den neusten Tratsch hören?«

»Nicht wirklich, aber du erzählst ihn mir ja ohnehin.«

»Eben! Also, ich war kurz davor, den Coffeeshop für den Tag zu schließen, da kommt er rein und macht einen auf cool mit seiner blöden Sonnenbrille und seinem Schal. Wer bitte trägt bei dieser Hitze schon einen Schal? Wie dem auch sei, er sieht mich und setzt sein charmantestes Lächeln auf, als würde das bei mir ziehen. Ich habe dementsprechend einfach weiter sauber gemacht und gehofft, dass sich Lisa um ihn kümmern würde. Hat sie das? Neeein.« Sie unterbricht sich kurz, um einen Schluck zu trinken. »Er holt sich also etwas zu trinken und kommt zu mir rüber. Ich versuche ihn zu ignorieren, aber er steht einfach weiterhin da. Als ich endlich aufsehe, lächelt er mich an. Ich hab ihn gefragt, was er will, und er sagte, er wollte nur Hallo sagen und fragen, wie es mir geht. Dann hat er sich bei mir erkundigt, wie es dir geht und ob wir noch befreundet sind – und bla, bla, bla. Ich fasse es nicht! Ich habe mich einfach umgedreht und bin in den Lagerraum gegangen. Was für ein Arschloch!«, ruft sie aus.

»Ja, er ist ein Vollidiot.«

Emilie nickt und nippt weiter an ihrem Drink.

Liam ist mein Exfreund. Wir sind ungefähr acht Monate zusammen gewesen, bis er sich entschlossen hat, Emilie zu küssen. Wahrscheinlich hat er gedacht, Em würde auf seine Masche hereinfallen, doch glücklicherweise habe ich eine wirklich gute Freundin. Sie verpasste ihm eine Ohrfeige und erzählte mir sofort davon. Sie hatten sich beide zufällig in einem Club getroffen. Er versuchte sich damit herauszureden, getrunken zu haben, aber ich bin nicht blöd. Er ist einfach ein Arsch. Ich habe mit ihm Schluss gemacht.

Natürlich hatte Emilie Angst, dass ich sie nun hassen würde, aber ich weiß, dass sie keine Schuld trifft. Wir sind schon zu lang miteinander befreundet, als dass ich mir darum Sorgen machen müsste, Em könne mich hintergehen. Sie ist für mich wie eine Schwester. Ich bin bloß froh, nicht noch mehr Zeit wegen ihm verschwendet zu haben.

Nach ein paar Stunden in diesem Club entscheiden wir, noch einen anderen aufzusuchen. Okay, Emilie entscheidet das. Sie weiht mich nicht einmal in unseren nächsten Halt ein. Wir steigen in ein Taxi, bereit für die weitere Nacht.

»Warst du in letzter Zeit auf einem Date?«

Sie lacht. »Dates? Was soll das sein?«

»Schon schlimm, oder? Was ist aus diesem Steven geworden?«

»Nichts. Er war langweilig und hat mich kaum angefasst. Ich habe mich wie eine Sexsüchtige gefühlt, weil ich ständig versucht habe, ihn zu animieren. Frustration pur.«

»Ja, das ist seltsam. Vielleicht ist er schwul.«

»Das würde mich nicht überraschen. Einmal habe ich ihn dabei erwischt, wie er sich *Magic Mike* angesehen hat.«

Wir werfen unsere Köpfe zurück und prusten los.

»Und du? Du hast nicht zufällig in letzter Zeit für einen scharfen, jungen Millionär etwas ausrichten müssen, mit dem du uns verkuppeln kannst?«, fragt sie.

»Ha! Wenn dem so wäre, hätte ich dir schon davon erzählt. Die einzigen Männer, für die ich gearbeitet habe, sind entweder alt oder hässlich.«

»Buhu!«

»In der Tat. Einen heißen Typen habe ich aber tatsächlich bei einigen der Events gesehen, die ich organisiert habe. Ich habe keine Ahnung, wer er ist oder was er macht, aber verdammt – ist der sexy!«

»Oh! Erzähl mir mehr!«

»Viel mehr gibt es da nicht zu erzählen. Er ist wahnsinnig groß, was gut für mich ist, weil ich selbst nicht gerade klein bin. Ich habe keine Ahnung, woher seine Eltern stammen, doch er ist auf jeden Fall ein interessanter Mix. Jedes Mal wenn ich ihn sehe, hat er eine andere Frau dabei. Anscheinend ist er ein Weiberheld, leider.«

»Du hast noch nicht mit ihm geredet?«, fragt sie, als wir bei einem anderen Club vorfahren.

»Nein. Normalerweise bin ich damit beschäftigt, umherzulaufen und sicherzustellen, dass alles wie geplant vonstattengeht. Ich glaube nicht, dass er mich überhaupt bemerkt hat. Er ist immer sehr um die Frau bemüht, mit der er gerade da ist.«

»Nun, dann lass uns hier drin nach ein paar sexy Typen Ausschau halten«, sagt sie und führt mich zu einem kleinen Club, an dem von außen noch nicht einmal ein Schild hängt.

An der Bar angekommen bestellen wir uns ein paar Getränke und versuchen, einen Sitzplatz zu finden. Zum Glück ist dieser Club nicht zu überfüllt. Wir betreten einen weiteren Raum, in dem ein paar Sofas und Stühle mit Tischen stehen. Hier ist es viel ruhiger, was mir nur recht ist, da ich von der ganzen basslastigen Musik langsam Kopfschmerzen bekomme. Mit uns sind nur noch ein paar gut kleidete Besucher in diesem Raum.

»Schau dir diese ganzen reichen Leute an«, flüstert Em mir zu.

»Das habe ich mir auch gerade gedacht.«

»Vielleicht finde ich ja einen heißen Millionär, der mich von den Socken haut«, sagt sie.

Plötzlich höre ich ein obszön hohes Quietschgeräusch hinter mir, gefolgt von einem Lachen, und drehe mich, um nachzusehen, was dort vor sich geht.

Schnell drehe ich mich wieder zurück. »Oh mein Gott. Oh mein Gott. Oh mein Gott.«

»Was?« Emilie wirft einen Blick nach hinten.

»Nein«, sage ich und versuche, sie am Arm zu packen.

»Was? Was ist denn los?«

»Es ist der Kerl.«

»Welcher Kerl?«

»*Der* Kerl. Von dem ich dir vorhin erzählt habe. Er ist mit einem anderen Mädchen hier.«

»Oh. Lass mich mal nachsehen.«

»Okay. Aber bleib cool.«

»Natürlich.«

Sie blickt sich einmal in dem Raum um, als ob sie nach einer Uhr oder dergleichen sucht, und wendet sich dann wieder mir zu.

»Oh wow. Er ist zum Anbeißen.«

»Ich weiß.«

»Den möchte man ja am liebsten einmal von oben bis unten ablecken, so heiß ist er.«

»Ich weiß!«

»Den schnappst du dir besser.«

»Ich werde bestimmt nicht mit ihm reden. Er ist mit einem Mädchen hier. Er ist immer mit einem Mädchen zusammen. Ich brauche nicht noch mehr Mist in meinem Leben.«

Sie wirft dem Fremden einen weiteren Blick zu.

»Em! Hör auf, ihn so offensichtlich anzustarren!«

»Egal, er ist wirklich lecker.«

»Und anscheinend wird ihn heute Abend jemand anderes probieren dürfen«, entgegne ich.

»Oh, oh!« Noch immer sieht sie zu ihm rüber.

»Was?«

»Er kommt her.«

Ich schnappe nach Luft. »Das tut er nicht!«

Endlich wendet sie sich wieder mir zu. Ihre Augen sind groß und sie greift nach ihrem Getränk. »Nein. Im Ernst.«

»Oh mein Gott!«

»Benimm dich normal.«

Ich angle nach meinem Drink, während der attraktivste Mann, dem ich je begegnet bin, zu uns kommt und vor mir stehen bleibt.

# 4. KAPITEL

## Jace

»Entschuldige?«, spreche ich die Frau an, während sie versucht, so zu tun, als stünde ich nicht genau vor ihr.

Ein kurzer Blick in ihre wunderschönen Augen und auf den Schmollmund verrät mir sofort, dass es sich um die Fremde handelt, die letzte Nacht vor dem *Planet Hollywood* aus dem Taxi gestiegen ist.

»Ja?«, erwidert sie leise.

Ich weiß nicht einmal, was ich zu ihr sagen will. Darüber habe ich mir vorher keine Gedanken gemacht. Ich wusste nur, dass ich sie ansprechen muss. In dieser Stadt sieht man selten Leute zweimal. Besonders diejenigen, die man attraktiv findet.

»Tut mir leid, wenn sich das jetzt seltsam anhört, aber ich wollte einfach nur herüberkommen und Hallo sagen.«

Ich bin mir bewusst, dass meine Worte wie ein billiger kitschiger Anmachspruch klingen; und wahrscheinlich sind sie das auch.

Sie antwortet nicht. Sie blickt nur zu meinem Date, lässt mich wissen, dass sie mich mit der anderen Frau gesehen hat.

Verdammt.

»Adrienne! Sei doch nicht so unhöflich!« Ihre Freundin gibt ihr einen Klaps auf den Arm. »Entschuldige. Das ist Adrienne Miller und ich bin Emilie Watson. Wir sind beste Freundinnen. Und wer bist du?«

Wow, sie ist ganz schön redselig, aber immerhin hat sie mir die beste Information des Abends gegeben. »Hi, Emilie«, erwidere ich und schenke ihr ein umwerfendes Lächeln. Ich gebe ihr die Hand. »Ich bin Jace.«

»Jace, weißt du eigentlich, dass du wunderschöne Augen hast?«, sagt sie, ohne Anstalten zu machen, meine Hand loszulassen.

»Danke.«

»Adrienne, hast du seine Augen gesehen? Einfach der Wahnsinn.« Sie mustert mich von oben bis unten.

Ich entziehe ihr langsam meine Hand und reiche sie Adrienne. Sie zögert, doch ihre Freundin versetzt ihr einen kleinen Stups und schließlich gibt sie nach. »Schön, dich kennenzulernen, Adrienne.«

Sie lächelt höflich, hält aber weiter Ausschau nach meiner Verabredung. »Wirst du dein Date einfach so allein dort sitzen lassen?«, fragt sie mich.

»Nein. Ich wollte mich nur kurz vorstellen. Ich hoffe, ihr beide habt eine tolle Nacht.« Mit diesen Worten kehre ich zu meinem Date für diesen Abend zurück.

Verfluchter Mist. Das lief nicht gut. Was zum Teufel hätte sie auch tun sollen? Mir ihre Nummer geben oder mich zu ihr an den Tisch bitten, obwohl ich augenscheinlich mit jemand anderem hier bin? Wenn ich sie an einem anderen Ort getroffen hätte, zu einem anderen Zeitpunkt, vielleicht hätte ich dann eine Chance gehabt.

»Du auch, Jace!«, ruft mir ihre Freundin nach.

Ich kehre zu Laurie zurück, der Frau des Abends.

»Entschuldige bitte. Ich musste nur kurz eine Freundin von mir begrüßen«, lüge ich.

Adrienne ist momentan alles andere als eine Freundin von mir. Zum Glück versteht Laurie.

»Oh, das macht gar nichts«, sagt sie auf ihre quirlige Art.

Laurie ist jung und unschuldig. Sie hat erzählt, dass sie erst einen einzigen festen Freund hatte und sie nicht miteinander geschlafen haben. Jetzt, wo sie einundzwanzig ist, hat sie das Gefühl, langsam zu alt zu werden, um noch Jungfrau zu sein. Ich bin der erste Escort, den sie jemals gebucht hat, und sie verrät mir, dass sie einfach nur jemanden wollte, in dessen Gegenwart sie ganz sie selbst sein kann.

»Also, wenn ich dich wiedersehen wollte, könnte ich das?«, fragt sie.

Das ist der Punkt, an dem die Grenzen schnell verschwimmen. Entweder redet sie davon, mich noch einmal zu buchen, oder sie möchte mich auch privat treffen. Ich hoffe wirklich, dass sie die erste Variante meint. Denn ich gehe mit niemandem aus, der mich schon einmal gebucht hat. Überhaupt gehe ich privat mit niemandem aus.

»Wenn du noch einmal eine Verabredung mit mir möchtest, weißt du ja, wie du mich erreichen kannst«, sage ich mit einem Lächeln.

Ich drücke meinen Körper enger an ihren und lasse meine linke Hand von ihrer Schulter über den Arm zu ihren Hüften wandern. Ich neige mich vor und küsse sie sacht neben den Mund. Sie errötet und blickt zu mir hoch. Dann legt sie langsam ihre Hand auf meine Brust und lässt sie nach unten zu meinem Bauch wandern.

Ihre Atmung ist vor Aufregung schwerer geworden. Mit einer Handbewegung schiebe ich ihr langes schwarzes Haar über die Schulter zurück und liebkose ihren Nacken. Sie sieht kurz zu mir hoch, bevor sie ihre Arme um meine Taille schlingt und ihren Kopf auf meine Brust legt. Ich nehme sie in dem Bewusstsein in den Arm, dass sie im Moment nicht mehr als das braucht.

»Du musst nichts überstürzen, Laurie. Es ist völlig in Ordnung, auf die richtige Person zu warten.«

»Ich weiß. Trotzdem würde ich dich gern wiedersehen. Ich mag es, mit dir zu reden«, murmelt sie gegen meine Brust.

Beruhigend streichle ich ihr über den Rücken. »Okay. Ich freue mich darauf.«

Sie löst sich aus der Umarmung und schenkt mir ein Lächeln, das ich erwidere.

»Bereit, zu gehen?«, frage ich.

»Ja, lass uns gehen.«

Als wir uns auf den Weg zum Ausgang machen, stelle ich fest, dass Adrienne und ihre Freundin bereits verschwunden sind. Laurie hakt sich bei mir ein, während wir nach draußen gehen.

»Warte hier auf mich. Ich gehe inzwischen das Auto holen«, sage ich. »Du sollst dir beim Laufen auf diesen Absätzen nicht deine Füße ruinieren.«

»Danke.«

Ich biege um die Ecke und gehe die Straße hinunter, bis ich zu dem Parkplatz komme, wo ich mein Auto abgestellt habe. Normalerweise bevorzuge ich Taxis, aber wenn ich mit einer Kundin unterwegs bin, nehme ich mein Auto.

Ich steige in den königsblauen *Bentley* und fahre vor dem Club vor. Dort klettere ich aus dem Auto, umrunde es und öffne die Beifahrertür für Laurie. Bevor sie einsteigt, stellt sie sich auf die Zehenspitzen und gibt mir ein Küsschen auf die Wange. Ich lächle sie an und lege meine Hand auf ihren Rücken, um ihr beim Einsteigen zu helfen. Nachdem ich die Tür geschlossen habe und zur Fahrerseite gehen will, sehe ich in der Nähe Adrienne und Emilie stehen, die mich beobachten.

Emilie bestaunt meinen Wagen mit offenem Mund. In dem Moment, als Adrienne begreift, dass ich sie ansehe, dreht sie sich zu ihrer Freundin um und sagt etwas zu ihr.

Autsch.

Ich setze meinen Weg zur Fahrerseite fort, lasse mich in den cremefarbenen Ledersitz sinken und bringe Laurie heim.

***

Als ich nach Hause komme, laufe ich in der Lobby erneut John über den Weg. Er steht hinter der Rezeption und blättert in ein paar Unterlagen. »Hey, John. Hast du dir die Show mit deiner Frau angesehen?«

»Das habe ich und es war furchtbar. Was ich nicht alles für diese Frau tue«, meint er kopfschüttelnd.

»Welche Show war es denn?«

»Ach, wer weiß das schon. Irgendetwas mit Leuten, die durch die Luft fliegen. Ich kann nicht glauben, dass ich dafür zweihundert Dollar bezahlt habe.« Er fährt sich mit der Hand über das lichter werdende Haar.

»Hat es denn deiner Frau gefallen?«

»Ja. Sie hat überhaupt nicht mehr aufgehört, davon zu erzählen. Hoffentlich dauert es eine Weile, bis sie wieder mit mir in eine dieser Shows will.«

»Ach komm schon, John. So schlimm kann es doch gar nicht gewesen sein.« Ich lehne mich gegen den Tisch, der in der Mitte der Lobby steht, und werfe ihm ein Grinsen zu.

»Doch, das war es. Das nächste Mal soll sie mit jemand anderem gehen. Wie wäre es mit Ihnen? Dann können Sie selbst sehen, wie schrecklich diese Shows sind.«

»Wenn das Geld stimmt, mache ich es«, erwidere ich mit einem Augenzwinkern und gehe zum Fahrstuhl hinüber.

Er lacht und wendet sich wieder seiner Arbeit zu. Er hat keine Ahnung, dass ich ein Escort bin.

In meiner Wohnung angekommen, werfe ich mein Portemonnaie und die Schlüssel in die Schale auf dem kleinen Tisch. Dann gehe ich in die Küche und hole mir aus dem großen, blank polierten Edelstahlkühlschrank eine Flasche Wasser, die ich achtlos auf den Küchentresen stelle. Ich nehme einen Apfel, werfe ihn durch die Luft und setze mich auf meinen gewohnten Platz. Vom letzten Stuhl an der Bar aus blicke ich aus dem deckenhohen Fenster, das eine komplette Wand der Küche einnimmt, nach draußen.

Kurz darauf klingelt mein Telefon und ich stehe auf, um es aus der Tasche zu ziehen. »Hallo?«

»Hey, was machst du gerade?«, fragt Marc vom anderen Ende der Leitung.

»Verflucht. Nichts. Ich bin grad heimgekommen, sitze hier und starre aus dem Fenster. Was läuft bei dir?«

»Und ich dachte, ich hätte Langeweile. Du starrst aus dem Fenster?« Er lacht.

»Ich weiß. Ich führe ein aufregendes Leben. Was gibt's?«

»Nichts. Komme gerade von einem Date zurück.«

»Date?«, frage ich.

»Na ja, Termin. Kein richtiges Date. Du weißt schon.«

»Verstehe.«

»Wie dem auch sei, sie hat mich gefragt, ob wir uns noch einmal wiedersehen können, aber diesmal hätte sie gern noch einen zweiten Kerl dabei. Deswegen rufe ich an. Ich will definitiv nicht, dass Nico oder Kade mich die ganze Nacht nerven.«

Ich fahre mir kurz mit der Hand über das Gesicht, dann lege ich meine Stirn gegen meinen Arm, mit dem ich mich gegen das Fenster gelehnt habe.

»Was soll laut ihr denn bei diesem Date passieren?«

»Ich habe nicht die geringste Ahnung.«

»Na schön. Lass mich nur wissen, wann ich wo sein soll, und ich werde da sein.«

»Super. Danke, Kumpel.«

»Kein Problem. Wir reden später.«

»Okay. Bis dann.«

Ich lege auf und gehe in das obere Stockwerk, in dem sich mein Schlafzimmer befindet. Ich war schon einige Male mit einem der anderen Jungs bei Verabredungen. Manche Frauen, meistens ältere, haben gern mehr als nur einen Mann für die Nacht. Oft möchten sie einfach nur zwei reizende Begleiter zu einer Veranstaltung, um die Aufmerksamkeit aller auf sich zu ziehen. Manchmal hingegen wollen diese Frauen tatsächlich mit zwei Männern Sex haben. Ich würde niemals freiwillig einen Dreier mit zwei Männern und einer Frau haben, aber wenn ich dafür bezahlt werde, ist das etwas anderes. Nicht dass die Männer je miteinander Sex hätten. Bloß nicht! Aber ich habe kein Problem damit, irgendeine Tussi in den Arsch zu vögeln, während ein anderer Kerl ihre Pussy bedient.

Ich ziehe mich aus und dusche nur noch kurz, bevor ich ins Bett gebe. Ich habe morgen einen geschäftigen Tag vor mir.

# 5. KAPITEL

## Adrienne

»Verdammte Scheiße!«, kreischt Emilie. »Das Auto ist so sexy!«

Ich seufze. »Ja, etwas anderes hatte ich nicht erwartet.«

»Adrienne, der Typ ist Sex auf zwei Beinen. Warum warst du so unfreundlich zu ihm? Ich war kurz davor, an diesem Kerl hochzuklettern und mich dort festzusaugen.«

»Ich weiß, dass er sexy ist! Man müsste schon blind sein, um das nicht mitzubekommen. Als er meinen Namen gesagt hat, mit seiner tiefen Stimme ...« Ich erschaudere beim bloßen Gedanken daran. »Ich würde mich jederzeit von ihm flachlegen lassen, aber mehr wäre das dann auch nicht. Er hat ständig eine andere. Ich hab ihn jetzt mit vier verschiedenen Mädchen gesehen. Er ist offensichtlich ein Frauenheld. Ich würde mit ihm nie eine vernünftige Beziehung führen können.«

»Dann eben nicht! Treib es einfach mit ihm und erzähl mir danach, wie es war!«, quietscht Emilie vergnügt.

»Du weißt, dass ich von Fickfreundschaften noch nie viel gehalten habe.«

»Ja, doch bisher hattest du auch noch nie die Gelegenheit, dieses Konzept mit jemandem auszuprobieren, der ein griechischer Gott sein könnte« Emilie schließt die Augen und faltet die Hände, als bete sie.

»Was tust du da?«, frage ich lachend.

»Ich bitte Gott, mir auch ein gottgleiches Geschöpf zu schicken, das ich von Kopf bis Fuß abschlecken kann.«

»Wenn du schon dabei bist, frag ihn doch, ob er mir auch eins schicken kann. Aber eins, das nicht alles vögelt, was bei drei nicht auf den Bäumen ist.«

»Okay«, erwidert sie, die Augen noch immer geschlossen. Schließlich schaut sie zu mir hoch. »Es ist vollbracht. Nun müssen wir nur noch warten.«

Wir lachen, als wir in das Taxi steigen, das gleich darauf vor uns hält.

»Willst du heute Nacht bei mir bleiben?«, frage ich Em.

»Ich denke schon. Allerdings wollte ich mir heute mit meinem Vibrator und schmutzigen Gedanken an gottgleiche Geschöpfe einen schönen Abend machen. Hast du etwas dagegen?«

»Nein, ich hatte das Gleiche vor.«

Wir sehen uns an und brechen zeitgleich in Gelächter aus.

»Na dann«, sagt sie.

»Ernsthaft, Em. Ich muss flachgelegt werden. Es ist schon viel zu lang her.«

»Uhu. Wem erzählst du das! Ich hatte seit ...« Sie hält inne und zählt ihre Finger ab. »... sechs Monaten keinen Sex!«

»Bei mir sind es neun Monate«, schmolle ich.

»Seit Liam?«, fragt sie.

»Ja, und das zählt nicht einmal wirklich. So gut war er nun echt nicht. Selbstsüchtiger Arsch.«

»Mein letztes Mal war mit einem Kerl, den ich in einer Bar kennengelernt habe. Er war heiß. Er war unheimlich muskulös und ich wusste sofort, dass wir tollen betrunkenen Sex haben würden. Wir kehrten also zu meiner Wohnung zurück, fielen ins Bett und rissen uns die Kleider vom Leib, er zog sich ein Kondom über und sprang auf mich drauf. Als er in mich eindrang, konnte ich es nicht einmal spüren! Ich konnte nicht einmal sagen, ob er überhaupt einen Steifen hatte. Es war schrecklich und dann ist er auch noch nach zwei Minuten gekommen. Am schlimmsten ist aber, dass er danach tatsächlich ›Nicht schlecht, oder?‹ gefragt hat. Was zur Hölle? Ich hätte ihm ins Gesicht treten können. Schlechtester. Sex. Aller Zeiten.«

Ich muss lachen. »Oh Gott. Das ist ja noch schlimmer als Liam. Du gewinnst ... oder verlierst. Je nachdem, wie man es nimmt.«

Der Wagen hält vor meinem Wohnhaus und wir bezahlen den Taxifahrer. Barfuß, die hohen Schuhe in der Hand, durchqueren wir die Lobby und betreten den Aufzug. Als wir im dritten Stock ankommen, laufen wir das kurze Stück zu meiner Tür. Kaum sind wir in meiner Wohnung, lassen wir unsere Sachen achtlos auf den Boden fallen.

»Ich bin todmüde«, sage ich.

»Ich auch. Der Alkohol zeigt scheinbar Wirkung.«

»Die restliche Nacht werde ich wohl doch nicht mit schmutzigen Gedanken verbringen. Ich würde wahrscheinlich einschlafen, bevor ich zum Ende komme. So wie Liam.« Ich muss über meinen eigenen Witz grinsen.

»Vielleicht werde ich ja doch noch mal wach«, sagt Em.

Wir tauschen unsere Outfits gegen gemütliche Shorts und Tanktops ein und machen es uns auf der breiten schwarzen Couch in meinem Wohnzimmer gemütlich. Wir liegen so, dass sich unsere Füße berühren und jede von uns ihren Kopf auf eine Lehne legen kann, dann schieben wir eine Liebeskomödie in den DVD-Player. Ich weiß nicht, wie lang wir noch wach sind, schlafen jedoch beide ein, bevor der Film endet.

In dieser Nacht träume ich von wunderschönen blauen Augen und großen gottähnlichen Männern.

***

Als ich am nächsten Morgen aufwache, liegt der Geruch von Bacon und Kaffee in der Luft. Sobald ich mich aufsetze, kann ich direkt in die Küche sehen. Ich erhebe mich, schlurfe zum Tresen, setze mich und stöhne auf.

Em dreht sich mit einem Lächeln auf dem Gesicht zu mir um. »Guten Morgen, Sonnenschein!«

»Bääh. Wieso bist du morgens immer so gut gelaunt? Ich hasse solche Leute.« Ich reibe mir über die Augen und bemerke, dass ich mich vor dem Schlafengehen nicht abgeschminkt habe. Vermutlich sehe ich jetzt aus wie ein Waschbär.

»Ja, aber du hast mich trotzdem lieb. Außerdem hab ich schon zwei Tassen Kaffee intus. Mir geht's prima.« Emilie stellt mir eine Tasse Kaffee hin und platziert Milch und Zucker daneben.

»Ich glaube, ich sollte dich heiraten und keine Gedanken mehr an Männer verschwenden. Du würdest eine tolle Ehefrau abgeben«, sage ich, während ich Zucker in meinen Kaffee schütte.

Sie tut, als denke sie kurz darüber nach. »Du kannst mein Notfallplan sein«, schlägt sie vor.

Ich lache. »Okay, klingt gut.«

»Hast du heute schon etwas Schönes vor?« Sie wendet sich wieder dem Herd zu, um das Frühstück weiter zuzubereiten.

»Nein. Gott sei Dank. Mrs Roberts muss ich erst Montag wiedersehen, also werde ich heute wohl nur faulenzen.«

»Oh.« Sie schweigt und ich weiß, dass ihr etwas durch den Kopf geistert.

»Warum?«

»Oh, äh. Ich dachte nur, vielleicht könnten wir heute Abend zusammen essen gehen.«

Ich beobachte sie, aber sie dreht sich nicht um. Irgendetwas in ihrer Stimme verrät mir, dass mehr dahintersteckt. »Okay«, sage ich schließlich. »Wohin willst du gehen?«

»Weiß ich noch nicht genau, aber ich gebe dir später Bescheid.«

Endlich dreht sie sich um, vermeidet aber jeden Blickkontakt mit mir. Sie benimmt sich seltsam.

»Em.«

»Hm?«, macht sie, ohne mich anzusehen.

»Was ist los?«

»Nichts. Warum?«

»Du benimmst dich seltsam.« Ich beäuge sie misstrauisch.

»Nein, tue ich nicht. Ich meine nur ... wenn du nicht zum Essen ausgehen, sondern lieber zu Hause bleiben willst, ist das in Ordnung. Wir können es auch verschieben. Ich will dir deinen faulen Tag nicht verderben.«

»Ist schon okay. Lass mich einfach früh genug wissen, wohin wir gehen, damit ich mich zurechtmachen kann. Ich weiß ja nicht einmal, ob es leger oder schick wird.«

»Ja, weiß ich auch noch nicht. Ich werde mich schon darum

kümmern, dass du angemessen gekleidet bist. Mach dir keine Sorgen.« Sie schenkt mir ein Lächeln.

Wir setzen uns, frühstücken und trinken Unmengen von Kaffee, dann macht sich Em fertig, um nach Hause zu gehen.

»Ich sehe dich dann später«, sage ich zum Abschied.

»Ja, bis später.«

Nachdem sie gegangen ist, gönne ich mir ein langes heißes Bad. Mein Badezimmer ist ziemlich groß, länglich geschnitten, mit separaten Waschbecken für sie und ihn. Das einzig Gute daran ist, dass ich jede Menge Platz für meine Haarprodukte habe, aber wozu brauche ich zwei Waschbecken ohne Mann?

Zwischen der Badezimmeranrichte und der Badewanne ist allerdings kaum Platz. Wenn ich mich umdrehe, stehe ich schon fast mit einem Fuß in der Wanne. Schade, dass die Wanne kein *Jacuzzi* ist. Das wäre toll.

Ich entspanne im warmen Wasser, rasiere mich und wasche mein Haar. Danach nehme ich mir die Zeit, meine Haare zu glätten. Es ist noch ziemlich früh und ich habe ohnehin nichts Besseres zu tun, bis sich Em wegen des Abendessens meldet.

Während ich mich meinen Haaren widme, schließe ich den *iPod* an die Lautsprecher an und drehe meine Musik auf. Nachdem ich gefühlt mehrere Stunden vor dem Spiegel mitgesungen und getanzt habe, fällt mein dunkelbraunes Haar seidig glatt bis zur Mitte meines Rückens. Nach all dem Aufwand hoffe ich wirklich, dass Em nicht vorhat, in ein Fast-Food-Restaurant oder dergleichen zu gehen.

Ein Blick auf die Uhr verrät mir zu meiner Überraschung, dass es bereits halb fünf ist. Ich versuche, in meinem Kleiderschrank etwas Passendes zum Anziehen zu finden, aber da ich keine Ahnung habe, wohin wir gehen werden, stellt sich das als schwierig heraus. Als ich an der schwarzen Kommode im Schlafzimmer vorbeigehe, auf der mein Handy liegt, sehe ich, dass Em mir bereits getextet hat.

*Hey, sei etwa um achtzehn Uhr dreißig im Binion's Steakhouse.*

*Okay. Treffen wir uns dort?*, schreibe ich zurück.

Nach ein paar Minuten erhalte ich ihre Antwort.

*Ja. Bis später!*

Im *Binion's* war ich noch nie, also recherchiere kurz im Internet, welcher Dresscode angebracht ist. Das Restaurant befindet sich in der vierundzwanzigsten Etage des West Towers und gewünscht ist eine lässig-schicke Garderobe.

Ich entscheide mich für ein zartes Chiffonkleid. Das Oberteil ist mit Leopardenmuster bedruckt, während der Rock schwarz gehalten ist. Vorn endet das Kleid kurz oberhalb des Knies, hinten fällt es beinah bodenlang. Dazu trage ich schwarze Riemchensandalen aus falschem Leder mit hohen Absätzen.

Mein Aussehen im Spiegel überprüfend, trage ich hellen Eyeliner und etwas Mascara auf, dazu pinken glänzenden Lippenstift. Tada. Fertig.

Als ich vor dem Restaurant ankomme, schreibe ich Em, dass ich da bin. Ihre Antwort kommt schnell und kurz – ich soll sie drinnen treffen.

Ich brauche einen Moment, bis ich in dem Gebäude den Aufzug finde und dem Lärm des Casinos im Erdgeschoss entfliehen kann. Während der ruhigen Fahrt nach oben lehne ich meinen Kopf zurück und schließe die Augen. Dann klingelt auch schon der Fahrstuhl und die Tür öffnet sich.

Das Restaurant ist vollständig im eleganten Vintage-Stil gehalten. Das Licht ist ein wenig schummrig und verleiht dem Ganzen eine romantische Note. Durch die Fenster hat man einen wundervollen Blick auf die Stadt.

Ich sehe mich um, kann Em aber nirgends entdecken, also schreibe ich ihr eine weitere Nachricht.

*Wo bist du? Ich bin schon im Restaurant.*

*Setz dich schon mal an den Tisch, bitte! Er ist unter meinem Namen reserviert. Nicht dass sie ihn noch jemand anderem geben.*

*Immer kommst du zu spät! Beeil dich. Ich will hier oben nicht allein und traurig herumsitzen.*

*Ja, ja.*

Ich gehe zu der Dame am Empfang und nenne ihr Emilies Namen. Daraufhin bringt sie mich zu dem reservierten Tisch in der Nähe des Fensters. Ich danke ihr und genieße die Aussicht auf die Stadt. Die glitzernden Lichter unter mir lassen Las Vegas geradezu friedlich wirken, aber ich weiß, dass es da unten wie im Tollhaus zugeht.

Nachdem mir der Kellner ein stilles Wasser gebracht hat, bitte ich ihn, mir für die Bestellung noch ein paar Minuten Zeit zu geben, da ich noch auf Emilie warte.

Ich texte ihr. Schon wieder.

*Beeil dich verdammt noch mal!*

*Sei mir nicht böse ...*

*Em, du lässt mich besser nicht allein hier sitzen. Du wolltest, dass wir uns treffen, und jetzt bin ich da. Beweg deinen Hintern hierher!*

*...*

Das ist ihre Antwort. Ein paar nichtssagende Punkte. Ich weiß nicht einmal, wie ich darauf reagieren soll. Also atme ich erst mal tief durch und sehe mich im Restaurant um. Es ist nicht allzu viel los. Ich könnte aufstehen und gehen. Das wäre in Ordnung. Noch immer bin ich sauer, dass ich mich umsonst zurechtgemacht habe.

*Du bist eine doofe Kuh und ich hasse dich. Ich gehe jetzt. Ruf mich für mindestens drei Tage nicht an.*

Ich greife nach meiner Clutch und will aufstehen, doch erstarre mitten in der Bewegung.

»Adrienne«, höre ich eine tiefe sinnliche Stimme.

Noch immer verharre ich halb stehend, halb sitzend und mit weit aufgerissenen Augen. Außerdem bin ich mir ziemlich sicher, dass mein Mund so weit offen steht, dass mein Kinn die Tischplatte berührt. Endlich komme ich zur Besinnung und setze mich wieder.

»Ähm ...«, sage ich und klinge dabei definitiv wie eine Idiotin.

Er schenkt mir ein Lächeln, das seine makellosen weißen Zähne entblößt, und setzt sich mir gegenüber.

»Ich wollte gerade gehen«, äußere ich mein Vorhaben.

»Du bist doch gerade erst gekommen«, erwidert er schnell.

»Woher weißt du das?«

»Weil ich unten war und dich habe reinkommen sehen.«

»Ich gehe trotzdem.«

»Du willst nicht zum Abendessen mit mir bleiben?« Er schenkt mir ein weiteres perfektes Lächeln, und fast möchte ich einfach nur sitzen bleiben, ihn anstarren und verführerisch mit den Wimpern klimpern. Blöder, gottgleicher Kerl.

»Nein. Eigentlich wollte ich mit meiner Freundin zusammen etwas essen, aber nachdem sie mich erst hierher bestellt hat, hat sie es sich jetzt wohl anders überlegt.«

»Wenn ich dich hierher bestellt hätte, hätte ich es mir ganz bestimmt nicht anders überlegt«, antwortet er und lächelt mich fast spitzbübisch an.

Seine Aussage überrumpelt mich und erneut besteht kein Zweifel daran, dass mein Mund offen steht, und ich vergesse, zu blinzeln.

»Also gut, warum bist du hier? Was tust du hier?«, frage ich, um mich selbst auf andere Gedanken zu bringen.

»Nun, es sieht so aus, als seien wir auf einem Date.« Er lehnt sich auf seinem Stuhl zurück, als ich bemerke, dass er ein schickes hellblaues Hemd trägt, das seine Augen betont.

»Wir sind nicht auf einem Date. Ich habe hier auf meine

Freundin gewartet und dann bist du aufgetaucht. Das ist kein Date.«

»Es könnte aber eins werden.«

»Ich glaube, du hast schon genug andere Dates«, rutscht es mir heraus, bevor ich darüber nachdenken kann.

Er lehnt sich wieder nach vorn und neigt den Kopf ein wenig, als versuche er, sich über etwas klar zu werden. »Was meinst du?«, fragt er ruhig.

»Ich gehe nicht mit Männern aus, die gleichzeitig auch noch Verabredungen mit mehreren anderen Frauen haben.«

»Wer sagt denn, dass ich auch noch mit anderen Frauen ausgehe?« Er lässt sich wieder zurückfallen und reibt sich über die Stoppeln an seinem Kinn.

»Nun, erst letzte Nacht habe ich dich mit einer Frau gesehen.« Ich erzähle ihm nicht, dass ich auch beobachtet habe, wie er mit anderen Frauen zusammen war – und dass mich das eifersüchtig gemacht hat.

»Das war nur eine Frau und wir haben nichts miteinander.«

»Sicher. Aber selbst wenn ich dir glauben würde, müsstest du mich erst fragen, ob ich mit dir ausgehen möchte, damit man von einem Date sprechen kann.« Ich stehe auf und beginne, Richtung Ausgang zu laufen. Meine Hände zittern und ich würde mich am liebsten dafür ohrfeigen, dass ich nicht einfach sitzen geblieben bin. Doch ich will nicht bloß eine von vielen sein.

»Adrienne.«

Ich höre, wie er nach mir ruft, weigere mich aber, stehen zu bleiben oder mich umzudrehen. Nein. Er wird mich nicht mit seinen wahnsinnig blauen Augen und seinem wundervollen Lächeln rumkriegen. Nicht einmal wenn er sich jetzt das Hemd vom Leib reißen und seinen vermutlich fantastischen Körper präsentieren würde. Zugegeben, das würde mich vielleicht doch zum Innehalten bewegen, aber ich werde auf keinen Fall nachgeben.

Ich rausche aus dem Restaurant und drücke immer wieder heftig auf den Knopf des Fahrstuhls, bis sich die Türen endlich öffnen. Als ich bemerke, dass Jace mir nicht nachläuft, bin ich erleichtert. Und ein bisschen enttäuscht.

Verdammt, ich bin so dumm! Ich vergrabe das Gesicht in meinen Händen und warte, dass der Fahrstuhl mich im Erdgeschoss absetzt. Dort angekommen mache ich mich so schnell wie möglich auf den Weg zu meinem Auto. Ich öffne die Tür, werfe meine Clutch auf den Beifahrersitz und fahre nach Hause.

Als ich meine Wohnung erreiche, überlege ich, wie viele Beleidigungen ich Emilie am Telefon wohl an den Kopf werfen kann, bevor sie auflegt. Sie hat mir einiges zu erklären.

Ich lade meine Sachen auf dem Tisch ab und suche nach meinem Handy. Clutch, Schlüssel, allerdings kein Handy. Sollte ich etwa ...? Nicht doch. Mist. Ich habe mein Handy in dem vermaledeiten Restaurant liegen lassen und jetzt hat Blue Eyes es. Darum hat er vermutlich nach mir gerufen. Wenn auch nur ein Mal. Sicherlich hat er begriffen, dass er meine Vergesslichkeit zu seinem Vorteil nutzen kann.

Verflucht!

# 6. KAPITEL

**Jace**

Wir sitzen an einem alten Pokertisch aus Eichenholz in Marcs Entertainmentzimmer und Kade erzählt von seinem ersten Treffen.

Ich werfe einen Blick auf die Karten in meiner Hand. Ein Ass und eine Zehn, mein liebstes Blatt. Darum schiebe ich ein paar Chips in die Mitte des Tisches und warte ab, wie die anderen in der Runde reagieren werden.

»Es war nicht übel. Wir sind bloß zu einer Party gegangen, die ihre Firma im MGM veranstaltet hat«, sagt er achselzuckend.

»Aha, und?«, bohrt Nico nach.

»Nichts«, erwidert Kade fast abwehrend.

Wir anderen tauschen wissende Blicke aus. Kade ist es zu peinlich zu erzählen, was tatsächlich geschehen ist.

»Sie war steinalt, oder?«, fragt Nico.

Kade schweigt, studiert seine Karten und wirft sie in die Mitte des Tisches. »Sie war nicht *so* alt.«

Ich lache. »Also, wie alt war sie? Vierzig?«

Kade blickt einmal in die Runde und fährt sich dann mit der Hand über seinen kurz geschorenen Kopf, als versuche er, etwas davon herunterzubürsten. »Okay, sie war vielleicht sechzig.«

»Schäferstündchen mit Omi, was?« Nico grinst.

»Halt die Klappe«, erwidert Kade und versucht ein Schmunzeln zu unterdrücken.

»Mach dir keine Sorgen«, sage ich. »Das ist uns allen schon passiert. Hauptsache, du hast am Ende dein Geld bekommen.«

»Ich habe sie ohnehin nicht gevögelt«, sagt er und schubst Nico beinah von seinem Stuhl. »Nachdem sie mich stolz all ihren betagten Freunden vorgestellt hat, sind wir in ein Hotelzimmer gegangen.«

»Oooh!«, stimmt Nico lachend ein.

Kade ignoriert ihn. »Alles, was sie wollte, war, dass ich für sie strippe und mich von ihr mit ihren faltigen Fingern überall betatschen lasse. Sie hat immer wieder meine Brust und meine Bauchmuskeln berührt und gesagt, wie lang es schon her sei, seit sie zum letzten Mal einen durchtrainierten Männerkörper angefasst habe.«

»Es wird noch verrückter werden, glaub mir«, sage ich und sehe mich nach unserem fehlenden Mann um. »Marc, beweg deinen Arsch hierher, du bist dran! Ich bin kurz davor, deine Karten aufzudecken.«

»Ich komme! Warte! Ich muss nur eben schnell die Drinks holen.«

Marc kehrt mit drei Gläsern in der einen und zwei in der anderen Hand zurück. Die Gläser sind mit einer dunklen Flüssigkeit gefüllt.

»Was ist das?«, frage ich.

»Nur etwas, das ich kreiert habe.«

»Ich trinke das Zeug nicht. Wer weiß, was du da zusammengemischt hast. Nachher müssen wir uns wegen dir noch alle übergeben«, meint Nico und nimmt einen Schluck seines Bieres.

»Warum hörst du nicht mal auf herumzuzicken und probierst stattdessen zur Abwechslung ein echtes Männergetränk?«, erwidert Marc.

Troy fängt an zu lachen. »Er hat recht. Du bestellst immer dieses Weiberzeug. Ich hab dich mal was trinken sehen, das pink war und ein Stück Obst im Glas hatte.«

»Ach, leckt mich am Arsch. Das Fruchtzeug war hervorragend.«

»Wie dem auch sei, probier das hier gefälligst. Was Hartes. Das, was Erwachsene trinken.« Marc beginnt, die Gläser zu verteilen.

Ich nehme eines entgegen und rieche instinktiv daran. »Verdammt, das ist stark.«

Marc grinst. »Ja.«

Während Nico und Kade noch ihre Gläser inspizieren, stoßen Marc, Troy und ich an und trinken.

Die Flüssigkeit bahnt sich ihren Weg meine Kehle entlang und hinterlässt eine Spur von Wärme.

Troy muss einen großen Schluck genommen haben, denn sein Glas ist halb leer. Er hat die Augen zusammengekniffen und schüttelt den Kopf. »Holla. Scheiße. Das nenne ich verflucht noch mal einen Drink.«

Ich nehme ein zweites Glas und dieses Mal scheint der Drink sogar noch stärker. Das Zeug schmeckt nicht schlecht, es ist nur verdammt hochprozentig. Es hat einen leichten Beigeschmack, ist im Prinzip aber purer Alkohol.

»Was ist da drin?«, fragt Nico. Sein Glas ist noch immer ganz voll.

»Oh, es ist eine besondere Mischung aus Hör-auf-zu-fragen-und-trink-endlich-aus.«

Nico wirft uns einen bösen Blick zu, worauf wir alle lachen.

Kade zuckt mit den Schultern und trinkt sein Glas aus.

»Der Neue lässt dich ganz schön alt aussehen«, sage ich und nehme ein weiteres Glas mit Marcs Kreation.

Nico blickt einmal zu allen Anwesenden am Tisch, dann trinkt er seinen Drink in nahezu einem Zug aus. »Oh Gott. Scheiße. Das ist ja ekelhaft.« Hustend packt er sich mit der Hand an die Brust. Er stürzt in die Küche und kehrt mit einer Wasserflasche am Mund zurück.

Wir lachen. »Gruppenzwang ist schon blöd«, entgegne ich.

Endlich widmet sich Marc seinen Karten und schmeißt ein paar Chips auf den Tisch. Der daraufhin aufgedeckte Flop besteht aus zwei Zehnern und einer Zwei. Ich habe drei von einer Sorte und das Ass als Kicker. Ich werfe noch ein paar Chips in die Mitte und erhöhe so den minimalen Einsatz.

Alle außer Troy steigen aus.

»Nimm dir Zeit, Baby Boy«, wendet Troy sich an Nico. »Du musst es genießen, es auskosten, es schmecken ...«

»Reden wir noch immer über Alkohol?«, fragt Nico.

»Wenn du so vögelst, wie du den Drink da runtergeschüttet

hast, dann tun mir deine Kundinnen leid«, seufzt Troy. »Es einfach nur so schnell wie möglich hinter dich bringen, ohne dir die Zeit zu nehmen, den Geschmack und das Gefühl zu genießen.« Angewidert schüttelt er den Kopf.

»Oh, du kannst mich mal. Du weißt ja nicht, wie ich die Dinge handhabe. Im Bett bin ich ein Tier.«

Troy ignoriert Nicos letzten Kommentar.

Wir warten darauf, dass Marc die nächste Karte zeigt. Es ist eine Sechs. Ich prüfe, was ich auf der Hand habe, und Troy bedenkt mich mit einem misstrauischen Blick, bevor er den Einsatz erhöht. Ich gehe mit, womit die Spannung auf die entscheidende Karte steigt.

Sie wird aufgedeckt. Ein Ass. Scheiße, ja. Darum ist das mein liebstes Blatt auf der Hand. Es bringt mir immer Glück. Ich lasse einen Moment verstreichen, bis ich erhöhe, so als müsste ich meine Strategie wirklich abwägen.

Troy lehnt sich zurück und starrt mich an. »Was hast du, Mann?« Nicht dass er auf diese Frage wirklich eine Antwort erwartet. Er versucht herauszufinden, ob auch er aussteigen sollte oder nicht.

»Du bist schon so weit gekommen. Da kannst du es jetzt auch durchziehen«, sage ich, denn ich weiß, Troy liebt den Wettbewerb.

Jetzt kann er mich nur noch schlagen, wenn er vier gleiche Karten oder einen Straightflush hat. Die Karten, die schon aufgedeckt sind, schließen Letzteres aus. Außerdem liegt auf dem Tisch das Zehner-Pärchen und ich habe die dritte Zehn im Bunde, also kann er auch nicht vier gleiche Karten haben.

Ich nehme noch einen Schluck von meinem Drink und warte ab, was Troy tun wird. Er mustert seine Karten mehrmals, ehe er zu mir herüberblickt, in dem Versuch, herauszufinden, ob ich sein Blatt schlagen kann.

»Scheiß drauf.« Er wirft noch mehr Chips in die Mitte, seine aufgedeckten Karten folgen. Er hat zwei Könige und damit insgesamt zwei Pärchen.

Gut, aber nicht gut genug.

Ich lege meine Zehn neben die beiden auf den Tisch und mein Ass ebenfalls zu seinem Gegenstück. »Full House, Baby!«

»Verflucht!«, brüllt er.

Lachend sammle ich meine Chips ein. Troy murmelt irgendetwas von Schönlings-Superkräften, was mich nur noch mehr amüsiert.

Ich lehne mich zu Marc. »Jetzt mal im Ernst, was ist in dem Drink wirklich drin?«

»Bourbon, *Everclear* und schwarzer Kirschsaft.«

»Verdammt noch mal«, sage ich.

»Ich weiß.« Er grinst und sieht zu Nico rüber, der noch immer an seiner Wasserflasche nuckelt.

»Ach ja, Mann, ich muss dir von diesem heißen Mädel erzählen, das ich das letzte Mal gesehen habe«, schwärmt Nico. »Sie war klein – Taschenformat, so wie ich es gern habe – und hatte Kurven für zwei. Wie eine *Coca-Cola*-Flasche. Im Ernst! Ihre Möpse waren perfekt, ihre Hüften der Wahnsinn – und sie hatte einen schönen, knackigen Hintern. Oh mein Gott, ich dachte schon, ich wäre gestorben und vor der Himmelspforte gelandet.«

»Erst einmal, du magst Frauen im Taschenformat, weil du selber klein bist, lass uns das nur klarstellen«, sagt Troy.

»Nur weil ich nicht so ein Hüne bin wie mancher von euch, heißt das nicht, dass ich klein bin. Ein Meter achtzig ist nicht klein!«

»Ach, du bist jetzt ein Meter achtzig? Ich dachte, du wärst ein Meter dreiundsiebzig?«, meint Troy.

»Ist doch egal.« Er dreht Troy den Rücken zu. »Jedenfalls war sie ziemlich scharf. Die hatte Ehefrauen-Potenzial.«

»Tatsächlich? Willst du dich etwa schon häuslich niederlassen?«, frage ich ihn.

»Ähm. Keine Ahnung. Aber wie lang kann man diesen Job hier schon machen?« Er erwartet nicht wirklich eine Antwort.

»Du machst ihn ja noch nicht einmal so lange Zeit«, weist Troy hin.

»Auf jeden Fall nicht so lang wie du, alter Mann«, witzelt

Nico.

»Scheiße, schau dir doch mal diese glatte schokoladenfarbene Haut an. Ich hab am ganzen Körper nicht eine Falte.«

»Ich meine ja nur. Habt ihr nie darüber nachgedacht, wie lang ihr in diesem Job arbeiten wollt?«

Ich habe darüber nachgedacht. Ich mache das nun seit mehreren Jahren und ich tue es fürs Geld. Nur um an ein Date zu kommen, hätte ich den Job nicht machen müssen.

Vor einigen Jahren wurde mein Bruder getötet, meine Mutter versank in einer Depression, ich hatte meinen Vater seit Ewigkeiten nicht mehr gesehen und wir waren völlig pleite. In dem Moment, als ich legal als Escort anfangen konnte, tat ich es. Als dann das Geld zu fließen begann, wollte ich weitermachen. Ich war es nicht gewöhnt, mir alles kaufen zu können, was ich haben wollte und wann immer ich es wollte. Ich konnte die Schulden meiner Mutter bezahlen und ihr zumindest diese Sorgen nehmen. Ich habe in dem Job eine Menge Geld verdient, das ich am Anfang schamlos ausgegeben habe – einfach weil ich es konnte. Doch nach einer Weile begann ich zu sparen, zu investieren und mich geschäftlich weiterzubilden, weil mir immer klar war, dass ich nicht ewig als Escort arbeiten kann. Ich ging nebenbei zum College, um einen Abschluss in der Tasche zu haben; inzwischen muss ich diesen Job nicht mehr um jeden Preis machen, wenn ich nicht möchte.

»Scheiße, wenn ich kann, werde ich diesen Job machen, bis ich fünfzig bin«, meint Troy. »Geld und Pussys, was will man mehr?«

»Was, wenn du eine Frau findest, mit der du eine Zukunft haben willst? Ihr wird es ganz bestimmt nicht recht sein, dass du es ständig mit anderen treibst«, wirft Nico ein.

»Ich werde niemals heiraten, also muss ich mir darum keine Gedanken machen. Ich bin ein Junggeselle und lebe ein entsprechendes Junggesellenleben.«

Wir wissen alle, dass Troy noch immer wütend wegen dem ist, was seine Verlobte ihm angetan hat. Obwohl das schon Jahre zurückliegt, hat er die Sache noch immer nicht verkraftet und ist überzeugt, dass er für den Rest seines Lebens Single bleiben will. Ich glaube, er wird seine Meinung irgendwann ändern.

»Was ist mit dir?«, wendet sich Nico an mich.

»Ich werde das hier nicht für immer tun, wahrscheinlich nicht einmal für viel länger. Aber es hat mich zu einem reichen Mann gemacht«, sage ich grinsend. »Ich habe ein paar Dinge am Laufen und werde in ein völlig anderes Geschäft einsteigen.«

»Was für ein Geschäft? Machst du etwas hinter unserem Rücken?«, will Nico wissen.

»Nein. Troy und Marc wissen davon.«

»Was? Das ist doch beknackt. Warum werde ich außen vor gelassen?« Er sieht verletzt aus.

»Sie arbeiten mit mir zusammen. Wir machen etwas für erwachsene Männer. Mach dir keinen Kopf. Du wirst es noch früh genug erfahren.«

Darauf schweigt er. Wahrscheinlich fühlt er sich wirklich ausgeschlossen, aber er könnte mir bei meinen Plänen nicht helfen. Marc und Troy machen diesen Job so wie ich schon etwas länger und auch sie haben Geld zur Seite gelegt. Zusammen bringen wir Abschlüsse in Betriebswirtschaft und Finanzwesen mit und können damit tatsächlich etwas auf die Beine stellen.

»Was aber das Ehelichen angeht, da bin ich noch unschlüssig«, sage ich, um das Thema zu wechseln.

»Du willst nicht heiraten?«, fragt Marc.

»Ich habe noch nicht wirklich darüber nachgedacht. Der Job hier verlangt mir einiges ab und bisher hatte ich weder die Zeit noch das Bedürfnis, mich mit Frauen auf Dates zu verabreden. Sex bekomme ich auch so, dafür brauche ich keine Ehefrau. Obwohl, schön wäre es, wenn auf mich zu Hause jemand warten würde. In meinem Riesenapartment ist es oft total still. Ich habe keine Ahnung.« Ich zucke mit den Schultern und belasse es dabei.

»Wann hast du denn überhaupt zum letzten Mal ein Date mit einer Frau gehabt? Also außerhalb des Jobs, meine ich?«, hakt

Marc nach.

Darüber muss ich tatsächlich erst einen Augenblick nachdenken. »Meine letzte Beziehung ist schon ein paar Jahre her. Alles andere war nur Sex.«

Die anderen nicken zustimmend, denn so ist es nun einmal. Die Mädchen, denen man in seinem Privatleben begegnet, dürfen nicht mehr wollen als guten Sex. Sobald man ihnen von seinem Job erzählt, laufen sie so schnell sie können davon. Und wenn sie es nicht tun, werden sie spätestens dann eifersüchtig, wenn man die Nacht oder gar ein ganzes Wochenende mit einer Kundin verbringen muss. Das führt nur zu Problemen.

Sobald man in der Tür steht, kommen die Fragen. *Bei wem warst du? Was habt ihr getan? Hat es dir Spaß gemacht? War sie jung? War sie heiß?* Das ist einfach zu viel.

»Oh, aber da gibt es dieses eine Mädchen, dem ich in letzter Zeit ein paar Mal über den Weg gelaufen bin. Ich hätte nichts dagegen, sie mal ganz nah kennenzulernen.«

»Ach wirklich?«, fragt Nico. »Im Sinne von, du willst sie vögeln? Oder mit ihr ausgehen?«

»Vögeln würde ich sie auf jeden Fall. Ich kenne sie nicht gut genug, um abzuschätzen, ob ich sie darüber hinaus in meinem Leben haben will. Sie hat auf jeden Fall einen tollen Körper. Ich würde sie gern mal völlig nackt in meinem Bett sehen.«

»Wie sieht sie aus?«, will Nico wissen.

»Sie hat lange Beine, einen exotischen Look, den ich nicht ganz zuordnen kann, und einen tollen üppigen Hintern.«

»Und du hast deine Schönlings-Superkräfte noch nicht benutzt, um sie ins Bett zu kriegen?«, fragt Troy grinsend.

»Sie denkt, dass eine meiner Kundinnen meine feste Freundin ist. So etwas will sie nicht. Ich weiß nicht mal, ob ich ihr noch einmal über den Weg laufen werde. Falls doch, dann werde ich meine Superkräfte ganz bestimmt nutzen, um sie in mein Bett zu bekommen.«

»Seid ihr denn Sex nie leid?«, will Kade wissen. Wir alle starren ihn an, als sei er verrückt geworden, also fügt er hinzu: »Ich meine, ihr habt in eurem Job ständig Sex und dann wollt ihr in eurem Privatleben auch noch welchen?«

»Welcher Mann wird Sex je leid?« Troy steht auf, legt sich die Hand auf die Stirn und wirft den Kopf zurück. »Ich fasse es nicht, dass ich tatsächlich einen Mann habe so etwas fragen hören«, murmelt er, während er weggeht.

Seine Dramavorstellung bringt mich zum Lachen. »Okay. Arbeit ist Arbeit. Da sind keine Emotionen im Spiel, keine Verbindung. Ich lege da einfach einen Schalter um. Ich bin jemand anderes. Meine Kundinnen lernen mein wahres Ich nicht kennen. Sie sehen, wen auch immer ich sie sehen lassen will, wen sie sehen wollen. Wenn sie mich buchen, habe ich außerdem keine Wahl, mit wem ich den Abend verbringe und mit wem ich Sex habe. Ich muss so tun, als sei ich interessiert, sogar, wenn ich es nicht bin. Versteh mich nicht falsch, manchmal passt es mit der Person tatsächlich ... oder den dreien«, werfe ich ein, in der Hoffnung, Troy hört mich. Er ist noch immer neidisch. »Aber meistens bekommst du niemanden, der deinem Typ entspricht. In deinem Privatleben hingegen hast du die Wahl. Du kannst jemanden wählen, zu dem du dich hingezogen fühlst. Jemanden, mit dem du tatsächlich Zeit verbringen willst. Das ist etwas anderes.«

Wir reden und trinken noch ein paar Stunden, bevor es für uns alle Zeit wird, heimzugehen. Auf dem Weg zur Tür hält Marc mich auf.

»Hey, Mann. Die Verabredung, von der ich dir erzählt habe, wird am Freitag stattfinden. Sobald ich weiß, wohin meine Kundin will, schreibe ich dir eine Nachricht oder rufe dich an.«

»Klar. Cool. Ich sehe dich dann am Freitag«, sage ich und kehre zu meiner Wohnung zurück.

Dort denke ich darüber nach, wann ich wohl wirklich so weit sein werde, diesen Job aufzugeben.

# 7. KAPITEL

## Adrienne

»Wo zum Henker warst du gestern?«, fahre ich Emilie an. »Ich kann echt nicht glauben, dass du mich fragst, ob wir uns zum Essen treffen, ich mir die Zeit nehme, mein Haar zu glätten, ein süßes Outfit auszusuchen und den ganzen Weg zum Restaurant zu fahren, nur damit du nicht auftauchst. Und um der Sache die Krone aufzusetzen, kreuzt GGG auf und bringt mich dazu, mich wie eine Idiotin aufzuführen und mein Handy liegen zu lassen.«

»Okay. Bevor ich irgendetwas erkläre, was zum Teufel ist ein GGG?«

Ich seufze schwer. »*Gottgleiches Geschöpf.* Aber das ist jetzt egal. Wo warst du?«

»Also erst mal, beruhige dich. Ich wollte dich wirklich dort treffen, aber ich hatte einen Plan. Ich wollte dich auf ein Date mit einem Freund von Chris schicken. Du weißt schon, der Kerl von meiner Arbeit. Er ist nicht wirklich mein Typ, aber ich mag ihn als Kumpel, und ich dachte, vielleicht wäre sein Freund gut aussehend und wir könnten allesamt eine tollen Abend haben.« Endlich hört ihr Redeschwall auf und sie starrt mich bloß an.

»Warte mal. Du wolltest mich mit einem Typen, den du nicht mal kennst und der mit einem Kerl befreundet ist, den du nicht attraktiv findest, auf ein Blind Date schicken und du dachtest, das würde lustig werden? Und erkläre mir bitte, warum dann keiner von euch erschienen ist!«

»Ich habe nie gesagt, dass Chris nicht attraktiv ist. Er ist bloß nicht mein Typ. Vielleicht ist er ja deiner, ich weiß es nicht. Er ist niedlich, aber wir sind nur befreundet. Ich habe ihn extra gefragt, ob sein Freund eine hässliche Kröte sei, und er hat mir versichert, dem sei nicht so.«

»Wie auch immer. Wo wart ihr dann alle? Bei mir wart ihr auf jeden Fall nicht!«

Ich lasse die Diele hinter mir und setze mich auf die Couch. Emilie folgt mir und macht es sich am anderen Ende bequem.

»Ich war schon fast zur Tür raus, da rief Chris an und sagte, sie würden nicht kommen können, weil Greg, sein Freund, krank sei. Ich dachte, du würdest wahrscheinlich nicht wollen, dass Chris allein auftaucht, da drei immer einer zu viel sind ... vor allem, weil er nicht schwul ist. Zumindest glaube ich das nicht.«

»Du schweifst schon wieder ab! Hör auf!«

»Sorry. Jedenfalls habe ich ihm gesagt, das sei schon in Ordnung und ich würde dich trotzdem treffen. Aber als ich dann noch mal auf Toilette gegangen bin, habe ich gesehen, dass ich meine verflixten Tage bekommen habe! Und nicht nur das, ich hatte keinerlei Hygieneartikel im Haus. Nichts. Keine Tampons, keine Binden, nicht einmal Slipeinlagen. Was für eine Frau bin ich eigentlich?«

Ich versuche, meinen verärgerten Gesichtsausdruck beizubehalten, obwohl ich eigentlich lachen muss. Allerdings war ich noch nie gut darin, ein Pokerface zu wahren und fange schließlich doch an, zu kichern.

»Das ist nicht witzig! Ich steckte auf der Toilette fest und habe versucht, an meine Schränke zu kommen, weil ich hoffte, darin irgendetwas zu finden. Gleichzeitig warst du dabei, mir wütende Nachrichten zu schicken.«

»Was hast du schlussendlich getan?« Ich kann nicht aufhören, zu lachen.

»Ich habe getan, was jede Frau tun würde. Ich habe ein wenig Toilettenpapier zusammengefaltet, es in meine Unterhose gelegt und bin zum Drogeriemarkt gelaufen, um Tampons zu kaufen!«

Ich lasse mich rücklings auf das Sofa fallen und klammere mich lachend an das Kissen. Emilie tut es mir nach und zwischen uns ist alles vergeben und vergessen.

»Soso. GGG? Das müssen wir abändern. Das klingt ja wie ein Fernsehsender. Also, wie könnten wir ihn nennen?« Sie tippt mit ihrem Zeigefinger gegen ihr Kinn, während sie die

Decke anstarrt.

»Keine Ahnung. Es war einfach bloß kürzer, als *Gottgleiches Geschöpf* zu sagen. Ich bin nicht gut darin, Spitznamen zu erfinden.«

»Lass mich nachdenken, lass mich nachdenken. Wie wäre es mit SB? Weil er ein sexy Biest ist!« Ihr eigener Witz bringt Em zum Lachen. »Oder vielleicht Blue Eyes oder SAB wie *Sex Auf Beinen* – oder Daddy Rockefeller, weil er offensichtlich reich ist. Oh, vielleicht könnten wir ...«

»Hör auf«, funke ich dazwischen. »Deine Vorschläge sind auch nicht besser als GGG. Ich werde ihn einfach Gott nennen.«

»Ja, und wenn du Glück hast, dann bringt er dich vielleicht dazu, in seiner Anwesenheit *Oh Gott, oh Gott, oh Gott!* zu schreien.« Sie beginnt, einen Orgasmus vorzuspielen.

»Du bist unmöglich.«

»Nein, *du* bist unmöglich. Ich kann nicht glauben, dass du nicht zum Essen mit ihm geblieben bist. Dem Abendessen hätte ein Nachtisch folgen können. Ich wette, sein Dessert ist ganz besonders gut.«

»Oh, ich bin sicher, dass bei ihm alles gut ist. Er ist so selbstsicher und charmant. Wenn ich etwas schwächer wäre, dann würde ein Fingerschnippen von ihm reichen und ich würde Gewehr bei Fuß stehen.«

»Ich wette, er ist dominant. Ich wette, er würde dich einfach auf sein Bett werfen, deine Handgelenke über dem Kopf festhalten und seinen Spaß mit dir haben. Er würde dich herumkommandieren und dir befehlen, auf die Knie zu gehen, um seinen Schwanz zu lutschen.« Sie hält inne. »Oder vielleicht ist das auch bloß meine Wunschvorstellung für mich.«

»Hör auf, so zu reden! Sogar diese Vorstellung macht mich schon scharf! Wir wissen ja nicht einmal, wie er im Bett sein würde. Nachher ist sein Penis winzig und er ist zwischen den Laken genauso selbstsüchtig wie Liam. Möglicherweise kommt er schon nach vier Sekunden oder ist allgemein einfach ganz furchtbar.«

»Du bist verrückt. Das glaubst du doch selbst alles nicht. Er ist ein Hüne mit riesigen Händen, also hat er auch einen riesigen Penis. Und wenn er sich bei dir wegen des Handys meldet, dann verhalte dich nicht wieder wie eine blöde Zicke, sondern sei ein wenig nett zu dem Mann. Er hat dir nichts getan. Du hast ihn mit Frauen gesehen. Oh Wunder, er ist rattenscharf, also scharen sich die Mädchen um ihn. Vielleicht sagt er die Wahrheit und ist wirklich mit keinem davon zusammen.«

»Ich weiß! Ich bin eine dumme Frau, die keine Ahnung hat, was sie will. Nur dass ich eben genau weiß, was ich will. Ich will jemanden mit einem großen Schwanz, der mich um den Verstand vögelt und mich für ein paar Stunden alles um mich herum vergessen lässt.«

»So ist's recht, Mädchen! Und frag ihn, ob er Kumpel mit großen Schwänzen hat. Ach, was rede ich denn? Mittlerweile würde ich schon einen Freund mit einem normal großen Schwanz nehmen.«

»Wie soll er mich denn kontaktieren, wenn er nur mein Handy hat? Meine Adresse ist da nicht drin.«

»Ich weiß es nicht. Festnetz? Geschäftstelefon? Er wird schon einen Weg finden.«

»Bestimmt wird er das«, erwidere ich. Bei dem Gedanken, Sexy Biest wiederzusehen, werde ich ganz kribbelig.

»Oh!«, ruft Emilie aus. »Ich habe vor Kurzem ein neues Mädel für den Coffeeshop angeheuert. Sie heißt Shelia und sie scheint ganz cool zu sein. Etwas ruhig, aber vielleicht ist sie bloß unsicher. Sie ist ziemlich neu in Vegas. Ich glaube, sie ist mit ihrer Mitbewohnerin aus dem Studentenheim hergezogen oder so etwas. Wie dem auch sei, sie hat mich gefragt, ob ich mit ihnen abends essen gehen würde, und ich habe Ja gesagt. Aber du musst unbedingt mitkommen.«

»Warum *muss* ich mitkommen?«

»Weil sich herausstellen könnte, dass sie langweilige Tussis sind, und ich will auf jeden Fall meine beste Freundin bei mir haben«, erwidert sie.

»Okay. Verstehe. Wenn sie wirklich Langweiler sind, lassen

wir sie hängen und feiern anderweitig weiter.«

»Klingt nach einem Plan!«

»In der Zwischenzeit muss ich mir überlegen, was ich wohl zu Sexy Biest sagen werde.«

»Also nennen wir ihn jetzt Sexy Biest?«, fragt sie mit einem Grinsen.

Ich zucke die Schultern. »Keine Ahnung. Es ist mir halt als Erstes eingefallen.«

»Okay. Was du sagst, hängt natürlich davon ab, was du tun willst. Willst du weiter die Zicke sein, die sich über seine vielen Freundinnen aufregt und darüber, dass er ein Frauenheld ist und ihr nie eine Beziehung haben werdet? Oder willst du, dass er dich besinnungslos vögelt?«

Den ersten Teil hat Emilie in einer weinerlichen Stimme vorgetragen. Ich blicke sie finster an. »Zum einen klinge ich so überhaupt nicht. Zum anderen will ich nicht, dass er mich besinnungslos vögelt. Das könnte peinlich werden. Ich denke, ich werde einfach sehen, was sich ergibt. Wenn er nur auf Sex aus ist, dann werde ich ihn ganz bestimmt nicht abweisen. Immerhin befinde ich mich auf einer sexuellen Durststrecke.«

»Gut. Dann sei einfach du selbst und alles wird gut.«

»Ich weiß. Aber in seiner Gegenwart werde ich ganz nervös. Blödes GGG.«

Als es an der Tür klopft, werfe ich Emilie einen vielsagenden Blick zu. Normalerweise kommt niemand unangemeldet vorbei. Meistens sind es ohnehin entweder Emilie oder Kunden. Es könnte natürlich sein, dass Mrs Roberts spontan vorbeischaut. Ich würde es ihr durchaus zutrauen.

Ich durchquere den Raum und gehe an der Küche vorbei zur Tür. Die Person, die ich durch den Spion vor der Tür stehen sehe, kenne ich nicht.

Langsam öffne ich. »Ja?«

»Hi. Sind Sie Miss ...« Der Mann sieht auf seinen Notizzettel hinab. »... Adrienne Miller?«

»Ja, das bin ich«, antworte ich zögernd.

»Perfekt. Das ist für Sie, Ma'am.« Er überreicht mir einen

kleinen Umschlag und einen langen, schmalen schwarzen Karton.

»Danke«, sage ich, während ich die Sachen entgegennehme.

Der Kurier lächelt und geht.

Ich schließe die Tür und laufe zu Emilie hinüber, die mich neugierig ansieht.

»Wer war das? Was hast du da?«

»Ich weiß es nicht.« Ich setze mich neben sie.

Zuerst öffne ich den Karton. Als ich den Deckel abnehme, schlägt mir zunächst ein starker Zitrusgeruch entgegen und erfüllt die Luft. Im Karton liegen zwei bildschöne gelbe Rosen auf einem weißen Satinkissen. Ich nehme die Blumen heraus, führe sie an meine Nase und atme ihren Duft ein.

»Die sind wunderschön!«, kreischt Em neben mir. Sie nimmt sich eine Rose und atmet ebenfalls tief ein.

Dann entdecke ich ein kleines Stück Papier, das unter den Rosen gelegen hat. Ich nehme es heraus. Ein einziges Wort steht darauf.

*Freunde?*

Emilie schnappt es mir aus der Hand und liest den Zettel. »Glaubst du, dass die Nachricht von Beautiful Blue Eyes ist?«

Ich muss lachen. »Ich sehe, noch ein neuer Name, und du hast übrigens auch wunderschöne blaue Augen.«

»Ach komm, ich bitte dich. Er lässt meine Augen alt aussehen. Egal, das muss von ihm sein, nicht wahr?«

»Lass mich den Umschlag öffnen und das Geheimnis lüften.« Ich reiße den Umschlag an der Seite auf und entnehme den Brief, der immerhin einige Wörter mehr enthält als die Notiz in dem Karton.

*Ich glaube, du hast etwas liegen lassen. Ich bin mir sicher, du fragst dich, warum ich es dir nicht einfach geschickt habe. Nun ja, das würde ja keinen Spaß machen. Ich werde um halb sieben im* Delmonico *im* The Venetian *sein.*

*Jace alias das* Gottgleiche Geschöpf

Als ich seine Unterschrift sehe, stirbt ein kleiner Teil in mir. »Oh. Mein. Verdammter. Gott!«, brülle ich. »Woher weiß er, dass wir ihn *Gottgleiches Geschöpf* nennen?«

Ems Augen werden groß und sie reißt mir den Zettel aus der Hand. »Oh Scheiße, er ist es! Ich wusste es!«

»Das ist großartig, Em. Woher zum Teufel weiß er, wie wir ihn nennen? Das ist so peinlich!«

»Oh, oh«, bringt sie kleinlaut hervor. »Ich habe dir gestern Abend wie eine Verrückte SMS geschrieben. Ich dachte, du würdest jetzt wirklich nicht mehr mit mir reden. Ich habe ihn in den SMS erwähnt. Ich weiß nicht mehr, was ich genau geschrieben habe. Doch ich erinnere mich daran, etwas gesagt zu haben wie, du solltest aufhören, so zickig zu sein und dich einfach von dem *Gottgleichen Geschöpf* mit den tollen blauen Augen vögeln lassen, vielleicht würdest du dann lockerer werden.«

Meine Augen müssen mittlerweile die Größe von Untertassen angenommen haben. Ich starre Emilie sprachlos an.

Sie sieht zu mir herüber und beißt sich in Erwartung meiner Reaktion auf die Unterlippe.

»Emilie, ich sollte dich umbringen. Wie soll ich ihm denn jetzt gegenübertreten? Nun weiß er, dass wir über ihn gesprochen haben und ich wirke wie ein Psycho.«

»Beruhige dich, Miss Psycho. Alles wird gut.«

»Oh mein Gott. Das wird so unangenehm. Da geht es dahin, mein potenzielles Sexleben.«

Emilie ignoriert meine Worte. »Komm schon. Wir suchen dir das heißeste Outfit aller Zeiten aus. Er wird einen Blick auf dich werfen und alle SMS sofort vergessen.«

Stöhnend lasse ich mich von ihr in mein Schlafzimmer ziehen.

# 8. KAPITEL

**Jace**

Nachdem ich mich für meine Verabredung mit Adrienne geduscht habe, streife ich eine Jeans über und schlüpfe in ein weißes T-Shirt, einen schwarzen Blazer und Schuhe von *Stacy Adams.*

Ein Blick auf die Uhr verrät mir, dass es fünf vor sechs ist. Am besten wird es sein, wenn ich mir jetzt schon ein Taxi nehme und mich auf den Weg zum Strip mache. Man weiß nie, wie dicht der Verkehr sein wird und ich habe das unbestimmte Gefühl, dass Adrienne auf der Stelle kehrtmachen wird, wenn ich zu spät erscheine.

Als ich den Fahrstuhl verlasse und die Lobby betrete, entdecke ich John an der Rezeption sitzen.

»Gehen Sie aus, Sir?«, fragt er.

»John, bitte nennen Sie mich Jace. Das ist wirklich in Ordnung. Und ja, ich gehe aus.«

»Nun gut. Möchten Sie, dass ich Ihnen ein Taxi rufe, Jace?« Er klingt, als fühle er sich nicht ganz wohl dabei, meinen Vornamen zu benutzen. Er ist es wohl einfach gewohnt, alle Hausbewohner mit Sir oder Ma'am anzusprechen.

»Ja, das wäre schön.«

Ich setze mich in einen der Sessel in der Lobby, während er telefoniert.

Nachdem er aufgelegt hat, kommt er zu mir herüber und nimmt mir gegenüber Platz. »Haben Sie heute Abend wieder ein Date?«, fragt er grinsend.

»Ich denke, so könnte man es auch nennen. Ich habe ihr Handy, und sie muss mich treffen, um es wiederzubekommen.«

»Jetzt stehlen Sie schon Handys? Sie sehen nicht so aus, als hätten Sie das nötig«, sagt er scherzhaft.

Ich lache. »Sie haben recht. Aber dieses Mädchen ist eine harte Nuss. Sie wirft sich mir nicht gerade vor die Füße. Wir werden wohl abwarten müssen, wie sich die Dinge heute Abend entwickeln. Ich werde jedenfalls versuchen, ihre Mauer zu durchbrechen.«

»Ich wünsche Ihnen dabei viel Glück. Es gibt einfach Frauen auf dieser Erde, die nur dazu da sind, uns das Leben schwerer zu machen. Verstehen Sie mich nicht falsch, ich liebe meine Frau, doch sie gehört auch zu der Sorte. Ich habe lang gebraucht, um sie davon zu überzeugen, mir eine Chance zu geben.«

»Ach John, aber ist das nicht das wirklich Spannende daran? Die Jagd? Das Umwerben und Verführen?«

John schüttelt den Kopf. »Vielleicht für Sie. Aber für mich haben sich die Zeiten geändert. Außerdem haben Sie zum Umwerben und Verführen ganz andere Möglichkeiten als ich.«

»Ich sehe gut aus und habe eine tolle Persönlichkeit, reicht das nicht?«, frage ich und lache.

»Und bescheiden sind Sie auch.« Seine Stimme tropft vor Sarkasmus.

»Hey, ich kann mit meinem Aussehen Geld verdienen«, erwidere ich augenzwinkernd.

Ich erhebe mich und mache mich zum Eingang auf, wo soeben ein Taxi vorgefahren ist.

Ich höre ihn lachen, als er aufsteht und wieder zu seinem Platz an der Rezeption zurückkehrt. »Viel Glück bei Ihrer Verabredung.«

»Danke, John. Wenn ich Glück haben sollte, lernen Sie die Dame in ein paar Stunden ja vielleicht kennen.«

Er braucht einen Moment, bevor er begreift, was ich meine. Erneut schüttelt er den Kopf und wirkt amüsiert. »Bleiben Sie bescheiden, Sir ... Jace.«

»So sehr mir der Klang von Sir Jace auch gefällt, reicht es auch, wenn Sie mich einfach Jace nennen«, witzele ich.

Nach der zwanzigminütigen Fahrt habe ich noch ungefähr fünf Minuten, um zum Restaurant zu kommen. Ich hoffe inständig, dass sie zu den Frauen gehört, die sich verspäten, weil sie zu lang zum Anziehen und Stylen brauchen. Ich eile ins

Casino und zum Restaurant. Als ich dort ankomme, kann ich sie nicht entdecken, also bleibe ich in der Nähe des Eingangs und warte. Ich werfe einen Blick auf die Armbanduhr. Es ist genau halb sieben.

»Wartest du auf jemanden?«, höre ich eine verführerische Stimme.

Ich sehe hoch und Adrienne steht vor mir. Ich gönne mir einen Moment, um sie anzusehen. Sie trägt ein kurzes türkisfarbenes Cocktailkleid. In der Mitte ist es leicht durchsichtig und mit verschiedenen Perlen verziert. Es scheint geradezu dafür gemacht worden zu sein, ihre schmale Taille und kurvigen Hüften zu betonen. Ihre langen makellosen Beine werden durch die silbernen High Heels perfekt zur Geltung gebracht.

Unwillkürlich kommt mir der Gedanke, wie gern ich Adrienne in meinem Bett hätte, nackt bis auf diese Schuhe, während ihre Beine über meinen Schultern liegen.

Ich höre, wie sie sich räuspert, um meine Aufmerksamkeit zu erlangen.

»Entschuldige«, sage ich und blicke in ihre schönen grüngrauen Augen. »Ich bin froh, dass du gekommen bist.«

»Ist ein Abendessen notwendig? Du könntest mir das Handy auch einfach jetzt geben.«

»Natürlich ist ein Abendessen notwendig. Wir müssen schließlich alle irgendwann essen. Komm schon.« Ich biete ihr meinen Arm an, damit sie sich unterhaken kann.

Sie zögert kurz, dann tritt sie ein paar Schritte auf mich zu und hängt sich bei mir ein, sodass ihr Arm in meiner Ellenbeuge ruht.

Ich nenne der Hostess meinen Namen und wir werden augenblicklich zu einem Tisch geführt.

Ein paar Sekunden lang herrscht zwischen uns unbehagliche Stille. Ich beschließe, ihr ein Ende zu setzen. »*Gottgleiches Geschöpf*, was?«, frage ich und grinse schelmisch.

Mit den Ellbogen auf dem Tisch vergräbt sie ihr Gesicht in den Händen und versteckt ihre Augen vor meinem Blick. Als ich lache, sieht sie augenblicklich hoch und lässt die Hände in den Schoß sinken. »Du solltest wirklich nicht die privaten Nachrichten anderer Leute lesen.«

»Es tut mir leid. Deine Freundin wollte nicht lockerlassen und das verdammte Ding hat ständig geklingelt. Andauernd tauchte eine neue SMS auf dem Bildschirm auf. Schließlich wurde meine Neugier zu groß. Ich entschuldige mich dafür.«

»Krampfhafte Neugier«, murmelt sie.

»Also, könntest du mir Näheres zu dem Spitznamen erklären?«

»Nicht wirklich, und wie kommst du überhaupt darauf, dass sie über dich geredet hat? Bist du so von dir eingenommen, dass du glaubst, das einzige gottgleiche Geschöpf auf Erden zu sein?«

»Ich bin nicht von mir eingenommen und dir ist schon klar, dass du soeben zugegeben hast, dass du mich für ein gottgleiches Geschöpf hältst?«

»Was? Nein, das habe ich nicht.«

»Und ob. Du hast mich gerade gefragt, ob ich glaube, das *einzige* gottgleiche Geschöpf auf Erden zu sein.«

Blut schießt in ihre Wangen, während sie versucht, ein Lächeln zu unterdrücken. »Wie auch immer, kann ich jetzt mein Handy haben?« Sie vermeidet es, mich direkt anzusehen.

»Ich denke, ich werde es bis nach dem Abendessen bei mir behalten.«

»Meinetwegen«, sagt sie distanziert.

»Ist es wirklich so schlimm, mit mir auf einem Date zu sein?«

Endlich sieht sie mir in die Augen und mustert mich für einen Moment, als denke sie über etwas nach. »Nein. So schlimm ist es nicht.«

Der Kellner kommt vorbei und nimmt unsere Bestellung auf. Zwischen uns macht sich wieder unangenehmes Schweigen breit.

Diesmal ergreift sie zuerst das Wort. »Danke für die Blumen. Sie sind wunderschön.«

»Gern geschehen. Ich habe gehofft, ich könnte dich für heute Abend etwas sanfter stimmen. Ich weiß noch nicht recht, ob es funktioniert hat, aber ich bin froh, dass sie dir gefallen.«

Sie schenkt mir ein schüchternes Lächeln. »Man muss mich nicht besänftigen.«

»Ach nein?«, frage ich.

Sie schüttelt lediglich den Kopf.

»Ich bin mir sicher, du bist an all den richtigen Stellen weich und nachgiebig«, rutscht es mir heraus.

Sie blickt mir direkt in die Augen und ihre Antwort lässt mich vor Überraschung erstarren. »Ich bin mir sicher, du bist an all den richtigen Stellen hart.«

»Ich werde es zumindest allmählich«, sage ich zweideutig und lehne mich vor. Meine Arme lege ich auf den Tisch und warte ab, ob sie vorhat, dieses Spielchen weiterzuspielen.

Erneut zögert sie. Ob sie nach den richtigen Worten sucht oder am liebsten auf der Stelle die Flucht ergreifen würde, kann ich nicht einschätzen.

Als sie einen weiteren Schluck Wasser aus ihrem Glas nimmt, fallen ein paar Tropfen von der Außenseite des Glases in ihren Schoß. Sie stellt ihr Getränk wieder ab und wischt sich mit der Hand das Wasser von ihrem Kleid. Dann führt sie ihre jetzt nassen Finger an ihren Mund und leckt sie ab.

»Oh, entschuldige. Ich bin wohl ganz ... feucht geworden.« In ihren Augen liegt ein verführerischer Ausdruck und ihre Stimme hat einen rauchigen Unterton angenommen. Sie ist verdammt gut.

Ich räuspere mich und lehne mich zurück. Sie lächelt, als der Kellner mit unserem Essen an den Tisch kommt.

# 9. KAPITEL

**Adrienne**

Ich weiß, dass ihn meine Worte unerwartet überrumpelt haben. Aber ich wollte ihm einfach einen Schluck seiner eigenen Medizin verabreichen. Seine Art bringt mich zwar durcheinander, doch nun, wo ich weiß, was ich von ihm will oder vielmehr, was ich von ihm erwarten sollte, steigt meine Selbstsicherheit. Zweideutig kann ich genauso gut sein. Ich bin, was Sex betrifft, bestimmt kein Unschuldslamm.

Während wir unser Abendessen genießen, spüre ich seine Blicke auf mir. Ich vermute, dass er herauszufinden versucht, was für eine Art Frau ich bin. Er hat wohl gedacht, dass ich zu der unschuldigen und leicht zu beeindruckenden Sorte gehöre, die sich gut ausnutzen lässt. Aber nun, da ich mich von dem Gedanken verabschiedet habe, mit ihm etwas Ernsthaftes anfangen zu können, konzentriere ich mich darauf, das zu bekommen, was ich will.

Mister Blue Eyes hat wohl nicht damit gerechnet, dass ich ebenso scharf auf Sex bin wie er. Die Frage ist nur, ob ich die Sache jetzt ins Rollen bringen oder noch ein wenig abwarten soll? Ich möchte nicht wie ein Flittchen wirken, das schon beim ersten Date alle Hüllen fallen lässt, aber ich hatte seit neun verdammten Monaten keinen Sex. Mich mit mir selbst zu vergnügen macht keinen Spaß mehr.

»Ich sehe, du ernährst dich also nicht nur von Suppe und Salat", sagt er und deutet zu dem Steak auf meinem Teller.«

»Nein. Ich habe gern ein großes Stück Fleisch, an dem ordentlich was dran ist.«

Für einen Augenblick sieht er ernsthaft geschockt aus. Dann grinst er. »Das ist gut zu hören, denn ich mag Frauen, die gern was in der Hand haben.«

Ich beiße mir auf die Unterlippe, um mein Lächeln zu unterdrücken und konzentriere mich wieder aufs Essen. Ich greife nach meinem Drink, der aus einer Mischung aus schwarzem Tee mit Wodka, *Southern Comfort*, Limonade und püriertem Pfirsich besteht. Er schmeckt fabelhaft, enthält aber ganz schön viel Alkohol. Ich sollte davon besser nicht zu viel trinken.

Ich werfe einen Blick auf seinen Teller. »Du magst also Krabben.« Ich versuche mein Bestes, um nicht zu lachen, kann aber ein Kichern nicht verhindern.

Er schüttelt leicht den Kopf und verzieht den rechten Mundwinkel. »Das ist Alaska-Königskrabbe. Ich esse sie, weil ich ebenfalls ein König auf Erden bin.«

Ich pruste los, was mir augenblicklich peinlich ist. »Ein König auf Erden, wie? Und was genau bedeutet das?«

»Das bedeutet, dass ich in allem der Beste bin und mich niemand schlagen kann. Ich lebe mein Leben, wie ein König es tun würde. Tue, was ich will, wann immer ich es will. Bekomme was ich will, wann immer ich es will. Ich erreiche alles, das ich mir vornehme. Ich bin ein König, Baby.« Er schenkt mir ein Lächeln und zwinkert mir zu, dann widmet er sich wieder seinen Krabben.

»Ich glaube, du bist sogar noch selbstsicherer als ein König. Aber ich hege an allem, was du gerade gesagt hast, keinen Zweifel.«

Er zieht eine Augenbraue hoch, schweigt aber. Erst nach ein paar Minuten ergreift er wieder das Wort. »Hast du später schon etwas vor?«

Ich blicke von meinem Teller auf und in seine hypnotisierend blauen Augen. »Nicht wirklich. Ich hatte eigentlich vor, heute zu Hause zu bleiben, doch mir ist etwas dazwischengekommen.« Ich ziehe ebenfalls eine Augenbraue hoch.

»Das hier finde ich besser, als daheim zu bleiben«, erwidert er. Er leckt sich mit der Zunge langsam über die Unterlippe und ich ertappe mich dabei, dass ich meinen Blick nicht von seinem Mund abwenden kann.

Ich zucke mit den Schultern. »Vielleicht. Ich hätte auch zu Hause ein Steak haben können«, sage ich beiläufig.

»Aber hättest du dein Steak auch in Anwesenheit eines

Königs haben können?«, fragt er mich mit einem teuflischen Grinsen.

Ich kann nicht anders, als ebenfalls zu grinsen. »Wahrscheinlich nicht. Du bist der erste König, den ich je getroffen habe.«

»Baby, ich bin der einzige König, den du je treffen wirst.« Er lehnt sich vor und sieht mir so tief in die Augen, dass mein Herz am liebsten aus meiner Brust und auf den Tisch springen würde, nur um Jace näher zu sein.

Angesichts dieses Kosenamen durchzieht eine heiße Welle meinen Körper und ich hoffe, dass die Wärme sich nicht bis in mein Gesicht ausbreitet. Ich weiß, dass es nichts bedeutet, aber die Art, wie er mich *Baby* genannt hat, weckt in mir den Wunsch, mich vor seinen Augen mit meinem Wasser zu übergießen und abzukühlen.

Erneut zeige ich mich jedoch unbeeindruckt. »Das werden wir sehen.«

Nachdem wir mit dem Abendessen fertig sind, bringt der Kellner uns die Rechnung, die Jace, ohne den Betrag auch nur anzusehen, mit seiner Kreditkarte bezahlt.

»Danke für die Einladung«, sage ich.

»Danke, dass du gekommen bist«, antwortet er.

»Ich hatte ja nicht wirklich eine Wahl. Du hältst mein Handy als Geisel.«

»Hattest du denn Spaß?«, will er wissen.

»Nun, ich habe mit einem König gegessen, hatte ein köstliches Stück Fleisch im Mund und die Gelegenheit, eines meiner Lieblingskleider zu tragen. Es war also ganz okay.«

»Wenn dir diese Dinge gefallen, dann kann ich dafür sorgen, dass deine Nacht noch besser wird«, sagt er mit seiner tiefen rauen Stimme.

»Oh? Und wie das?«, frage ich und hoffe, dass meine Worte nicht so außer Atem klingen, wie ich es befürchte.

»Wie wäre es, wenn du das Schloss eines Königs besuchst und noch mehr ein Stück köstlichen Fleischs bekommst? Was das Kleid angeht, muss ich mir allerdings etwas überlegen.«

Ich verenge meine Augen ein wenig und schürze die Lippen.

»Was meinst du mit *das Schloss eines Königs besuchen*? Und willst du mir sagen, dass du bei dir zu Hause noch mehr Steak hast? Und warum musst du dir was mit meinem Kleid überlegen?«

Er beugt sich über den kleinen Tisch und leckt sich über die Lippen. »Ich will damit sagen, komm mit mir in meine Wohnung, wo wir sicherlich kein Steak essen werden, aber ich dafür sorgen kann, dass du trotzdem was in dich hinein bekommst, und wo du dein Kleid wahrscheinlich nicht brauchen wirst. Die Schuhe kannst du anbehalten.«

Wärme durchdringt meinen Körper, besonders zwischen meinen Beinen. Mein Herzschlag beschleunigt sich und mein Magen macht einen aufgeregten Hüpfer. Bei dem Gedanken, Jace in mir zu spüren, würde ich am liebsten aufspringen und das erstbeste Taxi zu seiner Wohnung nehmen. Alles an ihm schreit förmlich Sex. Ich hege keinen Zweifel daran, dass er im Bett ein großartiger Liebhaber ist, und er wäre die perfekte Person, um meiner Durststrecke ein Ende zu bereiten.

Endlich kann ich wieder sprechen. »Nun denn, bist du bereit, zu gehen?«

Er lächelt mich an. Just in dem Moment kehrt der Kellner mit seiner Kreditkarte zurück. Jace unterschreibt den Beleg und erhebt sich. Er reicht mir die Hand und ich nehme sie. »Das bin ich jetzt«, erwidert er.

Wir verlassen das Restaurant und treten in die warme Abendluft.

»Ich bin nicht mit dem Auto hier. Ich hoffe, es macht dir nichts aus, ein Taxi zu nehmen.«

»Das ist schon in Ordnung«, sage ich.

Wir stehen am Straßenrand und er hebt seinen langen Arm hoch, um ein Taxi zu rufen. Als das Auto vorfährt, öffnet Jace die Tür und geleitet mich auf den Rücksitz. Sobald wir beide hinten im Auto sitzen, beginnt die Spannung zwischen uns zu prickeln. Seine langen Beine streifen meine. Seine Hand liegt auf seinem Knie und ich muss daran denken, wozu diese Finger im Bett wohl fähig sind. Mein Blick wandert nach oben, hoch zu der Beule an der Innenseite seines Schenkels. Ich spüre, wie meine Augen groß werden, und ich bin mir sicher, dass ich mich irren muss. Nie im Leben kann das wirklich das sein, wofür ich es halte. Vielleicht spielen die Dunkelheit und die Art, wie seine Jeans Falten schlägt, meinen Augen einen Streich.

Ich riskiere einen Blick in sein Gesicht und sehe, dass er mich beobachtet. Mist. Er hat mich definitiv dabei erwischt, wie ich ihn begutachtet habe. Ich beiße mir auf die Unterlippe und wende mich ab.

Während ich aus dem Fenster sehe und die ganzen Fußgänger auf den Straßen von Las Vegas betrachte, spüre ich auf meinem Bein plötzlich etwas Warmes. Seine Hand ruht genau zwischen meinem Knie und dem Saum meines Kleides. Jace drückt sanft zu und lässt seine Hand ein kleines Stück weiter nach oben wandern. Instinktiv blicke ich zu dem Taxifahrer, der uns aber keine Beachtung schenkt. Ich versuche, ruhig weiterzuatmen, während Jace seine Hand unter mein Kleid schiebt.

Vorsichtig sehe ich zu ihm hoch, doch in der Dunkelheit kann ich sein Gesicht kaum ausmachen. Dafür kann ich aber definitiv seine Finger spüren. Unerträglich langsam lässt er sie immer weiter nach oben gleiten, bis sie schließlich die heiße Stelle zwischen meinen Beinen erreichen. Ich spüre, wie er mit seinem Finger über die Spitze an meinem Slip fährt, und keuche auf. Er berührt meine Klitoris mit perfekter Präzision und arbeitet sich dann nach unten vor, wo mein Höschen schon völlig feucht ist. Dann lässt er zwei Finger wieder nach oben wandern und umkreist meine Klitoris mit sanftem Druck.

Ich vergrabe die eine Hand in der Sitzkante und die andere in Jace' muskulösem Schenkel neben mir. Mir auf die Lippe beißend, werfe ich meinen Kopf zurück.

»Da wären wir«, kommt eine monotone Stimme vom Vordersitz und ruiniert den Moment.

Jace lässt seine Hand langsam mein Bein entlanggleiten und greift nach seinem Portemonnaie. Er zieht ein paar Scheine heraus und gibt sie dem Fahrer.

»Danke«, sagt er, während er zur Seite rutscht, um auszusteigen.

Er reicht mir die Hand und hilft mir aus dem Taxi. Erst jetzt sehe ich auf und realisiere, wo wir uns befinden. Heiliger Himmel, ist das ein tolles Gebäude. Das müssen mindestens fünfzig Stockwerke sein. Ich spüre Jace' Hand knapp oberhalb meines Hinterns und wünsche mir sehnlichst, er würde sie tiefer bewegen.

Wir gehen in die schicke Lobby und mir stockt der Atem angesichts ihrer Schönheit. Der ganze Raum scheint aus hellem, blank poliertem Eichenholz zu bestehen. Die Rezeption hat eine Tischplatte aus Marmor und in der Mitte befindet sich ein kleines Tischchen aus Eichenholz, auf dem ein atemberaubender Strauß frischer Blumen steht. Ein glitzernder Kronleuchter mit blaugrünen Akzenten hängt an der Decke.

Der Mann an der Rezeption spricht gerade mit jemandem, doch als er uns entdeckt, lächelt er und nickt uns kurz zu. »Mr Jamison«, grüßt er.

»John«, erwidert Jace lächelnd.

Wir wenden uns nach links und durchqueren den Flur, der zum Fahrstuhl führt. Als sich die Türen öffnen, lässt Jace mir den Vortritt, folgt dann und drückt den Knopf, der mit PH beschriftet ist.

Ich sehe mit hochgezogenen Augenbrauen zu ihm hoch.

»Was?«, fragt er unschuldig.

»Penthouse?«

»Ich hab's dir doch gesagt, Baby. Ich bin ein König.«

Ich verdrehe die Augen und er lacht.

Der Aufzug hält und ich bemerke, dass von dem Flur, auf dem wir uns befinden, kaum Türen abgehen. Wir gehen zu einem weiteren Fahrstuhl, für den Jace einen PIN-Code braucht, und treten ein.

Ich werfe ihm einen fragenden Blick zu, doch er zuckt nur mit den Schultern.

Als ich den Aufzug verlasse, begreife ich, dass wir uns bereits mitten in Jace' Wohnung befinden. Zu meiner Linken entdecke ich eine Bar mit mehreren Stühlen, rechts geht ein Flur ab.

Er führt mich zu der Bar, an die sich eine riesige Küche anschließt, die mit dunklen Schränken und Edelstahlgeräten ausgestattet ist. Außerdem erspähe ich einen gesonderten Tresen mit weiteren Stühlen, an dem gefrühstückt werden kann. Hinter der Bar, an der ich gerade sitze, befindet sich ein Wohnzimmer mit einer langen hellen Sitzgarnitur und einem Tisch mit Glasplatte. Die Couch steht so, dass man von dort aus direkt zu den deckenhohen Fenstern sehen kann. Doch es handelt sich nicht nur um ein Fenster, man kann tatsächlich auch hinausgehen.

Dieses Penthouse lässt meine Wohnung wie ein Zimmer im Studentenwohnheim aussehen. Ich liebe meine Wohnung. Sie ist zwar bei Weitem nicht so großzügig geschnitten wie die von Jace, aber immerhin habe ich ein Arbeitszimmer und ein Gästezimmer. Diese Wohnung hier wird es mir jedoch schwer machen, jemals wieder nach Hause zurückkehren zu wollen.

»Willst du etwas trinken?«, fragt Jace. Er hat sich hinter die Bar gesellt.

Ich drehe mich auf meinem Stuhl um. »Was hast du denn hier?«

»Alles«, erwidert er achselzuckend. »Was magst du?«

»Ich hätte einfach gern irgendetwas mit einem Schuss Wodka.«

Er nimmt aus dem Fach unter der Bar zwei Gläser heraus; der Alkohol folgt sogleich. Nachdem er uns jedem etwas eingeschenkt hat, kommt er um den Tresen herum und nimmt meine Hand. »Lass uns rausgehen.«

Mit meiner freien Hand greife ich nach meinem Drink und lasse mich von Jace mitziehen.

Ich bin davon ausgegangen, dass wir auf die Terrasse vor dem Wohnzimmer gehen würden, aber stattdessen kehren wir zum Fahrstuhl zurück und fahren noch etwas höher. Dort angekommen zeigt er mir ein weiteres Wohnzimmer, an dem eine Küchenzeile angeschlossen ist, und führt mich zur Dachterrasse.

Mir fällt die Kinnlade herunter. Nicht nur, dass die Aussicht hier spektakulär ist, die Dachterrasse scheint kilometerlang zu sein. Natürlich ist sie nicht so lang, dennoch scheint sie sich beinah über zwei Seiten des Gebäudes zu erstrecken.

Ich sehe mich um und entdecke an einem Ende der Terrasse etwas, das wie eine Bar oder ein Grill aussieht, dazu ein Tisch mit acht Stühlen. Etwas näher bei uns befindet sich eine Rattan-Couch mit einem dazu passenden Tisch. Zu meiner rechten Seite scheint die Terrasse endlos weiterzugehen. Von hier aus haben wir eine Panoramaaussicht über den Strip bis hin zu den Bergen. Es ist atemberaubend.

Jace lässt sich auf die Couch fallen und klopft auf den Platz neben ihm.

Ich gehe zu ihm hinüber, während ich an meinem Drink nippe, setze mich und stelle das Glas auf dem Tisch vor uns ab. »Das ist fantastisch. Die Aussicht ist unglaublich.«

»Ja, das ist sie. Ich werde mich nie daran gewöhnen.«

»Wie viele Etagen hat die Wohnung?«

»Drei.«

»Wow. Und du wohnst hier ganz allein?«

Er lacht. »Ja, ich lebe hier allein. Du musst dir keine Sorgen machen, dass irgendjemand vorbeischaut.«

»Wozu brauchst du so viel Platz?« Die Frage mag unhöflich sein, doch sie rutscht mir einfach heraus.

»Ich *brauche* den Platz nicht, ich will ihn einfach.«

Ich beschließe, nicht nachzubohren. Mehr brauche ich auch nicht zu wissen. Es geht hier nur um Sex. Nach heute Nacht muss ich ihn nie wiedersehen.

»Kannst du mich vielleicht zu einem Badezimmer bringen? Ich habe Angst, dass ich mich möglicherweise verirre, sollte ich mich allein auf Erkundungstour begeben.«

Er stößt ein tiefes kurzes Lachen aus und steht auf. »Aber sicher. Folge mir.«

Durch eine weitere Schiebetür gelangen wir in ein Schlafzimmer. Das riesige Bett ist mit einem silbergrauen Überwurf bezogen, auf dem mehrere Kissen liegen. Am Fuß des Bettes steht eine schwarze gepolsterte Bank. Jace passiert beides und ich entdecke links von mir einen weißen runden Clubsessel.

Wir erreichen eine Tür und er zeigt zum Bad.

»Gehört ganz allein dir«, sagt er.

Ich wünschte mir, es wäre so.

Ich betrete das Bad und finde darin zwei Waschbecken aus dunklem Granit vor, zu denen jeweils ein gerahmter Spiegel und herrliche Wandleuchten gehören. Rechts von den Waschbecken befindet sich eine tiefe runde Wanne, die ebenfalls in einen Granitblock eingelassen ist und daher jede Menge Platz für Kerzen besitzt. Nicht dass er welche hätte. Ein kleiner Kronleuchter hängt an der Decke. Zusätzlich schließt sich an das Bad eine separate Dusche an, in die locker fünf Personen passen würden. Die Glaswand ist komplett durchsichtig. Verstecken kann man sich dort nicht.

Nachdem ich fertig bin, wasche ich meine Hände und spreche meinem Spiegelbild Mut zu. »Du schaffst das. Du bist eine starke, unabhängige Frau, die hart arbeitet und zwischendurch ein wenig Spaß verdient. Männer haben doch auch ständig One-Night-Stands. Es ist nicht verkehrt, das Gleiche zu tun.« Ich achte darauf, meine Stimme gesenkt zu lassen.

Als ich aus dem Badezimmer komme, sitzt Jace im Clubsessel. Ich gehe zum Bett hinüber und setze mich darauf. Ich vermute, dass es ihm gehört, denn ich habe das Gefühl, mich in seinem Schlafzimmer zu befinden.

Jace beobachtet mich, während ich meine Schuhe abstreife und auf den Boden fallen lasse. Dann rutsche ich ein kleines Stück zurück und suche seinen Blick.

Langsam steht er auf und zieht seinen Blazer aus. Er wirft ihn auf den Sessel und beginnt, sein Hemd aufzuknöpfen.

Ich gebe mir Mühe, ihm dabei zuzusehen, ohne zu sabbern.

Er schält sich aus dem Hemd und trägt nur noch seine Jeans und ein geripptes Unterhemd. Seine Tattoos sind nun gut zu sehen. Seltsam, ich hätte nie gedacht, dass er welche hat. Bisher war er immer vollständig bekleidet, aber ich muss zugeben, dass sie an ihm verdammt sexy aussehen.

Eine seiner Tätowierungen erstreckt sich von seiner Brust

über seine linke Schulter bis zu seinem Oberarm. Ich kann die Details nicht genau erkennen, aber es ist wundervoll anzusehen.

Jace schlendert auf mich zu und bleibt neben dem Bett stehen. Ich fahre mir mit der Zunge über die Unterlippe und beiße mir auf die Wange, während ich ihn betrachte. Seine Arme sind herrlich muskulös und seine Brust ist straff und definiert. Ich kann es kaum erwarten, zu sehen, was sich unter dem Shirt befindet. Und unter seiner Hose.

Er packt mich an meinem Fußgelenk, zieht mich mit einem Ruck an sich heran und dreht mich anschließend auf den Bauch. Ich schnappe kurz nach Luft, halte ihn aber nicht auf. Er findet den Reißverschluss meines Kleides und öffnet ihn langsam. Zuerst spüre ich einen Lufthauch an meinem Rücken und dann, wie er sich mit seiner Zunge von meinem Nacken über mein Rückgrat bis zu meinem Hintern vorarbeitet.

Mein Körper erzittert unkontrollierbar.

Jace dreht mich wieder auf den Rücken und zieht mir das Kleid von den Schultern aus nach unten, bis ich nur noch meinen schwarzen Spitzen-BH und meinen Slip trage.

Als versuche er zu entscheiden, was er zuerst tun will, mustert er mich ausgiebig von oben bis unten.

Meine Brust hebt und senkt sich unter meinen kurzen schweren Atemzügen. Mein Körper fühlt sich an, als stünde er in Flammen und meine Pussy pocht förmlich vor Lust.

Er packt meine Beine, spreizt sie so weit, wie es geht und positioniert sich dann dazwischen.

Er ist wie ein Panther, grazil, schön, muskulös und auf der Pirsch. Sein Blick scheint sich bis in meine Seele zu bohren, die Muskeln seiner Arme und Schultern spannen sich bei jeder Bewegung an und ich bin das unschuldige Reh, über das er jeden Moment herfallen wird.

Noch nie in meinem Leben wollte ich so sehr die Beute sein.

Sein Gesicht befindet sich über meinem und er lässt seine Zunge kurz meine Lippen streifen. Instinktiv öffne ich den Mund und spüre seine warme und feuchte Zunge auf meiner. Ohne darüber nachzudenken, sauge ich sie in meinen Mund, was ihn zum Stöhnen bringt. Ich gebe sie frei und er wandert mit seiner Zunge meinen entblößten Nacken entlang bis zu meinem Ohr. Er beißt sanft in mein Ohrläppchen und ich stöhne auf.

Noch immer zwischen meinen Beinen kniend setzt er sich auf und streichelt mit seinem Daumen durch meine Unterwäsche hindurch meine Klitoris. Ich beiße mir auf die Unterlippe und hebe den Kopf, um ihm dabei zusehen zu können.

Er sucht meinen Blick, streift die schwarze Spitze über meine Hüften, hebt meine Beine an und wirft das Höschen zur Seite. Dann packt er mit seinen großen Händen die Unterseite meiner Schenkel und öffnet mich seinem bewundernden Blick.

Ein Lächeln umspielt seine Lippen. »Ein Piercing. Gefällt mir.«

Er meint mein Intimpiercing. Ein goldener Steg mit zwei pinken Juwelen, von denen einer direkt oberhalb meiner Klitoris sitzt.

Er manövriert unsere Körper so, dass er auf dem Bauch direkt vor meiner Pussy liegt. Im nächsten Augenblick spüre ich, wie seine Zunge kurz das Piercing berührt, dann noch einmal; schließlich nimmt er es zwischen seine Lippen und saugt daran.

Automatisch lege ich meine Hände an seinen Kopf und ziehe ihn näher an mich heran. Er lässt von meiner Klitoris ab und bringt etwas Distanz zwischen uns, sodass meine Hände von seinem Kopf rutschen. Stattdessen greife ich nach der Bettdecke.

Ohne auf meine Einwilligung zu warten, hebt er meinen Hintern an, bis meine Beine über meinen Schultern schweben und weit gespreizt sind. Er begutachtet mich für einen Moment, bevor er von meinem Hintern bis zu meiner Klitoris und wieder zurück leckt.

»Heilige Scheiße!«, entfährt es mir. Das hatte ich nicht erwartet.

Er wiederholt die Aktion, immer wieder. Mit seinen Händen hält er meinen Hintern hoch und vergräbt seine Zunge schließlich zwischen meinen Schamlippen, ehe er sich meiner Klitoris widmet und leicht daran saugt. Dann zieht er mit den Zähnen vorsichtig an meinem Piercing.

»Oh Gott, ja!«, stöhne ich.

Er lässt mich zurück aufs Bett gleiten und erhebt sich. Ich sehe ihm dabei zu, wie er sich entkleidet. Er zieht sein Shirt aus und ich kann die Tattoos auf seiner Brust endlich vollständig sehen. Seine Bauchmuskeln sind perfekt und wenn ich richtig zähle, dann hat er acht davon. Mit seinen schmalen Hüften hat sein Körper genau die V-Form, die ich mir an allen Männern wünsche. Er bemerkt, dass ich ihn lüstern betrachte und wird langsamer, um mich ein wenig zu foltern.

»Ich wusste nicht, dass Könige auch strippen«, sage ich neckend.

»Ich habe dir doch gesagt, dass ich einzigartig bin.« Sogar sein Lächeln ist perfekt.

Er öffnet seinen Gürtel, den Knopf an seiner Hose und dann, unendlich langsam, den Reißverschluss seiner Jeans. Dabei beobachtet er mich die ganze Zeit. Mittlerweile habe ich mich auf meinen Ellbogen aufgestützt, meine Beine noch immer gespreizt.

Er lässt die Jeans zu Boden fallen und ich kann seinen unglaublich riesigen und steifen Schwanz sehen, der sich durch die eng anliegenden Boxershorts zu drücken versucht.

Also habe ich mir das im Taxi doch nicht eingebildet.

Heilige Scheiße.

Ich suche nach seinem Blick – der Ausdruck in meinen Augen muss tiefste Ungläubigkeit verraten – und Jace zwinkert mir zu. Er weiß, dass er gut bestückt ist.

Endlich steigt er auch aus seiner Unterwäsche, holt ein Kondom aus der Schublade neben seinem Bett und reißt die Verpackung auf. Das Einzige, was mir durch den Kopf geht, ist: *Hoffentlich passt es und reißt nicht.*

Sein Schwanz ist direkt auf mich gerichtet und ich würde nichts lieber tun, als ihn in meinen Mund zu nehmen. Ich weiß nicht, ob sein Ding komplett in meinen Mund passt, aber ich möchte es versuchen. Jace nimmt das Kondom aus der Verpackung und positioniert es an der Spitze seines Schwanzes. Ich kann später immer noch daran lutschen, beschließe ich.

Er streift das Kondom über sein Glied und es reißt nicht, scheint jedoch bis zum Maximum gespannt. Jace kommt wieder auf das Bett, über mich, aufgestützt auf seine Unterarme und flüstert in mein Ohr. »Bist du so weit?« Seine Stimme ist ein tiefes raues Wispern.

»Ja«, keuche ich.

Mit einer Hand greift er nach unten und ich spüre die geschwollene Spitze seines Schwanzes an meiner Öffnung. Jace reibt sie zwischen meinen feuchten Schamlippen und entlockt mir ein Wimmern.

»Ungeduldig?«, fragt er neckisch.

Ich stöhne und drücke meine Hüften hoch.

Jace dringt langsam in mich ein. Zentimeter um Zentimeter spüre ich, wie ich mich um ihn dehne. Als ich schon glaube, jetzt sei er ganz in mir drin, stößt er noch einmal zu und ich schreie kurz auf.

»Geht es dir gut?«, verlangt er zu wissen. Er verharrt regungslos, damit ich mich an seine Größe gewöhnen kann.

»Ja, ja«, antworte ich hektisch.

Langsam zieht er sich fast vollständig aus mir zurück, nur um sich dann mit einem Stoß komplett in mir zu versenken.

»Fuck!«, schreie ich.

Jace kniet sich hin, sein Schwanz noch immer vollständig in mir, und richtet meine Beine senkrecht auf. Fest umklammert er meine beiden Fußgelenke mit einer Hand, während er langsam immer wieder in mich eindringt.

»Deine Pussy ist so verdammt eng«, knurrt er.

Nach ein paar weiteren Stößen lässt er meine Beine kurz auf seine Schultern fallen. Dann packt er meine Unterschenkel, spreizt mich erneut und zieht meine Beine hoch. Mein Hintern wird wieder leicht angehoben und Jace dringt noch tiefer in mich ein.

»Oh Gott!«, stöhne ich. Ich suche nach den Kissen oder der

Bettdecke, irgendetwas, an dem ich mich festhalten kann. Er stößt immer wieder zu und ich kann tatsächlich das Geräusch meiner Säfte hören, wenn er sich in mir bewegt. Er muss völlig nass sein.

»Du bist so feucht für mich«, sagt Jace.

Ich bringe als Antwort nur ein Stöhnen hervor. An klare Worte ist nicht mehr zu denken.

Er lässt meine Beine wieder auf das Bett gleiten, beugt sich über mich, schiebt seine Zunge in meinen Mund und küsst mich leidenschaftlich. Ich kann nicht genug von ihm bekommen, umfasse mit meinen Händen seinen Hinterkopf und küsse ihn ebenfalls, während er mich vögelt. Mit seinem Mund saugt er an meiner Zunge. Als er sie freigibt, beißt er kurz in meine Unterlippe. Nicht zu stark, gerade so, dass er mir eine perfekte Mischung aus Schmerz und Erregung durch den Körper jagt.

Bevor ich weiß, wie mir geschieht, dreht Jace uns um, sodass ich auf ihm sitze. »Ich will spüren, wie du kommst, Adrienne«, sagt er.

Er packt meine Beine und zieht meine Knie nach oben, bis meine Füße festen Halt auf dem Bett gefunden haben. So kann ich ihn noch tiefer in mir spüren. Sanft schiebt er meine Knie auseinander und wieder bin ich weit für ihn geöffnet.

Ich beginne, mich an seinem Schwanz zu reiben und ertrinke in dem Gefühl, dass er mich völlig ausfüllt. Er zieht meine Füße näher in Richtung seines Kopfes und jedes Gefühl wird intensiver.

Heilige Scheiße.

»Du bist so tief in mir«, keuche ich.

Er hebt seine Hüfte an und dringt noch weiter in mich ein.

»Scheiße!« Ich werfe meinen Kopf zurück, meine Hände ruhen auf seinem Bauch. Er packt mich an den Hüften, gibt den Rhythmus vor und zieht mich auf seinen Schwanz zurück. Hart.

»Oh Gott!«, rufe ich.

Er wiederholt das Ganze mehrere Male, dann führt er eine Hand an meine Klitoris und liebkost mich.

»Oh verdammt. Oh mein Gott. Ja. Ja! Gott, ja!«, stöhne ich, während ich über ihm in tausend Stücke zerspringe.

Alles in meinem Unterleib zieht sich zusammen und schließt sich um seinen pulsierenden Schwanz. Danach lasse ich mich einfach auf Jace fallen und versuche, meine Atmung wieder unter Kontrolle zu bringen. Als ich mich wieder etwas aufrichte, zuckt sein Schwanz und ein Zittern durchfährt meinen Körper.

»Oh ja. Du bist so verdammt sexy, Adrienne. Genau das wollte ich spüren.«

Er setzt mich vorsichtig ab, legt mich auf den Rücken und beginnt, meine sensibelste Stelle zu lecken. Nach Luft schnappend, bäumt sich mein Körper instinktiv auf, als seine Zunge meine Klitoris berührt. Er liebkost meine Schamlippen, bevor er sich wieder meiner Klitoris widmet.

Schließlich dreht er mich wieder auf den Bauch und hebt meine Hüften an, sodass mein Gesicht auf dem Bett liegen bleibt. Ich spüre, wie sein Schwanz zuerst meine Scham streift und dann zwischen meinen Pobacken entlangwandert.

Ich versteife mich. Grundsätzlich habe ich nichts gegen solche Spielchen, aber sein Glied ist ein verdammtes Monster. Ich glaube nicht, dass ich das aushalten könnte.

Jace schenkt seine Aufmerksamkeit wieder meiner Pussy, bis sein Schwanz ganz feucht ist, und dringt erneut in mich ein. Mein Körper bewegt sich nach vorn. Ich kralle mich an einigen Kissen fest und beiße in die Bettdecke.

»Ich liebe deinen Hintern, er ist so verdammt perfekt«, sagt Jace. Seine Hände liegen auf meinen Pobacken und er drückt zu, bevor er mir einen Klaps versetzt, der einen kurzen Schmerz durch meinen Körper schickt. Das kommt unvorbereitet, doch ich liebe es.

»Ja! Schlag mich noch mal«, flehe ich.

»Dir gefällt das?« Seine Stimme ist nun ganz kehlig.

»Ja. Gott, ja!«

Ein weiteres Mal versetzt Jace mir einen scharfen Klaps, von dem ich nur noch feuchter werde. Er beugt sich vor, sein verschwitzter Körper streift den meinen, ehe sich seine Finger auf meine Klitoris drücken. Er spielt mit mir, während er tief in mich stößt.

Erneut spüre ich, wie sich der Druck in mir aufbaut. Nach nur ein oder zwei weiteren Streicheleinheiten komme ich ein zweites Mal.

»Verflucht!«, bricht es aus mir hervor.

Blitzartig löst er sich von mir, dreht mich auf den Rücken und versinkt abermals in mir. Meine Beine liegen nun auf seinen Unterarmen, meine Hüfte ist leicht angehoben und Jace nimmt mich förmlich wie ein wildes Tier. Ich höre sein tiefes Stöhnen, spüre den Schweiß, der von seinem Körper auf meinen tropft und erwarte begierig seinen Höhepunkt.

»Oh fuck. Ich komme gleich. Gott, du fühlst dich so gut an.«

Sein Körper spannt sich an und seine Bewegungen werden langsamer. Er gibt meine Beine frei, doch sie sind weich wie Gummi. Ich tue mein Bestes, um mit meinen Füßen auf dem Bett Halt zu finden und schlinge meine Arme um seine breiten Schultern. Dann beginne ich, meine Mitte an ihm zu reiben, während Jace noch tief in mir ist, und augenblicklich kommt er. Heftig und laut.

»Scheiße!«, brüllt er.

Ich werde langsamer und spüre seinen Schwanz in mir pulsieren. Jace liegt schwer atmend auf mir, sein Gesicht über meiner Schulter auf dem Bett. Sein Körper ist schweißgebadet.

Als er sich schließlich bewegt, verharrt er kurz über meinem Gesicht, lächelt und gibt mir einen Kuss.

Er löst sich von mir, steht auf und verschwindet im Bad.

Ich liege ausgestreckt auf dem Bett, Arme und Beine in alle Himmelsrichtungen verstreut, und bin nicht fähig, mich zu bewegen. Mein Körper ist erschöpft. Ich bin geistig und körperlich müde, aber hier kann ich nicht einschlafen.

Der Gott von einem Mann kehrt mit einem Waschlappen aus dem Bad zurück, sein noch immer steifes beeindruckendes Glied zeigt zu mir.

»Bitte sehr«, sagt Jace und reicht mir den Waschlappen.

»Danke.«

Er wendet sich ab, um sich seine Boxershorts anzuziehen und das gibt mir die Gelegenheit, mich ein wenig zu säubern, während er nicht zusieht. Schließlich dreht er sich wieder um und streckt seine Hand nach dem Waschlappen aus.

Als er in das Bad zurückkehrt, beschließe ich, dass es an der Zeit ist, mein Kleid zu finden. Ich schwinge mich aus dem Bett und stehe auf. Allerdings sind meine Beine dafür noch nicht bereit, und so stehe ich einen Moment ziemlich unsicher da, bevor ich schließlich das Bett umrunde.

Jace kommt aus dem Bad zurück. Er öffnet eine der Kommodenschubladen und entnimmt ihr ein Paar Basketballshorts, die er überstreift.

Ich beuge mich vor, um mein Kleid einzusammeln und spüre, wie ein Shirt meinen Kopf trifft. »Hey!«, rufe ich aus.

Er lächelt und zuckt mit den Schultern. »Ich dachte, das wäre vielleicht bequemer als das Kleid.«

Ich beäuge das weite T-Shirt und dann Jace. »Oh. Ähm, ich denke, ich sollte das Gebäude nicht nur in einem T-Shirt verlassen.«

»Du willst schon gehen?« Er scheint ehrlich neugierig zu sein.

»Ja. Es ist spät und ich muss nach Hause. Ich muss morgen zur Arbeit.«

»Oh. Ich kann dich fahren.«

»Nein, das geht schon in Ordnung. Ich weiß das Angebot zu schätzen, aber ich kann auch einfach ein Taxi nehmen.«

»Bist du sicher? Ich kann dich fahren, das ist gar kein Problem.«

»Ja, ich bin sicher.«

Ich lege sein Shirt auf dem Bett ab und schlüpfe in mein Kleid. Er tritt von hinten an mich heran und schließt den Reißverschluss für mich. Ich werfe einen Blick über die Schulter zu ihm hoch. »Danke.«

»Gern geschehen.« Er schenkt mir ein kleines Lächeln.

»Könnte ich kurz dein Bad benutzen?«

»Natürlich.«

Ich gehe an ihm vorbei und ins Badezimmer. Nachdem ich fertig bin, wasche ich meine Hände und prüfe mein Spiegelbild. Oh weh. Mein Make-up ist leicht verschmiert, mein Körper erhitzt und der Knoten, zu dem ich mein Haar gebunden hatte, hat sich halb gelöst. Ich entferne die verwischte Mascara von meinem Gesicht, binde meine Haare zu einem neuen Knoten und benutze dabei etwas Wasser, um es ein wenig zu bändigen.

Als ich das Bad verlasse, liegt Jace auf dem Bett, den Oberkörper an das Kopfteil gelehnt, die langen Beine auf dem Bett ausgestreckt. Er hat die Hände hinter dem Kopf verschlungen und seine Augen geschlossen, die er öffnet, als ich mich ihm nähere.

»Ich habe unten angerufen, damit man dir ein Taxi bestellt. Es sollte bald da sein.«

»Oh. Nun ja, danke.«

Ich weiß nicht, was ich sonst noch sagen soll. Das hier ist unangenehm. Was sagt man einem One-Night-Stand? *Hey, danke für den Sex, ich werde dann mal gehen.*

Er schwingt die Beine aus dem Bett. »Und?«

»Und was?«, frage ich verwirrt.

»Wie ist es so, mit einem König im Bett gewesen zu sein?« Er grinst und ich bin erleichtert, dass er die Situation nicht peinlich werden lässt, sondern stattdessen einen Scherz macht.

Ich verdrehe die Augen. »Oh, es war ganz okay.«

»Nur okay, was?« Ein teuflisches Lächeln umspielt seine Lippen.

»Mhm«, antworte ich und versuche, meine schmerzende Scham zu ignorieren, die gerade noch von seinem gigantischen Schwanz verwöhnt wurde. Meine Muskeln sind erschöpft und ich versuche, ein Gähnen zu unterdrücken.

»Scheint so, als hätte ich dich gut ausgelastet.«

»Was Frauen nicht alles so tun, um ihr Handy zurückzubekommen. Kann ich es jetzt wiederhaben?«

»Du kannst es jederzeit wieder haben«, erwidert er und zieht dabei eine Augenbraue in die Höhe.

Mein Telefon meint er damit ganz sicher nicht.

»Ich meine mein Handy.« Fordernd strecke ich meine Hand aus.

Er öffnet seinen Nachttisch und holt es heraus.

»Du hattest es nicht einmal mit?«, kreische ich.

Mit einem selbstsicheren Lächeln gibt er mir mein Telefon. »Ich musste doch sicherstellen, dass wir am Ende hier bei mir landen würden.«

Ich entreiße ihm das Handy. »Ganz schön eingebildet, hm?«

»Möglich«, erwidert er.

Vielleicht hat er allen Grund, anmaßend zu sein. Immerhin bin ich am Ende tatsächlich mit ihm hier gelandet.

Plötzlich kommt mir ein Gedanke. »Woher wusstest du, an welche Adresse du die Blumen schicken musst?«

»Ich hatte nicht gedacht, dass du danach fragen würdest«, erwidert er lächelnd. »Ich musste mich durch deine Kontakte wühlen in der Hoffnung, deine Festnetznummer zu finden, doch sie war nicht dabei. Aber deine geschäftliche Nummer habe ich gefunden und dort nach deiner Adresse gefragt, damit ich dir das Handy wiedergeben kann.«

»Wer hat dir meine Adresse gegeben?«, will ich etwas aufgebracht wissen. »Sie hätten dich bitten sollen, es zu meinem Arbeitsplatz zu schicken. Du hättest immerhin ein Psychokiller sein können.«

»Ich habe meinen Charme spielen lassen. Die Frau am Telefon hat mir die Adresse ohne weitere Probleme gegeben.«

Ich atme scharf aus. Ich werde herausfinden müssen, wer einem Fremden einfach meine Privatadresse gegeben hat.

Er bringt mich zu seinem Fahrstuhl und will mit mir eintreten.

»Das geht schon in Ordnung. Du musst nicht mit mir herunterkommen. Du bist nicht einmal angezogen. Ich schaffe das schon.«

Er neigt verwirrt den Kopf zur Seite und seine Augen verengen sich. »Ich würde gern sichergehen, dass du nicht allein warten musst.«

»Wenn das Taxi noch nicht da ist, werde ich einfach in der

Lobby warten. Keine Sorge.«

»Okay«, bringt er hervor und beäugt mich skeptisch.

»Okay«, sage ich. »Ähm, danke für heute Nacht.«

Ich weiß nicht, ob ich mich für das Abendessen oder den Sex bedanke. Vielleicht für beides.

»Jederzeit, Adrienne.«

Ich lächle und drücke den Knopf für die Türen. Ich muss mit meinen Gedanken allein sein. Das hier war eine einmalige Sache. Nichts weiter. Es wird nicht noch einmal passieren. Es hat Spaß gemacht, war heißer, fantastischer, umwerfender Sex ... den ich nicht noch einmal haben werde. Er wird sich weiter mit seinen vielen Freundinnen vergnügen und ich werde mich wieder meinem vollen Terminkalender widmen und eine Weile von dieser Nacht zehren.

Ja. Genauso mache ich es. Ich kann auch eine Weile ohne Sex leben.

# 10. KAPITEL

## Jace

Es ist Freitag und Zeit, Marc zu der Verabredung mit seiner Kundin zu treffen. Seit letztem Sonntag habe ich nichts von Adrienne gehört und wahrscheinlich habe ich das auch nicht wirklich erwartet. Sie weiß nicht, wie sie mich erreichen kann, und ich wiederum kenne nur die Nummer ihres Büros und ihre Adresse.

Natürlich könnte ich sie kontaktieren, wenn ich wollte, aber was würde ich sagen und wozu wäre das gut? Irgendwann wird sie sich fragen, was ich beruflich mache, ich werde es ihr sagen und sie wird verschwinden. Ohnehin hält mich meine Arbeit ziemlich auf Trab. Ich kann keine richtige Beziehung mit irgendjemandem führen. Ohne Zweifel war Adrienne fantastisch im Bett. Wenn es ihr reichen würde, dass wir uns hin und wieder zu belanglosem Sex treffen, dann wäre ich sofort einverstanden. Allerdings hat sie beim letzten Mal meine Wohnung fast fluchtartig verlassen und sich nicht einmal zu einem höflichen Ich-werde-dich-anrufen herabgelassen, also hat sie vielleicht auch daran kein Interesse.

Ich frage mich, ob ich möglicherweise etwas von meinem Drive verloren habe.

Nein, nie im Leben.

Mir ist es nur noch nie zuvor passiert, dass jemand mit einem Mal Sex zufrieden war. Nennt mich einen eingebildeten Mistkerl, aber es ist die Wahrheit. Bisher ist auch niemand nach dem Sex so schnell davongerannt.

Ob sie vielleicht einen festen Freund hat? Ich habe allerdings keine Zeit, um mir über so etwas Gedanken zu machen. Mein Job wartet auf mich.

Ungefähr zwanzig Minuten später erreiche ich ein Hotel, das etwas abseits vom Strip liegt. Ich entdecke Marc, der allein neben dem Eingang steht. Ich gehe zu ihm hinüber und stelle fest, dass er heute adrett gekleidet ist. Über seinem langärmligen weißen Hemd trägt er einen blau-weißen Pullunder mit Rautenmuster. Das blonde Haar hat er zum Seitenscheitel gekämmt und er fährt sich mit der Hand hindurch, um sicherzugehen, dass alles richtig sitzt.

Marc ist der metrosexuellste Mann, den ich kenne, aber die Frauen lieben es.

»Und die Leute nennen mich einen Schönling«, begrüße ich ihn.

»Halt die Klappe.« Er lacht. »Ich muss gut aussehen.«

»Scheint so. Also, was wird heute Nacht geschehen? Hat sie etwas dazu gesagt?«

»Nicht wirklich. Sie wollte uns nur hier treffen. Sie ist schon oben; ich habe nur auf dich gewartet.«

»Okay. Dann lass uns die Sache angehen.«

Wir betreten die Eingangshalle und da sich ihr Zimmer im zweiten Stock befindet, nehmen wir die Treppen. An der Tür angekommen, klopft Marc an und ein paar Sekunden später wird die Tür geöffnet. Die Frau vor uns ist eine hübsche Blondine, deren Haar ihr bis zur Taille reicht. Ich schätze sie auf Anfang vierzig. Ihre Nägel sind blutrot lackiert und in ihrer Hand hält sie ein Champagnerglas.

»Marc!«, ruft sie aus. »Es ist schön, dich wiederzusehen.«

»Dich auch, Christine.« Marc lehnt sich vor, um ihr einen Kuss auf die Wange zu geben.

Sie sieht zu mir herüber. »Und wen hast du mitgebracht?«

»Das ist Jay.«

»Nun, schön, dich kennenzulernen, Jay.« Sie schenkt mir ein Lächeln. »Bitte, kommt doch herein.«

Ich bin nicht der Einzige, der seinen Kundinnen seinen wahren Namen nicht verrät, aber Marc und Troy haben damit kein Problem. Nico ist die Abkürzung für Nicholas und ich habe keine Ahnung, ob Kade wirklich so heißt.

Sie öffnet die Tür noch ein Stück und wir treten ein.

Christine hat ein paar Kerzen angezündet und leise Musik aufgelegt. Auf dem Tisch stehen einige Flaschen Champagner, von denen eine bereits mindestens zur Hälfte geleert ist. Christine geht zum Tisch hinüber und schenkt sich nach.

»Darf ich euch auch etwas anbieten, Jungs?«, fragt sie.

»Nein danke«, antworten Marc und ich gleichzeitig.

»Christine, du siehst heute fantastisch aus«, sagt Marc.

Erst jetzt werfe ich einen genaueren Blick auf das, was sie trägt. Offensichtlich spielt Marc schon seine Rolle, denn ich kann an dem cremefarbenen bodenlangen Nachthemd nichts Schönes finden. Es ist schlicht und unvorteilhaft, aber natürlich können wir ihr das nicht sagen.

»Danke, Marc«, erwidert sie glücklich und fährt mit der Hand über das Kleid.

Alles in allem ist Christine jedoch eine recht gut aussehende Frau. Zu ihrem roten Nagellack trägt sie einen passenden Lippenstift, und obwohl ich sonst kein Fan von rotem Lippenstift bin, steht er ihr sehr gut. Ihre Brüste haben eine schöne Größe, soweit ich das einschätzen kann, und sie hat ein wenig Fleisch auf den Rippen, was nicht schadet.

Ich beschließe, zum Punkt zu kommen. »Was würdest du heute Nacht gern tun, Christine?«

Sie errötet ein wenig und geht hinüber zum Bett. »Kommt und setzt euch zu mir.«

Marc und ich gesellen uns zu ihr. Wir sitzen am Ende des Bettes, Christine zwischen uns.

»Ich habe so etwas noch nie zuvor getan. Jedenfalls nicht das, weswegen ihr heute da seid. Aber ich war schon immer neugierig darauf, und nachdem Marc das letzte Mal so wunderbar war und ich mich bei ihm so wohlgefühlt habe, dachte ich, warum sollte ich es nicht versuchen.«

Ich lächle sie an und warte darauf, dass sie fortfährt.

»Ich würde es gern mit euch beiden tun. Gleichzeitig.« Röte schießt ihr ins Gesicht. Ihre Fantasie offen auszusprechen ist ihr peinlich. Das geht den meisten Leuten so.

Marc sieht zu mir herüber, um meine Reaktion abzuschätzen, doch von mir kommt keine. Ich hatte erwartet, dass wir deswegen hier sein würden und es ist nicht so, als würde ich diese

Fantasie zum ersten Mal erfüllen. Ich bin mir ziemlich sicher, dass auch Marc dieses Szenario schon einmal durchgespielt hat, aber ich weiß nicht, was er darüber denkt.

»Das können wir gern tun«, erwidere ich und lasse meine Hand sanft ihren Rücken rauf- und runtergleiten.

»Okay. Allerdings bin ich mir recht unsicher, wie das Ganze abläuft. Ich meine, wer wann wo sein muss.«

Ich lache kurz. »Keine Sorge, das werden wir schon herausfinden.«

»Ich gehe kurz ins Bad. Bin gleich zurück.« Sie eilt davon.

Nun verstehe ich, warum sie eine halbe Flasche Champagner getrunken hat. Sie ist furchtbar nervös.

»Hey, Mann. Ist das wirklich okay für dich?«, fragt Marc.

»Ja. Außerdem habe ich ja ohnehin keine große Wahl. Das hier ist mein Job«, sage ich scherzend.

»Ich weiß. Ich will bloß nicht, dass du dich unwohl fühlst. Wir haben so etwas noch nie zuvor zusammen getan.«

Irgendwie scheint er nervös, was ungewöhnlich ist, weil er sonst eine solche Selbstsicherheit ausstrahlt.

»Ist das okay für *dich*? Hast du schon einmal einen Dreier mit einem anderen Mann gehabt?«

»Irgendwie schon, nur haben wir die Tussi nicht gleichzeitig gevögelt. Sie wollte uns nacheinander, während der andere jeweils zugesehen hat.«

»Oh. Na ja, es wird schon alles gut gehen. Du und ich werden es schließlich nicht miteinander treiben, also musst du deswegen keine Angst haben.« Ich lache. »Es sei denn, du hast Angst, dass ich dich alt aussehen lasse.«

»Oh bitte.« Er lacht ebenfalls.

Die Badezimmertür öffnet sich und Christine kommt zurück. Ihr omahaftes Nachthemd hat sie gegen eine Korsage getauscht, die kaum ihren Hintern und ihre Strumpfhose bedeckt. So sieht sie viel besser aus. Ihr kurviger Körper kommt auf diese Weise toll zur Geltung.

Sie geht zu uns herüber und stellt sich zwischen Marc und mich. Ihre Aufmerksamkeit lenkt sie sogleich auf Marc und beginnt, ihn auszuziehen, angefangen bei der Hose. Während sie den Knopf öffnet, streift er sein Hemd und seinen Pullunder ab. Anschließend zieht Christine seine Jeans und seine eng anliegende Unterhose nach unten, dann wendet sie sich mir zu. Sie lässt ihre roten Fingernägel über meine Brust wandern, bis sie den Saum meines Shirts erreicht. Ich muss ihr dabei helfen, es mir über den Kopf zu ziehen, danach macht sie sich daran, meine Hose zu öffnen und nach unten zu zerren.

Marc und ich sind nun beide völlig nackt.

Christine sinkt auf die Knie, nimmt meinen Schwanz in ihre Hand und streichelt ihn langsam, während sie aufstöhnend Marcs Erektion in den Mund nimmt.

Nach ein paar Minuten tauscht sie die Positionen, nimmt mich jedoch nicht sofort in ihren Mund. Zuerst leckt sie von der Eichel bis zu den Hoden, bedeckt meinen Schaft mit ihrem Speichel. Als sie meinen anschwellenden Schwanz endlich in den Mund nimmt, versucht sie ihr Möglichstes, ihn ganz aufzunehmen.

Mit ihrer rechten Hand beginnt sie, mein Glied zu streicheln und sich stöhnend hin und her zu winden. Mit der anderen Hand kümmert sie sich gierig um Marc. Während sie uns beide befriedigt, betrachtet sie unsere Schwänze in ihren kleinen Händen, die sie gleichzeitig auf und ab bewegt.

Marc stolpert ein wenig nach vorn, sodass sich unsere Schwänze ziemlich nahe kommen und beinah berühren. Ich nutze den Moment, um mich hinabzubeugen, Christine hochzuheben und auf das Bett zu legen.

Sie quietscht erfreut auf und rutscht mit einem neckischen Lächeln ein Stückchen höher. Marc positioniert sich vor ihr und ich mich an ihren Beinen. Ohne abzuwarten, drehe ich sie auf Hände und Knie, damit sie sich mit ihrem Mund Marc widmen kann. Ich sehe, wie sein Schwanz immer wieder hinein- und hinausgleitet und er seine Hände an ihren Hinterkopf legt.

Ich angle nach einem Kondom aus meiner Hose auf dem Boden, streife es über und dringe ohne zu zögern in ihre heiße Enge ein. Sie schreit auf, erstickt fast an Marcs Größe, als mein harter Stoß sie ein Stück nach vorn schiebt. Ich löse mich sanft aus ihr, packe meinen Schwanz und quäle Christine, indem ich nur die Spitze meines Glieds in sie einführe, um mich sogleich wieder zurückzuziehen. Das tue ich mehrere Male, bis ich merke, wie sie mir ihren Hintern entgegendrückt, um mich ganz aufzunehmen.

»Du willst also mehr, Christine?«, frage ich mit tiefer Stimme und fahre mit meiner lustvollen Quälerei fort.

»Ja!«, fleht sie, noch immer Marcs Schwanz im Mund.

»Bist du sicher, dass du dafür bereit bist?«

Sie lässt von Marcs Glied ab und dreht ihren Kopf zu mir. »Fick mich!«

Ich schenke ihr ein Lächeln, packe ihre Hüfte und stoße so hart und schnell zu, dass Christine laut aufschreit. Ihre Pussy mit solcher Kraft zu nehmen, lässt ihren Hintern erzittern. Ich würde lügen, würde ich behaupten, dass mich das nicht noch mehr antörnt. Ich habe eine Schwäche für große Hintern. Ihr weiches Fleisch prallt gegen meinen Bauch und ich frage mich, ob sie einem von uns erlauben wird, sie in den Hintern zu vögeln.

»Ist es das, was du wolltest? Gefällt dir das?«, will ich wissen.

»Oh Gott, ja«, keucht sie. Ihr ganzer Körper ist in Bewegung, während ich sie nehme.

Marc kniet weiterhin vor ihr, streichelt sich selbst.

Schließlich ziehe ich meinen Schwanz aus ihr heraus und lege mich neben Christine aufs Bett. Noch immer ist sie auf allen vieren und unschlüssig, was nun geschehen soll.

»Komm, reite mich, Christine.«

Sie klettert auf mich, doch ich halte sie auf. »Dreh dich um. Ich will sehen, wie sich dein Hintern bewegt, wenn du auf diesem Schwanz reitest.«

Ich höre sie stöhnen und sie gehorcht augenblicklich. Sie umfasst meinen Schwanz und führt ihn in sich ein.

Instinktiv lege ich meine Hand an ihren Hintern, während sie beginnt, sich auf meinem Schwanz auf- und abzubewegen. Um einen besseren Blick darauf zu haben, wie mein Glied in ihrem heißen Inneren verschwindet, schiebe ich Christine ein Stück nach vorn.

Da Marc in dieser Position eher wenig Spaß mit uns beiden haben kann, genieße ich die Aussicht nur wenige Minuten, dann veranlasse ich Christine dazu, sich umzudrehen. An den Armen ziehe ich sie näher an meine Brust, bis ihr Hintern für Marc bereit ist und er sich hinter ihr in Stellung bringt. Kurz darauf spüre ich, wie er seine Finger gegen ihre Pussy reibt und meinen Schwanz dabei berührt, der sich noch immer in Christine bewegt.

Ich gleite ein wenig aus ihr heraus, und sein Finger rutscht in ihre Pussy, während mein Schwanz noch immer in ihr ist. Sie schreit vor Lust auf, während Marc ein kehliges Stöhnen entweicht. Nachdem er seine Finger ausreichend befeuchtet hat, zieht er sich zurück.

»Ich will dich in den Hintern ficken, Christine. Ist das okay?«, fragt er.

Sie zögert, gibt dann aber ihrem Verlangen nach und nickt kurz.

Marc beginnt, einen Finger in ihren engen Eingang einzuführen und sie verharrt angespannt. Da ich will, dass sie sich wohlfühlt, höre ich ebenfalls auf, mich zu bewegen und widme mich stattdessen ihren Brüsten. Ihr Outfit entblößt ihren Unterleib, da sie keinen Slip trägt, aber die Korsage sitzt eng und hebt ihre Brüste so weit wie nur möglich an. Ich löse ein paar der Schnallen – bis ihre großen, natürlich geschaffenen Brüste frei liegen –, drücke sie zusammen und sauge abwechselnd an ihren Brustwarzen.

Sie zieht scharf die Luft ein.

»Genau so, Honey. Ich verspreche, es wird dir gefallen«, sagte Marc. Wahrscheinlich hat er mittlerweile schon einen oder zwei Finger völlig in ihr.

Ich werfe einen Blick über ihre Schulter und sehe, wie Marc auf ihren Hintern spuckt, um Christine noch mehr zu befeuchten. Seine Hand bewegt sich immer schneller, seine Finger können immer einfacher vordringen. Mit geschlossenen Augen beißt sich Christine unterdessen auf ihre Unterlippe.

Marc hört auf, sie zu fingern, greift nach einem der Kondome, die ich vorhin aus der Hosentasche gezogen habe, und streift es sich über. Da er auf dem Bett direkt hinter ihr steht, sehe ich, wie er ihre Pobacken ein wenig auseinanderspreizt und dann langsam seinen Schwanz in ihr versenkt. Sie verzieht stöhnend ihr Gesicht. Es scheint ewig zu dauern, bis Marc vollständig in sie eingedrungen ist.

Wir verharren beide, warten darauf, dass sie sich zuerst bewegt. Sie fängt an, sich an uns zu reiben und fühlt sich nun noch enger an.

»Alles gut«, bringt sie hervor.

»Bist du sicher?«, frage ich.

»Ja. Es fühlt sich gut an.«

Marc beginnt mit langsamen Bewegungen, die ich entlang meines eigenen Gliedes spüre. Auch ich stoße wieder zu, bis Marc und ich in einen gemeinsamen Rhythmus verfallen.

Christine stöhnt, flucht und zerkratzt vor Lust meine Brust. Wir bewegen uns nicht zu schnell oder zu grob, aber da nur ihr dünner Damm Marcs Schwanz von meinem trennt, ist das Gefühl wahnsinnig intensiv für sie. Marc hat die Augen geschlossen und den Kopf nach hinten geworfen. Für ihn muss es noch fantastischer sein, seinen Schwanz in ihrem engen Hintern zu haben.

Christine bewegt sich schneller; sie scheint sich daran gewöhnt zu haben und genießt das Gefühl von zwei Schwänzen in ihr.

Marc öffnet die Augen und sucht kurz meinen Blick, dann packt er Christine an der Taille und stößt tiefer und härter in sie hinein.

Sie erstarrt förmlich.

»Oh verdammt. Oh Gott, das ist so gut, hör nicht auf. Ja.« Sie murmelt noch ein paar wenige Sekunden lang und kommt mit einem lauten Schrei auf meinem Schwanz.

Ich höre Marc keuchen und sehe, wie sich seine Armmuskeln anspannen. »Scheiße, ich komme«, sagt er.

Christines Pussy zieht sich um meinen Schwanz zusammen und bedeckt ihn mit ihren Säften, was bewirkt, dass sie jetzt noch leichter auf- und abgleiten kann. Marc zwängt sich weiter in ihren Hintern, ehe er stoppt und ich seinen Schwanz pulsieren spüre, während er kommt.

Der Druck auf meinen eigenen Schwanz ist nun so stark, dass ich nur ein paar Sekunden später ebenfalls hart und laut komme.

***

Ein paar Stunden später sitze ich auf meiner Couch und versuche, im Fernsehen ein gutes Programm aufzutreiben. Ich schalte mich durch mehrere Kanäle, bis ich bei einer Sportsendung hängen bleibe. Eine Weile bin ich kurz davor, auf meiner Couch einzuschlafen, als das Telefon klingelt.

»Hallo?«

»Hey Mann«, höre ich Troy am anderen Ende der Leitung.

»Was gibt's?«, frage ich und unterdrücke ein Gähnen.

»Nicht viel. Hat du schon geschlafen?«

»Nein, alles gut. Warum rufst du an?«

»Ich habe grad mit Marc telefoniert und wir kamen auf die Eröffnung zu sprechen. Was hattest du dafür im Sinn?«

»Ach, ich habe keine Ahnung. Was schwebt dir vor?«

»Scheiße. Du weißt doch, dass ich für so was nicht zu gebrauchen bin. Ich bin bloß das Genie, das sich um den Rest kümmert.«

Ich lache. »Wie du meinst. Du bist nicht der Einzige mit einem Abschlusszeugnis. Wann soll die Eröffnung denn ungefähr stattfinden?«

»Ich hab vorhin mit den Bauunternehmern geredet und sie meinten, in ungefähr zwei Monaten sind sie fertig.«

»Mist. Das ist viel eher, als ich gedacht habe.«

»Ja. Die beeilen sich echt.«

»Okay. Ich habe eine Idee. Ich werde das mal mit Marc abklären.«

»Klingt gut. Wir reden später.«

»Klar. Bis dann.«

Ich wähle Marcs Nummer, um die Eröffnung unseres Unternehmens zu besprechen. Es hat lang genug gedauert und ich freue mich wahnsinnig auf diesen neuen Abschnitt in meinem Leben.

# 11. KAPITEL

**Adrienne**

Es ist beinah zwei Wochen her, seit ich den besten Sex meines Lebens hatte. Wenn ich allerdings geglaubt habe, ihn zu vögeln, würde für eine Weile meinen Durst stillen, habe ich mich geirrt. Im Gegenteil, die Nacht mit ihm hat in mir ein Verlangen geweckt, das viel zu lange Zeit verborgen in mir geschlummert hat. Jetzt kann ich kaum an etwas anderes denken.

Sex.

Ich will ihn.

Ich brauche ihn.

In meiner Fantasie träume ich von Jace' großen Händen und seinen Berührungen auf meinem Körper. Noch immer erinnere ich mich an das Gefühl, als er mit seiner Zunge zwischen meine Schamlippen geglitten ist und seine warmen Lippen meine Klitoris umspielt haben. Tagelang war ich an dieser Stelle besonders empfindlich. Mein gesamter Körper schmerzte von der Art, wie Jace ihn benutzt hat. Weder der Gebrauch meiner Finger noch meines Vibrators hat geholfen. Ich verzehre mich nach seinem Körper, so wie sich eine Schwangere nach Gewürzgurken und Eiscreme sehnt.

Wie kann ich ihm bloß sagen, dass ich seinen Körper zur Befriedung meiner Lust will? Wie würde ich das überhaupt in Worte fassen? Bisher musste ich noch nie einem Kerl hinterherjagen. Ich habe noch nie jemanden nach einem Date gefragt, zuerst nach einem Kuss verlangt und erst recht habe ich noch nie jemanden darum gebeten, Fickfreunde zu werden. Das kann ich einfach nicht. Außerdem habe ich überhaupt keine Ahnung, wie ich ihn erreichen kann. Ich weiß nur, wo er wohnt, aber ich werde ganz bestimmt nicht wie eine Stalkerin plötzlich vor seiner Tür auftauchen.

Ich seufze tief und zwinge mich dazu, mein Bett zu verlassen. Bevor ich es jedoch ins Bad schaffe, vibriert mein Handy auf dem Nachtisch. Es ist Em.

»Hallo?«

»Aufwachen, wir haben Pläne.« Sie klingt aufgeregt.

»Uh. Bitte nicht. Nimm's mir nicht übel, aber deine Fröhlichkeit überfordert mich gerade.«

»Schade aber auch. Steh auf, wir haben einen Termin.«

»Wie kommt es eigentlich, dass ich von unseren Terminen immer erst in allerletzter Minute erfahre?«

»Weiß ich nicht. Ich bin bereits auf dem Weg zu dir. Es ist schon zehn, du Faulpelz.«

Sie legt auf und ich begebe mich ins Bad, putze mir die Zähne und stecke meine Haare zu einem unordentlichen Knoten hoch. Dann schlüpfe ich in ein Paar Shorts, Flipflops und ein weißes Trägertop. Kaum bin ich fertig, da hämmert Em auch schon gegen die Wohnungstür, als sei sie die Polizei höchstpersönlich.

»Hey!«, sage ich, als ich öffne. »Warum willst du aus meiner Tür Kleinholz machen?«

Sie zuckt mit den Schultern. »Ich dachte, vielleicht bist du wieder eingeschlafen und ich müsste dich aufwecken.«

»Da muss ich dich leider enttäuschen. Ich bin fertig, siehst du?« Ich strecke meine Arme aus, um ihr zu zeigen, dass ich angezogen bin.

Sie beäugt mich mit einem angewiderten Gesichtsausdruck. »Wenn du das fertig nennen willst, bitte. Es ist ohnehin nicht wichtig. Wir lassen uns heute so richtig verwöhnen. Nägel, Haare, Waxing.«

»Waxing?«, unterbreche ich sie. »Nein danke. Das letzte Mal, als du mich zu einem Waxing überredet hast, war meine Muschi danach tagelang wund! Ich verzichte.«

»Mach nicht so ein Theater.« Sie lacht. »Es tut mir leid. Das Mädel beim letzten Mal war neu. Dieses Mal haben wir den Termin bei einer anderen. Wir werden uns aufhübschen lassen, uns mit den zwei hoffentlich nicht zu langweiligen Tussis zum Abendessen treffen und danach einen Club unsicher machen und uns ein paar heiße Männer zum Tanzen suchen. Das ist der

Plan.«

Ihr Tonfall duldet keinen Widerspruch. Sie wirft sich die Haare über die Schultern und steuert auf die Tür zu.

»Ich schätze, ich könnte ein paar Drinks gebrauchen«, sage ich, während ich ihr durch den Flur folge.

»Trauerst du noch immer dem König nach?«, fragt sie schmunzelnd.

»Oh, sei ruhig«, erwidere ich und schubse sie neckend.

»Nach dem, was du mir von ihm erzählt hast, wäre ich an deiner Stelle auch noch nicht über ihn hinweg. Ich würde vermutlich die Wände hochgehen, um zu ihm zu gelangen.«

Meiner Kehle entweicht ein lautes und ziemlich peinliches Lachen. Ein paar Leute drehen sich um und starren uns an.

Ich ignoriere die Blicke. »Oh mein Gott, Em, du bist die Größte. Jetzt stelle ich mir vor, wie du wie *Spiderman* an den Fensterfronten hochkletterst. Die Vorstellung ist wirklich urkomisch.« Ich kann nicht aufhören, zu lachen.

»Du denkst, mir ist es nicht ernst? Ich würde auf seinem Balkon mein Zelt aufschlagen und auf die Gelegenheit warten, ihn anzuspringen.« Sie kichert über sich selbst. »Du musst verrückt sein, wenn du ihn nicht wiedersehen willst. Du hast selbst gesagt, dass er im Bett toll war – und gut bestückt! Und es ist ja nicht so, als würdest du dir noch woanders Sex holen.« Sie bedenkt mich mit einem vielsagenden Blick.

»Danke, dass du mich daran erinnerst«, sage ich und verdrehe die Augen. »Ich weiß nicht, was ich deiner Meinung nach tun soll. Seine Telefonnummer habe ich nicht und einfach vor seiner Wohnung aufzutauchen würde mich zu verzweifelt aussehen lassen. Das werde ich ganz bestimmt nicht tun.«

Emilie seufzt dramatisch. »Dann wirst du dir wohl heute Abend einen neuen Kerl suchen müssen. Er wird wahrscheinlich weder gottgleich noch annähernd so gut im Bett sein oder einen großen ...«

»Okay!«, unterbreche ich sie. »Ich habe verstanden. Lass uns einfach gehen.«

Im Salon angekommen, steht als Erstes die Pediküre an. Em

blickt zu mir herüber und zieht die Augenbrauen hoch.

»Was?«, frage ich.

»Nichts, ich versuche nur herauszufinden, was mit uns nicht stimmt.«

»Was meinst du?«

»Ich meine, was stimmt mit uns nicht? Wir sehen heiß aus, wir sind Singles und wir haben feste Jobs. Warum haben wir keinen Mann in unserem Leben?«

Ich seufze schwer. »Keine Ahnung. Weil wir Ansprüche haben? Zu wählerisch sind? Ich weiß es nicht.«

Schweigend genießen wir eine Weile die Massagestühle, auf denen wir sitzen, während die Damen im Salon unsere Füße verschönern. Nach etwa zwanzig Minuten folgt die Maniküre und danach machen wir uns auf zum Haarstylisten. Ich beschließe, die Vorteile des Salons auszunutzen und mir die Haare glätten zu lassen. Eine Stunde später ist jede Strähne geschmeidig, glänzend und richtig glatt. Hier im Salon sieht es immer so einfach und vor allem viel besser aus, als wenn man es zu Hause probiert.

Emilie hat sich die Haare aufhellen lassen, sodass sie jetzt fast als Blondine durchgeht. Die Spitzen sind zu Korkenzieherlocken aufgedreht. *Beach Waves* nennt man das heutzutage. Mit meinem Wildwuchs würde das definitiv nicht gehen.

Sie prüft ihre Armbanduhr. »Fertig? Wir haben gerade noch genug Zeit, um uns umzuziehen, bevor wir die Mädels am Restaurant treffen.«

»Ja. Lass uns gehen.«

Zurück in meiner Wohnung werfen wir uns schnell in unsere Kleider und ich achte darauf, diesmal selbst eins auszuwählen. Es wird ein schwarzes Paillettenkleid, das kurz oberhalb des Knies endet. Ein Ärmel ist lang, der andere kurz. Der schmale, leicht transparente V-Ausschnitt zeigt gerade genug, um sexy, aber nicht billig zu wirken. Em hat sich hingegen für ein schwarz-pinkes Minikleid entschieden.

Wir haken uns unter und machen uns auf den Weg.

»Ich hoffe wirklich, dass diese Weiber nicht langweilig sind«, sage ich zu Em, bevor wir das italienische Restaurant betreten.

»Ich auch. Shelia scheint ziemlich nett zu sein, aber ihre Freundin kenne ich nicht. Wir werden es ja gleich sehen.«

Im Innern entdeckt Em Shelia sofort, was vermutlich auch daran liegt, dass sie nahezu fieberhaft zu uns herüberwinkt. Ihre Freundin sitzt neben ihr und sieht sich, ein Weinglas in der Hand, gelangweilt im Restaurant um.

Als wir am Tisch ankommen, steht Shelia auf und begrüßt uns. »Hi.«

»Hey, She«, antwortet Em. »Das ist meine Freundin Adrienne. Adrienne, das ist Shelia.«

Ich reiche ihr die Hand. »Schön, dich kennenzulernen. Wie gefällt dir Vegas bisher?«

»Es ist ziemlich heiß«, erwidert sie lachend.

»Das auf jeden Fall«, antworte ich.

Eine unangenehme Stille entsteht. Die Blondine am Tisch hat sich bisher nicht die Mühe gemacht, in irgendeiner Form auf unsere Anwesenheit zu reagieren. Ich habe jetzt schon ein schlechtes Gefühl, was sie betrifft.

Shelia blickt zu ihrer Freundin. »Das ist Vivian.«

Ihr Name bringt die Blondine dazu, endlich aufzusehen. Sie setzt ein gezwungenes Lächeln auf. »Oh, hi«, sagt sie, als habe sie uns erst jetzt bemerkt.

»Hey«, sagen Em und ich gleichzeitig, bevor wir uns den anderen beiden Frauen gegenübersetzen.

»Also, was steht heute Abend an?«, fragt Shelia aufgeregt.

»Nachdem wir gegessen haben, wollten wir einfach ein paar Clubs besuchen. Es stehen ja genug zur Auswahl«, erwidert Em.

»Habt ihr das Nachtleben hier noch nicht kennengelernt?«, frage ich.

Shelia schüttelt leicht den Kopf. »Nicht wirklich.«

»Lasst euch nichts von ihr erzählen. Wir hatten schon ein bisschen Spaß«, meint Vivian und leert ihr Glas Wein.

Shelia errötet und ich frage mich, was ihre Freundin wohl damit meint. Halb hoffe ich, dass Shelia uns einweihen wird, aber sie lächelt nur und schüttelt den Kopf, als sei es keine große Sache.

»Und du, Vivian, warst du vorher schon mal in Vegas?«, fragt Emilie.

»Oh ja, schon öfter. Ich liebe die Stadt der Sünde.«

Da Vivian keine Anstalten macht, noch mehr zu erzählen, wende ich mich Shelia zu, die zwar ruhiger, doch auch um einiges netter wirkt.

»Warum hast du dich entschlossen, hierherzuziehen?«

»Na ja, Vivian war ein paar Mal hier und wollte hier leben und ich dachte, warum nicht? Wenigstens kenne ich dann schon jemanden.«

Ein starres Lächeln liegt auf Vivians Lippen, als ich ihr einen Blick zuwerfe. Zweifelsohne hat sie zwischen den beiden das Sagen. Ich frage mich, warum Shelia überhaupt mit ihr befreundet ist. Vivian kommt mir jetzt schon wie ein echtes Miststück vor und Shelia wie jemand, auf dem man leicht herumtrampeln kann.

»Hat eine von euch einen festen Freund?«, möchte Vivian wissen.

Em und ich lachen. »Darüber haben wir vorhin noch geredet«, sagt Em. »Wir wissen nicht, warum wir keine netten Männer finden.«

»Und du?«, frage ich Vivian.

»Nein, ich bin auch Single. Ich habe ein paar männliche Bekannte, aber zwischen uns ist nichts Ernstes.«

»Was meinst du mit männlichen Bekannten«, hakt Em nach. »Freunde mit gewissen Vorzügen?«

Ein selbstgefälliges Lächeln erscheint auf Vivians Gesicht. »So etwas in der Art. Ich sorge dafür, dass ich ein Abenteuer bekomme, wenn ich es will.«

So wie sie das sagt, erinnert sie mich an Jace. Er hat genau das Gleiche gesagt. Wahrscheinlich hält Vivian sich selbst für eine Königin.

»Muss schön sein«, bricht es aus Em hervor. »Ich bin nicht mit vielen Kerlen befreundet und schon gar nicht mit welchen, die ich gern im Bett hätte. Adrienne war auf dem Gebiet vor Kurzem erfolgreicher als ich, aber aus irgendeinem Grund will sie den Typen nicht wiedersehen.«

Ich werfe Em einen warnenden Blick zu, doch sie zuckt nur mit den Schultern.

»Oh? Warum würdest du ihn nicht wiedersehen wollen? War er schlecht im Bett?« Vivian winkt den Kellner herbei.

»Nein, er war nicht schlecht«, sage ich, bevor Em mich unterbricht.

»Er war der Beste, den sie je hatte. Behauptet sie zumindest. Er ist auf jeden Fall total heiß! Unglaublich groß, wahrscheinlich reich, wunderschöne blaue Augen und strahlt pure Selbstsicherheit aus.«

Vivian neigt leicht den Kopf, als überlege sie etwas. Sie blickt zu Shelia, die sich hinter der Speisekarte vergraben hat, und dann wieder zu mir. »Hört sich nach einem echten Fang an. Irgendetwas muss mit ihm nicht stimmen, wenn du kein Interesse hast.«

Schulterzuckend versuche ich es abzutun und die Sache auf sich beruhen zu lassen. Ich habe wirklich keine Lust, über Jace' Dasein als Frauenheld zu reden – oder darüber, dass ich ernsthaft erwäge, in den Rang einer seiner vielen Fickfreunde aufzusteigen. Immerhin kenne ich die Mädchen hier kaum und die ganze Sache geht sie nichts an. Emilie scheint meine Abwehrhaltung nicht zu bemerken, denn sie plappert munter drauflos.

Der Kellner kommt vorbei und nimmt unsere Bestellungen auf. Sobald er fort ist, redet Em weiter. »Adrienne will nichts mit einem ›Playboy‹ haben.« Als entspräche dies nicht der Wahrheit, malt sie dabei tatsächlich Anführungszeichen in die Luft und verdreht die Augen.

Vivian sieht geschockt aus. »Playboy? Inwiefern?«

»Anscheinend lutschen ihm mehrere Frauen den Schwanz«, antwortet Emilie freimütig.

Shelia verschluckt sich an ihrem Drink und ich versuche, Emilie unterm Tisch gegen das Schienbein zu treten, erwische aber nur den Stuhl.

»Ich habe ihn bloß schon mit mehreren Frauen gesehen, weiter nichts«, sage ich.

»Hm. Also warst du mit ihm im Bett, aber möchtest nicht in einer Beziehung mit ihm sein, weil du ihn mit anderen Frauen gesehen hast?«, wiederholt Vivian.

Ich bin mir nicht sicher, ob sie unhöflich oder ehrlich neugierig ist. »Alles was ich sage, ist, dass ich mir eine monogame Beziehung mit ihm nicht vorstellen kann. Wenn überhaupt, dann will ich bloß Sex von ihm.«

»Aber du möchtest nicht noch einmal mit ihm Sex haben?«, fragt sie und lacht kurz auf.

Ich seufze genervt. »Ich weiß es nicht, aber ich mache mir darum auch keinen Kopf. Lasst uns einfach essen und dann in einen Club gehen.«

Zum Glück endet die Unterhaltung über Jace damit und für den Rest des Abendessens sprechen wir über andere Dinge. Nachdem wir alle fertig sind, rufen wir uns ein Taxi und fahren zu dem Club, zu dem Vivian unbedingt will.

Als wir aus dem Taxi steigen, führt sie uns an den Anfang der Schlange. Sie wechselt ein paar Worte mit dem Türsteher, gibt ihm ein Küsschen auf die Wange und er lässt uns durch.

»Habt einen schönen Abend, Ladys«, sagt er, als wir an ihm vorbeigehen.

Wir werden so schnell hineingeschleust, dass mir keine Zeit bleibt, nach dem Namen des Clubs zu sehen. Er liegt etwas abseits vom Strip und wirkt von außen wie eine unscheinbare Absteige.

Im Innern des Clubs angekommen fällt mir allerdings die Kinnlade herunter. Es ist einfach unglaublich schön. Der Raum ist schwach erleuchtet. Mehrere Tische stehen bei der Bar, die sich ein paar Stufen oberhalb der Tanzfläche in der Mitte befindet. Entlang der Wände sind größere, bequem aussehende Sessel verteilt. Von einem Balkon aus kann man das Treiben auf der Ebene hier beobachten. Da es so dunkel ist, kann ich kaum ausmachen, was genau sich dort oben befindet. Aber ich meine, eine paar Türen zu entdecken, und vermute, dass sich dort noch weitere Räume befinden, in denen unterschiedliche Musik gespielt wird. Auf jeden Fall handelt es sich hier um einen ziemlich noblen, gut versteckten Club. Seinem Äußeren nach zu urteilen, hätte ich nie vermutet, dass es hier drinnen so schick ist.

Vivian und Shelia leiten uns zu ein paar Sitzgelegenheiten in der Ecke.

»Warum zum Teufel haben wir noch nie von diesem Club gehört?«, flüstert Em mir zu.

»Ich habe keine Ahnung. Ist fast so, als wären wir in einem Geheimclub oder so.«

»Wahrscheinlich ist Vivian eine reiche Tussi.«

Ich muss lachen.

Von unserem Platz in der Ecke können wir den gesamten Club überblicken. Die Sessel sind in einem tiefen Rotton gehalten, und als ich ein Stück zur Seite rücke, spüre ich den weichen Samt an meinen nackten Beinen.

»Wow, das ist toll hier«, sage ich.

»Ja, das ist es«, erwidert Vivian.

»Woher kennst du den Club?«, will Em wissen. »Ich bin noch nie zuvor hier gewesen.«

»Ich kenne die Besitzer. Hierher kommen nur Leute, denen von dem Club erzählt wurde. Er wird nicht anderweitig beworben.«

Em holt Luft, um eine weitere Frage zu stellen, aber ein Mann tritt an unseren Tisch.

»Miss Winters, wie geht es Ihnen?«, fragt er mit einem charmanten Lächeln.

»Gut, Charles. Und dir?«

»Sehr gut. Kann ich Ihnen allen etwas Gutes tun?«

Ich bemerke, wie Emilie den Mann von oben bis unten mustert und sich auf die Unterlippe beißt. Oh Gott. Jetzt geht es los.

»Das kommt darauf an, Charles. Was *genau* würdest du uns denn alles Gutes tun?« Sie beißt sich erneut auf die Unterlippe und schenkt ihm ihren verführerischsten Augenaufschlag.

Für einen kurzen Moment blickt er einmal in die Runde, dann beugt er sich jedoch zu Emilie runter, bis sein Gesicht ganz nah an ihrem ist. »Das kommt darauf an, wie viel *Gutes* du handhaben kannst.« Seine Stimme ist nicht mehr als ein tiefes heiseres Flüstern, aber die Botschaft ist laut und deutlich.

Emilie räuspert sich. Mit dieser Antwort hat sie wohl nicht gerechnet. »Das hängt sicherlich davon ab, was du anzubieten hast.«

Er richtet sich auf und lächelt sie an. »Vielleicht wirst du es später erfahren.« Er wendet sich an Vivian. »Komm doch bitte noch einmal zu mir, bevor du gehst.« Er nickt und lächelt höflich, bevor er in der Menge verschwindet.

Ich lehne mich zu Emilie. »Heilige Scheiße. Der Typ war ziemlich heiß«, flüstere ich.

»Oder? Ich würde alles tun, was er von mir will. Ich glaube, mein Höschen ist ganz feucht.« Sie windet sich in ihrem Sessel hin und her.

Wir brechen beide in Gelächter aus. »Du bist einfach unglaublich«, sage ich.

»Ich würde mich an eurer Stelle nicht zu sehr auf ihn einschießen«, kommt es von Vivian.

Em und ich drehen uns zu ihr. »Wie meinst du das?«, fragt Em scharf.

»Ich meine, ihr solltet nicht zu viel von Charles erwarten. So geht er mit allen um. Dafür wird er bezahlt.«

Ich verenge die Augen. »Er wird bezahlt, um zu flirten?«

Vivian lacht und prüft ihre Fingernägel. »Nein. Was ich meine, ist, dass er ein Escort ist.« Sie wirft erst mir und dann Em einen Blick zu.

Ich wende mich an Emilie, deren Augen so groß wie meine geworden sind. »Escort? So wie ein Gigolo? Einer, der dafür bezahlt wird, mit Frauen zu schlafen?«

»Sie werden nicht bezahlt, um mit jemandem zu schlafen«, sagt Vivian. »Sie werden dafür bezahlt, Zeit mit Frauen zu verbringen. Sie gehen mit ihnen zu Partys, verreisen mit ihnen übers Wochenende, begleiten sie zu Abendessen und so weiter.

Wenn sie miteinander schlafen, und das passiert nicht oft, dann geschieht das einvernehmlich.«

»Ich bin mir sicher, er hat eine ganze Menge Höschen feucht gemacht«, sagt Em.

»Woher weißt du so viel darüber?«, frage ich Vivian.

Sie zuckt mit den Schultern und lässt den Blick über den Club schweifen. »Ich weiß es einfach.«

Shelia hat sich völlig auf ihr Handy konzentriert und die gesamte Unterhaltung ignoriert.

Ich wende mich wieder an Em. »Das ist doch verrückt, oder? Ich meine, ein Escortservice? Davon hört man nicht jeden Tag. Wer hätte gedacht, dass wir mal einen solchen Typen treffen würden?«

»Ja, und ich bin mir ziemlich sicher, dass er weiß, was er tut. Bei so einem Job bekommt man schließlich viel Erfahrung und lernt ständig etwas Neues. Ohhh, meine Neugier ist geweckt.« Em blickt sich suchend um. Wahrscheinlich hält sie Ausschau nach Charles.

»Em! Du kannst doch nicht ernsthaft in Erwägung ziehen, mit ihm zu schlafen! Er schläft mit jedem. Das ist doch irgendwie ekelhaft.«

»Adrienne, lass uns mal kurz für eine Minute darüber nachdenken. Erstens«, sie hält einen Finger hoch, »habe ich seit ewigen Zeiten keinen Sex mehr gehabt. Zweitens hast du selbst gesagt, dass Jace ein Player ist und du ihn mit mehreren Frauen gesehen hast. Was, wenn er mit all denen geschlafen hat? Du hast es doch auch getan! Das ist nichts anderes. Drittens, der Typ ist verdammt heiß! Viertens sind damit keine weiteren Verpflichtungen verbunden und bestimmt müssen sie sich regelmäßig testen lassen. Wenn du mit irgendeinem Typ schläfst, den du in einer Bar aufgegabelt hast, dann kann er ebenso gut ein Player sein und mit hundert anderen Frauen geschlafen haben. Und wahrscheinlich lässt er sich nicht einmal regelmäßig testen. Fünftens ...«

»Okay! Ist ja gut, ich hab's verstanden. Es ist bloß einfach komisch.«

»Also hattest du noch nie Spaß mit einem Escort, Adrienne?«, fragt Vivian lächelnd.

»Äh. Nein.«

Sie neigt den Kopf. »Wirklich? Warum versuchst du es nicht einmal? Es könnte ein einmaliges Erlebnis sein.«

»Nein danke. Nicht nötig.«

»Oh, stimmt ja. Du hast ja schon einen Kerl, mit dem du schlafen könntest. Wie hieß er noch gleich?«

Endlich löst sich Shelia von ihrem Handy und stößt Vivian mit dem Ellbogen an. »Ich muss mal aufs Klo. Kommst du mit? Ich weiß nicht, wo die Toiletten sind.«

»Ja, komm«, antwortet Vivian.

»Was zum Teufel stimmt mit der nicht?«, frage ich Em.

»Wer? Vivian? Keine Ahnung.«

»Ich komme mit ihrer Art einfach nicht klar. Sie ist irgendwie zickig. Die arme Shelia folgt ihr wie ein Hündchen. Und woher kennt sie Escorts und weiß so viel über das Escortgeschäft?«

»Sie und ich werden auf jeden Fall keine engen Freunde werden. Sie meinte ja, sie wäre schon öfter in Vegas gewesen. Jede Wette, dass sie da auch Escorts besucht hat. Keine Ahnung.«

»Glaubst du, dass sie Charles daher kennt? Immerhin kam er extra her, um sie zu begrüßen.«

»Wahrscheinlich.«

»Jetzt mal im Ernst. Würdest du wirklich mit einem Escort schlafen? Ich wette, er verlangt ein Vermögen.«

»Wenn ich genug mit ihm flirte und ihm mein Interesse zeige, möchte er vielleicht umsonst mit mir schlafen? Er ahnt ja nicht, dass ich von seiner Arbeit bei einem Escortservice weiß. Und er kann wohl kaum mit mir ins Bett gehen und im Nachhinein sagen, er gehöre zu einer Begleitagentur und ich schulde ihm nun dreitausend Dollar.«

»Das stimmt.«

»Wirst du versuchen, Jace zu finden?«

Ich stöhne auf. »Ich weiß es nicht, Em. Ich habe dir doch gesagt, dass ich keine Ahnung habe, wie ich ihn kontaktieren soll, außer ich tauche vor seiner Wohnung auf. So verrückt bin ich dann doch nicht.«

»Aber du hättest seinen Schwanz schon gern noch einmal, oder?«, fragt sie mit einem schelmischen Grinsen.

Ich kann nicht anders, als es zu erwidern. »Es war so verflucht gut, Em, das kannst du dir nicht vorstellen.«

»Ich weiß! Ich kann mir schon gar nicht mehr vorstellen, wie sich irgendein Schwanz anfühlt!«

Shelia und Vivian kehren mit einigen Getränken zu uns zurück und unser Gespräch über Escorts und Schwänze verstummt. Nach ein paar Drinks öffnet sich Shelia immer mehr und es stellt sich heraus, dass sie eigentlich ganz witzig ist. Auch Vivian benimmt sich weniger zickig, doch mit steigendem Alkoholpegel fällt bei ihr jeder Rest von Anstand. Sie tanzt mit wirklich jedem, reibt ihren Hintern am Schritt der Männer, steckt ihr Gesicht in die Ausschnitte der Frauen; es ist definitiv ziemlich unterhaltsam. Em und ich tanzen und begutachten einige gut aussehende Typen. Wir beginnen zu mutmaßen, welcher der Kerle ein Escort ist und lachen die ganze Nacht hindurch. Charles sehen wir nicht wieder, was Emilie ein wenig enttäuscht.

Irgendwann verlieren wir Vivian und Shelia aus den Augen. Eine Weile suchen wir nach ihnen, doch sie scheinen schon gegangen zu sein. Da es spät ist und auch wir beide nach Hause wollen, schickt Emilie Shelia eine kurze Nachricht und hofft, dass Shelia sie irgendwann liest.

Arm in Arm verlassen wir den Club und suchen uns ein Taxi. Während wir es uns auf dem Rücksitz bequem machen, meine ich, Jace aus dem Taxi vor uns aussteigen und in den Club gehen zu sehen. Aber ich bin betrunken und meine Augen sind müde, also denke ich nicht weiter darüber nach.

# 12. KAPITEL

**Adrienne**

Am Montag ist wieder alles beim Alten. Das Wochenende habe ich damit verbracht, mich von meinem Kater zu erholen. Außer dazu, in meinen Pyjamas herumzuliegen, Junkfood zu essen und Filme anzusehen, war ich zu nichts fähig.

Jetzt sitze ich wieder im Büro, höre den Anrufbeantworter ab, lese E-Mails und bereite mich auf mein nächstes Treffen mit Mrs Roberts vor. Ihre Tochter heiratet diesen Samstag und ihre Mutter ist noch aufgescheuchter als zuvor. Wenn man Bräute auch *Bridezillas* nennt, was sind dann ihre Mütter – *Momzillas*? Mit ihrer Tochter habe ich nur ein paar Mal gesprochen; sie scheint damit zufrieden zu sein, ihre Mom schalten und walten zu lassen, wie sie möchte.

Das Telefon auf meinem Schreibtisch klingelt. »Hallo?«

»Hi. Ich bin nicht sicher, ob ich bei Ihnen richtig bin, aber ich hoffe, Sie können mir helfen«, höre ich eine tiefe, jedoch freundliche Stimme am anderen Ende der Leitung.

»Ich werde es auf jeden Fall versuchen«, erwidere ich.

«Wunderbar. Ich bin auf der Suche nach jemandem, der mir bei der Planung einer Cluberöffnung helfen kann.«

»Okay, Mr ...«

»Edwards. Entschuldigung.«

»Kein Problem. Mr Edwards, dabei werde ich Ihnen definitiv helfen können. Wenn es Ihnen nichts ausmacht, würde ich Sie gern zu meiner Assistentin durchstellen, damit sie Ihre Kontaktdaten aufnimmt. Normalerweise würde ich das persönlich tun, aber ich habe jetzt gleich einen Termin mit einer Kundin.«

»Oh, das ist ausgezeichnet. Vielen Dank, Miss ...«

»Miller.« Ich lache. »Entschuldigung.«

Durch den Hörer höre ich sein tiefes Lachen. »Kein Problem. Ich freue mich auf die Zusammenarbeit, Miss Miller. Einen schönen Tag noch.«

»Ihnen auch. Ich melde mich bald bei Ihnen.«

Ich stelle ihn zu Cindy, meiner Assistentin, durch und zwei Minuten später kommt Mrs Roberts herein. »Adrienne, Liebes! Bitte sag mir, dass alles nach Plan läuft. Ich stehe kurz vor einem Nervenzusammenbruch.«

»Schön, Sie wiederzusehen, Mrs Roberts. Ja, alles läuft wunderbar«, sage ich und lächle.

»Gut. Das ist schön zu hören. Ich bin kurz davor, die Schneiderin zu erschießen. Sie hat das Kleid meiner Tochter ruiniert und ich musste sie ständig anrufen und vorbeischauen, um sicherzustellen, dass das Kleid noch bis Samstag fertig wird.«

»Ich bin mir sicher, sie freut sich darüber«, erwidere ich schmunzelnd.

»Aber, Adrienne. Du weißt, ich bin eine nette alte Dame, aber manche Leute bringen mich einfach in Rage. Ist es zu viel verlangt, dass alle ihren Job tun?«

»Nein, Ma'am. Doch erschießen Sie lieber niemanden, sonst verpassen Sie noch die Hochzeit, die Sie so viele Nerven gekostet hat.«

»Nein, das darf nicht geschehen.«

»Wie läuft es denn sonst so?«, frage ich.

»Furchtbar. Meine Familie wird bald ankommen und das ist das größte Problem von allen anderen.«

»Warum das denn?«

»Du hast meine Familie noch nicht kennengelernt, Adrienne, aber das wirst du ja spätestens am Samstag.«

»Nun, wenn sie so sind wie Sie, dann werde ich sie lieben.« Ich werfe ihr ein freundliches Lächeln zu.

»Ich bin die Netteste«, erwidert sie und lächelt ebenfalls.

»Ach du meine Güte.«

Nun lachen wir beide.

Mit Mrs Roberts zu arbeiten war zuweilen wirklich nervtötend, doch ich mag die alte Dame. Wir haben eine gute Beziehung zueinander aufgebaut.

»Ich werde ja Freitagnacht vor Ort sein und sicherstellen,

dass alles perfekt ist. Und Samstagvormittag bin ich natürlich auch da, um ein Auge auf die Caterer zu haben – und darauf, dass alles an Ort und Stelle ist und alle ihre Arbeit machen. Sie müssen sich um nichts Sorgen machen, das ist mein Job.«

»Du bist ein Schatz. Danke, Adrienne.«

»Kein Problem.«

»Ich werde mich dann mal verabschieden. Ich muss mich um ein paar ungezogene Kinder kümmern.«

»Viel Glück«, sage ich.

Sie winkt und verschwindet durch die Tür.

Ungefähr zwanzig Minuten später kommt Cindy in mein Büro. »Hey. Ich habe gerade mit Mr Edwards telefoniert und er hat mir seine Kontaktdaten gegeben. Ich habe mir alle seine Ideen notiert und er will, dass ihr euch trefft.«

»Okay. Wann?«

»Er wollte wissen, ob du heute Mittag Zeit hast.«

»Heute?«, kreische ich.

Sie schenkt mir ein mitfühlendes Lächeln. »Ja. Er sagt, sein Terminkalender ist ziemlich voll, aber heute Nachmittag hätte er Zeit.«

»Na, das ist ja schön für ihn, doch ich habe zu tun.« Ich beginne, die Papierstapel auf meinem Schreibtisch zur Seite zu schieben, um einen Blick auf den darunterliegenden großen Kalender zu werfen. »Ich muss Mr Martinez anrufen, mich bei der Firma melden, die die Sachen für die Roberts-Hochzeit aufbaut, und ich muss noch eine Mappe mit Ideen für einen anderen Kunden fertig machen.«

»Ich weiß, aber die Hochzeit ist bald erledigt und du könntest einen weiteren Kunden gebrauchen. Außerdem klang er am Telefon ziemlich heiß. Vielleicht ist er ja Single«, sagt sie und lächelt schüchtern.

»Ich brauche keinen Freund. Warum versuchen eigentlich alle, mich zu verkuppeln oder mir einen One-Night-Stand zu besorgen?«

»Beruhige dich. Ich hab ja bloß Spaß gemacht.«

»Entschuldige, Cindy. Ich bin bloß genervt.«

»Schon in Ordnung. Was soll ich Mr Edwards sagen?«

Ich stoße einen langen Seufzer aus. »Bestätige ihm das Treffen. Schließlich muss ich ja zwischendurch auch essen.«

»So ist's richtig. Sobald ich ihn angerufen habe, gebe ich dir Bescheid.«

»Okay.«

Ich schreibe noch ein paar E-Mails, dann rufe ich Mr Martinez an, um seine Firmenfeier zu besprechen. Während ich am Telefon bin, kehrt Cindy zurück und klebt ein *Post-it* mit den Daten für mein Treffen mit Mr Edwards auf meinen Tisch.

Nachdem das Telefonat erledigt ist, hetze ich ins Bad und mache mich ein wenig frisch. Mein Haar trage ich wieder zu einem Knoten hochgesteckt und ich überprüfe seinen Sitz. Dann lege ich noch etwas Lipgloss nach und streiche meinen schwarzen Bleistiftrock glatt. Da ich Mr Edwards in einem kleinen Café treffe, das nur ein paar Straßen entfernt liegt, beschließe ich, zu Fuß zu gehen.

Kaum angekommen, beeile ich mich, der brennenden Hitze zu entfliehen und betrete das klimatisierte Gebäude. Das Café ist recht klein, doch um diese Uhrzeit ist kaum jemand hier. Ich bestelle ein Sandwich, einen Salat und eine Flasche Wasser. Anschließend setze ich mich an einen Ecktisch mit Blick auf die Tür und beginne zu essen, während ich auf meinen potenziellen neuen Kunden warte.

Kaum eine Minute später geht die Türglocke und ein unglaublich attraktiver Mann betritt das Café. Er trägt einen blauen Anzug und dazu ein dezent roséfarbenes Hemd, sein blondes Haar ist perfekt gekämmt. Der Ankömmling sieht sich einmal im Café um und schenkt mir ein Lächeln, als er mich entdeckt.

Er kommt auf mich zu und ich erhebe mich. »Ms Miller?«, fragt er.

»Ja, das bin ich. Schön, Sie kennenzulernen.« Ich schüttele seine Hand.

»Ebenso. Stört es Sie, wenn ich etwas zu essen bestelle?«

»Nein, gar nicht«, erwidere ich und deute zum Tresen.

Nachdem Mr Edwards sein Mittagessen geholt hat, kehrt er zu mir zurück und setzt sich mir gegenüber hin. »Vielen Dank, dass Sie sich so kurzfristig mit mir treffen konnten. Mein Kalender ist sonst leider bis obenhin voll und ich werde zusätzlich ein paar Tage nicht in der Stadt sein, also wollte ich so viel wie möglich vorher mit Ihnen besprechen.«

»Oh, ich verstehe. Das ist wirklich kein Problem.« Ich lächle.

»Wunderbar. Also, wo fangen wir an?«, fragt er und nimmt anschließend einen Bissen von seinem Burger.

»Vielleicht könnten Sie mir noch einmal genauer erläutern, was für ein Event Sie planen und wie ich Ihnen dabei behilflich sein kann. Die Informationen, die Sie meiner Assistentin Cindy gegeben haben, habe ich bereits vorliegen, aber falls Sie noch andere Wünsche oder Vorstellungen haben, bin ich ganz Ohr.«

»Der Club hat drei Etagen und jede ist anders gestaltet. Ich habe Cindy bereits erklärt, wie die Etagen ausgestattet sind, also werde ich Ihnen die Details ersparen.« Er grinst.

»Ja, die Beschreibungen hab ich hier. Das klingt, als würde es ein fantastischer Club werden.«

»Das will ich doch hoffen.«

»Ich will ganz offen mit Ihnen sein: Ich bin mir nicht sicher, wofür Sie mich brauchen. Da es sich um einen Club handelt, werden Sie genug Getränke und Musik vor Ort haben und die Einrichtung wird zur Eröffnung sicherlich auch fertig sein.«

»Ja, das stimmt schon, aber da es die feierliche Eröffnung ist, hätte ich gern, dass eine Art Verlosung stattfindet. Und nun will ich ganz offen mit Ihnen sein: Ich sage zwar gern, ich kenne mich mit Frauen aus, doch ich habe keine Ahnung, was für Preise sie gern gewinnen würden. Ich hatte schon an kleine Päckchen mit Beautyprodukten oder etwas in der Richtung gedacht, doch für die Entscheidung bräuchte ich Ihre Hilfe.«

Ich schenke ihm ein Lächeln. »Damit kann ich Ihnen bestimmt helfen. Ich werde ein paar enge Freundinnen und Mitarbeiterinnen fragen, was für Preise sie interessieren würden, und mich daran orientieren. An was für Preise hatten Sie denn für die Männer gedacht?«

»Da habe ich das gleiche Problem. Ich weiß, was mir gefällt, aber ich habe keine Ahnung, was anderen Männern gefallen würde.«

»Das ist kein Problem. Dafür bin ich ja da. Sie müssen mir nur noch Ihr Budget nennen. Was ist mit dem Essen? Was halten Sie von kleinen *Horsd'œuvres* auf jedem Stockwerk?«

»Das klingt gut. An jede Etage schließt sich eine Terrasse an, wo man ein Buffet aufstellen könnte.«

Ich nicke und kritzele ein paar Stichworte in mein Notizbuch. »Wann werde ich mir den Club ansehen können? Ich würde gern einmal kurz persönlich vorbeikommen, um mir selbst ein Bild davon zu machen, wie viel Platz zur Verfügung steht. Vielleicht entstehen so ja auch noch ein paar andere Ideen.«

»Ich werde mit den Bauunternehmern sprechen und mich dann bei Ihnen melden. Der Innenausbau ist noch nicht ganz fertig, aber sobald alles für eine Besichtigung abgesichert ist, werde ich Ihnen Bescheid geben.«

»Klingt gut. Wie lang werden Sie nicht in der Stadt sein?«

»Für eine Woche, höchstens zwei.«

»Geschäftlich oder zum Vergnügen?«, frage ich und bereue augenblicklich meine krampfhafte Neugier.

Er bedenkt mich mit einem umwerfenden Lächeln. »Ich versuche allem, was ich tue, ein wenig Vergnügen abzugewinnen.«

Hitze schießt in meine Wangen. »Ich verstehe. Entschuldigen Sie bitte die Frage. Das geht mich nun wirklich nichts an.«

»Schon gut, Miss Miller. Sie wissen doch, dass man nicht nur arbeiten soll, oder? Wir alle müssen zwischendurch etwas Spaß haben oder wir werden verrückt.«

»Da haben Sie recht«, stimme ich ihm zu.

Ich muss an Mrs Roberts denken, die etwas Ähnliches gesagt hat.

Mr Edwards isst zu Ende und leert seine Wasserflasche in einem Zug. »Ms Miller, es war schön, Sie kennenzulernen. Nochmals vielen Dank.«

Ich stehe auf und wir gehen zusammen zur Tür. »Gern

geschehen, Sir. Ich werde mir ein paar Vorschläge überlegen und Sie Ihnen per E-Mail schicken.«

»Perfekt. Wir werden dann also bald miteinander sprechen.«

Wir verabschieden uns, bevor sich unsere Wege in entgegengesetzte Richtungen trennen. Es wird Zeit für mich, ins Büro zurückzukehren und mir erste Überlegungen für diese Eröffnungsfeier zu machen.

# 13. KAPITEL

## Jace

Ich hasse es, in Eile zu sein. Nach einer nur fünfminütigen Dusche suche ich mir rasch ein paar Kleidungsstücke zum Anziehen zusammen und beschließe, dass ein lässiger Business-Look mit Jeans, blauem Hemd und weißem Blazer vollauf genügt. Da ich keine Zeit habe, auf ein Taxi zu warten, steige ich in meinen *Bentley* und hetze durch den Verkehr.

Ich hoffe inständig, nicht zu spät zu kommen. Troy, der elende Mistkerl, hat mir erst heute Morgen von dem Treffen mit dieser Frau erzählt, obwohl er es bereits gestern schon wusste. Er weiß, wie sehr ich es hasse, jemanden warten zu lassen. Es hinterlässt einfach einen schlechten ersten Eindruck, vor allem, wenn man hofft, mit dieser Person ins Geschäft zu kommen.

Endlich am Ziel springe ich aus dem Auto, schließe ab und gehe so schnell wie möglich zur Eingangstür. Ich bin fünf Minuten zu spät. Das geht noch. Als ich das Gebäude betrete, sehe ich eine Frau, die mit einem Notizblock umherläuft und sich darin eifrig etwas aufschreibt. Da sie sich auf der anderen Seite des Raumes befindet, hat sie mich noch nicht bemerkt. Weil ich nicht unbedingt schreien möchte, gehe ich auf sie zu, um sie anzusprechen, doch als ich sie fast erreicht habe, erstarre ich an Ort und Stelle.

Habe ich wirklich so viel Glück? Ich beschließe, zu bleiben, wo ich bin und lehne mich gegen eine Säule, darauf wartend, dass sie sich umdreht.

Doch sie dreht sich nicht um. Also räuspere ich mich, um ihre Aufmerksamkeit auf mich zu ziehen. Wie ertappt fährt sie herum.

Als sie mich erblickt, öffnet sich ihr Mund vor Überraschung leicht.

»Hallo Schönheit«, begrüße ich sie leicht belustigt.

»Was tust du denn hier?«

»Mir wurde gesagt, ich solle hier eine Eventplanerin treffen. Ich nehme an, das bist du.«

»Ja. Und Mr Edwards hat mir gesagt, ich solle mich hier mit einem Mr Thompson treffen.«

»Mr Thompson ist ein Freund von mir und hat mir heute Morgen Bescheid gesagt, dass er den Termin nicht einhalten kann, also bin ich gekommen.« Ich hebe meine Arme.

»Ich verstehe. Wollen wir dann anfangen?« Sie wirkt ein wenig nervös.

»Möchtest du dir zuerst den Club ansehen?«

»Wenn es Ihnen recht ist.«

»Adrienne«, sage ich und lache. »Du musst mich nicht siezen. Ich meine, das wäre wirklich ein bisschen seltsam.«

»Oh, sollte ich Sie einfach mit *Euer Majestät* anreden?« In ihren Augen blitzt es neckisch auf.

Ich grinse. »Das klingt doch schon viel besser. Und? Hast du in letzter Zeit noch andere Könige kennengelernt?«

Sie errötet und starrt auf ihren Notizblock. »Nein, nur den einen.«

»Ich hab's dir doch gesagt. Es gibt nur den einen.«

»Sollen wir dann?«, fragt sie und nickt in Richtung des restlichen Raumes.

Ich lächle und nicke ebenfalls.

Wir besichtigen die gesamte untere Etage des Clubs. Hin und wieder bleibt Adrienne stehen, um sich etwas zu notieren. Ich komme nicht umhin, ihre perfekte Figur erneut zu betrachten. Meine Eventplanerin trägt ein eng anliegendes, violettes Oberteil, das sie in einen schwarzen, ebenso eng anliegenden Rock gesteckt hat. Ihre Beine sind in eine schwarze Strumpfhose gehüllt, sehen aber zu den violetten Pumps immer noch fantastisch aus.

Als wir die zweite Etage erreichen, bricht sie schließlich ihr Schweigen. »Oh, wow.«

»Ja. Die Ebene hier ist Troys.«

»Mr Thompson?«, fragt sie.

»Ja. Jeder von uns hat eines der Stockwerke entworfen. Das erste gehörte zu Marc, meins ist ganz oben.«

Sie zieht eine Augenbraue hoch. »War ja klar, dass du oben bist.«

»Ich bin auch gern unten«, erwidere ich grinsend.

»Kannst du wirklich an nichts anderes denken?« Sie schüttelt den Kopf.

»Du denkst nie an Sex?«, kontere ich.

Sie antwortet nicht sofort, sondern wendet sich ab und beginnt, sich den Raum genauer anzusehen.

»Komm schon! Frauen denken genauso oft an Sex wie Männer!«

»Etwas anderes habe ich nie behauptet. Ich finde bloß, so eine Unterhaltung ist unangemessen, wo ich jetzt für dich arbeite.«

»Ich finde es nicht unangemessen. Mich stört es nicht, wenn du über Sex reden willst, ich verspreche, ich werde dich nicht feuern.«

»Toll, danke.«

»Adrienne, ich hatte deine Beine um meinen Körper geschlungen.« Ich trete an sie heran und flüstere ganz nah an ihrem Ohr: »Ich habe deine Pussy gekostet.« Direkt vor ihr stehend, lege ich meine Hand an ihr Kinn und streichle ihr mit dem Daumen sanft über die Lippen. »Mein Mund war von deiner Feuchtigkeit überzogen.«

Ihr Atem stockt ein wenig und sie leckt sich über die Lippen, dabei erwischt sie auch meinen Daumen. Ich lasse meine Hand sinken, dann stehen wir nur da und sehen uns gegenseitig in die Augen.

»Du kannst nichts sagen, was irgendwie unangemessen wäre. Also, hast du in der Zwischenzeit an mich gedacht?«

Sie tritt einen Schritt zurück und streicht sich mit gesenktem Blick über den Rock. Ich hebe ihr Kinn an, bis sie mir wieder in die Augen blickt.

»Ich habe an dich gedacht«, sage ich ehrlich.

»Das bezweifle ich«, erwidert sie leise.

Ich lasse von ihrem Gesicht ab, aber dieses Mal bricht sie den Augenkontakt nicht. »Warum denkst du das?«, frage ich.

»Jace, ich werde einfach ehrlich mit dir sein, okay? Und ich hoffe, du feuerst mich wirklich nicht.«

»Ich werde dich nicht feuern. Sag's mir einfach.«

»Schön. Ich weiß, dass du viele Frauen an der Angel hast. Ich habe dich mit mehreren von ihnen gesehen und ich vermute mal, dass du auch mit ihnen schläfst. Du bist attraktiv und die Frauen stehen mit Sicherheit Schlange. Und da du ein Kerl bist, wirst du ihre freizügigen Angebote sicherlich nicht ablehnen. Ich verstehe das. Daher glaube ich nicht, dass die eine Nacht mit mir dich plötzlich dazu bringt, die anderen Frauen zu vergessen oder sie nicht mehr sehen zu wollen. Ich bin nicht naiv.«

Sie hat mich mit anderen Frauen gesehen? Ich bin ihr nur einmal begegnet, als ich mit einer Kundin unterwegs war.

Mist. Von wie vielen Frauen sprechen wir hier?

»Ich weiß nicht, mit wie vielen Frauen du mich beobachtet hast, aber ich kann dir mit fast hundertprozentiger Sicherheit garantieren, dass ich nicht mit allen im Bett war. Ich werde dich nicht beleidigen, indem ich behaupte, ich hätte nichts mit anderen Frauen gehabt. Das hatte ich. Mit vielen. Aber das bedeutet nicht, dass ich nicht an dich gedacht habe. Warum du für mich anders bist als die anderen Frauen, kann ich dir nicht genau erklären, aber ich kann dir sagen, dass du die erste Frau seit Langem bist, mit der ich zusammen sein *will*.«

Ich kann ihr nicht erzählen, dass ich mich mit den anderen Mädchen nur treffe, weil sie mich buchen und mich dafür bezahlen, Zeit mit ihnen zu verbringen. Wahrscheinlich würde sie mir nicht glauben. Es ist nicht einfach, einer Frau, mit der man geschlafen hat, zu beichten, dass man ein Escort ist. Wenn ich sage, dass ich an sie gedacht habe, dann entspricht das der Wahrheit. Sie ist absolut mein Typ und ich bin es nicht gewohnt mit einem weiblichen Wesen zusammen zu sein, das mein Typ ist. Vielmehr bin ich es gewöhnt, eine Fassade zu errichten und Interesse an meinem weiblichen Gegenüber vorspielen zu müssen – wo ich sonst auf der Straße einfach vorbeigehen würde.

»Also gehst du mit Frauen aus, die du nicht einmal *magst*? Und schläfst mit ihnen? Das ergibt keinen Sinn. Warum solltest du?«

»Weil sie es wollen.«

Sie verdreht die Augen.

»Sieh mal, ich werde bald Vollzeit mit dem Club beschäftigt sein und gar keine Zeit haben, mit Frauen auszugehen.« Oder anders ausgedrückt, ich werde aus dem Escortgeschäft aussteigen, aber das kann ich Adrienne nicht sagen.

»Ich weiß nicht einmal, wie ich darauf reagieren soll«, meint Adrienne kopfschüttelnd.

»Ich würde dich gern besser kennenlernen, Adrienne.«

»Du kennst mich schon ziemlich gut, denke ich.« Sie steuert auf die Treppe zu.

Ich folge ihr. Mein Blick fällt automatisch auf ihre Hüften, die bei ihrem Versuch, so schnell wie möglich zu gehen, hin- und herschwingen.

Ich packe Adrienne am Ellbogen und ziehe sie nah an mich heran. Mit beiden Händen umfasse ich ihr Gesicht und sehe ihr tief in die Augen. »Ich kenne deinen Körper, weiß, wie wunderschön du bist, wie sich deine Haut auf meiner anfühlt und wie du schmeckst. Ich weiß, wie du dich anhörst, wenn du vor Lust stöhnst, wie du dich anfühlst, wenn du kommst. Aber ich will mehr von dir wissen. Ich möchte erfahren, wo du zur Schule gegangen bist, was du am liebsten zum Abendessen hast. Ich möchte wissen, ob du Geschwister hast und welche Musik du magst. Ich möchte einfach *dich* kennenlernen, Adrienne.«

Ihr Gesicht wieder freigebend, trete ich einen Schritt zurück und warte auf ihre Reaktion. Alles, was ich tun kann, ist, die Luft anzuhalten und auf das Beste zu hoffen.

»Wenn du mich kennenlernen willst, warum hast du dich dann seit unserer Nacht zusammen nicht mehr gemeldet? Du hast meine Telefonnummer und meine Adresse.«

»Ich dachte, du würdest mich nicht mehr wiedersehen wollen. Das letzte Mal hast du praktisch die Flucht ergriffen, als könntest du nicht schnell genug von mir wegkommen. Ich habe darüber nachgedacht, dich zu kontaktieren, und doch habe ich es nicht getan, was mir leidtut.«

»Also wollen wir versuchen, Freunde zu werden?«, fragt sie.

»Das wäre schön.«

»Ohne Vorzüge.« Ich kann nicht sagen, ob das eine Aussage oder eine Frage ist.

»Glaubst du denn, dass du mir widerstehen kannst?«, necke ich sie.

»Oh Gott.«

»Ich glaube, das habe ich dich schon einmal sagen hören.«

»Solang du weiter mit Frauen ausgehst, die du nicht einmal magst, wird es das einzige Mal bleiben.« Sie verdreht die Augen.

»Geht in Ordnung.«

»Gut. Dann zeig mir jetzt deine Etage und danach sollte ich hier vorerst fertig sein.«

Wir gehen die Treppe hinauf in die obere Etage, und erneut läuft Adrienne umher und macht sich Notizen. Nachdem sie auch die Terrasse begutachtet hat, kommt sie zu mir.

»Fertig?«, frage ich.

»Ja. Ich sollte jetzt alles haben, was ich brauche. Soll ich das Catering und die Tombola-Preise mit dir oder mit Mr Edwards abstimmen?«

»Du kannst dich bei jedem von uns melden, aber mir wäre es am liebsten, du würdest es bei mir tun.«

»Das bedeutet wohl, wir sollten unsere Telefonnummern austauschen, hm?«

»In der Tat.«

Sie grinst mich an, dann schreibt sie ihre E-Mail-Adresse und ihre Telefonnummer auf ihren Notizblock, reißt das Papier heraus und gibt es mir.

»Die E-Mail-Adresse benutze ich beruflich. So kontaktiere ich die meisten meiner Kunden. Meine Handynummer habe ich auch aufgeschrieben, falls du mich mal erreichen musst. Meine Büronummer habe ich ebenfalls notiert, falls du sie verloren haben solltest.« Dann reicht sie mir mit einem verschmitzten

Lächeln den Notizblock und einen Stift. »Jetzt brauche ich Ihre Daten, Sir.«

Ich schreibe meine Kontaktdaten auf und gebe ihr den Block zurück.

»Und was mache ich, wenn ich dich aus Gründen erreichen will, die nichts mit dem Club zu tun haben?«

»Mein Handy habe ich immer dabei, folglich würde ich es zuerst da versuchen.«

»Okay. Hast du dieses Wochenende schon etwas vor?«, frage ich.

Sie bedenkt mich mit einem misstrauischen Blick.

Ich lache. »Freunde können sich nicht verabreden?«

»Doch natürlich, aber ich muss dieses Wochenende arbeiten.«

»Das ganze Wochenende?«

»Freitagabend und dann fast den ganzen Samstag.«

»Verstehe. Wir werden uns wohl einfach einen Termin danach suchen müssen.«

»Ja.«

Schweigend steigen wir die Treppe in die erste Etage hinab. Danach bringe ich sie noch bis zu ihrem Auto. »Es war schön, dich wiederzusehen.« Ich öffne ihr die Tür.

»Ja. Fand ich auch.«

»Wir reden bald?«, frage ich.

»Klar ... *Freund.*« Sie zwinkert mir zu. Dann steigt sie in ihr Auto und fährt davon. Ich hole mein Handy aus der Tasche, schreibe eine SMS und tätige einen Anruf.

# 14. KAPITEL

**Adrienne**

Meine Hände am Lenkrad fühlen sich feuchtkalt an, als ich wegfahre, und ich grinse wie eine Idiotin. *Freunde.* Ich kann mit ihm befreundet sein. Ich war schon oft mit Kerlen befreundet. Okay, vielleicht sahen sie nicht so irrsinnig gut aus wie Jace oder haben mir so viele Orgasmen beschafft wie er, aber wir waren trotzdem befreundet. Ich werde einfach versuchen, nicht an unsere gemeinsame Nacht zu denken oder an die schiere Größe seines Schwanzes oder die Art, wie er meine Pussy geleckt hat ...

Scheiße!

Im Büro angekommen, hole ich mein Handy aus der Handtasche und sehe, dass ich eine Nachricht habe.

*Hallo, Freundin. Würdest du dich mit mir rein freundschaftlich zum Mittagessen treffen? Ich verspreche, alles nur freundschaftlich. J.*

Ich verziehe den Mund zu einem Grinsen, das dem Joker alle Ehre machen würde, und füge Jace' Nummer meinen Kontakten hinzu, bevor ich ihm zurückschreibe.

*Das käme darauf an. Wäre es rein freundschaftlich? Du warst da nicht ganz eindeutig.*

*Sehr witzig. Ja, als Freunde. Heißt das Ja?*, schreibt er mir zurück.

Ich frage ihn, wo und wann wir uns treffen wollen. Kurz darauf erhalte ich seine Antwort.

*Wäre heute zu früh?*

Ein leises Quietschen entfährt meinen Lippen. Meine Wangen

beginnen, von meinem Dauerlächeln zu schmerzen.

*Ich denke, ich kann dich unterbringen. Wo? Ich gehe um elf Uhr dreißig zum Lunch.*

*Toll. Ich melde mich dann wegen der Details bei dir.*

*Äh. Okay*, schreibe ich zurück.

Daraufhin meldet er sich nicht mehr, also wird mir nichts anderes übrig bleiben, als auf seine nächste Nachricht zu warten, um herauszufinden, wo wir uns treffen.

In der Zwischenzeit versuche ich mich mit Arbeit abzulenken und nicht zu viel an Jace zu denken. Noch einmal überprüfe ich alle Details der Roberts-Hochzeit am Wochenende. Ich kann nur hoffen, dass alles nach Plan verläuft, denn wenn etwas schiefgeht, wird Mrs Roberts mir das Leben zur Hölle machen.

Während ich am Telefon bin, kommt Cindy mit einem Blumenstrauß herein und grinst mich an. Sie stellt den Strauß auf meinem Schreibtisch ab und angelt nach der Karte. Ich komme ihr jedoch zuvor und Cindy verschwindet, noch immer grinsend, wieder an ihren Arbeitsplatz. Kaum habe ich aufgelegt, lese ich die Karte.

*Es heißt, gelbe Rosen stehen für Freundschaft und rosafarbene für Wertschätzung. Ich freue mich, dass du nicht nur meine Einladung zum Mittagessen angenommen hast, sondern auch meine Bitte, dein Freund sein zu dürfen. Ich hole dich um elf Uhr dreißig ab. J.*

Erst nachdem ich die Karte mehrere Male durchgelesen habe, lege ich sie auf meinen Schreibtisch. Ich lehne mich über den Strauß gelber und rosafarbener Rosen und atme tief ein, obwohl ihr wundervoller Geruch mein Büro schon längst erfüllt. Ich muss lächeln, und als Cindy zurück in mein Büro geschlichen kommt, liegt auch auf ihrem Gesicht ein Grinsen.

»Hat da jemand einen Verehrer?«, fragt sie.

»Nein. Jemand hat einen Freund.«

»Das ist ein ziemlich großer Strauß Blumen für einen Freund.« Sie zieht die Augenbrauen hoch.

»Ich schätze, ich habe einfach wirklich nette Freunde.«

Ihre neugierigen Blicke ignorierend, hole ich mein Täschchen mit meinem Make-up hervor, um mich ein wenig frisch zu machen.

»Für wen machst du dich denn so hübsch?«, will sie schmunzelnd wissen.

»Du mischst dich ganz schön in meine Angelegenheiten ein, Cindy. Vielleicht brauchst du ein Date.«

»Ich weiß, darum nerve ich dich ja.«

»Oder du könntest dich einfach deiner Arbeit widmen«, erwidere ich, während ich etwas Lipgloss auftrage und anschließend meine Utensilien zurück in die Schreibtischschublade lege.

Sie zuckt mit den Schultern. »Dich zu nerven macht mehr Spaß.«

»Dir zumindest.«

»Bist du zum Lunch verabredet?«

Noch bevor ich antworten kann, taucht Jace in der Tür auf und raubt mir den Atem. Obwohl ich ihn erst heute Morgen gesehen habe, bin ich überwältigt, wie gut er aussieht. Er hat sich umgezogen und trägt nun eine dunkelblaue Jeans, ein königsblaues T-Shirt mit irgendeinem Logo, blau-weiße Sneakers und eine blau-weiße Baseballkappe. Auf jeden Fall weiß er, wie man ein Outfit zusammenstellt. Man sieht sofort, dass er das Haus niemals in Jogginghose und Flipflops verlassen würde. Das gefällt mir.

Ich blicke an Cindys Schulter vorbei und er hat sein Zahnpastalächeln aufgesetzt. »Hey, bist du fertig? Ich wollte dich nicht unterbrechen.«

Cindy dreht sich um und ihr fällt fast die Kinnlade herunter. Sie mustert ihn ausgiebig, bevor sie sich wieder zu mir wendet. Ihre Augen werden groß und ich beschließe, ihr keine Beachtung zu schenken.

»Nein, schon gut. Ich bin fertig«, erwidere ich lächelnd und schiebe mich an Cindy vorbei.

»Wunderbar«, sagt er.

Ich wende mich an meine Assistentin. »Bis später dann.«

»Oh, entschuldige. Ich bin Jace. Ich bin mit Adrienne zum Lunch verabredet.« Jace bietet Cindy die Hand an.

Sie schüttelt sie. »Ich bin Cindy, Adriennes Assistentin. Sie hat mir gar nicht erzählt, dass sie heute ein Date hat.« Sie sucht meinen Blick und verengt die Augen.

»Nun, ich kann nur hoffen, dass sie kein Date hat. Wir sind bloß befreundet, weil sie sich weigert, mit mir auszugehen.« Jace sieht zu mir zurück und zwinkert mir zu. »Das hier ist rein *freundschaftlich*.«

Ich verdrehe die Augen.

»Ich hoffe jedenfalls, dich hier noch öfter zu sehen, Jace«, säuselt Cindy.

Vielen Dank auch!

»Okay, wir sollten los«, zwitschere ich.

Jace kommt zu mir, legt seine Hand auf meinen Rücken und wir gehen nach draußen.

»Ich freue mich auf unsere Unterhaltung, wenn du wieder da bist«, ruft Cindy mir nach.

Vor dem Gebäude parkt Jace' blauer *Bentley*. Er öffnet die Tür für mich und ich steige ein. Das cremefarbene Lederinterieur ist makellos. Die Armaturen sind in Holz eingelassen und der Wagen sieht aus, als käme er frisch aus dem Autohaus. Müll oder leere Wasserflaschen sucht man hier vergeblich. Nirgendwo alte Bons oder Parkscheine. Definitiv nicht wie in meinem Auto.

»Nettes Auto«, sage ich. »Ziemlich geräumig.«

»Danke. Ich bin ja recht groß, deswegen brauche ich ein Auto mit viel Platz.« Er wirft mir einen Seitenblick zu und grinst.

»Ah ja. Warum hast du dir nicht einen SUV oder etwas Ähnliches gekauft? Ich meine, der hier ist ja ganz schön und ziemlich groß, aber ein SUV wäre noch größer.«

»Ich habe einen SUV, aber ich mag diesen Wagen hier lieber.«

»Oh. Also wohin fahren wir?«

»Ein kleines, eher versteckt liegendes Restaurant, aber ich verspreche dir, das Essen ist großartig. Es gibt dort reichlich Fleisch. Ich weiß doch, wie du es am liebsten hast.«

Ich lache kurz auf. »Oh, prima. Ist schon eine Weile her, seit ich ein richtig gutes Stück Fleisch hatte.«

Seine Mundwinkel heben sich nach oben, doch er schweigt.

Von außen macht das Restaurant tatsächlich nicht viel her. Es ist winzig, zwischen zwei anderen Restaurants eingeklemmt, und das Neonschild am Eingang flackert ständig.

Jace hält mir die Tür auf und ich trete ein. Das Innere ist voll mit Leuten, also muss das Essen wohl wirklich gut sein.

Ich werde zu einem Tisch an der Wand geführt und die Kellnerin, eine ältere Frau mit graublondem Dutt, kommt zu uns herüber. Nachdem wir unsere Getränke bestellt haben, lässt sie uns zwei Speisekarten da und eilt davon.

»Also, was kannst du empfehlen?«, frage ich und studiere das Angebot.

»Hier ist alles wirklich gut. Es hängt davon ab, worauf du Lust hast. Cheeseburger, Steak, Spareribs, Hühnchen – du kannst keine schlechte Wahl treffen.«

Die Kellnerin kehrt mit unseren Getränken zurück und nimmt die Bestellung auf.

»Also, Adrienne, erzähle mir etwas von dir.«

»Was willst du wissen?«

»Irgendetwas. Alles.«

»Okay. Mein Dad hat mich allein großgezogen, seit ich zehn Jahre alt war. Ich habe keine Geschwister. Meine Lieblingsfarbe ist Lila, dunkles Lila, um genau zu sein. Und ... das wäre es auch schon. Du bist dran.«

Er wirkt amüsiert, lehnt sich vor und verschränkt seine Arme auf dem Tisch. »Na gut. Ich wurde von meiner Mutter aufgezogen. Ich hatte einen Bruder, aber er ist vor einigen Jahren gestorben. Meine Lieblingsfarbe ist Blau, egal welcher Farbton.«

»Das mit deinem Bruder tut mir leid.«

Er nickt und sein Lächeln wird traurig, doch er sagt nichts weiter dazu, daher bohre ich auch nicht nach.

Um die Stimmung zu heben, stelle ich eine Frage. »Ist Blau wegen deiner Augen deine Lieblingsfarbe?«

Er lacht laut auf. »Nein. Es wird dich überraschen, aber ich hasse meine Augenfarbe.«

»Was? Warum?«

»Keine Ahnung. Wahrscheinlich, weil mich wirklich jeder darauf anspricht.«

»Sie sind halt ungewöhnlich blau. Ziemlich einzigartig. Ich vermute mal, dass deine Eltern aus verschiedenen Teilen der Erde stammen, und es ist sehr selten, jemanden von deinem Typ mit solchen Augen zu sehen.«

»Du hast wahrscheinlich recht. Ich habe schwarze, spanische und französische Wurzeln. Falls du dich das gefragt haben solltest.«

»Ah. Nun denn, ich bin von schwarzer, deutscher, französischer und Cherokee-Abstammung.«

»Ich wusste doch, dass du etwas Exotisches an dir hast«, sagt er stolz. »Kommst du von hier?«

»Jawohl. Hier geboren und aufgewachsen. Und du?«

»Nein. Ich komme aus New York, aber ich lebe hier, seit ich neunzehn bin.«

»Warum bist du denn schon in so jungen Jahren hierhergezogen?«

Er zögert einen Moment. »Ich musste raus. Ich war jung und Vegas schien aufregend. Zudem dachte ich mir, es würde leicht sein, hier Arbeit zu finden.«

»Und in New York findet man keine Arbeit?«, hake ich belustigt nach.

Er verzieht den Mund. »Ich schätze, ich brauchte einfach etwas Neues.«

»Ach, so ist das.«

»Also, warum bist du geblieben? Wolltest du nie weg von hier?«

»Natürlich, aber ich wollte auch in der Nähe von meinem

Dad bleiben. Er hat mich gebraucht. Außerdem habe ich hier einen guten Job gefunden und mit Vegas kannst du nicht wirklich falschliegen. Okay, die Hitze ist furchtbar, doch es gibt immer genug, was man unternehmen kann.«

»Sehr wahr.«

Unser Essen kommt und der Cheeseburger entspricht überhaupt nicht meinen Erwartungen. Er ist riesig! Er nimmt fast die Hälfte meines Tellers ein und an den Seiten läuft der Käse hinunter.

Jace hat das Schinkensandwich bestellt und auch das ist riesig. Der Schinken fällt schon aus dem Brot heraus, aber alles sieht köstlich aus.

Während er mich beobachtet, wie ich den Burger inspiziere und herauszufinden versuche, wie ich ihn essen soll, fängt er an zu lachen. »Zu viel für dich?«

»Ich musste bisher noch nie etwas derart Großes in meinen Mund bekommen.« Ich werfe Jace einen schelmischen Blick zu und grinse vielsagend.

Er lehnt sich zurück und seine Augen werden für einen Moment groß. »Oh wirklich? Noch nie?«

»Nein, ich glaube nicht.«

»Das ist aber schade.«

»In der Tat«, stimme ich zu und nehme einen Bissen.

Ich muss an unsere gemeinsame Nacht denken und wie gern ich ihn mit meinem Mund verwöhnt hätte. Seine Größe war einschüchternd, aber ich wollte ihn so gern zwischen meinen Lippen spüren. Ich wollte wissen, wie viel von ihm ich in mich aufnehmen kann. Ich rutsche ein wenig auf meinem Platz hin und her, befehle mir aber letzten Endes, nicht weiter darüber nachzudenken.

Als ich wieder zu ihm blicke, bemerke ich, dass er mich beobachtet.

»Denkst du an etwas Bestimmtes?«, fragt er.

»Nein«, antworte ich etwas zu schnell.

Wir widmen uns wieder unserer Mahlzeit und reden über die Schule, Musik und Filme. Ich erfahre, dass Jace sehr gebildet ist,

Drama- und Horrorfilme liebt, viele Arten von Musik mag und meinen Sinn für Humor versteht. Wir sind beide ziemlich auf Zack, aber ich habe eine sarkastischere Ader als er. Bevor ich mich versehe, ist es schon Zeit, zur Arbeit zurückzukehren.

»Vielen Dank für das Mittagessen. Du hattest recht, es ist das beste Fleisch in der Stadt, und das größte. Ein so gutes und großes Stück Fleisch hatte ich bisher noch nie.«

»Okay, du musst echt damit aufhören«, sagt er und lacht kopfschüttelnd.

»Was?«

»Ich verstehe deine kleinen Zweideutigkeiten.«

»Welche Zweideutigkeiten? Ich habe nur gesagt, dass ich das Fleisch hier mag. Der Burger war groß und dick. Ganz nach meinem Geschmack.«

»Ich habe etwas, das du auch mögen würdest«, murmelt er, aber ich verstehe ihn trotzdem.

»So wie viele andere Frauen«, erwidere ich leise.

Er blickt zu mir herunter, während wir das Restaurant verlassen, doch ich werfe ihm einfach mein unschuldigstes Lächeln zu.

»Danke übrigens für die Blumen.«

»Gern geschehen.«

Wir erreichen den Wagen und wieder öffnet Jace mir die Tür. Ich hatte noch nie einen festen Freund – oder überhaupt einen Freund, der das für mich getan hätte. Anscheinend gibt es doch noch Gentlemen da draußen.

»Du hast während unserer Unterhaltung nicht einmal eine Beziehung oder einen festen Freund erwähnt«, sagt er, nachdem er das Auto angelassen hat.

»Du hast auch keine Freundinnen erwähnt.«

»Ich hatte seit Ewigkeiten keine Beziehung mehr.«

Ich drehe mich zu ihm und betrachte ihn prüfend. Als er zu mir herübersieht, zucken seine Mundwinkel. »Warum siehst du mich so an? Ich sage die Wahrheit.«

»Ich habe dich mit mehreren Frauen gesehen. Keine davon war eine feste Freundin?«

»Nein. Das waren bloß Dates. Ich habe schon seit Jahren keine Beziehung mehr gehabt.«

»Okay.«

»Und du? Was war bei dir?«

Ich seufze tief und schwer. »Mein letzter Freund hat meine beste Freundin geküsst. Er war ein Arsch. Wir waren acht Monate lang zusammen und haben uns vor etwa genauso vielen Monaten getrennt.«

»Und seitdem bist du mit keinem Mann ausgegangen?«, fragt er.

»Ein Mal, wenn man das von dir erpresste Abendessen meinem Handy zuliebe mitzählt. Sonst nicht.«

»Ich habe dich nicht erpresst. Ich weiß nur, wie ich bekomme, was ich will.« Er schmunzelt ein wenig.

»Da bin ich mir sicher.«

»Das weiß ich.«

»Egal.«

»Wenn ich gewusst hätte, dass das deine erste Verabredung seit Langem war, hätte ich mir mehr Mühe gegeben.«

»Ach, es war schon ganz in Ordnung.«

»Ganz in Ordnung? Nicht mehr? Du weißt wirklich, wie man das Ego eines Mannes trifft.«

Ich lache. »Mit deinem Ego hast du meiner Meinung nach kein Problem.«

»Hältst du mich wirklich für so eingebildet?«

Ich mustere sein schönes, aber dennoch maskulines Gesicht. Er ist wirklich umwerfend. Sein ausgeprägtes Kinn ist von einem Blauschatten bedeckt. Im Sonnenlicht stechen seine Augen noch mehr hervor und seine vollen Lippen sind weich und laden zum Küssen ein. Er ist offensichtlich reich, gut aussehend und hat ständig Frauen um sich herum. Es wäre leicht für ihn, ein arroganter Arsch zu sein, doch das ist er nicht. Er ist witzig, charmant, nett und rücksichtsvoll. Ihn im Restaurant näher kennenzulernen war wundervoll. Der Kellnerin hat er ein üppiges Trinkgeld hinterlassen, weil er zufällig mitbekommen hat, wie sie am Telefon etwas von unbezahlten Rechnungen erzählte. Zweimal hat er mir jetzt schon Blumen gekauft und jedes Mal darauf bestanden, meine Mahlzeit zu bezahlen. Er bringt mich zum Lachen und hält mir die Türen auf. Er ist ein wahrer Gentleman.

»Nein«, sage ich sanft. »Ich finde, du bist perfekt.«

Ich bemerke, dass wir bereits vor meinem Büro sind. Jace blickt zu mir herüber und in seinem Gesicht ist keine Regung zu erkennen.

Schließlich bedenkt er mich doch mit einem kleinen Lächeln. »Ich bin alles andere als perfekt, Adrienne. Aber ich hoffe, dass ich es mal für jemanden sein kann ... irgendwann.«

Wir sehen uns tief in die Augen und mein Herz beginnt, schneller zu schlagen. Unbewusst lecke ich mir über die Lippen. Sein Blick wandert zu meinem Mund, dann wieder zu meinen Augen. Innerlich flehe ich ihn an, mich zu küssen, aber eine andere Stimme in mir befiehlt mir, endlich aus dem Auto zu steigen. Ich will ihn. Das zu leugnen hätte keinen Zweck. Aber ich möchte, dass er nur mich allein will und niemanden sonst. Mich beschleicht das Gefühl, dass dieses Freundschaftsding mit ihm nicht funktionieren wird. Es wird unmöglich sein, mich einfach so mit ihm zu treffen, ohne auf mehr zu hoffen.

Ich will gerade den Mund öffnen, um ihm genau das zu sagen, als er sich herüberlehnt und meine Hand in seine nimmt. Seine Hand ist so groß, dass meine praktisch darin verschwindet. Mein armes Herz kommt mit dem Schlagen gar nicht mehr hinterher, ich kann es förmlich in meiner Brust hämmern hören.

Jace lehnt sich noch ein Stückchen vor und all meine guten Vorsätze gehen über Bord. Ich will seinen Mund auf meinem, möchte spüren, wie er mit seiner Zunge meine umspielt. Ich will, dass seine weichen Lippen meine liebkosen.

Jace legt seine freie Hand sanft an mein Gesicht. Ohne darüber nachzudenken, schließe ich meine Augen und schmiege mich an sie. Er streichelt meine Wange mit seinem Daumen und ich begegne seinem Blick. Sein Gesicht kommt meinem ganz nah und ich mache die Augen wieder zu, warte darauf, die

Wärme seines Mundes zu fühlen.

Als ich es jedoch tue, ist es nicht das, was ich gewollt habe. Er küsst mich ... auf den Mundwinkel. Eigentlich mehr auf die Wange, doch die Momente, wo seine Lippen an meinem Mund liegen, genieße ich in vollen Zügen. Er lässt von mir ab und ich öffne die Augen. Er mustert mich kurz, dann liebkost er mein Gesicht ein weiteres Mal und lächelt mich an.

»Danke, dass du heute mitgekommen bist. Ich hatte echt Spaß.«

Ich atme tief durch und erwidere das Lächeln. »Ich auch.«

»Vielleicht sehe ich dich bald wieder?«

»Ja, vielleicht.« Am liebsten würde ich ihm sagen, dass ich ihn gern heute Nacht wiedersehen würde. In meinem Bett. Nackt.

Er schenkt mir ein weiteres perfektes Lächeln und drückt kurz meine Hand, bevor er sie loslässt.

Ich steige aus dem Auto und gehe schnurstracks in mein Büro, wo mich mein Weg direkt ins Bad führt. Ich bin völlig feucht.

# 15. KAPITEL

## Jace

»Also mit anderen Worten, du interessierst dich nicht mehr für Pussys.«

»Troy, das habe ich überhaupt nicht gesagt«, erwidere ich lachend.

»Im Prinzip hast du genau das gerade gesagt. Du meintest: *Ich bin ein totaler Langweiler und ich will keine Pussys mehr.* Zumindest habe ich das rausgehört.«

»Am besten lässt du mal deine Ohren untersuchen, du Idiot.«

Ich widme mich wieder dem Anzug, den ich heute tragen will, und da Troy schon angezogen ist, steht er im Türrahmen meines Schlafzimmers und ärgert mich.

»Mann, willst du denn wirklich dein Escortleben aufgeben? Du hast damit immerhin scheiße viel Geld verdient.«

»Ich weiß, aber ich kann damit einfach nicht ewig weitermachen. Mit dem Club werden wir auch Kohle machen. Es ist ja nicht so, als ob ich plötzlich auf der Straße stehe.«

»Das weiß ich. Ich schätze, ich liebe Pussys einfach zu sehr. Ich glaube nicht, dass ich je damit aufhören werde.« Troy spielt abwesend mit seiner Armbanduhr.

»Jetzt mal im Ernst. Du weißt, du könntest auch so jederzeit flachgelegt werden, also hör auf so zu tun, als sei das der Grund für deinen Beruf.«

Darauf sagt er nichts. Ich setze mich auf das Bett und ziehe meine Schuhe an.

»Ich wusste, dass Carla mich betrügt. Sie war nicht besonders gut darin, es zu verbergen. Ich hätte nur niemals gedacht, dass sie mich ausgerechnet mit meinem Cousin hintergeht.«

Noch immer gilt seine Aufmerksamkeit seiner Uhr. Er redet nicht besonders oft darüber, was zwischen ihm und Carla vorgefallen ist, also lasse ich ihn ungestört weitersprechen.

»Ich habe gehofft, ich würde sie glücklich machen und unsere

Beziehung retten können, wenn ich nur genug Zeit mit ihre verbringe. Sie hat mir nie gesagt, wie sie sich fühlt. Ich hatte keine Ahnung, wie unglücklich sie war, und ich wünschte, sie hätte es mir einfach erzählt. Stattdessen hat sie mit meinem Cousin geschlafen, während ich auf der Arbeit war, um das Geld für unsere Hochzeit zu verdienen. Das ging monatelang so. Er hat es mir schließlich gebeichtet. Sie wollte mir einreden, es sei nur das eine Mal gewesen.«

Endlich blickt er auf und sieht mich an. »Ich habe sie nie schlecht behandelt, habe sie förmlich angebetet und ihr alles gegeben, was sie wollte. Ich habe damals nicht verstanden, dass ich mir ihre Liebe erkauft habe. Dass sie mein Geld mehr liebt als mich, war mir nicht bewusst. Dabei hatte ich im Vergleich zu jetzt früher wesentlich weniger davon.« Er lächelt. »Ich wette, jetzt würde sie mich wirklich lieben. Aber ich will das nicht noch einmal durchmachen müssen. Ich muss vorsichtig sein, denn ich glaube, Frauen zieht in erster Linie mein Geld an. Das, was ich ihnen bieten könnte. Aber was ich ihnen bieten kann, bin nur ich selbst.«

Meine Antwort kommt nicht sofort, ich nehme mir ein wenig Zeit, seine Worte zu verarbeiten. »Troy, du bist ein guter Kerl und die richtige Frau wird dich nicht wegen deines Geldes, sondern deinetwegen wollen. Carla schien glücklich. Sie war glücklich mit dem Lebensstandard, den du ihr ermöglicht hast, und ... mit dem, was sie anderswo bekommen hat.«

Ich verstumme und warte seine Reaktion ab. Ich will ihn nicht verletzen, ihn aber auch wissen lassen, was ich denke. Als er schweigt, fahre ich fort. »Es tut mir wirklich leid, aber Carla war einfach nicht die Richtige für dich. Ich glaube, du bist da gerade eben noch mal davongekommen. Doch deswegen sollltest nicht direkt allen Beziehungen abschwören. Wenn du das tust, dann gewinnt sie. Mach mit deinem Leben weiter, lerne eine nette Frau kennen und werde glücklich. Du verdienst das. Nicht sie.«

Nach ein paar Minuten Stille ergreift er endlich das Wort. »Ja. Danke fürs Zuhören, Mann. Ich wollte mich nicht so bei dir ausheulen.«

»Kein Problem. Und jetzt können wir uns wieder wie echte Männer benehmen, oder?« Ich grinse ihn an.

»Auf jeden Fall. Bist du fertig? Wenn wir zu spät kommen, dann gibt's mächtig Ärger vom Chef.«

»Ja, lass uns gehen. Auf den Vortrag habe ich echt keine Lust.«

Wir begeben uns nach unten, rufen uns ein Taxi und lassen uns zu dem Hotel bringen. Fast alle Männer aus unserer Agentur werden dort sein, da wir von unserem Vorgesetzten eingeladen wurden. Einfach Nein sagen ist also nicht wirklich eine Option.

»Meinst du, wir können mit heißen Ladys rechnen?«, fragt Troy.

»Wahrscheinlich.« Ich schüttele den Kopf.

»Was denn? Vielleicht will ich ja *die Eine* finden.«

»Klar. *Die Eine* für heute Nacht vielleicht.«

»Also wirst du dir heute Abend keine scharfe Braut suchen?«

»Nein. Mir wird vielleicht eine über den Weg laufen, aber ich werde mir niemanden für die Nacht suchen.«

Schock macht sich auf Troys Gesicht breit.

»Warum zum Teufel guckst du mich so an?«, frage ich.

»Wer ist sie?«

»Wovon redest du?«

»Das Mädchen, das dich offensichtlich unter ihrem Pantoffel hat. Sie ist der Grund, warum du heute Nacht nicht flachgelegt werden willst. Wegen ihr willst du wahrscheinlich auch aus dem Escortgeschäft aussteigen, nicht wahr?«

Als ich nicht direkt antworte, weil ich noch darüber nachdenke, was ich sagen will, macht er weiter. »Ich wusste es! Der Kleine ist verliebt!«

»Hey, beruhige dich. Niemand ist verliebt.«

»Was dann, verdammt noch mal?«

Ich seufze entnervt, weil ich weiß, dass Troy keine Ruhe geben wird. »Ich habe tatsächlich jemanden kennengelernt, aber die Sache ist kompliziert. Wir haben die Nacht schon einmal zusammen verbracht und danach ist sie verschwunden. Ich habe sie neulich erst zufällig wiedergesehen, da sie die Eventplanerin ist, die uns mit der Eröffnungsfeier hilft. Der Morgen, als ich für dich bei dem Treffen einspringen musste, ist der Tag, an dem ich sie wiedergesehen habe.«

»Gern geschehen«, sagt er mit einem selbstgefälligen Ausdruck auf dem Gesicht.

»Wie dem auch sei. Sie hat klar gesagt, dass sie mich schon mit mehreren anderen Frauen gesehen hat und mich für einen Player hält. Mehr als Freundschaft will sie deshalb nicht von mir. Das ist der jetzige Stand der Dinge.«

»Also weiß sie nicht, womit du dein Geld verdienst?«

»Ich habe ihr gesagt, dass ich keine andere Beziehung habe und nach der Eröffnung des Clubs keine Zeit mehr für so viele Dates haben werde.«

»Du willst ihr wirklich nicht erzählen, was du beruflich tust? Das kann nicht gut enden.«

»Danke«, erwidere ich trocken.

»Mann, ich bin ja bloß ehrlich mit dir. Sie wird dahinterkommen. Frauen kommen immer dahinter. Und dann wird es zehnmal schlimmer werden, als wenn du es ihr direkt gesagt hättest.«

»Ich weiß nicht einmal, wie ich ihr so etwas beichten könnte. Sie wird die Beine in die Hand nehmen und ich werde sie nie wiedersehen.«

»Das weißt du nicht.«

»Ich glaube einfach, dass es schwerer für sie sein wird, mich aus ihrem Leben zu verbannen, wenn wir vorher eine wirkliche Freundschaft aufgebaut haben.«

Troy schüttelt den Kopf. »Ich verstehe, was du meinst, aber ich wäre mir da nicht so sicher.«

»Ich bin mir ja auch nicht sicher.«

Das Taxi hält am Hotel und wir verstummen. Ich gebe dem Fahrer sein Geld und steige aus. Nico und Kade stehen vor dem Eingang und unterhalten sich. Ein wenig weiter entfernt entdecke ich Marc und Adrian, einen weiteren Escort.

»Seid ihr alle bereit?«, fragt Nico.

»Schätze schon«, erwidere ich.

»Warum mussten wir noch mal alle hier erscheinen?«, will Kade wissen.

»Um gesehen zu werden, als Augenschmaus, wer weiß das schon?«, mutmaßt Nico.

»Wenn der Boss sagt, wir sollen kommen, dann tun wir das, Ende der Geschichte. Wahrscheinlich sollen wir versuchen, neue Kundinnen anzuheuern. Es werden einige reiche Leute da sein«, erklärt Troy.

Marc kommt zu uns herüber. »Seid ihr startklar? Denkt daran, heute Abend müssen wir uns alle anständig benehmen«, meint er und schaut Nico und Kade vielsagend an.

Kade wirft einen Blick in die Runde. »Was siehst du mich so an? Ich benehme mich immer.«

»Nicht wenn Frauen und Alkohol in der Nähe sind«, lacht Marc.

»Na klar, als ob ich heute Nacht Ärger mit dem Boss riskieren würde. Aber danke für den Hinweis, *Dad*«, erwidert Nico spöttisch.

Wir begeben uns in das Hotel und folgen den anderen Besuchern zur Party. Ich will nur schnell rein, kurz von meinem Chef wahrgenommen werden und dann so schnell es geht wieder nach Hause. Auf dem Weg halten wir kurz, um uns mit anderen Kollegen zu unterhalten, und betreten danach endlich den großen Ballsaal, wo die Feier stattfindet. Unser erster Halt ist die Bar. Marc bestellt für alle einen Shot, anschließend ordert jeder noch ein Getränk seiner Wahl.

Marc teilt die Schnapsgläser aus und hält bei Nico inne. »Meinst du, du verträgst das?«

»Solang nichts von dem ekligen Zeug aus deiner Wohnung dabei ist.«

Wir lachen, trinken den Schnaps in einem Zug aus, nehmen unsere Drinks und beginnen, uns unters Volk zu mischen.

Nach ungefähr zwanzig Minuten treffe ich auf Troy.

»Hey, Mann. Schon scharfe Bräute geortet?«, fragt er leise.

»Nur alte Bräute bisher.«

»Geht mir genauso.« Er sieht sich um. »Warte. Ich glaube, ich habe etwas mit Potenzial entdeckt.«

Ich drehe mich um und folge seinem Blick zu einer tanzenden Menge, in der ich keine einzelne Person ausmachen kann. »Wo?«

»Da waren drei oder vier Frauen. Sie sind auf der anderen Seite der Tanzfläche. Jetzt sehe ich sie nicht mehr.«

»Dann solltest du die Lage besser abchecken. Vielleicht findest du ja *die Eine*.«

»Vielleicht werde ich das. Hast du den Boss schon gesehen?«

»Nein, aber das will ich, damit ich hier wieder abhauen kann.«

»Okay. Ich bin gleich zurück.«

»Ist gut.«

Ich bestelle an der Bar einen weiteren Drink, als ich von irgendwo hell klingendes Gelächter höre und mich umdrehe. Das Erste, was ich sehe, ist Troy. Er steht mit dem Gesicht zu mir und ist von ein paar Frauen umgeben. Schätze, er hat die Damen mit Potenzial gefunden. Er zwinkert mir zu, widmet sich dann aber wieder dem Gespräch mit den Ladys und bringt sie zum Lachen. Zwar kann ich ihre Gesichter nicht sehen, doch ich nehme an, dass die Frauen hübsch sind, sonst würde Troy nicht seine Zeit mit ihnen verschwenden.

Ich drehe mich wieder um und nippe an meinem Getränk, während ich den Unterhaltungen um mich herum lausche.

Plötzlich höre ich zwei Frauenstimmen hinter mir. »Was zum Teufel ist hier los? Ist das die Sammelstelle für heiße Kerle? Sind die alle direkt aus einer *GQ*-Werbung entstiegen oder was? Ich bin kurz davor, durchzudrehen und mein Höschen aus dem Fenster zu werfen. Ich weiß gar nicht, mit wem ich zuerst reden will. Was meinst du? Hast du schon jemanden für dich entdeckt?«

Ich muss grinsen. Das wäre ein Mädchen für Troy. Ich werde wohl sicherstellen müssen, dass ich einen Blick auf sie erhasche, damit ich sie ihm später zeigen kann.

»Pst. Du bist zu laut. Und bisher habe ich überhaupt niemand auch nur angesehen, ich arbeite immerhin.« Die vertraute Stimme bricht wie eine Welle über mich herein.

Als ich mich umdrehe, steht Adrienne mit dem Rücken zu mir, ihre Freundin allerdings sieht in meine Richtung. Es ist dieselbe Freundin, mit der ich sie damals im Club gesehen habe. Anscheinend erkennt ihre Freundin mich, denn ein schelmisches Lächeln breitet sich auf ihren Lippen aus. Ich lege einen Finger an den Mund und bitte sie so, mich nicht zu verraten.

Sie versteht und wird augenblicklich wieder ernst. »Adrienne, was ist eigentlich aus dem *Gottgleichen Geschöpf* geworden?«

Ich muss mich beherrschen, um nicht loszulachen.

»Wovon redest du? Ich habe dir doch gestern alles erzählt. Wir waren zum Mittagessen verabredet.«

»Ach ja, stimmt. Was meinst du, wird daraus werden?«

»Du verhältst dich seltsam«, sagt Adrienne.

»Nein, tue ich nicht. Ich bin bloß neugierig. Er ist verdammt scharf! Ich will einfach nur wissen, ob du tatsächlich dumm genug bist, eure Beziehung rein freundschaftlich zu halten.«

Als sie zu mir hinübersieht, streift der Anflug eines Lächelns ihr Gesicht. Ich mag dieses Mädchen, sie ist auf meiner Seite.

Adrienne antwortet mit einem tiefen Seufzen. »Em, das habe ich dir schon alles erklärt.«

»Ich weiß, ich weiß. Er ist heiß, du magst ihn, aber du bist dir nicht sicher, ob er dich wirklich mag oder ob er nur mit dir schlafen will. Und du willst ihn *gaaanz* für dich allein.«

Dieses Mal ist der Blick, den ihre Freundin mir zuwirft, ernst. Sie scheint mir sagen zu wollen, dass ich die Informationen, die sie mir gibt, nutzen muss. »Vielleicht solltest du ihm eine zweite Chance geben. Er scheint ein netter Kerl zu sein, und falls er es nicht ist, dann hacke ich ihm für dich den Schwanz ab.«

Ich ziehe die Augenbrauen nach oben, doch sie zuckt nur mit den Schultern und blickt wieder in die Runde.

»Ich weiß nicht. Vielleicht«, antwortet Adrienne.

Ihre Antwort überrascht mich. Immerhin zieht sie es in Erwägung, auch wenn die Chancen minimal sind. Wenigstens hat sie es nicht kategorisch abgelehnt. »Ach, Em. Du hast ja keine Ahnung, wie sehr ich dort an Ort und Stelle von ihm geküsst werden wollte, obwohl ich gleichzeitig wusste, dass es nicht richtig wäre. Wer weiß, was dann noch geschehen wäre?«

»Na sicher, als ob du in seinem Auto vor deinem Büro mit ihm geschlafen hättest.« Emilie lacht. »Hast du nicht gesagt, er hat dich ganz ...« Sie spricht nicht zu Ende und wackelt stattdessen vorwitzig grinsend mit den Augenbrauen.

»Pst! Ich kann dir auch wirklich nichts erzählen!«

Emilie wirkt mehr als amüsiert und ich beschließe, dass ich lang genug gelauscht habe.

Adrienne beginnt, sich umzusehen, wohl in der Hoffnung, niemand habe ihre Unterhaltung mit angehört. Bevor sie sich zu mir umdreht, trete ich ein paar Schritte an sie heran und lehne mich über ihre Schulter, sodass mein Mund nah an ihrem Ohr ist. »Ich habe was gemacht?«, flüstere ich.

Sie zuckt zusammen und schnappt hörbar nach Luft. Dann wirbelt sie mit großen Augen herum. Anschließend wirft sie einen Blick zu ihrer lachenden Freundin.

»Wie lang stehst du schon da?«, quiekt Adrienne.

»Nicht lang.« Ich zucke mit den Schultern.

»Wusstest du, dass er da ist?«, fragt sie Emilie.

Emilie gibt sich völlig unwissend, aber ich bezweifle, dass Adrienne ihr glaubt.

»Was machst du hier?«, will sie wissen.

»Eine Freundin begrüßen«, erwidere ich und gebe ihr einen Kuss auf die Wange.

Sie lächelt. Noch bevor sie etwas sagen kann, kommt Troy zu uns herüber. Die beiden Frauen, mit denen er geredet hat, folgen ihm. Ich nehme kaum Notiz von ihnen und wende mich wieder Adrienne zu.

»Adrienne? Emilie? Was tut ihr hier?«

Adrienne und Emilie drehen sich zu den beiden Neuankömmlingen an Troys Seite.

»Oh, hi! Kleine Welt, was? Was macht ihr denn hier?«, fragt Em. »Adrienne ist die Eventplanerin für die Party hier. Sie hat mich netterweise mitgenommen. Habt ihr die Kerle hier gesehen?« Sie fächelt sich Luft zu.

Adrienne bemüht sich so zu tun, als stünde ich nicht direkt neben ihr.

Troy mustert mich kurz, deutet dann mit dem Kopf zu Adrienne und fragt mich lautlos: *Die Eine?*

Ich nicke kurz und er nickt wissend.

Die Blondine, mit der Emilie geredet hat, ergreift das Wort. »Ja, sie sind alle scharf, aber das ist, weil ...« Sie verstummt, als sie Troy und mich ansieht. Ihr Blick sucht meinen und ich erstarre.

*Wollt ihr mich verarschen?*

»Jay?«, fragt sie.

Jetzt dreht sich auch die Brünette um, genau wie Adrienne, Emilie und Troy. Alle Blicke ruhen auf mir und ich habe keine Ahnung, was ich tun oder sagen soll. Die Brünette errötet und zieht den Kopf ein wenig ein.

Oh toll. Könnte das hier noch schlimmer werden?

Vermutlich.

Adrienne wirkt verwirrt, Emilie blickt missmutig zwischen der Blondine und mir hin und her. Troy scheint erst langsam die Situation richtig zu deuten.

»Hallo«, erwidere ich mit einem gequälten Lächeln.

Die namenlose Blondine mustert erst Adrienne und dann mich. Sie verzieht den Mund zu einem schadenfrohen Lächeln. »Ich finde, wir sollten alle ein paar Shots trinken, meint ihr nicht?«

Niemand erwidert etwas. Sie bestellt dennoch sechs Schnäpse und reicht sie an uns weiter.

»Oh, ich weiß nicht, ob ich etwas trinken sollte. Ich arbeite«, sagt Adrienne.

»Komm schon. Nur einen. Lass uns auf ein unverhofftes Wiedersehen anstoßen.« Die Blondine sieht mir in die Augen. »Und auf Nächte, die wir niemals vergessen werden.«

*Scheiße.*

# 16. KAPITEL

**Adrienne**

Ich trinke nur die Hälfte meines Schnapses und stelle das Glas zurück auf den Tresen, damit niemand sieht, dass ich nicht ausgetrunken habe.

Vivian benimmt sich seltsam – kennt sie Jace? Sie hat ihn mit *Jay* angesprochen. Ich frage mich, ob das sein Spitzname ist und wie gut die beiden sich wohl kennen. Jace ist ziemlich still geworden, was ungewöhnlich bei ihm ist.

»Jay, was ist denn in der Zwischenzeit bei dir passiert? Ist schon eine ganze Weile her. Na ja, nicht wirklich.« Vivian lacht.

Jace' Gesicht ist wie versteinert, sein Lächeln könnte gezwungener nicht sein. Fast sieht es so aus, als würde er die Zähne zusammenbeißen. »Bei mir ist alles gut«, erwidert er.

»Oh, da bin ich mir sicher.« Vivian haucht die Worte und begutachtet Jace von Kopf bis Fuß.

Ich könnte sie dafür erschlagen.

»Troy, das hier ist Miss Miller. Sie kümmert sich um unsere Eröffnungsveranstaltung«, sagt Jace und entzieht Vivian dadurch die allgemeine Aufmerksamkeit. »Miss Miller, das hier ist Mr Thompson, den Sie neulich eigentlich hätten treffen sollen.«

Dass er mich Miss Miller nennt, als kenne er mich nicht, stößt mir sauer auf, aber da es sich um seinen Geschäftspartner handelt, kann ich es verstehen. Troy, oder für mich Mr Thompson, reicht mir die Hand. Er hat ein wundervolles Lächeln und glatte, dunkle makellose Haut.

»Miss Miller, es ist so schön, Sie endlich kennenzulernen. Es tut mir leid, dass ich Sie bei unserem Termin versetzen musste, aber wie ich höre, hat Mr Jamison sich gut um Sie gekümmert.«

Ich schüttele seine Hand und erwidere sein Lächeln. »Ja, Sir, das hat er. Schön, Sie hier zu treffen.«

»Oh bitte, nennen Sie mich doch Troy. Bei *Mr Thompson*

komme ich mir so alt vor und das bin ich nun wirklich nicht.« Er grinst schelmisch.

Oh, er ist ziemlich charmant. Sind Jace und seine Freunde alle zusammen zu einer Benimmschule gegangen?

Ich lächle wieder und bemerke, dass er noch immer meine Hand in seiner hält. Jace räuspert sich und Troy lässt mich los.

»Es tut mir leid, wenn wir euch bei etwas gestört haben«, sagt Troy. »Ich wollte nur kurz meinen Kumpel holen, damit wir mit unserem ... damit wir kurz mit jemandem reden können.«

»Kein Problem. Ich muss ohnehin wieder zurück an die Arbeit und sicherstellen, dass hier alles rundläuft.« Ich werfe Jace einen kurzen Blick zu und nicke zum Abschied.

Ich höre, wie Vivian etwas zu ihm sagt, bleibe aber nicht lang genug, um es verstehen zu können. Auf der Suche nach Mrs Roberts schiebe ich mich an mehreren Grüppchen von Gästen vorbei, in denen getrunken und getratscht wird. Sobald ich Mrs Roberts finde, werde ich sie fragen, ob es ihr recht ist, wenn ich eher gehe. Ich habe meinen Job getan und alles ist gelaufen wie geplant. Die Dekorationen waren perfekt, die Blumen strategisch angeordnet, vom Essen gab es reichlich, die Tischdekorationen waren atemberaubend, die Braut hat ihren Strauß bereits geworfen und für mich gibt es keinen Grund, noch länger zu bleiben.

Ich entdecke sie im Gespräch mit einem jüngeren und einem älteren Mann, beide auf ihre Art sehr attraktiv. Sie hat ein Champagnerglas in der Hand und wirft den Kopf lachend zurück. Wenigstens ist sie in guter Stimmung.

Nur noch wenige Schritte trennen mich von ihr, da sieht sie mich. »Oh, Adrienne! Bitte komm her! Du hast fantastische Arbeit geleistet! Ich kann dir gar nicht genug danken.«

»Vielen Dank, Mrs Roberts. Es freut mich sehr, dass es Ihnen gefällt.«

Sie legt mir ihren Arm um die Schultern und zieht mich näher an sich und die beiden Männer heran. »Das ist Miss Miller. Sie hat das alles hier organisiert. Ist sie nicht fantastisch?«

»Oh ja. Das haben Sie wunderbar gemacht. Es kann nicht

einfach gewesen sein, mit der hier zusammenzuarbeiten.« Der ältere der beiden Männer zeigt gutmütig mit dem Daumen zu Mrs Roberts.

»Ach, sei still!« Sie stupst ihn leicht mit dem Ellbogen an.

»Adrienne, das hier ist Benjamin Wright. Mein Freund, Finanzberater und Anwalt.« Sie deutet mit der Hand zu Wright. Ich schätze ihn auf Anfang sechzig. Sein Haar ist fast komplett weiß, aber er scheint für sein Alter ziemlich gut in Form zu sein. »Und das hier ist sein Sohn Mason. Er arbeitet auch als Anwalt in der Firma seines Vaters.«

Mason muss um die dreißig sein, vielleicht etwas älter. Sein schwarzes Haar ist zurückgekämmt und er trägt einen schwarzen Smoking. Seine dunklen Augen faszinieren mich. Sie wirken fast schwarz und scheinen mich zu durchbohren. Die Verkörperung von mysteriös und gefährlich.

Ich mache ein freundliches Gesicht und schüttle beiden Männern die Hände, dann frage ich Mrs Roberts, ob ich sie kurz allein sprechen kann.

»Was ist? Gibt es einen Notfall?«, will sie sofort wissen, als wir außer Hörweite der Männer sind.

»Nein. Alles läuft wie geplant, sie müssen sich um nichts Sorgen machen. Ich wollte bloß nachhorchen, ob sie mit allem zufrieden sind und ich mich dann für heute verabschieden kann.«

»Du willst nicht bleiben und genießen, was du so wunderbar organisiert hast?« Sie scheint ein wenig verletzt.

»Das ist es nicht. Ich bin bloß wirklich müde. Ich wäre ohnehin zu nichts zu gebrauchen.«

Sie schenkt mir ein kleines Lächeln. »Bist du sicher? Hier sind einige heiße junge Männer anwesend. Ich habe dir doch gesagt, ich kenne nicht nur alte Leute.«

»Ich habe wirklich ein paar gesehen, die eine Wohltat fürs Auge waren.« Ich spüre, wie meine Mundwinkel zucken.

»Nur ein paar? Gute Güte, bist du blind?« Sie streckt ihre Arme zur Seite aus und blickt sich im Raum um. »Lass mich dir ein paar Leute vorstellen. Vielleicht wirst du dann bleiben wollen. Ich will nur, dass du ein bisschen Spaß hast. Du arbeitest zu viel.«

Ich will gerade antworten, da vernehme ich das näher kommende Geräusch von Stilettos.

»Mom, ich muss mit dir reden.«

Mrs Roberts verdreht die Augen und seufzt tief, bevor sie sich umdreht. »Ja?«

Ich spähe an Mrs Roberts vorbei und sehe Vivian dort stehen.

»Oh. Hi, Adrienne«, sagt Vivian.

»Ihr kennt euch?«, fragt Mrs Roberts.

»Nur flüchtig«, antworte ich.

»Wir sind vor Kurzem mal zusammen abends aus gewesen«, erklärt Vivian.

»Aha. Nun, was kann ich für dich tun, Vivian?«

Ich entferne mich, um den beiden ihre Privatsphäre zu gönnen. Ich wusste nicht, dass Mrs Roberts noch eine weitere Tochter hat. Sie hat sie jedenfalls noch nie erwähnt. Ich frage mich, was für eine Beziehung sie haben. Nach ein paar Minuten findet Mrs Roberts mich am Eingang. »Entschuldige, bitte.«

»Kein Problem. Ich wusste nicht, dass Sie noch eine Tochter haben.«

»Stieftochter«, stellt sie klar.

»Aha.«

»Ja, sie ist frisch hergezogen. Wir standen uns noch nie besonders nah. Laut ihrer Aussage bin ich ihr die Liebste, aber was mich betrifft, betrachte ich sie als mein böses hinterhältiges Stiefkind.«

Ich kann nicht anders, als zu lachen. »Also ist sie das ungezogene Kind, das Sie mal erwähnt haben?«

»›Ungezogen‹ ist ein nettes Wort, um sie zu beschreiben. Also, ihr wart zusammen aus? Wie kam es denn dazu?«

»Meine beste Freundin und Vivians Freundin sind Arbeitskolleginnen. Sie wollten zusammen etwas unternehmen und Vivian und ich wurden ebenfalls eingeladen.«

»Ich verstehe. Nun, du musst bei ihr ein bisschen aufpassen.

Sie ist rachsüchtig, selbstsüchtig und …«

»Böse?«, beende ich den Satz für sie.

»Ja«, sagt Mrs Roberts ernst.

»Okay. Ich glaube, wir wären ohnehin nicht die besten Freundinnen geworden.«

»Entschuldige, Liz?«, unterbricht uns eine tiefe Stimme.

Ich drehe mich um und sehe Charles vor mir stehen, den wir neulich Nacht in diesem Club getroffen haben.

»Oh, Charles! So schön, dich zu sehen!« Mrs Roberts strahlt und umarmt ihn.

Fast hatte ich vergessen, dass Mrs Roberts ja auch einen Vornamen hat. Ich glaube sie hat mir gegenüber einmal erwähnt, ihr Name wäre Elizabeth, doch ich bin so daran gewöhnt, sie mit ihrem Nachnamen anzusprechen, dass ich nicht weiter darüber nachgedacht habe. Charles hingegen scheint sie eindeutig besser zu kennen.

»Du siehst fabelhaft aus«, erwidert er.

Liz errötet und gibt ihm einen spielerischen Klaps auf den Arm. Was für ein Charmeur. Dann sieht er zu mir herüber und runzelt die Stirn.

»Oh, entschuldige. Charles, das hier ist Adrienne. Adrienne, das ist Charles«, stellt sie uns einander vor.

»Ich kenne dich von irgendwoher«, stellt Charles fest.

Liz blickt zwischen uns beiden hin und her, als wisse sie nicht genau, was sie als Nächstes sagen soll.

»Wir haben uns vor Kurzem in einem Club getroffen. Ich war mit Vivian unterwegs.«

»Ah, ja! Ich wusste doch, wir haben uns schon einmal gesehen. Entschuldige, dass ich euch so einfach unterbrochen habe, aber ich wollte kurz Liz begrüßen. Wir haben uns seit Ewigkeiten nicht mehr gesehen.«

»Schon gut«, sage ich. »Aber wenn ihr euch so lang nicht mehr gesehen habt, dann will ich nicht weiter stören.«

»Du wirst doch noch ein wenig hierbleiben?«, bittet Liz.

»Vielleicht noch ein kleines bisschen«, antworte ich ausweichend, aber freundlich.

»Gut. Vielleicht magst du dich ja nachher ein wenig mit Charles unterhalten. Wenn du nichts dagegen hast, Charles?«

Wärme schießt in mein Gesicht. Ich hasse es, dass offenbar jeder denkt, er müsse mich verkuppeln. Charles hält mich jetzt wahrscheinlich für eine totale Versagerin.

»Schon gut«, meine ich. Im selben Moment sagt Charles: »Natürlich nicht.«

Ich werfe beiden ein kleines Lächeln zu und mache mich davon. Hoffentlich finde ich irgendwo Em wieder, damit ich nicht wie ein einsames Mauerblümchen ohne Freunde dastehe.

Unglücklicherweise stoße ich zuerst auf Vivian und Jace. Sie hat sich an ihn gedrückt und die Hand auf seine Brust gelegt. Sie sieht verzweifelt aus. Ich will umdrehen und verschwinden, bevor sie mich erspähen, doch Jace hebt den Kopf und sein Blick trifft meinen. Anscheinend ist er zu lang von Vivian abgelenkt, denn sie beginnt sich umzusehen, wem seine Aufmerksamkeit gilt. Als sie mich entdeckt, legt sich ein missbilligender Ausdruck über ihr Gesicht, den sie jedoch schnell durch aufgesetzte Höflichkeit zu überspielen versucht. »Adrienne! Komm her!« Ihre Stimme klingt künstlich und mindestens eine Oktave höher als sonst.

Ich atme tief durch und zwinge mich, eine freundliche Miene aufzusetzen, bevor ich auf die beiden zugehe.

»Ich wusste gar nicht, dass du meine Mom kennst«, sagt sie, während sie sich endlich von Jace loslöst.

»Oh ja. Sie hat mich für die Hochzeit engagiert.« Ich riskiere einen Blick zu Jace. Er starrt mich an.

»Das wusste ich gar nicht. Aber sie erzählt mir ja auch nichts«, sagt Vivian.

»Ich mag sie«, erwidere ich, da ich nicht weiß, was ich sonst sagen soll.

Vivian zuckt mit den Schultern. »Wenn man den zickigen Typ mag.«

Ich bemühe mich nicht, sie darauf hinzuweisen, dass *sie* der zickige Typ ist.

»Aber egal«, fährt sie fort, als ich auf ihren Kommentar nicht antworte. »Ganz schön viele heiße Kerle hier, was?« Sie schaut zurück zu Jace.

Der wiederum hat die Augen verengt und wartet meine Antwort ab. Da er scheinbar kein Problem damit hat, von der alten Zicke betatscht zu werden, beschließe ich, ein wenig Spaß zu haben. Immerhin sind wir ja nur Freunde.

»Oh, auf jeden Fall!«, strahle ich, Begeisterung vortäuschend. »Gerade eben habe ich mich noch mit einem unterhalten!«

Ich hoffe, sie fragt nicht weiter nach, weil ich wirklich nicht zugeben mag, dass es sich um Charles, den Escort, handelt.

»Nur einen? Ich werde mit dir eine Runde drehen müssen, damit wir dir noch ein paar mehr finden.«

Nur mit größter Mühe kann ich ein Lachen unterdrücken, als ich Jace' Gesichtsausdruck sehe. Er scheint mich geradezu herauszufordern, genau das zu tun – mich von einem Flirt in den nächsten zu stürzen. Doch sobald Vivian ihn ansieht, setzt er wieder sein gezwungenes Lächeln auf.

»Klingt gut«, erwidere ich. »Es wird Zeit, dass ich mich heute Nacht amüsiere, so wie alle anderen es offensichtlich auch tun.«

»Also nehme ich an, du hast kein Interesse mehr an dem anderen Typen?«, fragt sie.

Verdammt. Diese Unterhaltung möchte ich nicht vor Jace führen. Scheiße. Ich habe keine Ahnung, wie ich aus der Sache herauskomme. Ich zögere. Mein Blick streift kurz Jace, bevor ich mich wieder Vivian zuwende.

»Du weißt doch – der Kerl mit den schönen Augen? Der Typ, mit dem du geschlafen hast, aber keine Beziehung führen willst?« Sie lächelt liebenswürdig.

Was zum Teufel soll das?

»Keine Sorge, wahrscheinlich waren sie nicht so schön wie deine«, meint sie an Jace gewandt.

Jace wirkt wütend. Stocksteif steht er da, der Zug um seinen Mund ist angespannt.

»Ähm, nein ...«, beginne ich, aber Vivian unterbricht mich.

»Ach warte! Meintest du nicht, er sei eine männliche Schlampe? Vielleicht solltest du dir jemanden für heute Nacht suchen.

Ganz ohne Verpflichtungen. Jemanden wie Charles ... wenn du verstehst, was ich meine.« Sie setzt ein hämisches Grinsen auf.

Ich weiß, worauf sie anspielt, doch ich würde nie im Leben jemanden dafür bezahlen, mit mir zu schlafen. »Ich bin nicht verzweifelt genug, um jemanden dafür zu bezahlen, mit mir Sex zu haben«, sage ich scharf.

Für einen Augenblick scheint sie peinlich berührt, dann zwingt sie sich erneut zu einem Lächeln. »Gib acht, dass du niemanden beleidigst«, sagt sie. »Möglicherweise sind hier sowohl die Zahlenden als auch die Bezahlten anwesend.«

Sie sieht erst Jace, dann mich an.

»Entschuldige, aber ich muss kurz mit jemandem sprechen«, sagt Jace und stürmt davon.

Daraufhin zuckt Vivian nur mit den Achseln und lässt mich ebenfalls stehen.

Vermutlich ist jetzt der Zeitpunkt gekommen, um zu gehen. Wenigstens Em will ich vorher aber Bescheid sagen, also mache ich mich auf die Suche nach ihr. Nachdem ich sie im Ballsaal nicht finden kann, probiere ich es mit den Damentoiletten. Als ich den Gang betrete, auf dem sich die Toiletten befinden, höre ich Geflüster und Gekicher.

»Also ist es wahr, was man hört?«, fragt die Frauenstimme kichernd.

»Und das wäre?«, höre ich eine tiefe Männerstimme.

»Du weißt schon ...«

Leises Gelächter folgt. »Du wirst es mir schon sagen müssen.«

Ich passiere eine Tür, an der ein Schild mit *Hausmeister* angebracht ist, und weiß, woher die Stimmen kommen.

»Heißt das, dass ich es selbst herausfinden darf?«, fragt die weibliche Stimme. Es ist Emilie.

Oh Gott. Wen um Himmels willen hat sie sich jetzt geschnappt?

Ich ziehe mein Handy hervor und schreibe ihr eine Nachricht. Zehn Sekunden später stürzt Emilie aus dem Raum. Ich warte direkt gegenüber.

»Was zum Teufel? Adrienne, du hast gesagt, es wäre ein Notfall! Ich dachte, dir wäre etwas passiert!«, kreischt sie.

»Oh, beruhige dich. Du kannst dich gleich wieder dem Kerl widmen. Ich wollte dir nur Bescheid sagen, dass ich gehe. Ist es okay, wenn du allein hierbleibst?«

»Zum Glück hab ich dich so lieb. Ja, das ist okay für mich. Aber warum gehst du?«

»Ich bin bloß müde.« Ich versuche, beiläufig zu klingen.

„»Das glaube ich dir nicht, aber ich werde die Wahrheit später aus dir herausbekommen.«

»Ja. Sobald ich aus dir herausbekommen habe, was hier vor sich geht.« Ich gestikuliere zu dem Hausmeisterraum, in dem offensichtlich ein Kerl auf Em wartet.

Sie lächelt und errötet.

Wir umarmen einander und verabschieden uns, dann lasse ich die Party so schnell wie möglich hinter mir.

***

Draußen angekommen begebe ich mich zur Rückseite des Gebäudes. Ich war begeistert, dieses Hotel für die Hochzeit buchen zu können. Es liegt abseits vom Strip – eigentlich abgelegen von allem. Als ich um die Ecke biege, sehe ich den großen Außenpool, der wegen Bauarbeiten geschlossen ist. Ich könnte versuchen, außen herum zu gehen, aber da ich die Gegend nicht kenne, weiß ich nicht, wo ich landen würde. Also drehe ich um und gehe den Weg zurück, über den ich gekommen bin. Nach ungefähr zehn Schritten packt mich jemand und zieht mich in eine dunkle Ecke, in der Pool-Equipment lagert.

Ich will gerade anfangen zu schreien, da legt sich eine große Hand auf meinen Mund und mein Körper wird gegen die Wand gedrückt. »Ich kann dir den Kommentar mit der *männlichen Schlampe* nicht verübeln. Wenn das deine Meinung ist, kann ich daran nichts ändern. Aber ich bin froh, dass du über mich geredet hast.«

Jace nimmt seine Hand von meinem Mund, doch seinen

Körper drückt er weiter gegen meinen.

»Es gefällt dir, dass ich dich so genannt habe?«, frage ich atemlos.

»Nein, aber zumindest hast du irgendwann mal zugegeben, an mir Interesse zu haben. Oder zumindest schließe ich das aus dem, was deine Freundin erzählt hat.«

»Sie ist nicht meine Freundin.«

»Gut.«

»Kannst du mir bitte etwas Raum geben?«, frage ich.

»Warum?«

»Warum nicht?«

»Für gewöhnlich pressen Freunde ihre Geschlechtsteile nicht gegen den Bauch ihrer Freunde.«

»Freunde treiben es normalerweise auch nicht miteinander. Wir sind wohl besondere Freunde.«

»Nein, sind wir nicht.«

»Ich dachte, für eine schnelle Nummer wäre ich gut genug gewesen, aber nicht, um wirklich mit dir zusammen zu sein.«

»Das habe ich nie gesagt«, erwidere ich.

»Deine Freundin hat etwas anderes erzählt.«

»Sie ist nicht meine Freundin! Sie schien eher eine deiner besonderen Freundinnen zu sein!« Ich stoße ihn von mir weg.

»Ich bin nicht mit ihr befreundet. Ich kenne nicht einmal ihren Namen.«

Ich atme zischend aus und verdrehe die Augen. »Ich habe nur gesagt, dass du mit mehreren Frauen unterwegs warst, was stimmt, und dass ich mit niemandem zusammen sein will, der sich durch die Gegend schläft.«

»Dennoch hast du mit mir geschlafen.«

»Ein Mal! Und vielleicht war das ein Fehler.«

Er tritt wieder näher an mich heran. »Also willst du nicht, dass es noch einmal geschieht?« Er neigt den Kopf, bis seine Lippen beinah an meinen liegen. Als er spricht, streifen sie meine leicht. »Was willst du, Adrienne?«

Mir fehlen die Worte. In meinem Kopf sausen die Gedanken umher, alles, was ich tun und nicht tun will, aber ich kann mich nicht dazu bringen, sie zu äußern. Nicht wenn er mich mit seinen blauen Augen so intensiv ansieht. Nicht wenn er mit seinen weichen vollen Lippen meine berührt.

»Benutze deinen wunderschönen Mund, um mir zu sagen, was du willst, Adrienne.« Mit seinem Daumen fährt er über meine Unterlippe und zieht sie sanft nach unten. »Was auch immer es ist, sag es mir einfach. Wenn du willst, dass ich dich in Ruhe lasse, werde ich das tun.«

»Ich ... ich will ...«, stottere ich. Weil ich nicht weiß, was ich sagen soll, lecke ich mir über die Lippen und atme durch.

»Ich werde dir sagen, was ich will«, sagt er. »Ich möchte mir bei dir Zeit nehmen. Ich möchte ganz langsam sein und mit meinem Mund jeden Flecken deines Körpers erkunden. Ich will deine Pussy schmecken, dich in meinem Mund spüren, wenn du kommst.«

Er lässt seine Hand meinen Körper hinabgleiten, bis er den Saum meines Kleides erreicht, seine Finger darunterschiebt und sie auf mein Höschen presst. Wärme breitet sich in meinem Körper aus.

»Ich will wissen, wie feucht ich dich machen kann. Ich möchte deine Beine um mich geschlungen haben, während ich dich lecke, an dir sauge und dich verschlinge.«

Durch mein Höschen beginnt Jace, meine Klitoris zu streicheln, was mich nur noch feuchter werden lässt.

»Es gibt so viel, was ich mit dir tun will, Adrienne. Ich will, dass mein Körper mit deinem vertraut wird, du meinen Namen schreist, wenn ich dich ficke. Ich will, dass du um mehr bettelst.«

Er schiebt einen Finger unter meinen Slip und lässt ihn dann meinen feuchten Spalt entlanggleiten. Ohne ein einziges Mal in mich einzudringen, reibt er ihn nur immer wieder vor und zurück. Er will, dass ich ihn nach mehr anflehe.

»Ich will, dass du dich gut fühlst, Adrienne. Ich will es dir so gut besorgen, dass du nicht mehr ohne mich kannst. Du sollst nie wieder darüber nachdenken, wie dich ein anderer fickt. Du sollst niemand anderen mehr wollen. Ich möchte mehr als dein

Freund oder dein Fickkumpel sein. Und vor allem will ich, dass du mich willst.«

Langsam zieht er seine Finger unter meinem Rock hervor, lehnt sich vor und küsst meinen Nacken, genau unter meinem Ohr.

»Ich werde darauf warten, dass du herausfindest, was du willst. Wenn du es weißt, melde dich bei mir.«

Dann geht er fort.

# 17. KAPITEL

## Jace

Seit der verdammten Hochzeit sind fast drei Wochen vergangen. Der Abend, an dem ich dachte, Adrienne würde herausfinden, dass ich mit der verfluchten Blondine geschlafen habe. Und nicht nur mit ihr, sondern auch noch mit zwei ihrer Freundinnen, von der eine ebenfalls auf der Hochzeit war. Drei Wochen, seit ich ihr gesagt habe, was ich von ihr will und drei Wochen, seit ich das letzte Mal von ihr gehört habe. Was die Eröffnung des Clubs betrifft, hat sie mit Marc oder Troy kommuniziert.

Da sie für uns arbeitet, werde ich sie früher oder später wiedersehen, aber ich habe meinerseits bisher auch keinen Versuch unternommen. In den letzten Wochen hatte ich noch ein paar Kundinnen, doch niemanden, mit dem ich geschlafen hätte. Nach diesen Treffen habe ich den Job endlich aufgegeben. Ich war mir unsicher, wie ich damit klarkommen würde, wo ich so lang ein Escort war, aber es läuft gut. Der Club hat meine ganze Aufmerksamkeit gefesselt und mich auf Trab gehalten.

In der Küche klingelt mein Telefon, weshalb ich aus dem Schlafzimmer angelaufen komme, um abzunehmen. »Hallo?«

»Du musst mal schnell zum Club kommen«, sagt Troy.

»Ich bin grad erst aus der Dusche und wollte eigentlich ein bisschen ausruhen. Wofür brauchst du mich denn?«

»Du musst dich nicht extra schick zurechtmachen. Hier ist niemand, aber ich muss weg und wir müssen die Bewerbungsunterlagen für das mögliche Personal sichten.«

»Wohin musst du?«, frage ich.

»Ist jetzt nicht weiter wichtig. Kannst du kommen? Marc geht nicht an sein Telefon.«

»Ja, ich bin gleich da«, antworte ich.

»Danke.«

»Kein Ding.«

Ich schlüpfe in Basketballshorts, ein ärmelloses Shirt und Turnschuhe. Wenigstens habe ich es dann bequem, während ich arbeite. Eine halbe Stunde später komme ich beim Club an und Troy ist schon weg. Ich ziehe mich in unser Büro vor Ort zurück und beginne, die Unterlagen durchzuarbeiten.

Ungefähr fünfundvierzig Minuten später höre ich draußen eine Stimme. Da ich nach ein paar Sekunden jedoch nichts weiter höre, widme ich mich wieder meiner Arbeit. Fünf Minuten später vernehme ich das Geräusch von sich nähernden Schritten.

Ich blicke auf und warte.

»Mr Thompson?«, fragt die Stimme leise. »Mr ...« Sie verstummt, als sie die Tür erreicht und stattdessen mich entdeckt.

»Hallo, schöne Fremde«, begrüße ich Adrienne.

»Oh. Hi«, sagt sie kleinlaut. »Ich dachte, Mr Thompson wäre heute hier. Ich wollte ein paar Unterlagen vorbeibringen.«

»Du kannst sie ruhig bei mir lassen.«

»Natürlich.« Sie tritt ein paar Schritte nach vorn und legt einen schmalen Ordner auf den Schreibtisch. Dabei achtet sie peinlich darauf, nicht zu nah zu kommen und muss sich fast ein Stück nach vorn beugen, um den Ordner ablegen zu können.

»Du kannst ruhig näher kommen. Ich verspreche, ich werde nicht beißen, es sei denn, du willst es.«

Sie seufzt lang und schwer und setzt sich schließlich auf den Stuhl gegenüber. »Jace, ich wollte noch mal mit dir reden.«

»Wirklich? Das überrascht mich, wo du dich drei Wochen nicht bei mir gemeldet hast.«

»Du hättest auch anrufen können«, sagt sie scharf.

»Ich habe gedacht, das würdest du nicht wollen. Ich habe dir gesagt, ich würde auf dich warten, bis du herausgefunden hast, was du willst. Weißt du es jetzt?«

Sie reibt sich mit der Hand über die Stirn und vermeidet sorgfältig, mich anzusehen. »Sieh mal, ich bitte dich ja nicht darum, mich zu heiraten oder bei mir einzuziehen. Ich will nur, dass wir uns sehen, gelegentlich zusammen ausgehen, herausfinden, ob wir uns verstehen und einfach abwarten, wie sich die

Dinge entwickeln. Du denkst zu viel darüber nach.«

»Ich bin eine Frau, was erwartest du?« Ihr Kommentar bringt mich zum Lachen. »Aber *weil* ich zu viel nachgedacht habe, habe ich erkannt, dass ich mich vielleicht doch weiter mit dir treffen möchte. Wenn ich nicht bei dir bin, dann denke ich an dich und möchte viel lieber bei dir sein.«

Gegen das Grinsen, das sich auf meinem Gesicht breitmacht, kämpfe ich vergebens an.

»Hör auf, so selbstgefällig zu grinsen. Du siehst aus wie eine Katze, die den Kanarienvogel erwischt hat.«

»Was, ich?«, erwidere ich betont unschuldig.

»Oh ja.«

»Ich bin hier fast fertig, aber wie du siehst, bin ich nicht wirklich passend angezogen, um irgendwohin zu gehen. Sonst würde ich dich fragen, ob du Lust hast, mich zum Essen zu begleiten oder dergleichen.«

»Schon gut. Wir könnten uns auch einfach eine Pizza oder was Chinesisches bestellen und hier essen? Wenn das okay ist.«

»Klar. Du suchst aus, ich bestelle.«

»Hmm, chinesisch?«

»Klingt gut.«

Nachdem uns das Essen gebracht wurde, gehen wir auf meine Etage des Clubs und machen es uns auf der Terrasse bequem.

Adrienne bewundert den Ausblick. »Es ist so schön hier.«

»Ja, es gefällt mir.«

»Das würde ich auch annehmen, wo du die Terrasse selbst entworfen hast.« Sie schenkt mir ein verschmitztes Lächeln.

»Haha. Also, was hast du in den letzten Wochen so getrieben?«, frage ich.

»Gearbeitet. Das fasst es gut zusammen.«

»Was hast du denn außer unserer Feier noch für Aufträge?«

»Ich soll die Sweet-Sixteen-Party für so eine ungezogene kleine Göre organisieren.«

»Ungezogene kleine Göre?«, frage ich lachend.

»Du hast ja keine Ahnung. Obwohl der Vater derjenige ist,

der alles bezahlt, meint sie, diejenige sein zu müssen, die die Befehle erteilt. Ich bin kurz davor, sie zu ohrfeigen.«

»Ich habe die Sache mit den Sweet-Sixteen-Partys noch nie verstanden. Allerdings habe ich meine Geburtstage nicht groß gefeiert, geschweige denn Tausende von Dollar dafür ausgegeben«, sage ich.

»Ich auch nicht. Aber willst du mir etwa weismachen, dass du nicht einmal jetzt große, ausschweifende Geburtstagspartys feierst?«

»Warum fragst du? Weil ich Geld habe?«

»Ich wollte dich nicht beleidigen.«

»Das habe ich auch nicht so verstanden. Ich war nicht immer reich. Ich besitze zwar das große Penthouse und mein schickes Auto, aber davon abgesehen führe ich nicht das stereotype Leben eines reichen Schnösels. Ich mag so unbedeutende Dinge wie Fast Food vom Asiaten«, gestehe ich ihr zwinkernd.

»Es tut mir leid. So habe ich das wirklich nicht ...«

»Nein, schon gut. Ich verstehe das«, sage ich ernsthaft.

»Mein Vater hat gutes Geld verdient, aber trotzdem besaßen wir nie richtig viel davon. Wir hatten alles, was wir brauchten, dafür hat er gesorgt.«

»Das ist gut. Dass er für euch gesorgt hat, meine ich. Darf ich dich fragen, was mit deiner Mom passiert ist?«

»Sie hatte Krebs. Mein Dad hat nie wieder geheiratet. Ich weiß nicht einmal, ob er je wieder mit jemandem ausgegangen ist. Ihm war es wichtig, immer für mich da zu sein, deswegen bin ich nach der Highschool auch hiergeblieben. Mein Dad und ich haben nur uns beide.«

»Das mit deiner Mom tut mir leid, aber dein Dad hat einen tollen Job gemacht, so wie er dich großgezogen hat.«

Sie nickt und ihr Lächeln wirkt traurig.

»Mein Dad ist abgehauen, als ich drei war. Ich habe keine Ahnung, wer oder wo er ist, falls er überhaupt noch lebt. Meine Mom hat ihr Bestes getan, um meinen Bruder und mich großzuziehen. Als mein Dad uns verließ, war mein Bruder noch nicht einmal ein Jahr alt. Meine Mutter hatte mehrere Jobs gleichzeitig und wir lebten trotzdem nur von der Hand in den Mund. Mein Bruder war fast fünfzehn, als er starb. Er wurde erschossen und der Täter nie gefasst. Nichts Ungewöhnliches, wenn man in New York lebt. Meine Mutter und ich waren zwar beide am Ende, aber sie zerbrach völlig daran. Sie bekam Depressionen, hörte auf zu arbeiten und begann, zu trinken. Es war schlimm.«

»Das ist furchtbar. Es tut mir so leid. Bist du deswegen weggegangen?«

»Ja. Nicht nur, dass ich aus New York wegwollte, ich musste auch sicherstellen, genug Geld zu verdienen, um meiner Mom zu helfen, damit weder sie noch ich je wieder Geldsorgen haben würden.«

»Scheint, als hättest du das geschafft.« Adrienne sieht mich aufmunternd an.

»Ja.«

»Und deine Mom?«

»Es geht ihr ganz gut. Angeblich ist sie trocken, aber das weiß ich nicht sicher. In letzter Zeit geht sie nicht ans Telefon, wenn ich anrufe.«

Adrienne erwidert nichts, sondern nickt nur verständnisvoll. Normalerweise rede ich nicht viel über meine Familie, doch da Adrienne ehrlich war, wollte ich das auch sein.

»Bist du bereit für die Cluberöffnung?«, fragt sie mich, um die Stimmung anzuheben.

»Ja und nein. Ich kann die Eröffnung kaum erwarten, aber ich bin noch nicht buchstäblich bereit. Ich muss ein paar Leute einstellen und einarbeiten und andere Dinge erledigen.«

»Ich freue mich schon darauf, den Club in Betrieb zu sehen. Ihr werdet damit einen Riesenerfolg haben, das weiß ich einfach.«

»Freut mich, dass du das denkst.«

Unsere Teller sind schon lang leer, doch wir bleiben weiterhin am Tisch sitzen. Nach einem Moment der Stille und einigen ausgetauschten Blicken beschließe ich, einen Vorstoß zu wagen. Da Adrienne heute kurze Shorts trägt, habe ich schon die ganze

Zeit die Möglichkeit gehabt, ihre langen Beine zu begutachten.

Ich lehne mich vor und lasse meine Hand eines ihrer Beine hinaufgleiten. »In etwas anderem als einem Rock oder einem Kleid habe ich dich bisher noch nie gesehen, und da hattest du auch immer noch eine Strumpfhose an. Ich mag es, wenn ich deine Haut sehen kann.«

»Oh ja, heute bin ich mal ganz leger unterwegs«, erwidert sie.

Bevor ich etwas tun kann, überrascht sie mich. »Willst du zurück in dein Büro?«, fragt sie.

»Klar.«

Ich kann nicht sagen, ob sie bloß will, dass ich sie nicht länger berühre, oder ob sie sicherstellen will, dass uns niemand beobachten kann. Wir steigen die Treppen hinunter ins Erdgeschoss und ziehen uns in das Büro dort zurück, da mein eigenes Büro noch nicht möbliert ist. Ich trete zuerst in den Raum und Adrienne schließt die Tür hinter uns. In der Ecke steht eine Couch, auf die ich mich fallen lasse.

Adrienne folgt mir.

Ich lehne mich zurück und strecke die Beine aus, sie bleibt jedoch vor mir stehen. Weder setzt sie sich hin noch sagt sie etwas. Sie scheint nervös. Ich schenke ihr ein flüchtiges Lächeln und sie lässt sich langsam auf die Knie sinken. Oh Scheiße.

Sie sieht mich immer wieder an, als warte sie darauf, dass ich sie aufhalte. Doch das werde ich mit Sicherheit nicht tun. Sie kniet sich zwischen meine Beine und schiebt mein Shirt hoch. Mit einem letzten Blick zu mir presst sie ihren Mund auf meinen Bauch und beginnt, mich zu küssen.

Ich lasse meinen Kopf zurückfallen und sie tun, was auch immer sie tun will.

Sie rückt tiefer und tiefer vor. Mit ihrem Finger wandert sie unter den Bund meiner Hose. Da es locker sitzende Basketballshorts sind, kann Adrienne sie leicht nach unten ziehen. Ich richte mich ein wenig auf und helfe ihr dabei, die Shorts über meine Knie zu bekommen. Augenblicklich reckt sich ihr mein harter Schwanz entgegen. In der Eile, herzukommen, habe ich wohl vergessen, Unterwäsche anzuziehen.

Ich sehe zu ihr hinunter und betrachte meinen Schwanz in ihrer kleinen Hand. Sie fängt an, mich langsam zu streicheln und auf diese Weise in den Wahnsinn zu treiben. Nach einem Moment blickt sie auf und beißt sich auf die Unterlippe, als sie bemerkt, dass ich sie beobachte.

Ihr Haar trägt sie offen, sodass es ihr Gesicht umrahmt, während sie sich über mich beugt. Sie setzt sich ein wenig auf, greift stumm nach meiner Hand und legt sie um meinen Schwanz. Dann platziert sie ihre darauf und streichelt mich wieder. Nach ein paar Sekunden zieht sie sich zurück und sieht mir dabei zu, wie ich mir einen runterhole. Es scheint ihr zu gefallen. Während ihr Blick weiter auf mir ruht, bindet sie sich ihre Haare zu einem Pferdeschwanz zusammen und rückt ein wenig näher. Ich gehe davon aus, dass sie wieder das Streicheln übernehmen wird, doch das tut sie nicht.

Adrienne beginnt, die Spitze meines Schwanzes zu lecken, dann schließt sie den Mund darum, während ich noch immer meine Bewegungen fortführe. Sie stöhnt leise, was mich noch mehr antörnt. Dass sie das hier ebenso erregend findet wie ich, macht die ganze Sache nur heißer.

Ich lasse etwas von meinem Schwanz ab, damit Adrienne versuchen kann, mehr von mir in ihren Mund aufzunehmen. Sie bewegt ihre heißen feuchten Lippen weiter mein Glied hinab und umspielt es mit ihrer Zunge. Dann richtet sie sich ein wenig auf, bis erneut nur noch meine Eichel in ihrem Mund ist. Ich beginne, mich wieder zu streicheln und werde mit einem weiteren Stöhnen belohnt.

»Mhm.«

»Gefällt dir das?« Ich beschleunige meine Bewegungen.

»Mhm, ja.«

Ein weiteres Mal saugt sie an meinem Schwanz, also nehme ich meine Hand weg und platziere sie an Adriennes Hinterkopf. Sie umfasst mich mit beiden Händen und ein wunderbares Spiel aus Streicheln, Saugen und Lecken folgt. Sie versucht, mich bis ganz ihn ihren Rachen aufzunehmen. Ich bin nun so tief in ihr, wie ich nur kann. Plötzlich liebkost sie mit ihrer Zunge meinen

Schaft.

Scheiße, fühlt sich das gut an.

Nachdem sie mein Glied mit ihrem Speichel befeuchtet hat, beginnt sie, es die komplette Länge entlang zu streicheln. Sie gleitet mit ihren Fingern über meine Eichel, meine sensibelste Stelle, und sie tut es perfekt. Den zischenden Laut, den ich zwischen meinen Zähnen hervorstoße, kann ich nicht verhindern.

»Verdammt«, keuche ich.

Sie hält inne und hält meinen Schwanz sanft fest, dann leckt sie ihn von meinen Eiern bis hin zur Spitze. Ich halte es nicht länger aus. Ich ziehe sie auf die Beine, steige aus meinen Shorts und knöpfe ihre auf. Sie schlüpft aus der Hose und steht mir in einem lila Stringtanga gegenüber.

»Lass mich deinen Hintern sehen.« Ich drehe sie um und – *heilige Scheiße* – ich kann von ihrem makellosen Hintern nicht genug bekommen. Er ist schön rund, aber nicht zu muskulös. Ich lege meine Hände auf ihre Pobacken und drücke zu. Sanft gebe ich ihr einen Klaps und beobachte, wie sich ihr Hintern bewegt. Mein Schwanz wird noch härter.

Ich entledige sie ihres Tangas und drehe sie wieder zu mir um. Ihre perfekte Pussy ist genau vor meinem Gesicht. Adrienne legt ihre Hände an meinen Kopf und zieht mich näher. Ich packe ihre Hüften und führe meinen Mund zu ihrer feuchten Mitte.

»Ah, Scheiße«, stöhnt Adrienne.

Ich lecke sie mehrmals von oben nach unten, dann sauge ich ihre Klitoris in meinen Mund. Adrienne stöhnt erneut auf und flucht leise. Während ich mich weiter an ihrer Pussy gütlich tue, schiebe ich meine Arme zwischen Adriennes Beinen hindurch, bis meine Hände ihren unteren Rücken erreichen. Dann stehe ich auf und hebe sie hoch. Sie quietscht, als sich ihre Beine plötzlich auf meinen Schultern befinden. Sie schlingt sie um meinen Hals und ich drehe mich um und lege Adrienne sanft auf die Couch, meine Lippen noch immer an ihrer Pussy.

Adrienne löst ihren Griff um mich etwas, ihre Beine liegen

jedoch noch immer über meinen Schultern und ihre Hand hat noch immer meine Eichel fest umschlossen.

Ich löse mich langsam von ihr, bis sie meinen Schwanz loslässt. Dann schiebe ich zwei Finger in ihre völlig nasse Pussy. Mit meinem Daumen massiere ich ihre geschwollene Klitoris, während ich meine Finger in ihr leicht nach oben krümme.

Adrienne windet sich auf der Couch hin und her. Sie klammert sich an die Kissen und wirft den Kopf vor Lust zurück. Ich nehme meinen Daumen weg und ersetze ihn durch meine Zunge. Leckend besorge ich es ihr mit meinen Fingern, bis sie kurz vor dem Orgasmus ist, dann höre ich auf.

Adrienne stöhnt frustriert, doch ich bin entschlossen, sie nach mehr betteln zu lassen. Also stehe ich auf, entferne meine restliche Kleidung und sie tut es mir, auf der Couch liegend, nach. Leider ist die Sitzgelegenheit für mein Vorhaben ein wenig zu klein, aber ich werde improvisieren. Ich reiche Adrienne die Hand und ziehe sie auf die Füße. Sobald sie steht, hebe ich sie hoch und spüre sogleich ihre Beine um meine Taille. Auf diese Weise trage ich sie zu dem großen stabilen Schreibtisch und schiebe die Unterlagen achtlos zur Seite, bevor ich sie darauf sinken lasse.

Noch rechtzeitig bemerke ich, dass ich kein Kondom verwende. Zum Glück kam Troy auf die fabelhafte Idee, in jeder Toilette eine Schale mit Kondomen aufzustellen, um Safer Sex zu promoten, und ich glaube, er hat noch ein paar in der Schreibtischschublade. Ich beuge mich vor, öffne die Lade und fische eins heraus.

Adrienne zieht eine Augenbraue hoch, als sie das Kondom sieht.

»Troys«, sage ich achselzuckend.

Sobald ich es übergestreift habe, hebe ich ihre Beine an, bis ihre Füße auf dem Tisch stehen und ihre Beine für mich weit geöffnet sind. Sie lehnt sich auf die Hände zurück und ich manövriere die Spitze meines Gliedes zu ihrem Eingang. Sofort versucht sie, sich enger an mich zu drücken, aber da sie an der Kante des Tisches sitzt, kann sie nicht allzu viel tun.

Langsam dringe ich in sie ein, jedoch nicht vollständig. Während meine Eichel in ihrer Pussy verschwindet, lege ich selbst Hand an und streichele mich.

Adrienne sieht mir dabei zu, beißt sich auf die Lippe und stöhnt vor Lust und Frustration. »Bitte, Jace«, wimmert sie.

»Bitte, was? Was willst du Adrienne?«

Sie stöhnt und versucht, sich auf mich zu drücken. Ich löse mich komplett von ihr, lege aber meine Finger an ihre Pussy und reibe in kreisenden Bewegungen ihre Klitoris.

»Jace!«, ruft sie aus.

»Sag es, Adrienne. Sag mir, was du willst.«

»Ich will ... ich will dich. Ich will, dass du mich fickst. Fick mich einfach, bitte!«

Ich gleite in sie hinein, in langen, langsamen Stößen. Beobachte, wie mein Schwanz in ihrer warmen feuchten Pussy verschwindet. Als ich mich nicht länger beherrschen kann, dränge ich Adrienne auf den Rücken, begebe mich zwischen ihre Beine und versenke mich erneut tief in ihr. Dabei hebe ich ihr Bein an und positioniere es so, dass Adrienne halb auf der Seite, halb auf dem Rücken liegt. In dieser Position habe ich freien Ausblick auf ihren Hintern und ich kann sehen, wie er jedes Mal erzittert, wenn ich zustoße.

Ich schlage ihr ein paar Mal auf den Po, was sie mit freudigem Aufschreien quittiert, während sie sich an der Kante des Tisches festhält. Als ich realisiere, dass wir beide kurz davor sind, vom Tisch zu fallen, ziehe ich mich zurück und uns beide in eine stehende Position. Dann drehe ich sie um und beuge sie über das dunkle Holz. Von selbst hebt Adrienne ein Bein, legt ihr Knie auf dem Tisch ab und gewährt mir auf diese Weise den besten Ausblick, den ich jemals hatte.

# 18. KAPITEL

**Adrienne**

Er nimmt mich schnell und hart von hinten und ein kehliges Stöhnen kommt über meine Lippen. Er ist so verdammt groß, aber bei Gott, es fühlt sich so gut an.

Seine Brust streift meinen Rücken und ich spüre seinen Atem an meinem Nacken. Zunächst küsst er mich dort, dann beißt er leicht zu und löst eine Gänsehaut aus, die sich auf meinem ganzen Körper ausbreitet.

»Ist das, was du gewollt hast, Adrienne?« Seine Stimme ist tief und rau.

»Ja«, keuche ich.

»Hast du diesen Schwanz vermisst?«, fragt er, bevor er über meinen Nacken leckt.

»Mhm«, stöhne ich.

»Hast du?«, will er fordernd wissen und verharrt regungslos.

»Ja! Ich habe ihn vermisst!«

»Du kannst ihn jederzeit haben. Aber verschwinde nicht wieder wortlos. Verstanden?«

»Ja, bitte hör nicht auf«, rufe ich.

Jace spreizt meine Beine weit, während ich immer noch über den Tisch gebeugt liege. Mit seiner Hand spielt er mit meiner Klitoris, während er immer tiefer in mich eindringt. Der Druck ist kaum noch zu ertragen.

Seine andere Hand ruht an der Stelle zwischen Schultern und Hals. Ich führe seine Hand, bis sie meine Kehle ganz umschließt und er festigt den Griff ein wenig. Wie sehr mich das antörnt, schockiert mich. Seine Hand um meinen Hals, sein intensives Reiben an meiner Klitoris und seine immer heftiger werdenden Stöße haben zur Folge, dass ich komme, wie ich noch nie zuvor in meinem Leben gekommen bin.

»Ah, verdammt! Jace! Oh mein Gott! Ja!« Meine Worte kommen laut und halb erstickt.

»Oh ja, Baby. Fuck, ja«, keucht er hinter mir.

Er lässt von meiner Kehle und meiner Klitoris ab, packt meine Taille und hebt mich hoch, bis ich auf allen vieren bin. Ich danke Gott für Jace' Körpergröße und die Höhe des Tisches, als er mich hart und schnell fickt, während ich mich daran festklammere, als hinge meine Leben davon ab.

Ein paar Minuten später wird sein Griff fester und er kommt, sein Schwanz pulsiert in mir. *Heilige Scheiße.*

Anschließend werfen wir uns etwas zum Anziehen über und machen uns beide frisch. Mein Haar steht in alle Richtungen ab, mein Make-up ist verschmiert oder stellenweise ganz verschwunden. Zum Glück habe ich immer etwas Make-up in meiner Handtasche, also schaffe ich es, mein Gesicht einigermaßen wiederherzurichten. Mein zerzaustes Haar muss ich allerdings zu einem Knoten zusammenfassen, anders geht es nicht.

Als ich zum Büro zurückkehre, schmerzt meine Pussy und meine Beine sind zittrig, dennoch habe ich ein breites Grinsen auf dem Gesicht. Ich kann plötzlich nicht mehr sagen, warum es mich gestört hat, dass ich Jace mit anderen Mädchen gesehen habe. Er ist Single, natürlich geht er mit anderen Frauen aus; und da ich nicht dabei war, warum sollte es mich stören? Jetzt jedenfalls wird mich nichts mehr davon abhalten, mit ihm zusammen zu sein.

Jace ist gerade dabei, die Unterlagen vom Boden aufzuheben und zurück auf den Tisch zu legen, als ich eintrete. »Lass mich helfen.« Ich eile um den Tisch und beginne, die Papiere aufzuheben. »Ich hoffe, wir haben nichts durcheinandergebracht.«

»Darüber mache ich mir keine Sorgen.« Er blickt auf und schenkt mir ein Lächeln.

Nachdem die Unterlagen alle weggeräumt sind, setzt er sich hinter den Schreibtisch und tätschelt sein Knie. Ich grinse und komme seiner Einladung, mich auf seinen Schoß zu setzen, mit Freude nach.

»So viel Spaß das auch gemacht hat, fürchte ich doch, dass ich dich zu einem richtigen Date einladen muss.«

»Wir waren doch schon auf einem Date.«

»Nein. Beim ersten Mal bist du nur gekommen, weil du dein Handy wiederhaben wolltest, nicht wegen mir. Und beim zweiten Mal waren wir als *Freunde* essen.« Er betont das Wort, als widere es ihn an.

»Okay, du hast recht.«

»Weiß ich«, sagt er lächelnd.

»Wenn du meinst«, erwidere ich belustigt. »Also, was gehört zu einem richtigen Date?«

»Was würdest du denn gern tun?«

»Das ist mir egal«, sage ich.

»Das hilft nicht wirklich weiter. Gehörst du zu der Sorte Frauen, die gern essen und ins Kino gehen, magst du lieber Picknicks im Park oder bleibst du am liebsten zu Hause, am besten noch im Schlafzimmer?« Er lächelt mich schelmisch an.

»Mir wäre alles drei recht.«

»Was ist denn mit etwas, das du vorher noch nie getan hast? Gibt es etwas, das du unbedingt mal ausprobieren willst?«

»Dazu würden mir tausend Sachen einfallen, doch von denen eignet sich nichts wirklich für ein Date.«

»Erzähl sie mir trotzdem.« Er lässt seine Hand mein Bein rauf- und runtergleiten.

»Ich würde gern mal aus Las Vegas raus. Nicht für immer, aber ich war noch nie woanders, also wäre es schön, mal etwas Neues zu sehen. Ich würde gern schnorcheln gehen oder nachts unter den Sternen zu Abend essen. Oh, eine Schatzsuche wäre auch toll. Das klingt wahrscheinlich ziemlich öde, aber ich wollte es schon immer mal ausprobieren.«

»Eine Schatzsuche?« Er lacht kurz.

»Hey! Mach dich nicht über mich lustig!« Ich schubse ihn scherzhaft.

»Tue ich nicht. Das ist eine schöne kleine Wunschliste.«

»Was ist auf deiner?«, frage ich.

»Auf meiner Wunschliste?«

Ich nicke.

»Darüber habe ich noch nie wirklich nachgedacht.«

»Komm schon. Es muss doch etwas geben, das du noch nicht getan hast.«

»Also ich war schon mal außerhalb von Vegas und ich war schon schnorcheln. Ich war noch nie bei einer Schatzsuche, also nehme ich das.« Wieder lächelt er verschmitzt.

»Du kannst mich mal.«

»Das habe ich doch schon.« Er presst seinen Mund auf meinen und küsst mich ein paarmal.

Ich beschließe, wieder auf das Thema zurückzukommen. »Ich werde dir etwas Zeit geben, aber ich will, dass du mir auch ein paar Dinge nennst, die du gern noch tun würdest.«

»Jawohl, Ma'am«, erwidert er. »Wann hast du denn Zeit für eine Verabredung?«

»Da ich morgen wieder arbeiten muss, wird das vor dem Wochenende wohl nichts. Geht das für dich in Ordnung?«

»Das ist sogar perfekt. Dann habe ich noch ein bisschen Zeit, mir zu überlegen, wie unser Tag aussehen wird.«

»Prima. Dann haben wir jetzt ein Date.«

»Definitiv.«

Ich sehe auf die Uhr und stelle fest, dass ich bereits vor dreißig Minuten mit Emilie verabredet war. »Ich muss gehen«, sage ich und hüpfe von seinem Schoß.

»Was ist los?«, fragt er.

»Oh, nichts. Ich hab nur meine Verabredung mit Emilie vergessen. Und weil ich dachte, ich gebe nur kurz was ab, habe ich mein ganzes Zeug im Auto gelassen. Ich wette, sie hat mein Handy schon zum Glühen gebracht.«

»Es freut mich jedenfalls, dass du noch geblieben bist, anstatt nur die Papiere vorbeizubringen.«

»Mich auch«, erwidere ich sanft. »Ich schreibe dir später eine SMS, okay?«

»Klingt gut.«

Er steht auf, gibt mir einen Kuss und anschließend einen Klaps auf den Hintern. Ich drehe mich um und werfe ihm einen übertrieben finsteren Blick zu. Während ich den Flur hinabeile, höre ich ihn leise lachen.

***

Sobald ich im Auto bin und mein Handy wiederhabe, schicke ich Emilie eine Nachricht und ignoriere alle ihre wütenden Botschaften. Sie soll mich bei mir zu Hause treffen.

Ich erreiche das Apartmentgebäude und hoffe, Emilie ist nicht zu aufgebracht. Wenn sie den Grund meines Zuspätkommens erfährt, wird sie mir vergeben, da bin ich mir sicher.

Als ich um die Ecke des Flurs biege, entdecke ich Emilie, die mit vor der Brust verschränkten Armen an meiner Wohnungstür lehnt. »Was zum Teufel ist passiert? Du hast besser eine verflucht gute Entschuldigung dafür, dass du mich einfach so versetzt hast. Ich habe dich hundertmal angerufen. Ich habe dir eine Million SMS geschickt und du hast mich einfach ignoriert. Also, was war los?« Sie lässt mich überhaupt nicht zu Wort kommen.

»Ich habe Jace gevögelt«, platzt es aus mir heraus.

Sie erblasst, ihr Mund steht offen und sie zieht die Augenbrauen fast bis zu ihrem Haaransatz hoch. »Was? Wen? Was?«, ruft sie aus.

»Du hast schon richtig gehört. Lass uns reingehen, bitte.« Ich schiebe sie sanft von der Tür weg und öffne.

»Fang von vorn an. Wie ist es dazu gekommen?« Em wirft ihre Handtasche auf den Tisch und geht hinüber zur Couch.

Ich erzähle ihr die ganze Geschichte, angefangen damit, wie ich eigentlich nur bei Troy ein paar Papiere abgeben wollte, über das Essen mit Jace bis zu dem Moment, wo ich schließlich genug Mut angesammelt hatte, um einen Annäherungsversuch zu starten. Emilie schnappt nach Luft, lacht, schreit, fleht mich nach mehr Details an und lässt mich schließlich widerwillig ins Bad, weil ich mal muss.

»Also, was bedeutet das für euch?«, fragt sie, sobald ich wieder ins Wohnzimmer komme.

»Was meinst du?«

»Habt ihr jetzt eine Beziehung?«

»Ich weiß es nicht ... ich glaube. Nein, ich weiß es nicht.«

»Wie kannst du es nicht wissen?« Sie wirkt verblüfft.

»Er hat gesagt, ich soll nicht wieder einfach verschwinden. Das bedeutet wohl, er will mich in der Nähe haben, oder?«

»Ich denke, er will bloß wissen, wo er deinen Hintern finden kann. Du kannst nicht an einem Tag mit ihm reden und dich dann wochenlang nicht melden. Du hast gesagt, er plant ein Date, oder? Ich denke, da hast du deine Antwort. Aber wenn du es genauer wissen willst, solltest du ihn danach fragen.«

»Ja. Ich wollte ihm später sowieso eine SMS schreiben.«

»Gut.«

»Und was war bei dir so los?«, frage ich.

»Du meinst, bevor ich versetzt wurde? Oh, ich war mit jemandem aus«, antwortet sie verschlagen.

»Und wer ist dieser *jemand*?«, frage ich sofort neugierig.

»Ähm ...«

»Emilie Mae! Wage ja nicht, so etwas vor mir geheim zu halten, wo ich dir immer alles erzähle!«

»Okay, okay. Beruhige dich. Ich weiß selbst noch nicht, wohin das mit ihm genau führt.«

»Aha, weiter.«

»Ich war mit Troy aus«, sagt sie und kaut auf ihrem Fingernagel.

»Troy?«, quietsche ich.

»Ja«, sagt sie langsam.

»Wie kam es denn dazu?«

»Ich habe mich auf der Hochzeit ein wenig mit ihm unterhalten.«

»War er etwa der Kerl im Hausmeisterkämmerchen?«, kreische ich.

»Ja«, sagt sie und wirkt mit einem Mal schüchtern.

»Ihr habt seitdem Kontakt gehalten und du hast mir nichts erzählt?«

»Nein. Ich habe ihm meine Nummer gegeben und er hat mich erst letzte Woche zum ersten Mal angerufen. Und da haben wir uns für heute verabredet.«

»Magst du ihn?«

»Ja. Er ist so witzig und nimmt den ganzen verrückten Scheiß, den ich von mir gebe, nicht persönlich. Außerdem ist er ein richtiger Gentleman. Er hat mir den Stuhl zurechtgerückt, mir die Tür aufgehalten und so weiter. Mal sehen, was sich daraus ergibt. Wir haben uns nicht einmal geküsst. Es war einfach nur eine schöne Verabredung.«

»Wie süß«, sage ich breit grinsend.

»Oh, sei still«, erwidert Em. Sie kämpft selbst gegen das Grinsen an, das sich auf ihrem Gesicht breitmachen will.

Noch ein paar Stunden reden wir über Troy, Jace und alles Mögliche, dann geht Em und ich springe unter die Dusche. Danach schlüpfe ich in einen übergroßen weichen Pullover, schnappe mir mein Handy und gehe ins Bett.

Augenblicklich bin ich aufgeregt wie ein zwölfjähriger Teenager.

*Hey*, schreibe ich ihm.

Ich weiß. Eine ziemlich lahme Art, eine Unterhaltung in Gang zu bringen, aber ich habe keine Ahnung, was ich sonst hätte sagen sollen. Ein paar Minuten verstreichen und mit jeder Sekunde werde ich nervöser. Es ist noch ziemlich früh, also bezweifele ich, dass er schon schläft. Schließlich meldet sich mein Handy.

*Hey, Hübsche. Was machst du gerade?*

Ich grinse über das ganze Gesicht. Ein nettes Wort und ich werde zu Wachs in seinen Händen.

*Ich liege im Bett*, texte ich zurück. *Und du?*

*Wäre es sehr kitschig, wenn ich dich fragen würde, was du anhast? Ich sitze nur auf der Couch und sehe fern.*

Seine SMS bringt mich zum Lachen. Natürlich muss er diese

Frage stellen.

Meine Nachricht folgt prompt. *Würde es dich anmachen, wenn ich »Nichts« sagen würde?*

*Ja, das würde es.*

Wieder muss ich lachen und ich beschließe, mir einen Spaß mit Mr Jamison zu erlauben.

*Dabei habe ich mir nicht einmal Mühe gegeben. Es ist ja nicht so, als hätte ich gesagt, meine Pussy werde bei dem bloßen Gedanken an heute Nachmittag ganz feucht.*

*Toll. Jetzt muss ich mich anders hinsetzen.*

*Tut mir leid.*

*Das bezweifle ich. Mach so weiter und du wirst vorbeikommen müssen, um das Problem, das du hier anrichtest, per Hand zu lösen.*

*Bring mich nicht in Versuchung.*

*Du hast ja keine Ahnung, was du verpasst. Wir können noch so viel ausprobieren.*

*Oh wirklich? Willst du mich einweihen?*

*Nicht wirklich. Ich muss sicherstellen, dass du neugierig genug bleibst, um wiederzukommen.*

*Ich werde auf jeden Fall ... kommen ;)*
*Gut. Ich will nicht zum Stalker mutieren und dir nachstellen müssen.*

*Das wird nicht nötig sein.*

*Also Samstag, und ich meine den gesamten Samstag, gehörst du ganz mir.*

Ich gebe ein leises Quietschgeräusch von mir und trete imaginäre Löcher in die Luft. *Gehörst du ganz mir.* Seufz!

*Ich denke, das geht für mich in Ordnung.*

*Da gibt es nichts zu denken. Das ist einfach eine Tatsache. Ich hoffe, du bist bereit.*

*Ich glaube, ich bin jetzt schon bereit.*

*Führe mich nicht in Versuchung. Ich muss morgen nicht früh raus, du schon.*

Kurz denke ich darüber nach. Ein Teil von mir möchte, dass Jace vorbeikommt, aber dann müsste ich auch meine Wohnung noch schnell aufräumen und mich selbst ein wenig herrichten. Außerdem muss ich morgen zu meiner doofen Arbeit.

*Ein anderes Mal?*

*Auf jeden Fall. Ich sollte dir jetzt etwas Schlaf gönnen. Wir reden bald.*

*Okay. Gute Nacht, Jace.*

*Gute Nacht, Adrienne.*

Nachdem ich seine Nachrichten noch einmal durchgegangen bin, ändere ich seinen Namen in meinem Handy von GGG zu Jace. Ich stecke mein Handy ans Ladekabel, rolle mich unter der Decke zusammen und schlafe mit einem Lächeln auf dem Gesicht ein.

# 19. KAPITEL

## Jace

In dieser Woche schicke ich Adrienne jeden Tag einen Strauß Blumen mit zwei Karten. Eine, die zu den Blumen gehört, und eine, auf der *Nicht öffnen* steht. Jeden Tag fragt Adrienne mich, was ich für Samstag plane und warum ich ihr etwas schicke, das sie nicht aufmachen darf. Dass das alles zu meinem Plan gehört, scheint sie nicht zu verstehen.

Die letzte Woche hat mir die Augen geöffnet. Ich habe erkannt, dass ich es tatsächlich schön finde, jemanden zum Anrufen oder Nachrichtenschreiben zu haben, bei dem ich ganz ich selbst sein kann. Gut, bei den Jungs kann ich auch ich selbst sein, doch bei einer Frau ist mir das bisher noch nie gelungen. Als hätte ich jahrelang bloß eine Rolle gespielt.

Durch Adrienne habe ich begriffen, dass ich nicht wirklich gelebt habe. Zum Leben gehört mehr, als nur zu arbeiten, nach Hause zu kommen und ins Bett zu gehen, um das Ganze dann wieder von vorn zu beginnen. Denn das ist alles, was ich je getan habe. Sicherlich habe ich hin und wieder Zeit mit Troy, Marc und Nico verbracht, aber ich hätte so viel mehr tun können.

Allein in dieser Woche habe ich dank Adrienne einige neue Restaurants ausprobiert, in denen wir uns zum Lunch getroffen haben. Indem sie mir Fragen stellt, die nichts mit meiner Arbeit zu tun haben, bringt sie mich dazu, über meine Zukunft nachzudenken. Ich habe mich nur darum gesorgt, nie wieder von der Hand in den Mund leben zu müssen und immer genug Geld zur Verfügung zu haben, dass ich nicht weiter darüber nachgedacht habe, ob ich eine Familie möchte, in eine andere Stadt ziehen oder mir ein Haustier anschaffen will.

Ihrem Verhältnis mit ihrem Vater und ihrer besten Freundin nach zu urteilen, ist Adrienne eine vertrauenswürdige, loyale Person, bei der ich mich nicht verstellen muss. Deshalb fühle ich mich schlecht dabei, ihr trotzdem gewisse Dinge zu verheimlichen. Ihre Freundin Emilie hat uns ein paar Mal zum Mittagessen begleitet und die beiden kommen mir eher wie Schwestern vor. Sie sind einander so wichtig und würden jederzeit alles tun, um die andere zu beschützen.

Emilie hat mich überrascht, als sie mir eröffnete, sie und Troy hätten Kontakt zueinander. Er hat Emilie nicht erwähnt, aber das liegt vermutlich an seiner Vergangenheit und ich werde ihn zu nichts drängen. Ich habe jedoch Angst, dass er Emilie von seiner Arbeit erzählen könnte, und wenn Adrienne es von ihr oder jemand anderem erfährt, dann wird die Sache schlimm ausgehen.

Sie weiß zumindest von der Blondine, die ich vor einiger Zeit in dem Hotel gevögelt habe – was ironischerweise auch der Abend war, an dem ich Adrienne zum ersten Mal gesehen habe. Sie behauptet, sie und die Blondine seien nicht befreundet, aber ich würde es dem Miststück durchaus zutrauen, dass sie Adrienne von der Nacht und dem Dreier erzählt.

Scheiße, es sieht nicht gut aus. Ich weiß, Adrienne muss die Wahrheit kennen. Sie muss von meiner Vergangenheit und den Dingen, die ich getan habe, erfahren und sie muss es von mir hören. Ich befürchte allerdings, dass sie damit nicht klarkommt. Bisher hat das noch keine Frau geschafft.

Ich schiebe diese Gedanken beiseite und konzentriere mich wieder auf das anstehende Date mit Adrienne, in das so viele Vorbereitungen geflossen sind. Hoffentlich findet sie es nicht übertrieben. Ich wollte einfach, dass es etwas Besonderes wird, an das sie sich gern zurückerinnert. Nach allem, was sie mir von ihrem Exfreund erzählt hat und von den Dingen, die er getan und vor allem nicht getan hat, will ich Adrienne so behandeln, wie sie es verdient.

Ich tätige ein paar Anrufe, um zu prüfen, ob alles fertig und an Ort und Stelle ist. Dann schreibe ich Adrienne eine SMS, damit sie bereit für den großen Tag ist.

# 20. KAPITEL

**Adrienne**

Etwas piepst, aber ich weiß, dass ich mir für diesen Morgen den Wecker nicht gestellt habe. Im Halbschlaf lasse ich meinen Blick durch den Raum schweifen. Nach ein paar Sekunden bin ich schließlich wach genug, um zu verstehen, dass ich vermutlich auf mein Handy sehen sollte. Ich drehe mich auf den Bauch und strecke mich, um an das Handy auf dem Nachttisch zu kommen. Ich erhasche das Ladekabel, an dem es noch immer hängt, und ziehe es näher zu mir heran. Meine Augen müssen sich erst an die kleine Schrift gewöhnen, doch dann entdecke ich drei SMS von Jace.

*Guten Morgen! Zeit zum Aufstehen.*

*Adrienne, ich habe heute noch viel mit dir vor. Du gehörst heute mir, erinnerst du dich? Ich würde dich anrufen und nerven, aber ich bin in einer Besprechung. Aufwachen!*

*Wer ignoriert denn einen König?*

Seine letzte SMS bringt mich zum Lachen. Anscheinend versucht er schon seit einer halben Stunde, mich zu wecken. Ich schicke ihm schnell eine Antwort.

*Entschuldigen Sie, König Jace, ich bitte um Vergebung. Ich bin jetzt wach und stehe auf Abruf bereit, Sir.*

Prompt kommt eine SMS von Jace.

*Ich weiß, du meinst das sarkastisch, aber es gefällt mir trotzdem. Bitte behalte dieses Verhalten doch für den restlichen Tag bei. Es gefällt dem König, also wird er vielleicht bereit sein, auch dir einen Gefallen zu tun.*

*Also, jetzt steh auf und fahre zur 1070 Sahara Avenue. Du hast dort in vierzig Minuten einen Termin.*

Bevor ich antworten kann, kommt eine zweite Nachricht hinterher.

*Und denk nicht einmal daran, zurückzuschreiben und Fragen zu stellen. Tu einfach, was der König sagt. Schreib mir, wenn der Termin vorbei ist, und ich werde dir weitere Anweisungen geben. Viel Spaß.*

Ich stoße einen missbilligenden Seufzer aus. Keine Fragen stellen? Ich hasse es, wenn ich nicht weiß, wohin es geht. Trotzdem muss ich zugeben, dass die Sache hier aufregend ist. Jace hat etwas für mich geplant und es wird wohl kaum irgendetwas Schlimmes sein.

Beschwingt beeile ich mich, mich anzuziehen und zurechtzumachen. Ich beschließe, mein Outfit schlicht und bequem zu halten. So früh am Morgen wird es wahrscheinlich nirgendwohin gehen, wofür man sich schick anziehen muss.

Als ich an der genannten Adresse ankomme, bin ich zunächst schockiert, dass das Gebäude wie ein kleines Schlösschen aussieht. Augenblicklich bereue ich meine Kleiderwahl – Shorts, Flipflops und ein schulterfreies Shirt. Man wird mich dort ansehen wie Julia Roberts in *Pretty Woman*, als sie in den teuren Läden einkaufen geht. Wenn ich genug Zeit hätte, um nach Hause zu fahren und mich umzuziehen, würde ich es tun.

Ich steige aus dem Auto und steuere auf das Gebäude zu. Kaum habe ich es betreten, werde ich von zwei Frauen begrüßt, die hinter einem massiven, halbkreisförmigen schwarzen Tisch stehen. Die Eingangshalle ist riesig und ein paar andere Frauen in Bademänteln treten durch eine Tür auf der anderen Seite des Raumes. Sie mustern mich, als gehöre ich nicht hierher.

Immerhin scheinen die Mitarbeiterinnen an der Rezeption mein Auftreten nicht zu bewerten. »Hi, ich habe einen Termin. Mein Name ist Adrienne Miller.«

Sie gibt ein paar Wörter in ihren Computer ein und lächelt

mich an. »Ja. Willkommen, Miss Miller. Sind Sie zum ersten Mal bei uns?«

»Ist es so offensichtlich?«, frage ich, peinlich berührt.

Sie lächelt erneut, erwidert aber nichts. »Wir haben für Sie das Ultimate-Spa-Experience-Paket gebucht. Sie bekommen ein Körperpeeling, eine Ganzkörperpackung, eine schwedische Massage und eine belebende Sauerstoff-Gesichtsbehandlung. Also werden Sie eine ganze Weile bei uns sein.«

»Wow. Wie lang wird das denn dauern?«

»Etwas über drei Stunden.«

Himmel. Das nenne ich mal Entspannung. Die Frau bringt mich zu einer Umkleidekabine, die die Sportkabine an meiner Highschool alt aussehen lässt. Der Raum misst etwa die Größe meines Apartments und Spinte aus blank poliertem Holz reihen sich an den Wänden. In der Mitte befinden sich große Polsterhocker mit Lederbezug. Handtücher, Taschentücher, Bodylotions, Körperspray und Dutzende andere Sachen stehen in langen Regalen bereit.

»Sie können Ihre Sachen einfach in einen der Spinte tun und sich dann aus dem Regal einen Bademantel und Pantoffeln nehmen.« Sie deutet zu dem Regal hinüber. »Wenn Sie fertig sind, kommen Sie heraus und ich werde Sie zu ihrem ersten Termin bringen.«

»Wunderbar. Danke sehr.«

Nachdem ich mich in der Umkleidekabine gründlich umgesehen habe, ziehe ich einen Bademantel und ein Paar Pantoffeln an und treffe in der Eingangshalle die Mitarbeiterin wieder. Auf ihrem Namenschild steht Maureen, wie ich bemerke.

Maureen führt mich durch die Halle und wir passieren Hinweisschilder für den *Jacuzzi*-Raum, das Restaurant, eine VIP-Erholungslounge und einen Raum, in dem etwas mit rotem Lehm gemacht wird. Nachdem wir ein paarmal um die Ecke gebogen sind, erreichen wir einen weiteren Raum, von dem mehrere Türen abgehen. Maureen öffnet eine davon und ich folge ihr hindurch.

»Lee wird gleich bei Ihnen sein. Sobald Sie hier fertig sind, werde ich zurückkommen und Sie zu Ihrer nächsten Station bringen. Genießen Sie die Behandlung«, sagt sie, bevor sie geht.

Oh, das werde ich ganz bestimmt tun. Ich bin noch nie zuvor in einem Spa gewesen, aber dieses hier scheint einsame Spitze zu sein.

Innerhalb der nächsten drei Stunden komme ich zu dem Ergebnis, dass ich hier einziehen möchte. Die Angestellten sind furchtbar nett und mein Körper fühlt sich himmlisch an. Meine Haut ist weicher und glatter denn je. Ich sollte mir so einen Spa-Besuch wirklich von Zeit zu Zeit gönnen. Es hilft ungemein, Stress abzubauen und zu entspannen.

Wieder im Auto schicke ich Jace eine SMS.

*Euer Majestät, ich bin hier fertig. Vielen, vielen Dank. Es war unglaublich.*

*Gern geschehen. Nun geh nach Hause und öffne die Karte mit der Nummer 1.*

*Juchu! Endlich!*

Ich schmeiße das Handy auf den Beifahrersitz und beeile mich nach Hause. Ich will unbedingt wissen, was es mit den Karten auf sich hat. Kaum bin ich durch die Tür, flitze ich zu den Karten, die in einem Stapel auf dem Frühstückstisch liegen. Ich reiße den Umschlag auf und ziehe das lila Kärtchen heraus.

*Du und Emilie habt euch einmal darüber unterhalten, dass ihr gern hierherkommen wollt, um »einfach so« Kleider anzuprobieren. Ihr wolltet »vorausplanen«, wie Emilie sagte. Finde diesen Ort und frag nach Mary.*
*Jace*

Ein Lächeln schleicht über mein Gesicht. Er hat tatsächlich zugehört, als Emilie und ich uns über unsere Suche nach Brautjungfernkleidern unterhalten haben. Obwohl keine von uns verlobt ist, waren wir uns einig, dass wir unser Brautjungfernkleid auf jeden Fall selbst aussuchen wollen, um eine modische Katastrophe zu vermeiden. Emilie und ich hatten eine Menge Spaß dabei, zu einem Brautmodenladen zu gehen und jedes Kleid dort anzuprobieren, sogar die hässlichen. Anschließend haben wir die Kleider danach sortiert, welche von ihnen akzeptabel waren und welche nicht.

Ich packe die restlichen Karten in meine Tasche, flitze zurück zum Auto und fahre zum Brautmodenladen. Als ich dort ankomme, bin ich so aufgeregt wie ein kleines Kind an Weihnachten. An der Ladentheke frage ich nach Mary.

»Sie ist hinten. Ich hole sie eben«, sagt die andere Angestellte.

Während des Wartens trommle ich ungeduldig mit den Fingern auf dem Tresen und beginne irgendwann, auf meinem Daumennagel zu kauen. Wie weit ist dieses *hinten* denn entfernt? Am Ende der Straße?

Nach gefühlt einer Stunde kehren die beiden schließlich gemeinsam zurück. Lächelnd trägt Mary einen großen weißen Karton. »Für dich, Liebes. Ich hoffe, es gefällt dir«, sagt sie und überreicht mir den Karton.

»Darf ich ihn hier öffnen?«, frage ich aufgeregt.

»Es spricht nichts dagegen«, antwortet sie.

Ich setze den Karton auf dem Tresen ab und hebe langsam den Deckel an. Im Innern befindet sich ein wunderschönes, dunkelviolettes knielanges Kleid. Es ist trägerlos und um das Dekolleté und darunter mit weißen, silbernen und violetten Perlen bestickt. Ich bin sprachlos.

Ich bedanke mich bei Mary und gehe dann so schnell wie möglich zu meinem Auto, um Jace eine weitere Nachricht zu senden.

*Oh mein Gott! Ich liebe es! Du hättest mir wirklich kein Kleid kaufen müssen, aber ich bin so froh, dass du dich an meine Lieblingsfarbe erinnert hast!*

*Ich bin froh, dass es dir gefällt. Wenn du es nicht schon getan hast, dann öffne jetzt den zweiten Umschlag.*

Bevor ich ihm zurückschreibe, tue ich, wie mir geheißen.

*Okay, ich habe mir für die Wahl des Kleides möglicherweise Hilfe geholt. Ich wusste, du magst Violett, aber Emilie hat mir beim Finden der richtigen Größe geholfen. Ich bin schließlich nur ein Mann.*

*Hinweis zwei*
*Man kann Vegas auf mehrere Arten verlassen, doch damit man möglichst viel sieht, empfehle ich das Auto zu nehmen. Allerdings musst du als Fahrer auf die Straße achten. Einen Chauffeur zu haben ist besser. Für einen langen Ausflug eignet sich ein ebenso langes Gefährt am besten, und in dieser Stadt gibt es nur eine Firma, die eines Königs würdig ist. Ich würde vorschlagen, dass du dich dorthin begibst.*
*Jace*

Er ist so aufmerksam und großzügig, dass ich am liebsten weinen würde. Es ist kaum zu fassen, wie viel Mühe er wegen unseres Dates auf sich genommen hat.

Vegas verlassen? Wann und wohin, frage ich mich. Bestimmt nicht jetzt. Dank seines Hinweises bezüglich des langen Gefährts weiß ich, dass er von einer Limousine redet, doch die Namen aller Verleihe kenne ich nicht. Ich werde mein Handy bemühen müssen. *Eines Königs würdig.* Hmm.

Es dauert nicht lang, bis die Internetrecherche mir das gewünschte Ergebnis anzeigt. Schnell ist klar, auf welchen Verleih er angespielt hat. *Royalty.* Natürlich. Ich muss laut lachen.

Bei dem Verleih angekommen, mache ich mich schnurstracks auf zum Schalter. Weil ich nicht weiß, was ich sagen soll, gebe ich ihnen einfach meinen Namen.

»Oh ja, einen Moment, bitte«, sagt der Mann am Schalter. Er verschwindet in einem kleinen Raum hinter dem Tresen, kommt aber kurz darauf mit einem Rucksack und einem Dokumentenumschlag wieder. »Dies sind Ihre Reservierung, die Route – und diese Tasche hier wurde ebenfalls für Sie abgegeben.«

»Danke«, erwidere ich.

Ich schnappe mir den Rucksack und den Umschlag und renne beinah zurück zum Auto, damit ich beides öffnen kann. Den Rucksack werfe ich erst einmal auf den Beifahrersitz und mache zuerst den Umschlag auf. Die Reservierung ist mehr eine Art Gutschein. Ich kann vorbeikommen und sagen, wann ich ihre Dienste in Anspruch nehmen will und sie werden es für mich arrangieren. Der Zielort allerdings ist schon festgelegt: Südkalifornien. Kurz überlege ich, warum er ausgerechnet das ausgesucht hat. Ich sehe mir die Unterlagen genauer an und begreife, dass ich so viele Leute mitnehmen kann, wie ich will, und dass wir unterwegs an bestimmten Orten Zwischenstopps einlegen werden. Ich schiebe die Papiere zurück in den Umschlag, um sie später genauer zu studieren, und greife nach dem Rucksack.

Darin befindet sich eine Ausrüstung, um schnorcheln zu gehen. Tauchermaske, Schnorchel, Flossen, Handschuhe und eine Unterwasserkamera.

»Oh mein Gott!«, quietsche ich.

Er hat mir nicht nur eine Reise nach Südkalifornien gebucht, damit ich mal aus Vegas rauskomme, wie ich es mir wünsche, sondern auch noch ein Schnorchel-Abenteuer dazu. Ich kann es nicht glauben. Ich weiß nicht, ob ich dieses Geschenk annehmen kann. Es muss ziemlich teuer gewesen sein.

*Jace, ich bin sprachlos. Ich weiß nicht, was ich sagen soll. Das hier ist wirklich zu viel. Bitte fühle dich nicht dazu genötigt, so viel Geld für mich auszugeben, weil ich erwähnt habe, ich würde diese Sachen gern unternehmen. Ich kann nicht glauben, dass du dir das alles ausgedacht hast.*

Dann schreibt er zurück.

*Es ist nicht zu viel, Adrienne, sondern das, was du verdienst. Bitte nimm mein Geschenk an. Ob es nun um deinen Vater, deine Freunde oder deine Kunden geht, du bist immer für andere da. Es ist wichtig, dass andere auch etwas für dich tun. Lies Karte Nummer drei.*

Den Tränen nah öffne ich den dritten Umschlag. In meinem Hals bildet sich ein Kloß. Jace hat wirklich keine Mühen gescheut.

*Du fährst nach Kalifornien!*
*Klingt gut, oder? Weil ich weiß, dass du immer viel zu tun hast, kannst du dir das Datum selbst aussuchen. Außerdem kannst du auch mitnehmen, wen du möchtest, solang es keine Männer sind. Keine Männer erlaubt. Der Küstenabschnitt, an den es dich verschlagen wird, soll besonders gut zum Schnorcheln sein.*

*Hinweis drei.*
*Fahr nach Hause, mach dich fertig und zieh dein neues Kleid an. Triff mich dort, wo du zum ersten Mal den König ganz intim kennengelernt hast.*
*Derselbe Ort, an dem du vor einem König davongelaufen bist.*
*Achtzehn Uhr.*

Schnell schnappe ich mir mein Handy und schicke ihm eine weitere SMS.

*Zuallererst muss ich sagen: Diese Keine-Männer-Regel gefällt mir nicht. Ich würde gern einen ganz besonderen Mann mitnehmen, also müssen wir die Regel wohl abändern. Zweitens habe ich das Gefühl, dass du wirklich versuchst, heute Nacht beglückt zu werden, und ich muss dir sagen ... es funktioniert. Bis bald.*

*Wir werden die Männerregel später besprechen. Und ja, ich bin definitiv ein Glückspilz. Jetzt mach dich fertig.*

*Ja, Sir.*

Es ist drei Uhr, also bleiben mir drei Stunden, bis ich mich mit Jace treffe. Angestrengt versuche ich, so schnell wie möglich nach Hause zu kommen, ohne dabei zur Raserin zu werden. Nach einer kurzen Mahlzeit und anschließendem Zähneputzen widme ich mich diesmal ganz besonders intensiv meinen Haaren und meinem Make-up. Wobei ich ziemlich sicher bin, dass am Ende der Nacht beides völlig ruiniert sein wird. Zumindest hoffe ich das.

Zu guter Letzt schlüpfe ich in mein neues Kleid. Es passt absolut perfekt und fällt mir bis übers Knie. Der Stoff schmiegt sich seidig an meine Haut.

Aus meinem Schrank hole ich ein Paar silberne High Heels hervor, die zu der Stickerei auf dem Kleid passen. Dann noch ein paar silberne Accessoires und meine Handtasche und ich bin fertig. Da ich nicht weiß, wo ich bei Jace parken kann, entscheide ich mich, ein Taxi zu rufen.

Als ich aus dem Fahrzeug aussteige, beginnt mein Herz, wie wild zu schlagen und mein Magen vollführt Purzelbäume. Ich kann nicht sagen, warum ich so nervös bin. Vielleicht, weil der ganze Tag wie ein Vorspiel war, dem jetzt das große Finale folgt. Ich kann es kaum erwarten, Jace zu sehen, nach allem, was er heute für mich getan hat.

Ich betrete die Lobby des schicken Hochhauses, in dem er wohnt, und sehe, dass der Concierge vom ersten Mal wieder an der Rezeption sitzt.

Als er mich erkennt, lächelt er. »Miss Miller?«, fragt er und ich nicke. »Sie sehen wunderschön aus, Ma'am. Mr Jamison hat mich angewiesen, sie hinaufzubringen.«

»Okay. Danke«, erwidere ich.

Bevor wir losgehen, tätigt er einen kurzen Telefonanruf. Wahrscheinlich will er Jace Bescheid geben, dass ich da bin. »Bitte hier entlang«, sagt er und geleitet mich zu den Fahrstühlen.

Schon immer habe ich es gehasst, mit anderen Leuten im Aufzug zu fahren. Normalerweise entsteht jedes Mal ein unangenehmes Schweigen, doch hier ist es anders. Der Concierge ist ziemlich gesprächig.

Als wir die Etage erreichen, auf der sich Jace' privater Lift befindet, gibt der Concierge den Code für mich ein und verlässt den Lift dann wieder. »Bitte sehr, junges Fräulein. Ich hoffe, Sie haben eine schöne Nacht. Der Junge redet schon so lang von diesem Tag.«

Bei seinen Worten muss ich lächeln. »Danke, Mr ...«

»John. Nennen Sie mich einfach John.«

»Okay. Danke, John. Einen schönen Abend noch.«

Er nickt höflich und macht sich auf den Rückweg, als die Fahrstuhltüren sich schließen. Nach einer kurzen Fahrt öffnen sich die Türen zu Jace' Suite. Ich hatte erwartet, ihn dort stehen zu sehen, aber er ist nicht da. In dieser riesigen Wohnung weiß ich nicht einmal, wo ich mit der Suche anfangen soll. Ich bin mir nicht sicher, ob ich überhaupt noch weiß, wo sich welcher Raum befindet.

Doch als ich eintrete, fällt mein Blick auf einen kleinen Umschlag auf dem Tisch. Da mein Name draufsteht, öffne ich ihn.

*Geh nach links und dann geradeaus, bis du die Tür siehst, die nach draußen führt. Ich warte dort auf dich.*

Seinen Anweisungen folgend, finde ich den Weg zu der Terrasse, die sich fast einmal um das gesamte Gebäude windet. Die Lichter sind aus, aber Kerzen erhellen den Weg. Ich folge den kleinen Lichtquellen weiter, bis ich einen Tisch mit zwei Stühlen entdecke, über denen ein Dach aus funkelnden Lichtern gespannt ist. Je näher ich komme, desto langsamer werden meine Schritte. Ich bin im Himmel.

»Ich habe dich zwar auf eine Schatzsuche geschickt, doch ich glaube, ich bin derjenige, der einen Schatz gefunden hat.« Wie eine Welle bricht die tiefe, vertraute Stimme über mich herein.

Ich drehe mich um und halte unwillkürlich die Luft an, während ich Jace betrachte. Mehr denn je erscheint er mir gottgleich. Nicht mehr nur wegen seines Aussehens, sondern auch, weil ich jetzt seine Güte, Großzügigkeit, Aufmerksamkeit und sein großes Herz kennengelernt habe.

# 21. KAPITEL

**Adrienne**

Ich werfe mich praktisch an seinen Hals, schlinge meine Arme um seinen Nacken und halte ihn für ein paar Minuten einfach nur fest. In nur einem Tag hat er es geschafft, mir mit genau den Dingen eine Freude zu bereiten, die ich immer schon tun wollte. Was ich für simple Fragen gehalten habe, gehörte in Wahrheit zu einem ausgeklügelten Plan. Ich fühle mich schrecklich, weil ich ihn für die Sorte Mann gehalten habe, der es nur um Sex geht. Wie ignorant und engstirnig ich war, über jemanden zu urteilen, bevor ich ihn kennengelernt habe. Schon jetzt hat er mir bewiesen, dass er viel mehr ist, als ich mir je hätte erträumen können. Er unterstützt wohltätige Zwecke, ist großzügig und nicht im Geringsten eingebildet, weil er viel Geld hat. Er will, dass andere Menschen Erfolg haben, er denkt stets an andere Leute – er ist einfach unglaublich.

»Hey, geht es dir gut?«, fragt er mich und streichelt mir über den Rücken.

Ich löse mich aus der Umarmung und blicke zu ihm hoch. »Ja, Jace. Ich kann nicht einmal in Worte fassen, wie viel mir der heutige Tag bedeutet hat. Du hättest das alles wirklich nicht tun müssen, aber ich weiß es unglaublich zu schätzen. Vielen Dank.«

Jace zieht mich in eine weitere Umarmung und gibt mir einen Kuss auf den Kopf. Er tritt einen Schritt zurück, doch seine Hände liegen immer noch an meinen Armen. Dann schenkt er mir ein Lächeln, bei dem ich dahinschmelze. »Ich weiß, dass ich es nicht hätte tun müssen, aber ich wollte es. Ich hoffe, die Schatzsuche hat so viel Spaß gemacht, wie du es dir gewünschst hast.«

»Es war besser, als ich es mir je erhofft hätte.«

»Gut, bist du bereit für das Abendessen? Wegen der ganzen Lichter ...«, er deutet zum Strip, »... weiß ich nicht, wie viel wir von den Sternen sehen werden, also habe ich mit den Lämpchen hier improvisiert. Wir können ja so tun, als seien sie die Sterne. Auf diese Weise kommen wir auf jeden Fall zu unserm Dinner unterm Nachthimmel.« Er beendet den Satz mit einem Zwinkern.

Mein Herz droht mir aus der Brust zu springen. Ich stelle mich auf die Zehenspitzen und gebe ihm einen Kuss. »Klingt perfekt.«

Ein kleines Buffet ist auf der Terrasse aufgebaut. Wir befüllen je einen Teller, dann setzen wir uns an den Tisch unter dem Sternenzelt. Nicht nur, dass ich von funkelnden Lichtern umgeben bin, ich habe außerdem noch einen fantastischen Blick auf die Stadt. Wahrscheinlich könnte ich ein Foto schießen und es einfach als Postkarte verwenden.

»Also, wegen der Männerregel«, sage ich und nehme einen Bissen von meinem Salat.

»Oh ja. Wen möchtest du mitnehmen?«

»Du hast gesagt, es dürfen keine Männer dabei sein, aber das finde ich nicht fair. Es gibt da einen Mann, der mitkommen dürfen sollte. Immerhin hat er für alles bezahlt.«

Sein Mund verzieht sich zu einem Grinsen. »Du willst mich dabeihaben?«

»Warum sollte ich nicht?«

»Ich will nicht, dass du dich verpflichtet fühlst, mich mitzunehmen. Du könntest Emilie oder jemand anderen mitnehmen und ein Mädchenwochenende verbringen.«

»Aber ich will, dass du mitkommst«, sage ich mit schmollendem Gesichtsausdruck.

»Okay. Wann willst du denn fahren?«

»Oh, das weiß ich noch nicht. Es kann eine Weile dauern. In den nächsten Monaten liegt ziemlich viel an, was meine Arbeit betrifft.«

Als er nicht antwortet, sehe ich auf. Jace hat einen entrückten Ausdruck in den Augen. Erst nach einem Moment begreife ich, dass ich soeben impliziert habe, wir seien in ein paar Monaten noch zusammen. Ist das zu anmaßend?

»Sag mir dann einfach Bescheid«, meint er und wendet sich wieder seinem Teller zu.

Ich beschließe, das Thema fallen zu lassen und ein neues aufzunehmen. »Ich hätte dich nie für einen Romantiker gehalten«, sage ich mit einem Zwinkern.

»Was? Wie meinst du das?«

»Na das hier. Alles, was du getan hast. Wie ein echter Märchenprinz.«

Er bedenkt mich mit einem seltsamen Blick. »Prinz? Da bin ich mir nicht so sicher. Du weißt es besser.«

»Ach ja, richtig«, erwidere ich lachend.

»Es freut mich jedenfalls, dass du das denkst. Ich habe so etwas noch nie zuvor getan, daher bin ich froh, wenn es dir gefällt.«

»Du bist sonst kein Romantiker? Das kann ich kaum glauben.«

»Es ist Jahre her, seit ich in einer richtigen Beziehung war, und selbst da war es nichts wirklich Ernstes. Es hat auch nicht sehr lang gehalten. Ich war immer mit der Arbeit beschäftigt und da blieb kaum Raum für etwas anderes.«

»Du hattest erst *eine* Beziehung?«, frage ich verblüfft. Ist das überhaupt möglich?

»Im Prinzip schon. Es gab zwar in der Highschool ein paar Jugendlieben, aber nichts, was wirklich zählen würde.«

»Ich bin verwirrt. Wie ist das möglich?«

Er sieht mich an, als würde er fragen, ob ich die Wahrheit wirklich hören will. »Ich habe es dir doch gesagt, Adrienne. Ich war mit vielen Frauen zusammen, aber sie haben mir nie etwas bedeutet. Das ist einfach die hässliche Wahrheit.«

Nickend wende ich mich wieder meinem Essen zu. So dumm es auch sein mag, ich möchte nicht an ihn mit anderen Frauen denken.

»Sieh mal, ich sollte dir vermutlich mehr erzählen«, sagt er.

»Nein. Nein, das musst du nicht«, unterbreche ich ihn. Momentan bin ich wirklich nicht in der Stimmung, von seinen erotischen Abenteuern zu hören. »Lass diese Nacht nur für uns beide sein, ja?«

Entschuldigend lächelt er mich an und nickt.

Nachdem wir unser Abendessen beendet haben, begleitet Jace mich in die Wohnung und bietet mir einen Drink aus der Bar an. Drei Gläser später fühle ich mich ziemlich gut. Jace hat ebenso viel getrunken wie ich, aber da er größer ist, setzt der Alkohol ihm offenbar nicht so zu. Der angetrunkene Mut in meinem Blutkreislauf lässt mich Dinge ansprechen, über die ich in diesem Moment wohl sonst nicht geredet hätte. »Gibt es etwas, das du noch nie ausprobiert hast, aber immer mal tun wolltest?«, frage ich.

»Dieses Thema wieder? Hatte ich nicht *Schatzsuche* gesagt?«, erwidert er, ein schiefes Grinsen im Gesicht.

»Nein, ich meine im Bett.«

Seine Augen weiten sich für einen Augenblick. Da habe ich ihn wohl überrascht. »Äh, nein. Ich glaube nicht.«

»Also hast du schon alles ausprobiert?«, hake ich nach.

»Nun, ich habe schon gewisse Grenzen, also habe ich mit Sicherheit nicht alles ausprobiert.«

»Hast du es schon mal anal versucht?«, frage ich kichernd. »Ich meine, nicht bei dir selbst, sondern bei einer Frau.«

Er sieht mich prüfend an.

»Beantworte einfach die Frage! Ist doch nur Spaß.«

»Ja, habe ich«, antwortet er zögernd.

»Und was ist mit einem Dreier?«

»Ja«, erwidert er langsam, als habe er Angst, auf die Fragen zu antworten.

»Wirklich? Mit zwei Frauen?«

Er leert seinen Drink. »Ja, ich habe es schon einmal mit zwei Frauen gleichzeitig gemacht.«

»Kannst du denn mit so viel Verantwortung umgehen?«

Er lacht. »Versuchst du, mich zu beleidigen? Natürlich kann ich das.«

»Hm. Okay. Hast du ...?«

»Darf ich eigentlich auch mal eine Frage stellen?«, wirft er ein.

»Schieß los«, erwidere ich schulterzuckend.

»Beantworte die Fragen, die du mir gestellt hast.«

»Okay. Ähm. Nein und irgendwie schon.«

»Also kein Analverkehr, aber du hattest irgendwie schon mal einen Dreier? Wie geht das denn?«

»Genau. Kein Analsex und den Dreier hatte ich im College. Das Mädchen war eine Freundin von mir und der Kerl jemand, den wir beide kannten. Wir hatten getrunken und dachten, es wäre eine tolle Idee, es mal auszuprobieren. Wie sich herausstellte, war es das nicht.«

»Warum nicht? Was ist passiert? Du kannst doch nicht an der Stelle aufhören!«

»Na ja, er hat ...« Ich halte inne, weil ich nicht weiß, wie explizit ich sein soll. Ach, was soll's. »Er hat mich mit dem Mund befriedigt und das andere Mädchen war ziemlich langweilig – anscheinend hatte sie kein großes Interesse an Frauen und lag einfach bloß neben mir im Bett. Während er mich befriedigt hat, verharrte sie nur wie ein toter Fisch. Ich meine, er hat versucht, es ihr mit dem Finger zu besorgen. Er hat sie gefragt, warum sie nichts tun würde, und sie wollte ernsthaft wissen, ob sie für mich stöhnen soll. Dann haben wir die Positionen gewechselt. Sie sollte auf ihm reiten und ich ... bist du sicher, dass du das hören willst?«

»Ja. Klingt, als würde das eine tolle Geschichte«, antwortet er leicht amüsiert.

»Okay. Während sie also auf ihm reitet, sitze ich auf seinem Gesicht, als sie anfängt, sich zu beschweren, dass er viel zu groß ist und es wehtut und dass es nicht wirklich funktioniert. Als Konsequenz erschlafft sein Schwanz, aber einen blasen will sie ihm auch nicht. Also übernehme ich das, während sie meinen alten Platz einnimmt. Als er wieder hart ist, reite ich ihn und das Mädchen und ich sitzen uns gegenüber, aber sie will mich nicht anfassen oder von mir angefasst werden. Es war ziemlich seltsam. Nach einer Weile ist sie einfach gegangen.«

»Moment mal, sie ist einfach aus dem Zimmer raus? Mitten beim Sex?«

»Jepp. Nachher habe ich rausgefunden, dass sie auf den Typen stand und das die einzige Möglichkeit war, mit ihm Sex zu haben. Sie war sauer, weil er und ich mehr Spaß hatten, denke ich. Ich weiß es nicht. Es war ziemlich abgefahren.«

Jace beginnt, zu lachen.

»Hey, lache nicht über meine schrecklichen Sexgeschichten!«, fordere ich.

»Es tut mir leid, aber die bloße Vorstellung ... Ich kann nicht glauben, dass sie einfach aufgestanden und gegangen ist!«

»Ich wette, du hast auch peinliche Sexgeschichten!«, sage ich.

»Oh, du hast ja keine Ahnung. Ich würde auf jeden Fall gewinnen.«

»Wirst du mich einweihen?«

»Nein, ich glaube eher nicht.«

»Komm schon!« Ich versetze ihm einen leichten Schubs. »Ich habe dir von meiner peinlichen Dreiergeschichte erzählt und du willst dich ausschweigen?«

Er blickt auf und wendet den Kopf zur Seite. Scheinbar überlegt er, welche er mir erzählen will.

»Hast du wirklich so viele, unter denen du auswählen musst?«, will ich wissen.

Er sieht mich ernst an. »Ich habe doch gesagt, du hast keine Ahnung.« Er nimmt einen Schluck seines Drinks und ein belustigter Zug umspielt seine Lippen. »Okay. Es gab ein Mädchen, das beim Sex gern gefesselt werden wollte. Ich habe damit kein Problem, also habe ich ihre Hände ans Kopfende und die Beine ans Fußende des Bettes gefesselt. Sie hat das total erregt, dass sie mich so gern anfassen wollte, aber nicht konnte. Alles lief prima, bis sie kurz vor dem Orgasmus plötzlich *Warte!* rief. Ich habe natürlich Panik bekommen, weil ich dachte, ich hätte ihr wehgetan und bin erst mal zurückgewichen. Ich frage sie folglich, was los ist, und sie bittet mich, sie loszubinden. Ich löse also die Fesseln und auf einmal höre ich ... wie sie ins Bett pinkelt.«

Ich ziehe unwillkürlich die Augenbrauen hoch und lege die Hand vor den Mund. »Oh mein Gott.«

»Ja. Sie hat sich selbst eingepinkelt und das Bett auch. Ich bin bloß froh, dass ich nicht mehr in ihr drin war.«

Ich breche in hysterisches Gelächter aus und kann nicht mehr aufhören. Tränen laufen mir die Wangen hinab. »Entschuldige. Das ist einfach zu komisch. Aber nicht unbedingt peinlich für dich. Ich an ihrer Stelle hätte mich zu Tode geschämt. Ich nehme an, du hast sie nie wiedergesehen?«

»Nein, ich bin mir ziemlich sicher, dass sie mir danach nicht mehr ins Gesicht sehen wollte. In dem ganzen Raum hat es nach Urin gestunken.«

»Ich kann sie da verstehen«, sage ich noch immer lachend.

»Kann ich dich etwas Persönliches fragen?«

»Okay«, erwidere ich langsam.

»Warum hast du es noch nie anal probiert?«

»Äh. Keine Ahnung. Mein Ex wollte es versuchen, aber kam sowieso immer nach zwei Minuten, also hat es nie dafür gereicht. Das ist wahrscheinlich mehr, als du je erfahren wolltest. Entschuldige.«

Jace lacht. »Der Typ klingt wie ein Hauptgewinn.«

Ich verdrehe die Augen. »Oh ja.«

»Also wärst du grundsätzlich dazu bereit?«, fragt er.

Meine Augen werden groß und ich bin ziemlich sicher, mir steht das blanke Entsetzen ins Gesicht geschrieben.

»Was?« Er grinst.

»Ich weiß nicht, ob ich es mit dir versuchen könnte! Ich meine, du ... ich könnte vielleicht sterben.«

Er stößt ein tiefes Lachen aus. »Ich würde dich nicht sterben lassen. Aber du könntest dich fühlen, als ob du gestorben und im Himmel gelandet wärst«, meint er verschmitzt.

»Oh bitte!«

Plötzlich steht Jace auf, packt meine Hand und zieht mich zu ihm hoch. »Adrienne, ich würde dir niemals wehtun. Ich will nur, dass du dich gut fühlst.«

Mit der rechten Hand streicht er mir mein Haar aus dem Gesicht, während er mit der linken meine Wange liebkost, dann streifen seine Finger meinen Nacken. »Darf ich dafür sorgen, dass du dich gut fühlst, Adrienne?«

Mir fehlen die Worte, darum nicke ich nur. Er beugt sich vor und nimmt mein Gesicht in seine Hände. Dann spüre ich auch schon seine Zunge an meinen Lippen, öffne sie und werde mit einem tiefen leidenschaftlichen Kuss belohnt. Ich drücke ihn enger an mich, kann nicht genug von ihm bekommen. Ich brauche ihn näher an mir, in mir, überall. Ich brauche ihn einfach.

Mein Stöhnen und Keuchen wird lauter, während wir uns küssen und er meine Zunge in seinen Mund saugt. Ich angle nach seinem Shirt und versuche, es ihm auszuziehen. Mit einer schnellen Bewegung hebt Jace mich hoch und ich schlinge meine Beine um seine Taille. Er trägt mich durch das Haus, ohne seinen Mund von meinem zu nehmen.

Als wir sein Schlafzimmer erreichen, rutsche ich an seinem Körper hinab, bis meine Füße den Boden berühren. Geschickt öffnet er mein Kleid und es fällt sachte zu Boden. Jetzt trage ich nur noch meine weiße Unterwäsche und meine silbernen High Heels. Jace wirft seinen Blazer zu Boden. Er macht sich nicht die Mühe, die Knöpfe seines Hemdes zu öffnen, sondern reißt es einfach auf und lässt es neben den Blazer fallen. Während er sich auszieht, stehe ich nur da und genieße den Anblick. Nach einem Kondom suchend, dreht er sich um und ich erhasche einen Blick auf die tätowierten Flügel auf seinen Schultern, die sich bei jeder Muskelbewegung ebenfalls bewegen.

Jace dreht sich um, in seinen Augen nichts als Lust. Er greift nach meiner Hand und führt mich zu dem deckenhohen Fenster, das eine gesamte Wand einnimmt. Dort dreht er mich so, dass ich mit dem Gesicht zum Fenster stehe und spreizt meine Beine. Instinktiv lege ich meine Hände an die Scheibe und warte. Als Jace ein kehliges Geräusch ausstößt, werfe ich einen Blick über die Schulter und sehe, wie er mich beobachtet. Er reißt die Kondomverpackung auf und streift es über sein hartes Glied.

»Dreh dich um«, befiehlt er, als er näher kommt.

Ich tue, wie mir geheißen, spüre die Wärme seines Körpers

an meinem Rücken; er greift mit seiner Hand um mich herum und legt sie auf meinen Unterleib. Dann zieht er mich zu sich heran, umfasst mit seiner anderen Hand meine Handgelenke und führt sie über meinen Kopf.

»Beweg dich nicht«, knurrt er.

Ich lasse meine Hände verschränkt, ausgestreckt über meinem Kopf und gegen das Fenster gepresst. Er gleitet mit seinen Fingern an meinen Seiten hinab, zieht langsam meinen Slip über meine Beine nach unten. Ich trete aus ihm heraus, als Jace den Verschluss an meinem trägerlosen BH öffnet, der einfach nach unten fällt.

Wieder ist Jace an meinem Rücken, liebkost meinen Nacken, knabbert an meinem Ohrläppchen. Seine Finger bewegen sich meine feuchten Schamlippen entlang, dann dringt er mit zwei von ihnen in mich ein. Ich werfe den Kopf nach hinten und lehne ihn an Jace' Schulter.

»Gefällt dir das?«, fragt er.

»Mhm«, ist meine einzige Antwort.

Er nimmt seine Finger aus mir und ich stöhne in Protest, doch nur Sekunden später spüre ich, wie er seinen Schwanz mit einem Stoß in mir versenkt. Vor Überraschung schreie ich auf und nehme die Hände herunter. Jace greift sie sich und bringt sie in ihre alte Position, während er mich von hinten nimmt. Ich stehe leicht vorgebeugt, was ihm einfachen Zugang verschafft. Schließlich gibt er meine Hände frei und dreht mich um, presst meinen Rücken gegen die Scheibe.

Er hebt mein Bein an, bis mein Fuß auf seiner Schulter liegt, und dringt wieder in mich ein. Damit ich nicht die Balance verliere, hält er mich an meinen Hüften fest, dann stößt er in einem gleichmäßigen Rhythmus immer wieder zu. Ich blicke nach unten und sehe sein unfassbar langes Glied immer wieder in mich eintauchen. Im Stehen fickt er mich, nimmt mich in einem schnellen Tempo. Ich schreie, fluche und vergrabe meine Fingernägel in seiner Schulter. Noch nie zuvor war ich so angetörnt.

Noch immer in mir trägt Jace mich zu seinem Bett. Er kniet

über mir und stößt langsam in mich hinein. Sein Schwanz findet meinen G-Punkt, seine Finger meine Klitoris. Nur Minuten finde ich Erlösung.

»Genau so, Baby«, flüstert er rau.

Er zieht seinen Schwanz aus mir und verteilt mit den Fingern meine Nässe über meine gesamte Scham. Dann stößt er erneut mit zwei Fingern zu und lässt sie langsam zu meiner Klitoris gleiten. Schon wieder bin ich kurz davor, zu kommen. Meine Pussy ist so verdammt feucht, ich kann spüren, wie sie sich um seine Finger zusammenzieht. Plötzlich merke ich, wie seine Hand tiefer und tiefer wandert ... und dann noch tiefer, bis zu meinem Po. Er blickt mich an und in seinen Augen liegt die Frage, ob es ihm erlaubt ist, mich dort zu verwöhnen. Ich nicke leicht.

Er spreizt meine Beine weiter und legt sich auf den Bauch, sein Gesicht zwischen meinen Schenkeln. Dann spüre ich seine warme Zunge dort unten.

»Oh, Himmel!«, rufe ich aus.

Er taucht seine Zunge kurz in mich ein, bevor er sich meinem anderen Eingang widmet. Ich schnappe nach Luft und halte mich an der Bettdecke fest. Ein ungewohntes, aber dennoch enorm gutes Gefühl. Mit seinen Fingern und seiner Zunge stößt er immer wieder leicht zu, um mich feucht und bereit zu machen. Einen Moment lang wendet sich Jace ab, um aus dem Nachttisch eine Tube mit Gleitcreme zu holen. Er gibt etwas davon auf seine Hand und beginnt, meinen Po und seinen Finger damit zu bedecken.

Schließlich setzt er sich auf und führt langsam einen Finger in mich ein. Instinktiv versteife ich mich.

»Entspann dich, Baby. Ich werde dir nicht wehtun, das verspreche ich. Entspann dich einfach.«

Ich versuche, genau das zu tun, atme aus und spüre, wie sein Finger tiefer vordringt. Mit der Zunge verwöhnt Jace meine Klitoris. Als sein Finger schließlich völlig in mir ist, stöhne ich vor Lust. Während er weiter meine Pussy leckt, beginnt er, seinen Finger langsam aus mir herauszuziehen und ihn wieder einzuführen. Schon bald verfällt er in einen stetigen Rhythmus. Es schmerzt nicht. Eigentlich fühlt es sich sehr gut an. Doch ich weiß, das hier ist nichts im Vergleich zu seinem Schwanz.

Ein paar Minuten lang befriedigt er mich auf diese Weise, dann bekomme ich das überwältigende Verlangen nach mehr. Ich brauche es härter und schneller. Ich brauche einfach mehr. Der Druck wird immer stärker.

»Fick mich jetzt«, keuche ich.

»Bist du sicher?«

»Ja, ja! Bitte. Ich will dich in mir fühlen.«

Er zieht seinen Finger aus mir und positioniert sich hinter mir. Noch einmal befeuchtet er mich mit meinen eigenen Säften, bevor er versucht, einzudringen. Sobald ich seine Eichel an mir spüre, verkrampfe ich.

Jace beugt sich über mich und sieht mir in die Augen. »Baby, wir können jederzeit aufhören. Ich verspreche, ich bin vorsichtig. Okay?«

Ich nicke und er küsst mich auf die Lippen. Noch immer über mich gebeugt liebkost er mein Gesicht mit einer Hand, während er die andere zu Hilfe nimmt, um einzudringen. Meine Hände liegen auf seinen Hüften, um ihn zurückschieben zu können, sollte es nötig werden. Langsam und so sanft wie möglich, dringt er in mich ein. Zunächst nur mit der Spitze. Ich ächze, drücke seine Hüften und Jace stoppt, gibt mir Zeit, mich an das Gefühl zu gewöhnen. Dann dringt er weiter ein und ich presse die Augen zusammen, beiße mir auf die Unterlippe. Jace verteilt noch ein wenig Gleitcreme auf seinem Glied und rückt noch ein Stück weiter vor. Ich packe fester zu und wieder hält Jace inne. Plötzlich spüre ich ein Brennen und für einen Moment glaube ich, nicht weitermachen zu können. Beinah fühlt es sich an, als würde ich in zwei Teile gerissen werden. Nach ein paar weiteren sanften Stößen bin ich schließlich jedoch genug geweitet.

Er zieht sich ein wenig zurück und dringt dann erneut ein. Mit jedem Mal spüre ich, wie es etwas einfacher für ihn wird. Gepriesen sei die Gleitcreme. Ungefähr zehn Minuten später schmerzt es nicht mehr so sehr. Es ist nicht das angenehmste Gefühl, aber ich liege auch nicht im Sterben. Solang er sich weiter langsam und sanft bewegt, wird es gehen.

»Alles in Ordnung?«, fragt er, sein Gesicht dicht an meinem.

»Ja«, hauche ich.

Er kniet sich wieder hin und beginnt, kleine, jedoch bedächtige Bewegungen zu machen. Er lässt seine Finger in meine Pussy gleiten und ich kann ihn nun an beiden Stellen spüren. Der Druck ist unglaublich, aber langsam fängt es an, sich gut anzufühlen.

Ich weiß nicht, ob es am Alkohol liegt, aber ich beschließe, dass ich oben sein will. Auf diese Art habe ich mehr Kontrolle. Ohne sich von mir zu lösen, dreht er uns vorsichtig um. Wenn er seinen Schwanz rausziehen würde, fürchte ich, dass ich ihn nicht mehr wieder in mir haben wollen würde.

Ich bewege mich auf und ab und erlaube seinem Schwanz, mich zu weiten. Die Hände auf Jace' Bauch abgestützt, reibe ich mich an ihm.

»Oh Scheiße«, knurrt er. »Dein Hintern fühlt sich so gut an. Er ist so verdammt eng, Baby.«

Meine Erwiderung ist ein Stöhnen.

Seine Finger finden meine Klitoris, während ich mich auf- und abbewege. Wieder steigt der Druck in mir und ich beschleunige meine Bewegungen, reibe mich schneller an ihm. Reiben ist besser, als mich auf- und abzubewegen, habe ich festgestellt. Mit seinen Fingern arbeitet er unablässig daran, mir zu helfen.

»Oh, oh, oh. Verdammt, Jace! Ich bin kurz ... ich komme«, rufe ich stöhnend, während die Wellen über mir hereinbrechen.

»Lass es mich spüren, Baby. Komm für mich.«

Mit einem solch lauten Schrei, dass ich davon sicherlich Halsschmerzen zurückbehalten werde, geschieht genau das. Ich komme, weil er mich in den Hintern gefickt hat, und es war unglaublich.

In den paar Minuten, die ich erschöpft nach Atem ringe, löst Jace sich von mir und ich drehe mich auf den Rücken. Er wechselt die Kondome und dringt hart und schnell in mich ein. Sein Schwanz fühlt sich noch härter an als sonst; es wird nicht lang dauern, bis er den Höhepunkt erreicht. Fünf Minuten später ist es schließlich Jace, der vor Lust aufschreit, als er kommt.

Bester. Sex. Aller. Zeiten.

# 22. KAPITEL

## Jace

Als ich aufwache, spüre ich zunächst einen Arm um meine Taille. Ich drehe mich um und sehe Adrienne hinter mir liegen. Ein Lächeln umspielt meine Lippen, während ich sie betrachte. Letzte Nacht, als ich ins Bad ging, um mich zu säubern, ist sie an Ort und Stelle im Bett eingeschlafen. Ich habe mich einfach neben sie gelegt und bin ebenfalls von Schlaf übermannt worden.

Es ist das erste Mal, dass eine Frau über Nacht bei mir geblieben ist. Bisher habe ich nie eine Frau darum gebeten oder wollte, dass eine bleibt. Adrienne ist eingeschlafen und es war völlig normal für mich. Irgendwann in der Nacht muss sie aufgewacht sein, denn sie trägt nun das Shirt, das ich zuvor anhatte.

Um sie nicht aufzuwecken, stehe ich so langsam, wie ich kann auf und steuere auf das Bad zu. Ich muss auf die Toilette und will mir die Zähne putzen. Als ich zum Bett zurückkehre, rührt sich Adrienne. Ich beobachte, wie sie ihre Arme über dem Kopf streckt. Dann öffnet sie die Augen und blickt sich einen Moment verwirrt um. Schließlich entdeckt sie mich.

»Guten Morgen, Schönheit.«

Sie lächelt mich schüchtern an. »Ich bezweifle, dass ich im Moment besonders schön aussehe. Kann ich mal kurz in dein Bad? Oh, und hast du zufällig eine zweite Zahnbürste, die ich benutzen kann?«

»Für mich bist du immer schön und natürlich darfst du das. Im mittleren Hängeschrank sollten eine neue Zahnbürste und Zahnpasta sein. Ich kaufe davon immer gleich Vorratspacks.«

Während sie im Bad ist, schlüpfe ich in eine grauschwarze Flanellhose und eines meiner ärmellosen Work-out-Shirts. Dann begebe ich mich in die Küche und fange an, das Frühstück zuzubereiten.

Zehn Minuten später taucht Adrienne auf. »Du kochst?« Sie klingt schockiert.

Ich lache. »Ja, und? Glaubst du, Männer können nicht kochen?«

Sie schüttelt den Kopf. »Ich habe jedenfalls noch nie einen getroffen, der es konnte.«

»Jetzt schon.« Ich lächle sie an. »Die Eier und der Bacon sind fertig und die Pancakes sind auch fast so weit. Der Kaffee läuft durch und im Kühlschrank ist Orangensaft.«

Sie hüpft auf einen der Barhocker am Tresen. »Was machst du eigentlich nicht?«

»Ich bin mir sicher, irgendetwas würde mir einfallen. Das hier ist übrigens das erste Mal, dass ich für jemand anders koche, also hoffe ich, es schmeckt dir. Falls nicht, dann tu bitte so, als ob.« Ich zwinkere ihr zu.

»Ich habe immer angenommen, Single-Männer würden ständig essen gehen. Es ist schön, dass du kochen kannst.«

»Wenn ich immer auswärts essen würde, könnte ich mir die Wohnung hier wahrscheinlich nicht leisten. Ich kann viel verdrücken.«

Sie schmunzelt. »Und wir wollen ja nicht, dass du hier ausziehen musst. Die Wohnung ist toll.«

»Ich glaube aber, ich werde sie eines Tages verkaufen und gegen ein Haus mit Garten und so eintauschen.«

Die Antwort scheint sie zu überraschen, doch sie schweigt. Ich stelle das Essen auf den Tisch und wir schlagen zu.

»Danke für das Frühstück. Das ist wirklich süß von dir.«

»Süß? Werde ich dir meine Männlichkeit beweisen müssen?«, scherze ich.

»Ich glaube, das hast du letzte Nacht schon erledigt«, sagt sie mit einem Zwinkern.

»Okay, wenn letzte Nacht der Beweis war, dann werde ich stets dafür zu haben sein, diesen Beweis erneut zu erbringen.«

Sie lächelt nur und widmet sich wieder ihrem Frühstück. Ich wünschte, ich könnte sie weiter zum Lächeln bringen, doch ich weiß, dass ich kurz davor bin, es verblassen zu lassen. Ich hoffe nur, es ist nicht für immer. Wieder sage ich mir, dass es das Richtige ist. Ich muss ihr die Wahrheit beichten. Sie muss alles erfahren, und dann können wir uns um die Zukunft kümmern. Sie ist jemand, mit dem ich tatsächlich eine Beziehung führen möchte. Aber das kann nicht geschehen, solang ich mein Geheimnis, das mich derart lange Zeit definiert hat, für mich behalte.

»Adrienne, erinnerst du dich an letzte Nacht, als ich sagte ...« Das Telefon unterbricht mich. »Einen Moment.«

Ich haste zu meinem Handy. »Hallo?«

»Jace! Was zum Teufel? Ich habe gestern Nacht eine Million Mal versucht, dich anzurufen! Wo zur Hölle hast du gesteckt?«

»Ich hatte zu tun. Wo zum Teufel hast *du* denn gesteckt? Du bist derjenige, der ständig verschwindet.« Ich weiß, dass Troy heimlich Emilie besucht hat.

»Scheißegal«, sagt er abwehrend. »Nächste Woche ist die Eröffnung und Marc ist endlich von seinem Trip mit dieser Kundin zurück. Wir sollten uns alle für eine kleine Vorabfeier treffen, weil wir bei der Eröffnung sowieso zu viel zu tun haben werden, um Party zu machen.«

»Klingt gut. Wo und wann?«

»Heute Abend, aber lass mich zuerst mit Marc sprechen und dann melde ich mich mit Ort und Zeit.«

»Okay, cool. Ich werde Adrienne mitbringen, falls sie Zeit hat.«

»Oh. Meinst du, Emilie wird dann auch kommen?«

»Vielleicht. Warum?«, frage ich grinsend.

»Reine Neugier. Wir reden später.«

Belustigt lege ich auf und kehre zu Adrienne zurück.

»Was ist so witzig?«, fragt sie.

»Troy. Er hat mir noch immer nichts von seinen Treffen mit Emilie erzählt. Dabei ist es so offensichtlich, dass er sie wirklich mag. Er hat gefragt, ob sie heute Abend kommt.«

»Heute Abend?« Adrienne runzelt die Stirn.

»Oh ja. Du kommst heute Nacht mit mir.«

»Tue ich das? Und wohin gehe ich mit dir?«

»Das weiß ich noch nicht. Troy will jetzt schon die Eröffnung des Clubs feiern, weil wir am eigentlichen Eröffnungstag wahrscheinlich zu beschäftigt und gestresst dafür sein werden.«

»Vermutlich. Okay, ich komme mit, aber ich kann nicht zu lang bleiben. Ich muss morgen arbeiten.«

»Kein Problem.«

Wir essen weiter und reden über alles Mögliche, von Kindheitserinnerungen bis zu unseren verrückten Collegeanekdoten. Sogar darüber, was wir uns von unseren Leben erhoffen. Adrienne und ich lachen gegenseitig über unsere lustigen Geschichten und fühlen bei den traurigen mit. In diesen Momenten wachsen wir wirklich zusammen. Das ist mir vorher noch nie passiert. Die Momente, wo man eine andere Person näher kennenlernt. Von den erotischen Fantasien eines Menschen zu wissen ist nichts im Vergleich dazu, zu erfahren, was er sich von der Zukunft erträumt.

Obwohl ich weiß, dass ich mich vor einem unangenehmen Gespräch drücke, entscheide ich, Adrienne erst nach heute Abend von der Escortsache zu erzählen. Wenn wir mit der Feier fertig sind und ich Adrienne nach Hause bringe, werde ich es ihr sagen. Länger kann ich es wirklich nicht hinauszögern.

Nach einer Weile schlüpft Adrienne wieder in ihr Kleid und ihre Schuhe und wir begeben uns nach unten, damit ich sie nach Hause fahren kann.

»Bis später«, sage ich, als sie aus dem Auto aussteigt.

»Ich freue mich darauf. Es wird bestimmt lustig. Ich werde dich zum ersten Mal erleben, wenn du mit deinen Freunden zusammen bist.« Sie zieht die Augenbrauen hoch.

»Du denkst, ich bin bei meinen Freunden eine andere Person?«

»Das weiß ich. Wir alle sind bei unseren Freunden anders. Es gibt einige Dinge, die ich mit Emilie bespreche, aber dir niemals sagen würde.«

»Oh, ich weiß. Dinge wie *gottgleiche Geschöpfe*, was?«

»Oh, sei still!« Ihre Wangen färben sich rot.

»Schon gut. Es gefällt mir. Ich meine, ich sage zwar, ich sei ein König, aber wenn ich ein Gott sein kann, warum nicht?«

»Du bist unmöglich.« Sie lacht.

Dann lehnt sie sich vor und ich beuge mich hinunter, um ihr einen Kuss zu geben. »Ja, aber das magst du doch an mir.«

»Das stimmt.«

»Ich werde dich später anrufen und dir wegen heute Abend Bescheid sagen.«

»Okay.«

Wir küssen uns noch einmal, dann macht sie sich auf den Weg zu ihrer Wohnung. Ich schließe die Beifahrertür und gehe zur Fahrerseite. Auf meinem Heimweg spiele ich gedanklich alle Arten durch, auf die ich ihr die Wahrheit sagen kann und auf die sie reagieren kann. Scheiße. Das wird nicht gut ausgehen.

# 23. KAPITEL

**Adrienne**

Während ich unter der Dusche stehe, höre ich, wie mein Handy mehrere Male klingelt. Nachdem ich fertig bin, schnappe ich es mir. Sowohl Jace als auch Emilie haben angerufen. Er hat mir auf die Mailbox gesprochen, sie mehrere Textnachrichten hinterlassen.

Jace lässt mich wissen, wohin wir gehen und dass er mich um halb sieben abholen wird. Em hingegen schreibt mir, dass Troy sie angerufen und gefragt hat, ob sie heute Abend mitkommt. Und sie ist sauer, weil ich sie nicht eingeladen habe. Ich entschließe mich, sie anzurufen und lasse das Handy die Nummer wählen, während ich mit nur einem Handtuch bekleidet zurück ins Bad gehe.

»Also lädst du jetzt deine beste Freundin nicht mehr ein, wenn du dich mit heißen Kerlen triffst?«, sagt sie in dem Moment, als sie abnimmt.

»Oh hey, Em. Schön, mit dir zu reden. Was? Oh ja, ich habe die Nacht mit Jace verbracht und bin gerade nach Hause gekommen und habe geduscht. Er hat mich angerufen, als ich unter der Dusche war und mir gesagt, wohin wir heute Abend gehen werden. Und was gibt es bei dir Neues?«

Sie schweigt einen Moment, bevor sie antwortet. »Ähm ... okay, tut mir leid, dass ich verrückt bin. Wo warst du und für wie lang? Hast du echt die Nacht mit ihm verbracht?«

»Ja. Aber ich muss dir von dem gesamten Tag erzählen. Es war unglaublich, Em! Wie ein Traum!«

Am Ende sitze ich, noch immer nur mit einem Handtuch bekleidet, auf der Bettkante in meinem Schlafzimmer und erzähle Em alles, angefangen von dem Spabesuch über das Abendessen unter den Sternen bis hin zum Sex, jedoch ausnahmsweise ohne alle Details.

»Wie dem auch sei, ich wollte dir wegen heute Abend

Bescheid geben, aber ich wusste bis eben noch nichts Genaues. Also kommst du?«

»Im Ernst? Natürlich komme ich!«

»Super! Und jetzt erzähl mir bitte, was zwischen dir und Troy ist.«

»Nicht viel. Er ist sehr nett und sehr rücksichtsvoll. Es ist seltsam, weil ich mit ihm am liebsten sofort ins Bett gehen würde, aber er ist so ... ich weiß nicht. Zurückhaltend.«

»Ich habe gehört, dass er eine wirklich schlimme Beziehung hinter sich hat. Wahrscheinlich hat es damit zu tun.«

»Du meinst, er trauert ihr noch immer hinterher und liebt sie noch?«

»Ich glaube nicht, dass er sie noch liebt. Vermutlich hat er bloß Angst, wieder verletzt zu werden.«

»Vielleicht.«

»Okay, ich sitze hier in meinem Handtuch und ich muss mich langsam fertig machen. Jace kommt um halb sieben vorbei und mir bleiben nur noch fünf Stunden, um etwas zu essen, zu entscheiden, was ich mit meinen Haaren anstellen will, mich zu schminken, etwas zum Anziehen zu finden und vielleicht ein Nickerchen zu machen.«

»Hast wohl heute Nacht nicht viel Schlaf abbekommen, was?«, fragt Em.

»Nicht genug.« Ich lache.

Nachdem ich aufgelegt habe, lasse ich mich rücklings aufs Bett fallen und schließe die Augen. Fast augenblicklich schlafe ich ein.

In Panik wache ich auf. Ich habe mir keinen Wecker gestellt und für einen Moment bin ich sicher, verschlafen zu haben. Ich werfe einen Blick auf die Uhr und mein Herzschlag beruhigt sich. Kurz nach drei. Ich ziehe ein übergroßes T-Shirt über und gehe in die Küche, um ein wenig Pasta aufzuwärmen.

Nach der Mahlzeit versuche ich, in meinem Kleiderschrank etwas zum Anziehen zu finden. Ich kann mich meinen Haaren und meinem Gesicht erst zuwenden, wenn ich weiß, was ich tragen werde. Mein Make-up muss schließlich zum Outfit passen. Nachdem ich Kleiderbügel um Kleiderbügel zur Seite geschoben habe, entdecke ich ein trägerloses schwarzes Minikleid. Es ist eng anliegend und betont meine Kurven. Die Rückseite ist durchsichtig, also werde ich meine Haare hochstecken.

In meinen Schubladen finde ich eine Strumpfhose, die vorn schwarz und hinten blickdurchlässig ist. Farbakzente werde ich mit roten High Heels und langen roten Ohrringen setzen, dazu wähle ich meine rot-schwarze Clutch.

Nun, da das Outfit feststeht, kehre ich ins Bad zurück. Meinen Augen verpasse ich einen Smokey-Look mit dunkelgrauem Lidschatten und glitzernden Highlights. Da meine Augen nun ziemlich dunkel geschminkt sind, trage ich lediglich nudefarbenen Lippenstift und Gloss auf. Ich will ja nicht wie eine Dragqueen aussehen.

Abschließend stecke ich meine Locken hoch, sodass ich einen großen lockigen Knoten auf dem Hinterkopf habe und nur ein paar Strähnen mein Gesicht umspielen. Dann schlüpfe ich in mein Outfit, sprühe etwas Parfum auf meinen Nacken, benutze das Bad ein letztes Mal und begebe mich ins Wohnzimmer.

Zwanzig Minuten später klingelt Jace an meiner Tür.

»Hi«, sage ich, als ich ihm öffne.

»Du siehst fabelhaft aus.«

»Danke, du siehst auch ganz anständig aus.«

Zu seinen weißen Jeans trägt er ein schwarzes Hemd und einen schwarzen Blazer. Er könnte definitiv als Model durchgehen.

Ich lasse meine Hand über seine Bartstoppeln gleiten und stehle mir einen Kuss. Ich habe noch nie jemanden gekannt, dem ein Blauschatten so gut gestanden hat. An Jace sieht es perfekt aus.

Ich schnappe mir meine Clutch und stelle sicher, dass ich mein Handy und meine Schlüssel habe. »Fertig.«

Wir gehen zum Auto. Diesmal hat Jace seinen SUV genommen. Ein tiefschwarzer *Range Rover*. Von innen ist das Auto genauso makellos sauber wie sein anderer Wagen. Die Innenausstattung ist schwarz und grau und das Chrom wohl noch genauso glänzend wie an dem Tag, als Jace den Wagen gekauft hat.

»Der ist wirklich toll«, bemerke ich.

»Danke. Normalerweise fahre ich lieber meinen *Bentley*, aber ich muss noch Troy abholen und in dem Auto hier hat er mehr Platz. Ich hoffe, es ist okay, dass er mit uns fährt.«

»Klar, das stört mich nicht.«

Als wir bei Troy ankommen, starre ich sprachlos aus dem Fenster. Drei Auffahrten, alle ein Stück versetzt. Jace nimmt eine davon. Neben der Haustür befindet sich ein riesiges Fenster mit Rundbogen, das von Palmen umrahmt wird. Es ist wunderschön und ich bin mir sicher, das Innere steht dem in nichts nach.

Jace schickt Troy eine SMS um ihn über unsere Ankunft zu informieren. Kurz darauf erscheint Troy. Er trägt ein weißes langärmeliges Hemd mit dünnen Nadelstreifen und dazu eine schwarze Weste. Komplettiert wird das Outfit durch blaue Jeans und schwarze Schuhe. Er sieht ebenfalls großartig aus. Diesen Männern sollte es nicht erlaubt sein, zusammen auszugehen. Ich kann mir nur zu gut die Horden von Frauen vorstellen, die sich ihnen an den Hals werfen werden.

Er klettert auf den Rücksitz und wirft mir sein perfektes Lächeln zu, bei dem er seine geraden weißen Zähne entblößt. »Hey, Adrienne.«

»Hey«, erwidere ich fröhlich. »Jace, macht es dir etwas aus, wenn wir auch Emilie abholen? Sie wollte uns eigentlich am Club treffen, aber vielleicht können wir ja auch einfach alle zusammen fahren.«

Ich sehe, wie Jace in den Rückspiegel blickt und verschmitzt grinst. »Klar. Sag mir einfach, wohin ich fahren muss.«

Ich drehe mich zu Troy um. »Das macht dir nichts aus, oder?«

Er lächelt. »Nein, geht klar.«

Ich schicke Em eine Nachricht, dass wir sie abholen werden,

und vergesse rein zufällig Troys Anwesenheit zu erwähnen.

»Also, Marc, Kade und Nico werden uns dort treffen. Ich glaube, Marc hat gesagt, er käme in Begleitung«, meint Troy von hinten.

»Cool. Ich habe Marc schon ewig nicht mehr gesehen. Er war eine Weile nicht in der Stadt«, erwidert Jace.

»War das diese Geschäftsreise, von der er gesprochen hat?«, frage ich. Mir fällt auf, dass er sich eigentlich nicht wirklich zu der Reise geäußert hat.

Jace und Troy blicken sich kurz an. »Ja, es war geschäftlich«, sagt Jace.

»Hast du gehört, was Nico passiert ist?«, fragt Troy schnell.

Sie unterhalten sich über jemanden, den ich nicht kenne, also höre ich nicht wirklich zu. Ich sage Jace, wo er entlangfahren muss, und schon bald haben wir Ems Wohnung erreicht. Ich nehme mein Handy aus der Tasche und lasse sie wissen, dass wir da sind.

Während sie zu uns herüberkommt, sehe ich, wie Troy sie beobachtet. Em hat ein knielanges dunkelblaues Kleid mit einem Wasserfallausschnitt an. Obwohl sie sich noch nicht umgedreht hat, weiß ich doch, welche Rückansicht uns erwartet. Das Kleid wird hinten nur von sich überkreuzenden Trägern zusammengehalten, der Rest des Rückens liegt frei. Es wird Troy verrückt machen.

Sie öffnet die hintere Tür und redet schon, bevor sie überhaupt eingestiegen ist.

»Adrienne, glaubst du Tr... Hey, Troy! Dich habe ich gar nicht erwartet.« Ich unterdrücke nur mit Mühe ein Lachen, weil sie sich gerade nach ihm erkundigen wollte.

Sie setzt sich hinter mich auf die Bank und dann sind wir auch schon unterwegs zu dem Club. Troy macht Em ein Kompliment, das sie erwidert. Jace streckt die Hand aus, nimmt meine in seine und führt sie an seinen Mund, dann küsst er meine Knöchel.

»Seid ihr aufgeregt wegen der Eröffnung?«, fragt Em überschwänglich.

»Ja«, erwidert Troy. »Nur die erste Woche macht mir Sorgen. Das ist der Zeitraum, in dem alles schieflaufen kann.«

»Sind Adrienne und ich auch eingeladen?«

»Em, aufgrund meines Jobs muss ich ohnehin dort sein, ob Jace mich nun dahaben will oder nicht«, necke ich ihn und drücke seine Hand.

Er sieht zu mir herüber und schenkt mir ein herzerweichendes Lächeln. »Ich werde dich immer dahaben wollen.«

»Wie süüüß«, schmachtet Em.

»Ich werde dafür sorgen, dass du reinkommst«, lässt Troy sie wissen.

»Danke. Ich bin mir sicher, es wird am Anfang unheimlich voll sein. Jeder will sofort den neusten Club ausprobieren. Macht ihr das beruflich? Clubs eröffnen und so?«

»Das ist unser erster«, antwortet Troy.

»Oh. Also arbeitet ihr zusammen? Was seid ihr dann – Unternehmer oder so?«

Beide scheinen darauf zu warten, dass der andere antwortet. Jace räuspert sich. »Wir hoffen, irgendwann in der Lage sein zu können, noch weitere Clubs zu eröffnen.«

»Was habt ihr denn vorher gemacht? Wenn das euer erster Club ist, als was habt ihr davor gearbeitet?«, frage ich Jace.

Ich habe immer gedacht, dies wäre sein Job. Dass er zusammen mit Troy und Marc schon andere Clubs hier in Las Vegas eröffnet hat. Darum habe ich nie nachgefragt.

»Wir sind schon da.« Troy lehnt sich vor und zeigt aus dem Fenster.

»Oh, okay«, erwidert Jace.

»Lass mich schnell Marc und Nico texten, ob sie schon hier sind.« Troy zieht sein Handy hervor.

Ein paar Minuten später, nachdem wir einen Parkplatz gefunden haben, klingelt Troys Handy.

»Sie sind alle hier«, lässt er uns wissen.

Auf dem Weg zu dem großen einstöckigen Gebäude nimmt Jace meine Hand. »Wir reden später über meinen Job, okay?«, sagt er und sieht mich von der Seite her an.

»Okay.«

Im Innern des *Blue Martini* umgibt uns augenblicklich laute Musik und Stimmenwirrwarr. In der Mitte des Clubs befindet sich eine riesige runde Bar, die wir zuerst aufsuchen. Während Troy und Jace mit dem Barkeeper reden, zieht Em mich zur Seite.

»Ich kann nicht glauben, dass du mich nicht wegen Troy gewarnt hast! Ich war dabei, dich zu fragen, ob er wohl mein Kleid mögen würde! Das wäre so peinlich geworden!«

Ich lache. »Das war die Strafe für deine Fragerei, als Jace direkt hinter mir stand. Du kannst froh sein, dass ich dir *das* nicht angetan habe!«

»Egal. Ich bin so aufgeregt und freue mich über den gemeinsamen Abend. Ein Doppeldate!«, quietscht sie.

»Es werden allerdings noch ein paar Kerle mehr dazukommen.«

»Echt? Und sehen die genauso gut aus wie Troy und Jace?«

»Also Marc sieht echt gut aus. Er ist der dritte Teilhaber an dem Club. Die anderen kenne ich nicht.«

Jace und Troy kehren mit unseren Drinks zu uns zurück.

»Danke«, sagen Em und ich gleichzeitig.

»Ach, hier seid hier!«, ruft eine fremde Stimme.

Wir alle drehen uns um. Vor uns steht ein jüngerer Mann. Er hat leicht gebräunte Haut und dunkelbraunes widerspenstiges Haar. Seine etwas glasigen Augen verraten, dass er bereits Alkohol intus hat. Der Typ neben ihm wirkt ebenfalls recht jung. Sein Haar ist blond und seine Augen sind hell, vielleicht blau. Da es recht dunkel ist, sind Details nur schwer zu erkennen. Doch es ist offensichtlich, dass beide Männer alles andere als hässlich sind.

»Hey«, begrüßen Troy und Jace sie unisono.

Jace stellt uns vor. »Nico, das sind Adrienne und Em. Das sind Nico und Kade.«

»Hey«, sagt Nico langsam. »In welchem Teil des Clubs habt ihr die beiden gefunden? Da muss ich auch hin.« Er lacht.

»Wir haben sie mitgebracht«, antwortet Jace ernst.

»Oh«, erwidert Nico leise. Dann klingt seine Stimme aufgeregt. »Oh, wartet! Kade, Mann, erzähl ihnen von deinem Date gestern! Oh Gott, Leute, das ist das Lustigste, was ich seit Langem gehört habe! Das ist mir in der ganzen Zeit noch nie passiert. Ich schwöre euch, Kade hat nur Pech, seit er angefangen hat!«

Ich runzele die Stirn. Zuerst habe ich gedacht, er hat von einer normalen Verabredung gesprochen, aber das *seit er angefangen hat* ergibt keinen Sinn. Andererseits ist er betrunken, also was soll's?

»Ja, warte. Lass uns später darüber reden. Ich muss Marc finden«, unterbricht ihn Troy. »Ich bin gleich zurück.« Er schenkt Emilie ein Lächeln.

Als er in der Menge untertaucht, zupft Em an meinem Arm. »Lass uns tanzen!« Ich schaffe es gerade noch, Jace meinen Drink in die Hand zu drücken, bevor sie mich mitreißt. Jace zwinkert mir neckisch zu, dann sind wir in der Menge verschwunden.

Die Musik ist gut und meine Schuhe sind nicht zu unbequem, also tanzen wir ein paar Lieder lang.

»Warum sind alle ihre Freunde eigentlich so niedlich? Ich meine, die anderen beiden würde ich auch nicht von der Bettkante stoßen«, sagt Emilie.

»Ich weiß es nicht, aber jetzt interessiert mich erst recht, was sie beruflich machen und ob die anderen beiden mit ihnen zusammenarbeiten.«

Em zuckt bloß mit den Schultern und tanzt weiter. Nachdem der Song verklingt, kehren Em und ich zur Bar zurück, doch von Jace und Troy fehlt jede Spur, genauso wie von ihren Freunden.

»Willst du noch etwas zu trinken?«, fragt Em.

»Erst mal nicht. Lass uns vorher die Toiletten suchen.«

»Okay. Ich frage mich, wohin die Jungs sind.«

»Ja. Ich hoffe, wir können sie wiederfinden.« Suchend blicke ich mich um.

»Da die beiden die bestaussehendsten Typen hier im Club

sind, müssen wir im Zweifelsfall nur nach einer Meute aufgebrachter Frauen Ausschau halten.«

Nach den Toiletten suchend, schieben wir uns an mehreren Gruppen von Leuten vorbei. Endlich entdecken wir einen Korridor, wo sich die Toiletten und der Notausgang befinden. Wir passieren die Herrentoilette und aus dem Innern dringt eine Frauenstimme an mein Ohr.

»Komm schon, du weißt, dass du es willst«, sagt sie verführerisch.

Em und ich bleiben stehen, um zu lauschen.

»Vielleicht hören wir ja, wie sie Sex haben«, flüstert Em mir grinsend zu.

Eine Klospülung wird betätigt und übertönt die Antwort des Mannes.

»Du hattest letztes Mal Spaß, das steht fest. Leugnen ist zwecklos. Also warum gehen wir nicht einfach und haben ein bisschen Spaß? Diesmal nur wir zwei.«

Ein Mann kommt den Flur entlang und steuert auf die Herrentoilette zu. Em und ich entfernen uns ein paar Schritte und tun so, als würden wir uns unterhalten. Der Mann will die Tür öffnen, doch sie ist verschlossen. Mehrere Male klopft er energisch an.

»Ach Mensch, jetzt hat er uns den Spaß verdorben. Nun werden wir keinen Live-Sex mitbekommen.« Em macht sich auf den Weg zur Damentoilette.

Die Tür der Herrentoilette wird entriegelt und der wartende Mann schiebt sich ungeduldig hinein.

»Komm schon. Wenn du hier drinnen ein Mädchen ficken willst, dann geh wenigstens in eine der Kabinen. Ich hätte mich fast bepisst.«

Em und ich verschwinden auf der Damentoilette, beobachten das Geschehen aber durch den Türspalt.

»Sorry.«

»Wir wollten sowieso gerade gehen. Wir werden für den Rest der Nacht ein Bett benötigen«, meint eine Frauenstimme.

Die Tür öffnet sich noch ein Stück. Da man auf dem Weg

zum Club nicht an unserer Tür vorbeikommt, beobachten Em und ich ungeniert weiter. Als ich das Mädchen erkenne, fällt mir um ein Haar die Kinnlade herunter, obwohl ich nicht überrascht sein sollte.

»Ist das ... Vivian?«, flüstert Em.

»Ja.«

»Was für eine Schlampe. Und was zum Teufel trägt sie da?«

»Eine Schlampenuniform«, flüstere ich zurück und wir versuchen beide angestrengt, nicht laut loszulachen.

Vivian dreht sich zur Herrentoilette um. »Bist du so weit?«

Jace betritt den Flur, und ich habe das Gefühl, mein Herz hätte aufgehört, zu schlagen.

# 24. KAPITEL

**Adrienne**

Zitternd lehne ich mich gegen die Wand der Damentoilette. Die Tür ist jetzt geschlossen und Emilie sieht mich mit einer Mischung aus blanker Wut und Mitleid an. Sie ist sauer auf Jace und macht sich gleichzeitig Sorgen um mich. Mir selbst jedoch fehlen die Worte. Ich fühle mich bloßgestellt, verletzt und wütend. Ich weiß nur nicht, was davon an erster Stelle kommt. Dass so etwas geschehen würde, hätte ich wissen sollen. Immerhin wollte ich deswegen gar nicht erst mit ihm zusammen sein. Aber ausgerechnet Vivian? Und sie haben schon einmal miteinander geschlafen? Jace sagte, er kenne sie nicht, wisse nicht einmal ihren Namen. Die Tatsache, dass er mich angelogen hat, ist das Schlimmste.

»Adrienne, wir müssen sie konfrontieren. Ich weiß, das ist scheiße und du bist im Moment wahrscheinlich sauer, verletzt und verwirrt, aber das dürfen wir der Schlampe nicht durchgehen lassen. Ich will Antworten und ich weiß, du willst sie auch. Was sollen wir tun?«

»Sie sagte, sie würden gehen«, erwidere ich leise.

»Scheißegal! Komm schon.«

Emilie zieht mich an meinem Arm mit in den Korridor. Sie lässt mich auch nicht los, als wir aus dem Flur in den dunklen Club zurückkehren. Mit jedem Schritt wächst die Wut in mir. Erinnerungen an gestern durchfluten meinen Kopf. Er hat sich fast überschlagen, um mir alles zu geben, was ich je wollte. Es war wunderschön. Ich kann nicht verstehen, warum er das tun würde. »Hast du gehört, als sie sagte: *Letztes Mal hattest du Spaß?* Sie haben es schon einmal miteinander getrieben. Das bedeutet, er hat mich angelogen, als er behauptet hat, sie nicht zu kennen. Ich kann es nicht ausstehen, wenn Leute mich anlügen. Keine Ahnung, was zwischen den beiden läuft, aber sie hat sich schon bei der Hochzeit total an ihn rangeschmissen. Ich hätte wissen müssen, dass etwas faul ist. Ich kann nicht glauben, wie dumm ich war.«

»Hör auf! Du bist nicht dumm. Du bist ein Mädchen, das sich in einen Kerl verliebt hat in der Hoffnung, er sei es wert. Es gibt sie da draußen, Adrienne. Es gibt welche, die es wert sind, auch wenn es nicht allzu viele sind. Deswegen bist du nicht dumm. Es bedeutet nur, dass du bereit bist, einen von ihnen zu finden und einen Sprung ins kalte Wasser zu wagen, wenn du glaubst, ihn gefunden zu haben. Du hast ihm vertraut, dass er ehrlich mit dir sein und etwas für dich empfinden würde. Du bist nicht dumm, sondern er. Und ich werde ihn das auf jeden Fall wissen lassen.«

Wir gehen zur Bar zurück. Jace ist zwar nicht da, dafür aber Troy.

»Hast du Jace gesehen?«, sprudelt es aus Em heraus, sobald wir die Bar erreicht haben.

»Äh, ich glaube, ich hab ihn zum Ausgang gehen sehen. Warum? Was ist los?« Wahrscheinlich kann er sehen, wie aufgebracht wir sind.

»Nichts. Wir sind gleich wieder da.«

Wir stürmen zum Ausgang. Ich habe keine Ahnung, was ich herausfinden werde, aber mein Herz hämmert in meiner Brust und mein Körper steht in Flammen. Ich zittere vor Wut und weiß nicht, ob ich lieber zuerst ihn oder sie schlagen möchte. Sie haben mich beide hintergangen. Beide kannten sich und haben es mir verheimlicht. Hat es ihnen Spaß gemacht, zusammen ein Geheimnis vor mir zu wahren? Erklärt das Vivians Worte auf der Hochzeit? Wollte sie, dass Jace denkt, dass ich kein Interesse an ihm habe? Ihre Mutter hat immerhin gesagt, ihre Tochter sei bösartig.

Vor dem Club stehen ein paar Leute, die entweder rauchen oder auf ein Taxi warten. Vivian und Jace sind allerdings nicht unter ihnen. Wir gehen die Straße ein Stück hinunter und entdecken schließlich Vivian. Wie soll man auch jemanden übersehen, der wie eine Prostituierte aufgemacht ist? Man sieht mehr Haut als Stoff; es ist abartig.

Sie dreht sich um und entdeckt uns. Einen Moment lang scheint sie erschrocken, dann verzieht sie die Lippen zu einem selbstgefälligen Grinsen. »Na sieh mal einer an, wer da ist«, sagt sie abfällig. »Wenn du nach Jace suchst, er ist gegangen, um das Auto zu holen.«

»Für wen? Dich?«, fragt Em.

»Er würde niemals mit dir gehen«, zische ich sie an.

»Wirklich? Gefickt hat er mich schon, also kann er sicherlich damit leben, wenn ich in sein Auto steige.«

Für einen Moment lassen mich ihre Worte sprachlos dastehen.

»Bist du wirklich überrascht? Du dachtest doch selbst, dass er ein Frauenheld ist – und du hast recht. Aber ich war zuerst da. Er hat zuerst mit mir geschlafen. Du bedeutest ihm nichts. Du bist nur irgendeine andere Pussy, in die er seinen Schwanz stecken konnte.«

»Er sagte, er kenne dich nicht, also musst du ihm noch weniger bedeuten. Wusstest du, dass er sogar geleugnet hat, deinen Namen zu kennen? Das muss wehtun. Er will ja nicht einmal zugeben, mit jemandem wie dir etwas gehabt zu haben«, fauche ich.

Sie verstummt und wirft einen Blick zum Parkplatz. »Willst du noch etwas über deinen Mann wissen, Adrienne? Ich wette, dass er das vor dir ebenfalls nicht zugeben wollte. Noch etwas, was er vor dir verheimlicht hat.« Sie lässt den Blick zwischen mir und Emilie schweifen. Ein teuflisches Grinsen erscheint auf ihrem Gesicht. »Schätzchen, Jace ist ein Escort. Er wird dafür bezahlt, mit Frauen zu schlafen. Er braucht dich nicht, weil er es sich jederzeit woanders holen kann.«

Diese Worte machen mich sprachlos. Ich weiß nicht, was ich darauf erwidern kann. Jace ein Escort?

»Warum sollten wir dir glauben?«, fragt Em.

»Ihr müsst mir nicht glauben. Fragt ihn. Vielleicht erzählt er euch sogar von seiner Nacht mit mir und zwei anderen Frauen.« Sie lächelt höhnisch.

Jace war immer ehrlich, was sein Sexleben betrifft. Er sagte, er habe Dreier gehabt und ziemlich viel Erfahrung, aber ich hätte nie gedacht, dass er dafür bezahlt wurde. Dann hat er wahrscheinlich mit viel mehr Frauen geschlafen, als ich angenommen habe.

»Also heißt das, du musstest ihn bezahlen, damit er mit dir schläft? Du solltest mal von deinem hohen Ross herunterkommen, wo du ihm Geld zustecken musstest, damit er dich vögelt. Wenigstens hat er freiwillig mit mir geschlafen. Ich musste ihn nie bezahlen. Du kannst versuchen, mir mit deinen Worten wehzutun, aber wenn wir ehrlich sind, eigentlich sollten sie dich mehr schmerzen als mich.«

Obwohl ich wütend und verletzt bin, werde ich Vivian ganz bestimmt nicht die Gelegenheit geben, mich zu treten, wo ich schon am Boden liege. Später werde ich mir erlauben, in Selbstmitleid zu versinken, doch Vivian wird nicht in den Genuss kommen zu glauben, sie könnte mir etwas anhaben. »Du bist solch eine fürchterliche Person, dass kein Mann freiwillig etwas mit dir anfangen würde. Ich bemitleide dich dafür, dass du dir Liebe und Aufmerksamkeit erkaufen musst. Ich an deiner Stelle würde vor Scham im Boden versinken. Du bist erbärmlich.« Ich drehe mich auf dem Absatz um und laufe erhobenen Hauptes zurück zum Eingang des Clubs.

Emilie folgt mir rasch. »Hast du ihr Gesicht gesehen? Unbezahlbar.« Em lacht.

Ich erwidere nichts, da ich zu aufgebracht bin, um etwas zu sagen. Als wir am Eingang ankommen, möchte ich auf einmal nicht mehr in den Club zurück. Ich weiß nicht, wo Jace ist, aber ich bin nicht in der Stimmung zum Feiern. »Ich glaube, ich fahre heim«, wende ich mich an Em. »Du kannst bleiben, wenn du willst, aber ich werde mir ein Taxi nehmen.«

»Bist du verrückt? Natürlich komme ich mit dir. Ohne dich will ich nicht hier sein.«

Wir steigen in eines der wartenden Taxis und fahren nach Hause.

»Wirst du Jace auf die Sache ansprechen? Glaubst du ihr?«, fragt Em.

»Ich werde sicherlich mit ihm reden, aber nicht heute Nacht. Ich muss erst mal über alles nachdenken. Und was Vivian betrifft ... vielleicht. Sie ist eine Schlampe und ihre Mom hat mich vor ihr gewarnt, doch sie kennt tatsächlich einige Escorts. Weißt du noch, als wir in dem Club waren und sie uns von Charles erzählt hat? Außerdem hat Jace sich bisher zu seinem Job ausgeschwiegen. Bis heute dachte ich, er würde hauptberuflich Clubs und so eröffnen. Ich dachte, möglicherweise gehören ihm einfach ein paar. Er hat davon gesprochen, schon mit vielen Frauen zusammen gewesen zu sein und nichts für sie empfunden zu haben. Er hat mir sogar gestanden, dass ich die erste Frau seit Langem bin, mit der er zusammen sein *wollte*. Es ergibt Sinn.« Ich zucke mit den Schultern.

»Vielleicht. Doch wie fühlst du dich dabei?«

Ich seufze tief und schwer. »Ich weiß nicht. Wenn es stimmt, dann hat er mit viel mehr Frauen geschlafen, als ich angenommen habe. Eigentlich sollte es ja unwichtig sein, aber was, wenn ich ihm nicht reiche? Ein Mann, der mit so vielen verschiedenen Frauen zusammen war, der wahrscheinlich jede erotische Fantasie durchlebt hat, kann doch nicht mit einer Frau zufrieden sein. Also geht er vielleicht noch immer mit anderen Frauen ins Bett, und das ist nicht okay! Und nicht nur das, er hat mich angelogen! Ich habe ihn auf Vivian angesprochen und er hat mir gesagt, er kenne sie nicht, noch nicht einmal ihren Namen. Er hätte mir da schon die Wahrheit erzählen können.«

Emilie nickt zustimmend. Ein paar Minuten lang schweigen wir, dann fragt Em: »Glaubst du, Troy und die anderen sind auch Escorts?«

»Daran hab ich noch gar nicht gedacht, aber es ist durchaus möglich. Irgendwoher kennen sie sich schließlich.«

»Außerdem, hast du gehört, wie der eine Kerl von dem anderen meinte, er habe gerade erst angefangen?«

»Ja. Also, wie würde es dir dabei gehen, wenn Troy ein Escort wäre?«

»Weiß ich nicht. Ich glaube nicht, dass ich mit jemandem zusammen sein könnte, der zu einem Termin muss, um mit jemandem zu schlafen oder nur Zeit mit diesen Frauen zu verbringen. Dafür bin ich zu eifersüchtig.«

»Em, ich wusste, so etwas würde passieren. Ich wusste, er würde mich enttäuschen. Es war nur eine Frage der Zeit.«

»Vielleicht stimmt es ja gar nicht.« Sie klingt nicht überzeugt.

»Vielleicht nicht, doch ich glaube schon. Sie waren zusammen auf der Herrentoilette. Du hast es mitbekommen. Es ist nur – er war so nett zu mir. Er hat sich mit dem Date so viel Mühe gegeben und gesagt, er wolle mich näher kennenlernen. Wir waren dabei, uns wirklich näherzukommen, und hatten so viel Spaß miteinander. Findest du nicht, so was wie einen Job als Escort sollte man direkt am Anfang erwähnen?«

»Wärst du denn geblieben, wenn er es dir direkt gesagt hätte?«

»Ich ... ich weiß es nicht.«

»Und wahrscheinlich hat er das geahnt. Eventuell hat er nur versucht, dich so lang wie möglich an seiner Seite zu haben. Du kannst ihm kaum vorwerfen, dass er dich in seinem Leben wollte.«

Ich erwidere nichts. Der Kloß in meinem Hals schwillt an und ich würde wohl losweinen, wenn ich versuche, zu sprechen.

Emilies Wohnung erreichen wir zuerst. Nachdem sie dem Fahrer das Geld gegeben hat, lehnt sie sich zu mir und drückt mich fest. Jetzt laufen mir doch ein paar Tränen über das Gesicht.

»Rede einfach mit ihm, okay? Wenn du herausfindest, dass er dich wirklich betrogen hat, dann sag es mir und ich werde ihm seinen Schwanz abschneiden. Ohne Schwanz kann er niemanden ficken.«

Trotz meines Trübsinns lache ich auf. »Danke, Em.«

Sie steigt aus und der Taxifahrer bringt mich nach Hause. Kaum in meiner Wohnung angekommen ziehe ich mich aus und lege mich aufs Bett. Mein Handy lasse ich samt Handtasche im Wohnzimmer und versuche nicht daran zu denken, was Jace wohl gerade mit wem tut.

***

Ich weiß nicht, wie viel Zeit vergangen ist, als ich aus dem anderen Zimmer mein Telefon höre. Ich zwinge mich, aufzustehen und mein Handy aus der Tasche zu holen. Ohne auch nur einen Blick darauf zu werfen, gehe ich zum Bett zurück und lege mich hin.

Ich überfliege meine erhaltenen SMS, verpassten Anrufe und Mailbox-Nachrichten. Alle sind von Jace und Emilie. Die erste SMS ist von Jace.

*Babe, wohin bist du? Ich kann dich im Club nicht finden.*

Etwas später: *Adrienne, das ist nicht witzig. Wo bist du? Ich mache mir Sorgen.*

Er muss sie gesendet haben, kurz nachdem ich gegangen bin. Nach den Nachrichten hat er mich noch drei Mal angerufen, aber nicht auf die Mailbox gesprochen. Stattdessen hat er mir eine weitere SMS geschrieben.

*Bitte sag mir, dass es dir gut geht. Bitte.*

Danach hat er noch ein paarmal angerufen und mehrere Sprachnachrichten hinterlegt, doch ich will seine Stimme jetzt nicht hören. Vor ungefähr zwei Stunden, um ein Uhr in der Frühe, hat Em angefangen, mich ebenfalls anzurufen und mir Nachrichten zu schreiben.

*Adrienne, Jace ist am Durchdrehen. Er sucht dich überall.*

*Okay, im Ernst. Troy hat mich angerufen. Er will wissen, ob ich weiß, wo du steckst. Was soll ich ihm sagen? Ich bin nicht rangegangen, aber er wird nur weiter nachhaken.*

*Verdammt, Adrienne, sei nicht sauer auf mich!*

Sie hat ebenfalls auf meiner Mailbox eine Nachricht hinterlassen, aber um sie abzuhören, müsste ich auch die von Jace anhören.

*Ich habe dir auf die Mailbox gesprochen, doch ich werde es dir auch noch mal schreiben. Ich habe Troy gebeichtet, dass wir Jace mit Vivian gesehen haben – und was Vivian uns erzählt hat. Es tut mir leid, aber ich kann sie nicht in dem Glauben lassen, dir könnte etwas zugestoßen sein. Ich habe Troy gebeten, Jace zu sagen, dass du nicht mit ihm reden willst, es dir so weit jedoch gut geht.*

Danach hat Jace mich noch ein paarmal angerufen, aber er hat weder Nachrichten hinterlassen noch SMS geschickt. Es tut mir leid, dass er sich wegen mir Sorgen gemacht hat, aber da ich immer noch sauer bin, hält sich das Mitleid in Grenzen.

Ich werfe das Handy neben mich aufs Bett und gehe ins Bad. Während ich dort beschäftigt bin, höre ich das Handy klingeln. Nachdem ich mir die Hände gewaschen habe, kehre ich ins Bad zurück und schnappe mir das Telefon. Jace. Ich atme durch. Ich werde mit ihm reden müssen, doch ich weiß noch nicht, was ich sagen soll. Normalerweise lege ich mir bei solchen Gesprächen meine Argumente vorher sorgfältig zurecht. Ich muss wissen, was ich ihm sagen werde, und mich auf seine möglichen Antworten vorbereiten.

Noch während ich das Handy in der Hand halte, bekomme ich eine neue SMS von Jace.

*Adrienne, bitte gib mir die Chance, mit dir zu reden. Es tut mir leid. Ich muss dir so viel erklären, aber ich will es persönlich tun. Bitte.*

Seine Verzweiflung wird in seinen Worten deutlich spürbar. Mein Herz zieht sich zusammen. Er hat eine Chance verdient, sich zu erklären, aber ich werde wohl kaum mögen, was er zu sagen hat. Ich will nicht vor ihm einen Zusammenbruch erleiden und in Tränen ausbrechen. Er wird sich mit einem Telefongespräch begnügen müssen.

Ohne auf seine SMS zu antworten, wähle ich seine Nummer. Mein Herz schlägt mir bis zum Hals, während ich darauf warte, dass er abnimmt.

»Adrienne«, sagt er sanft, fast erleichtert.

»Ich will dich im Moment nicht sehen. Du kannst es mir am Telefon erklären.«

Er atmet aus. »Okay.«

Als er nichts weiter sagt, seufze ich genervt. »Jace, hast du Vivian gevögelt?«

»Ja.« Seine Antwort ist einfach. Zwei Buchstaben, die mir das Herz zerreißen.

Mein Puls beschleunigt sich, mein Körper erhitzt sich vor Wut und wieder spüre ich den Kloß im Hals. Ich versuche, weiter vorzustoßen, anstatt zu weinen.

»Bist du ein Escort?«

»Das war ich. Jetzt nicht mehr.«

»Seit wann?«

»Erst seit Kurzem.« Er klingt traurig, als wisse er, dass mir die Antwort nicht gefallen wird.

»Warst du ein Escort, als wir uns kennengelernt haben?«

»Ja.« Wieder bricht dieses kleine Wort über mich herein.

Eine letzte Frage habe ich. Sie wird entscheiden, wie es mit uns weitergeht. »Hast du nach mir noch jemand anderes gefickt?«

Stille. Ich kann ihn atmen hören, sonst nichts. Mit angehaltenem Atem hoffe ich auf eine Antwort, die ich nicht bekommen werde. Sein Schweigen ist Antwort genug.

»Adrienne, lass mich erklären.«

»Leb wohl, Jace.«

# 25. KAPITEL

**Jace**

Diese verdammte, dumme Schlampe! Sie hat es geschafft, meine Beziehung mit der einzigen Frau, die mir je was bedeutet hat und bei der ich endlich ich selbst sein konnte, zu ruinieren. Ich habe Adrienne zwar nicht von meinem Job erzählt, doch ich dachte, indem ich sie an meinem Privatleben teilhaben lasse, würde ich ihr zeigen, wie wichtig sie mir ist. Sie weiß es vielleicht nicht, aber sie hat so mehr über mich erfahren als je eine andere Frau zuvor. Adrienne kennt mich. Mein wahres Ich. Und dennoch wollte sie nicht, dass ich jemand anders für sie bin.

Ich hab's vermasselt, das weiß ich. Ich hätte ihr schon vor langer Zeit von meinem Job erzählen sollen, aber ich wusste einfach nicht, wie. Ich wusste, es würde sie verletzen, und das konnte ich ihr nicht antun.

Mit Sicherheit hat Vivian grenzenlos übertrieben, was uns beide betrifft. Sie wollte unbedingt, dass ich sie auf der Toilette in dem Club ficke. Noch nie zuvor ist mir ein Mädchen bis aufs Klo gefolgt, um es mit mir zu treiben. Ich sagte ihr, ich wolle nicht mit ihr schlafen und da ich kein Escort mehr sei, könne sie mich auch nicht buchen. Das hat ihr nicht gefallen.

Nachdem wir die Herrentoilette verlassen hatten, habe ich mein Möglichstes getan, um Vivian abzuschütteln. Doch sie ist mir gefolgt und hat immer wieder vorgeschlagen, dass wir zu ihr nach Hause könnten. Ich ließ sie in dem Glauben, wir würden zu ihr fahren, deshalb wartete sie auch draußen auf mich. Stattdessen bin ich aber wieder im Club verschwunden und habe nach Adrienne gesucht. Ich wollte sie mit zu mir nach Hause nehmen und ihr die Wahrheit sagen. Leider ist sie zuerst auf Vivian gestoßen. Das war der Anfang vom Ende.

Ich verstehe, warum Adrienne wütend ist – und sie hat jedes Recht dazu, aber sie muss mir die Möglichkeit geben, alles zu erklären. Ich muss sie sehen; sie dazu bringen, mir zuzuhören. Die Eröffnung ist nächste Woche und Adrienne wird da sein. Wahrscheinlich ist es nicht der richtige Ort oder der richtige Zeitpunkt, um diese Unterhaltung zu führen, aber vielleicht ist es meine einzige Chance. Ich könnte zu ihr nach Hause gehen, doch sie würde mich ohnehin nicht reinlassen. Mir bleibt nur, abzuwarten.

***

Noch nie ist eine Woche so langsam verstrichen wie diese. Ich habe versucht, Adrienne zu kontaktieren, aber sie hat alle meine Anrufe und Nachrichten ignoriert. Nach drei Tagen habe ich aufgehört. Es erschien mir zwecklos; sie würde ohnehin nicht mit mir reden. Troy und Marc haben unterdessen mit ihr bezüglich der Eröffnung gesprochen, allerdings hat sie mich nicht einmal erwähnt. Sie verhält sich ausschließlich professionell und ich bin nicht überrascht. Ein Teil von mir fürchtet, dass sie mich bereits hinter sich gelassen hat und es ihr gut geht.

Vielleicht will sie nichts mehr mit mir zu tun haben.

Doch ich kann sie nicht so einfach aufgeben. Wir kennen uns zwar erst seit ein paar Wochen, aber wenn man jemand Besonderen trifft, jemanden, der einen *fühlen* lässt, dann lässt man ihn nicht kampflos ziehen.

Heute Abend werde ich Adrienne wiedersehen und dafür sorgen, dass ich ihr sagen kann, was ich zu sagen habe. Ich habe mir bereits meinen schwarzen Anzug mit hellblauen Nadelstreifen angezogen. Dazu passend trage ich ein hellblaues Hemd und eine schwarze Krawatte. Ich bin sowohl nervös als auch aufgeregt wegen heute Abend. Ich kann nur auf das Beste hoffen, zum einen, was den Club, zum anderen, was Adrienne betrifft. Als ich das Gebäude verlasse, nicke ich John kurz zu.

»Viel Glück, Sir.«

»Danke, John«, erwidere ich, ohne anzuhalten.

Ich steige in meinen *Bentley* und texte Troy, um ihn wissen zu lassen, dass ich auf dem Weg bin.

Am Club angekommen parke ich dahinter und betrete ihn durch den Personaleingang. Vor dem Haupteingang hat sich bereits eine Schlange gebildet, weshalb ich hoffe, dass die heutige Nacht ein Erfolg wird. Zumindest, was das Geschäft betrifft. Ich finde Troy und Marc im Büro im ersten Stock.

»Hast du die Schlange gesehen?« Marc grinst.

»Ja. Wird eine geschäftige Nacht.«

»Äh, Adrienne läuft irgendwo hier rum. Sie prüft, ob alles korrekt aufgebaut ist«, sagt Troy. »Nur falls du es wissen wolltest.«

»Oh, okay. Ich werde warten, bis sie weniger beschäftigt ist.«

»Du hast seit der Nacht nicht mehr mit ihr gesprochen?«, fragt Marc.

»Nein. Sie ist ziemlich wütend auf mich. Nachdem sie herausgefunden hat, dass ich ein Escort war, diese Schlampe Vivian gevögelt habe und noch mit jemandem zusammen war, nachdem Adrienne und ich Sex miteinander hatten, war sie mit mir fertig.«

Marc wirft mir einen traurigen Blick zu. »Das tut mir leid. Immerhin habe ich dich gefragt, ob du den Termin mit mir durchziehen würdest.«

Ich schüttele den Kopf. »Mach dir darum keinen Kopf. Es war nun mal mein Job. Außerdem wusste ich da noch nicht, was sich mit Adrienne entwickeln würde. Nach unserer ersten Nacht ist sie einfach abgehauen. Sie hat mich nichts erklären lassen.«

»Hoffentlich bekommst du noch die Gelegenheit, mit ihr zu reden«, meint Marc.

Ich nicke. »Also, ist alles bereit für die Eröffnung? Müssen wir noch etwas tun, bevor die Türen aufgehen?«

»Ich glaube, alles ist bereit«, antwortet Troy.

»Gut. Wollen wir noch mal kurz zur Bar und uns einen genehmigen, bevor das Ding hier losgeht?«

»Klar«, erwidert Troy und Marc stimmt ein.

Wir gehen hinunter zur Bar. Alle Angestellten sind an ihren Plätzen und bereit, loszulegen. Die erste Ebene ist Marcs und hat einen sehr eleganten Touch. An zwei Wänden des Raumes stehen cremefarbene Sofas mit roten Kissen, dazu niedrige rechteckige Tische. In eine andere Wand sind einzelne, mit Tischchen ausgestattete Nischen eingelassen, falls es jemand privater mag. Über jedem Tisch hängt ein kleiner Kronleuchter, die Nischen wirken sanft und gemütlich und sind im gleichen Rot wie die Kissen gehalten. Die Bar befindet sich in der Nähe des Eingangs und die Tanzfläche nimmt die Mitte ein.

»Auf eine erfolgreiche Nacht, Jungs«, sagt Troy und wir stoßen an.

»Bereit, auf unsere Etagen zu gehen?«, frage ich Troy.

»Ja, sehen wir sie uns noch ein letztes Mal an, solang sie noch leer sind. Marc, lass uns den Einlass in fünfzehn Minuten starten.«

Troy und ich gehen die Treppen nach oben auf die zweite Ebene. Es gibt auch einen Fahrstuhl, doch der ist in erster Linie für Betrunkene reserviert, die die Treppen nicht mehr schaffen. Ihre Freunde, die sie schlussendlich nach Hause bringen müssen, werden es uns danken.

Troys Etage ist komplett mit einem roten Schimmer versehen. Entlang der Wand erstreckt sich eine riesige Couch, die in mehrere kleine Bereiche unterteilt ist. Zu jedem von ihnen gehört ein passender Tisch. Hinter der Couch erstreckt sich ein langes Regal, auf dem verschiedene Laternen und große Spiegel stehen. Etwas abseits befinden sich runde Sitzecken mit schwarzen Tischen, auf denen kleine Kerzen stehen. Seine Tanzfläche liegt ebenfalls in der Mitte und ist mit drei runden Bühnen versehen, die etwas höher als der normale Boden angelegt sind. In der Nähe der Terrasse stehen cremefarbene Bänke und Tische. Die Bar befindet sich am Ende des Raumes.

»Sieht toll aus«, lobe ich.

»Ja, es gefällt mir«, sagt er stolz.

»Ich werde dann mal auf meine Etage gehen. Bis später.«

Ich lasse ihn auf seinem Stockwerk zurück und begebe mich zu meinem, damit ich es ein letztes Mal ganz sauber und ruhig genießen kann.

Auf meiner Ebene findet man schwarze geschwungene Ledersofas, an denen jeweils drei Tische stehen. Durch cremefarbene Vorhänge kann man sich auf Wunsch mehr Privatsphäre verschaffen, falls man nur einen der Tische benötigt. Weitere einander gegenüberliegende Sitzecken erstrecken sich in einem anderen Bereich des Raumes. In einer dunklen Ecke der Etage befinden sich größere Sitzecken, die man ebenfalls mit einem Vorhang abtrennen kann. Sie sind ähnlich wie auf Troys Ebene in gedämpftes rotes Licht getaucht. Die Stühle an der Bar sind groß und mit Rückenlehne, sodass man bequem sitzen kann. Wie bei den anderen Etagen nimmt auch hier die Tanzfläche die Mitte des Raumes ein.

Auf allen Terrassen des Clubs gibt es jeweils eine kleinere Bar und weitere Tische und Stühle. Zusätzlich dazu bietet Marcs Bar auch kleine Snacks an. Ich höre unten Stimmen und Schritte und weiß, die Türen haben sich geöffnet. Die DJs fangen an, aufzulegen und unsere Eröffnungsnacht hat offiziell begonnen.

Ich muss unwillkürlich lächeln. Die Zeiten, wo ich für meine bloße Anwesenheit bezahlt wurde, sind definitiv vorbei.

Ich begebe mich zu einer Tür in der Ecke des Raumes, schließe sie auf und trete ein. Die Tür fällt automatisch hinter mir ins Schloss. Von meinem Büro aus kann ich die gesamte Etage überblicken. Die ersten Leute tröpfeln herein und erkunden den Club. Nach ungefähr einer halben Stunde verlasse ich mein Büro und gehe nach unten ins Erdgeschoss. Ich muss Adrienne finden und sicherstellen, dass sie nicht nur ihren Job erledigt und dann geht. Das darf nicht geschehen. Ich kann nur noch daran denken, ihr alles zu erklären. Und hoffen, dass sie mir glaubt.

Zuerst sehe ich jedoch auf Troys Etage nach. Wenn sie mit Emilie hier ist, dann unterhalten sie sich vielleicht mit Troy. Nachdem ich fünfzehn Minuten lang die Sitzecken, Tische und die Bar abgesucht habe, beschließe ich, es bei Marc zu probieren. Als ich die dunklen Stufen hinabkomme, bietet sich mir ein Anblick, der mich nicht nur schockiert, sondern auch das Blut in meinen Adern zum Kochen bringt.

# 26. KAPITEL

**Adrienne**

Vor heute Nacht hat es mir gegraut. Ginge es nicht um meine Arbeit, wäre ich keinesfalls erschienen. Ich weiß, Jace ist hier irgendwo – immerhin ist es die Eröffnung seines Clubs. Ich kann nur hoffen, der Club möge voller Leute sein, damit ich ihm aus dem Weg gehen kann. Allein zu wissen, dass wir im selben Gebäude sind, setzt meinen Nerven zu. Obwohl ich die Hoffnung habe, nicht auf ihn zu treffen, habe ich mir für diesen Anlass dennoch ein neues Kleid gegönnt. Es ist schwarz und fällt mir gerade bis übers Knie, aber gleichzeitig ist es rückenfrei und der Ausschnitt endet genau oberhalb meines Pos. Über den Rückenausschnitt erstrecken sich fünf Ketten aus falschen Perlen. Die Vorderseite des Kleides besitzt ebenfalls drei solcher Ketten. Zusätzlich habe ich tatsächlich schwarze und cremefarbene Schuhe gefunden, die mit *Swarovski*-Steinen besetzt sind und perfekt zu meinem Outfit passen. Meine Haare trage ich wieder zu einem engen Knoten hochgesteckt.

Erfolglos versuche ich mir einzureden, ich hätte mich nicht so herausgeputzt, um Jace verrückt zu machen. Eigentlich war mein Plan, früh zu kommen, alles zu überprüfen und dann wieder zu verschwinden. Ich wollte sicherstellen, dass die Tombola-Stationen auf den Etagen dort sind, wo ich sie haben will. Außerdem habe ich auf jeder Terrasse ein Buffet mit Kuchen, Cupcakes, Obst und Schokoladenbrunnen aufstellen lassen. Dieser Auftrag war ziemlich einfach. Nachdem wir erst einmal entschieden hatten, welche Preise wir verlosen wollten, haben wir einfach Fotos davon vergrößern lassen und in der Nähe der Tombolas platziert.

Als ich Emilie erzählt habe, dass ich nicht lang hier sein werde, hat sie einen kleinen Tobsuchtsanfall bekommen. Sie wollte nicht allein bleiben. Nach stundenlangem Bitten und Betteln ihrerseits habe ich schließlich zugestimmt, nicht direkt zu gehen. Sie ist auch diejenige, die mir bei der Wahl meines Outfits geholfen hat. Ich habe ihr von meinem Gespräch mit Jace erzählt und sie versteht zwar, warum ich sauer bin, findet aber trotzdem, dass ich noch mal mit ihm reden sollte. Als ich sie fragte, warum zum Teufel ich das tun sollte, meinte sie nur, dass jede Geschichte zwei Seiten hat und ich Jace keine Gelegenheit gegeben habe, seine zu erzählen.

Was soll's. Ich denke, ein wenig Distanz wird mir helfen, mir über einige Dinge klar zu werden. Eventuell ist es ihm mittlerweile auch egal. Er hat sich nur ganz zu Anfang nach meinem Zusammentreffen mit Vivian bei mir zu melden versucht. Seitdem hat er es nicht mehr probiert. Vielleicht glaubt er, dass ich den Aufwand nicht wert bin. Männer geben sich nur dann Mühe, wenn sie etwas wirklich wollen.

Heute Nacht werde ich versuchen, nicht darüber nachzudenken. Ich will einfach einen netten Abend mit Em verbringen. Allerdings könnte sich das als schwierig erweisen, da dies immerhin sein Club ist und er sich hier irgendwo herumtreibt. Aber vielleicht ist er ja zu beschäftigt, um an mich zu denken.

Nachdem ich sicher bin, meinen Job hier erledigt zu haben, finde ich Em im Erdgeschoss und wir holen uns etwas zu trinken.

»Danke fürs Bleiben«, sagt sie und lächelt schelmisch.

»Ja, ja. Du stehst damit offiziell in meiner Schuld.«

»Egal. Wir werden heute Abend einen Riesenspaß haben und du wirst nicht mehr daran denken, warum du nicht bleiben wolltest.«

Ich werfe ihr einen düsteren Blick zu.

»Okay, vielleicht wirst du es nicht völlig vergessen. Lass uns einfach trinken!«

Wir leeren jeder einen Whiskey und widmen uns dann unseren Long Islands.

»Hast du mit Troy geredet?«, erkundige ich mich.

»Ja. Zwei Tage nach der ganzen Sache hat er mich angerufen. Wir haben uns zuerst recht lang angeschwiegen, es war echt unangenehm. Dann habe ich ihn geradeheraus gefragt, ob er auch ein Escort ist. Ich glaube, er hatte nur darauf gewartet. Er sagte, dass er einer war und noch immer einer ist.«

»Noch immer?«

»Ja.«

»Und?«

»Und nichts. Er meinte, er habe noch nie darüber nachgedacht, wann er aufhören will. Escort ist er wohl schon eine ganze Weile.« Sie nimmt einen Schluck von ihrem Drink.

»Ich weiß, dass es zwischen euch nie wirklich ernst geworden ist und ihr auch nicht miteinander geschlafen habt, du ihn aber magst. Was willst du jetzt tun?«

Sie zuckt mit den Schultern. »Keine Ahnung. Ich mag ihn wirklich und das habe ich ihm auch gesagt. Aber auch, dass ich wahrscheinlich nicht damit klarkommen würde, wenn er ständig mit anderen Frauen zusammen ist. Das versteht er und wir haben es dabei belassen.«

»Wir haben echt eine gute Trefferquote, was?« Ich sehe sie gequält an.

»Ja.« Sie verdreht die Augen. »Wenigstens hat Jace seinen Job an den Nagel gehängt.«

»Ich weiß, doch das ist auch nicht wirklich das Problem. Er hat mich bezüglich Vivian angelogen, obwohl er niemand Geringeres als sie *und* gleichzeitig zwei weitere Mädchen gevögelt hat. Er hat verheimlicht, was er war. Wenn man so einen Job hat, dann finde ich es schon wichtig, die Frau, mit der man schläft, darüber in Kenntnis zu setzen. Außerdem hat er nach unserer gemeinsamen Nacht noch mindestens eine weitere Frau gefickt, vielleicht sogar mehr als eine. Das ist ziemlich daneben.«

»Weiß ich doch. Ich finde nur, wenn ihr euch je wieder vertragt, dann wäre es okay, wenn ihr wieder zusammenkommt, weil Jace immerhin nicht länger Geld dafür nimmt, mit anderen Frauen zusammen zu sein. Troy schon.«

»Noch einen Shot?«, frage ich.

»Ja. Lass uns dieses Mal aber einen anderen ausprobieren.«

»Klingt gut.«

Nachdem wir noch einen Shot getrunken haben, leeren wir unsere Long Islands und gehen zur Tanzfläche. Ein paar Lieder lang tanzen wir, dann zerrt Em mich wieder zur Bar.

»Noch einen?«, bettelt sie.

»Okay, einen.«

»Dieses Mal nehmen wir den Drink, der sich *Pornostar* nennt!«

»Ich wollte schon immer mal einen *Pornostar* in meinem Mund«, sage ich sarkastisch.

Nach dem dritten Schnaps und einem weiteren Long-Island-Eistee beginne ich, das warme, zufriedene Gefühl in mir zu spüren. Wir tanzen noch ein bisschen, dann gehen wir auf die Toilette. Der Flur, von dem die Räume abgehen, ist mit exquisiten Wandleuchten verziert und die Türen sind mit Schnitzereien versehen.

»Die Jungs *müssten* nicht unbedingt als Escorts arbeiten«, sagt Em.

»Wahrscheinlich haben sie sich damit das Geld verdient, um diesen Club auf die Beine zu stellen. Aber der Club wird auch einiges einbringen, also könnten sie jetzt theoretisch damit aufhören, das stimmt. Vielleicht wollen sie das aber gar nicht.«

»Egal. Lass uns pinkeln und nach oben gehen. Ich will die anderen Etagen begutachten.«

Wir müssen ein bisschen in der Schlange warten, bevor wir endlich aufs Klo können. Danach frischen wir unser Make-up auf und nehmen die Treppen, die nach oben führen.

Je mehr ich laufe, desto stärker spüre ich die Wirkung des Alkohols. Em und ich werden albern und tanzen auf der zweiten Etage zu ein paar Liedern. Auf der Terrasse schnappen wir uns einige Leckereien, die ich habe aufstellen lassen.

»Helfen Cupcakes dabei, den Alkoholspiegel zu senken?«, fragt Em.

»Ist vermutlich besser als nichts.«

Wir essen unsere Cupcakes und kosten dann von dem Obst und tauchen es in die Schokolade.

»Lass uns jeder ein Wasser bestellen und noch ein bisschen warten, bevor wir wieder zu den Drinks für Erwachsene wechseln«, sage ich grinsend.

»Klingt nach einem Plan.«

Nachdem wir etwas Wasser getrunken haben, kehren wir wieder zur Tanzfläche zurück und ich vergesse für einen Moment tatsächlich meine Probleme. Em und ich lachen und haben jede Menge Spaß. Plötzlich räuspert sich jemand neben uns. Wir drehen uns um und entdecken einen freundlich dreinblickenden Troy. »Ladys. Habt ihr Spaß?«

»Haben wir«, antwortet Em.

»Prima. Emilie, kann ich dich mal kurz sprechen?«

Emilie blickt zu ihm und dann zu mir. Offensichtlich weiß sie nicht, was sie tun soll.

»Ja, mach nur. Ich hole mir noch ein bisschen Wasser. Ich treffe dich nachher wieder hier.«

»Bist du sicher? Schaffst du es allein?«

»Ja klar, Em.«

Troy schenkt mir ein Lächeln, platziert seine Hand auf Ems unterem Rücken und geleitet sie irgendwohin. Ich steuere auf die Bar zu, als ich mit einem Mal erstarre.

Liam.

Ein paar Meter vor mir steht mein blöder Exfreund mit einem anderen Kerl und einem Mädchen. Als hätte er meine Anwesenheit gespürt, dreht er sich zu mir um. Ein Lächeln umspielt seine Lippen, dann sagt er etwas zu seinen Freunden. Ich versuche, unauffällig zu verschwinden, doch dann spüre ich seine Hand an meinem Ellbogen.

»Adrienne.«

Ich bleibe stehen, atme tief durch und drehe mich zu ihm um.

»Du siehst fantastisch aus«, sagt er und mustert mich von oben bis unten.

»Danke.« Ich begutachte ihn ebenfalls und stelle fest, dass er ziemlich gut aussieht. Zu schade, dass er ein Arschloch und scheiße im Bett ist. Wie viele Mädchen er wohl davon überzeugt hat, er sei einen Versuch wert?

»Ich habe dich schon lang nicht mehr gesehen. Wie geht es

dir?«

»Gut.«

»Gut«, erwidert er und schenkt mir ein weiteres Lächeln.

Eine Gruppe von Leuten passiert uns und schubst mich gegen ihn. Mein Körper prallt gegen seinen und er streckt seine Hand nach meiner Hüfte aus, um mich auf den Beinen zu halten. Schnell weiche ich zurück und außerhalb seiner Reichweite.

»Passt doch auf, ihr Arschlöcher!«, brüllt er den anderen hinterher. »Alles in Ordnung?«, will er von mir wissen.

»Ja, alles gut. Danke. Ich wollte gerade zur Bar.« Ich schiebe mich an ihm vorbei.

Er begleitet mich. Kurz vor der Treppe bleibe ich stehen.

»Es war schön, dich zu sehen, Liam«, lüge ich.

»Versuchst du, mich loszuwerden?«, fragt er mit einem schiefen Grinsen.

»Ich will nur etwas Wasser holen.«

Er sieht mich traurig an. »Adrienne, ich wollte schon eine ganze Weile mit dir sprechen, aber du hast mir nie die Möglichkeit gegeben. Können wir uns kurz unterhalten?«

Ich muss an unsere Trennung denken und begreife, dass er recht hat. Ich habe ihm wirklich keine Chance gegeben, sich zu erklären. Genau wie bei Jace. Offensichtlich habe ich ein Problem damit, Männer zu Wort kommen zu lassen, nachdem sie mich einmal verärgert und verletzt haben. Wahrscheinlich glaube ich, sie würden ohnehin nur etwas Sinnfreies sagen, das mich nur noch wütender machen wird.

»Meinetwegen, aber nur für ein paar Minuten.«

Er bringt mich zu den Treppen, wo es ein wenig ruhiger ist.

Ich lehne mich gegen die Wand; Liam steht vor mir. Mit der Hand fährt er sich durch sein dunkelblondes Haar, dann vergräbt er seine Hände in den Hosentaschen. Sein blauer Blazer ist nicht zugeknöpft und enthüllt das einfache, weiße T-Shirt darunter.

»Adrienne, ich möchte mich für das, was geschehen ist, bei dir entschuldigen. Ich weiß, dass ich es vermasselt habe und mein Alkoholpegel damals nichts entschuldigt. Doch ich wollte dich wissen lassen, wie leid es mir tut. Es war nicht so, als hätte ich schon immer auf deine Freundin gestanden. Ich war bloß richtig betrunken und wir waren alle gut drauf. Du und ich hatten uns gerade über etwas gestritten und ich war sauer. Ich habe meine Emotionen das Ruder übernehmen lassen. Es war falsch und dumm und das werde ich mir niemals vergeben. Ich will, dass du weißt, dass ich dich noch immer respektiere und mir im Klaren darüber bin, eine wunderbare Frau verloren zu haben. Damit werde ich leben müssen.«

Ich bereue augenblicklich, ihm nicht schon eher die Gelegenheit gegeben zu haben, mit mir zu reden. Er wirkt sehr erwachsen, völlig anders als der Mann, den ich in Erinnerung habe. Oder vielleicht bloß anders als der Mann, zu dem ich ihn gemacht habe, weil ich wütend auf ihn war.

Wie dem auch sei, ich denke, wir können nun endlich beide mit der Sache abschließen. »Es tut mir leid, dass ich dir nicht schon eher die Chance gegeben habe, dich zu erklären, Liam. Ich war sauer, weil ich wusste, was du getan hast. Nur das zählte für mich. Dein Handeln ist nach wie vor falsch, aber nun ist mir klar, dass du dir dessen bewusst bist und es dir eingestehst.«

Das scheint ihn zu erleichtern. Er zieht die Hände aus den Hosentaschen und lächelt, als er näher tritt.

»Vergibst du mir?«, fragt er mich mit einem Dackelblick.

Ich grinse und verdrehe die Augen. »Ich denke schon. Aber nur, weil es keinen Sinn macht, nachtragend zu sein. Es ist schließlich schon so lang her.«

Er streckt seine Arme nach mir aus und ich muss mich nur ein wenig von der Wand wegdrücken, damit er mich an sich ziehen kann. Er hebt mich ein wenig hoch.

»Du bist umwerfend, Adrienne. Ich bin froh, dass wir die Sache aus der Welt geschafft haben.«

»Ich auch. Kannst du mich jetzt absetzen?«

»Sorry.« Er setzt mich ab und gibt mir einen Kuss auf die Wange. »Du siehst wirklich gut aus. Hoffentlich bist du glücklich.«

Ich zögere, weil ich nicht länger glücklich bin. Nicht ohne

Jace. Ich sollte ihm die gleiche Gelegenheit geben wie Liam – und nicht wieder acht Monate warten.

Gerade will ich etwas erwidern, als ich links hinter mir ein Geräusch höre. Ich drehe mich um und entdecke Jace. Sein Kiefer ist angespannt, seine Hände sind zu Fäusten geballt und ich habe keine Ahnung, was er gerade denkt.

»Jace.« Meine Stimme ist weich und heiser. Ich bin überrascht und nervös.

Liam blickt zwischen mir und Jace hin und her. Vermutlich will er herausfinden, was gerade vor sich geht. »Äh, ich denke, ich sollte euch beide allein lassen. Kommst du klar?«, fragt er.

Ich nicke bloß und Liam wendet sich zum Gehen. Er muss an Jace vorbei, der den Zugang zum Club fast gänzlich versperrt. Liam will an ihm vorbeigehen, doch Jace hält ihn auf. Er ist ein paar Zentimeter kleiner als Jace und muss zu ihm aufsehen. »Was ist dein Problem?«, fragt Liam.

»Wage es nicht, sie noch einmal anzufassen oder zu küssen«, faucht Jace.

»Jace, es ist in Ordnung«, sage ich.

»Es ist in Ordnung? Er darf dich betatschen? Er darf dich anfassen und küssen? Er darf dich hochheben und das ist in Ordnung?«

»Nein, so habe ich das nicht ...«

Er wendet sich wieder zu Liam. »Fass sie. Nie wieder. An. Verstanden?« Seine Stimme ist leise und hat einen drohenden Unterton.

Liams scheint verwirrt und ein wenig nervös. »Ja, verstanden.«

Jace gibt den Weg frei und Liam verschwendet keine Zeit, um das Weite zu suchen. Als Jace mich mit seinem düsteren Blick festnagelt, wünsche ich mir, ich könnte auch verschwinden. Er kommt näher und ich dränge mich in die Ecke. Buchstäblich. Ich kann nirgendwohin. Wenige Zentimeter vor mir bleibt er stehen und ich sehe hoch in seine Augen. Weil ich seine Gefühle nicht deuten kann, wende ich den Blick ab.

»Komm mit.«

# 27. KAPITEL

**Adrienne**

Während ich ihm die Treppen hinauf folge, vorbei an Mädchen, die ihm förmlich ihre Möpse ins Gesicht drücken, denke ich nervös an das Gespräch, das vor mir liegt. Offensichtlich habe ich noch immer Gefühle für ihn, sonst würde ich die anderen Mädchen nicht so dringend die Treppe hinunterwerfen wollen.

Wir erreichen die dritte Ebene und Jace versichert sich, dass ich noch da bin. Kein Lächeln zeichnet sich auf seinem Gesicht ab. Nichts. Er scheint völlig emotionslos und das schürt mein Unbehagen noch mehr. Sollte ich nicht diejenige sein, die zornig auf ihn ist? Ich habe nichts falsch gemacht. Warum benimmt er sich, als wäre er wütend auf mich?

Wir schlüpfen durch eine Tür am Ende des Raumes, steigen ein paar Stufen hoch und stehen vor einer zweiten Tür. Im Innern bemerke ich das große lange Fenster, von dem aus man den Club überblicken kann. Der überdimensionale Schreibtisch erinnert mich an unser Abenteuer vor einigen Wochen. Außerdem gibt es noch zwei große, gemütlich wirkende Sessel mit einem Tisch in der Ecke des Büros. Eine Minibar und ein Kühlschrank befinden sich an der anderen Seite.

Unschlüssig, was ich tun soll, gehe ich in die Mitte des Raumes und drehe mich zu ihm um. Jace schließt die Bürotür und setzt sich auf die Kante des Schreibtisches. Zwischen uns entsteht eine unangenehme Stille, während wir uns gegenseitig mustern.

»Wer war das?«, fragt er. Sein Gesicht ist noch immer wie versteinert.

Ich zögere einen Moment. »Liam. Mein Exfreund.«

Verwirrung und Überraschung liegen in seinen Augen. »Dein Ex?«

Ich nicke.

»Und du magst ihn wieder? Ich dachte, du würdest ihn hassen, wegen dem, was er dir angetan hat.« Er fährt sich mit der Hand über den Kopf. Ich kann ihm ansehen, dass es in ihm brodelt. Er verengt die Augen und sein Kiefer verkrampft sich.

»Ich habe ihm nur die Chance gegeben, zu sagen, was er sagen wollte.« In dem Moment, als die Worte meinen Mund verlassen, weiß ich, dass ich einen Fehler gemacht habe.

Jace neigt den Kopf, ein ungläubiger Ausdruck auf seinem Gesicht. Einen Moment wendet er die Augen ab, nur um mich Sekunden später mit einem wütenden Blick anzustarren, der sowohl seinen Zorn als auch seine Enttäuschung verrät.

»Willst du mich verarschen, Adrienne? Dieser verdammte Kerl darf sich erklären, aber mich ignorierst du, obwohl ich genau das Gleiche tun wollte? Ich bin fast verrückt geworden, weil ich so lang auf die Chance warten musste, mit dir zu reden, und jetzt bist du hier in meinem Club und feierst eine Wiedervereinigung mit deinem Ex?« Er geht zur anderen Seite des Büros und wendet mir den Rücken zu.

»Jace, ich wollte dir auch noch die Gelegenheit für ein Gespräch geben. Ich habe erkannt, dass ich nicht gut darin bin, Leute zu Wort kommen zu lassen, wenn sie mich einmal verärgert haben. Doch ich gebe dir die Chance jetzt. Was willst du mir sagen?«

Er dreht sich um, bleibt aber, wo er ist. Sein Gesicht entspannt sich etwas, doch er ist noch immer wütend. »Ich wollte es dir sagen, Adrienne. Ich wollte es dir in der Nacht sagen, als du es herausgefunden hast.«

»Du findest nicht, dass du mir das schon viel eher hättest sagen sollen?«

»Natürlich, aber ich wusste auch, du würdest wahrscheinlich verschwinden und ich würde dich nie wiedersehen.«

»Das konntest du nicht sicher wissen«, murmele ich.

»Wirklich? Also wäre es dir egal gewesen, wenn ich dir erzählt hätte, dass ich mich zu Dates mit Frauen treffe und sie hin und wieder auch vögele?«, fragt er barsch.

Ich erblasse, erwidere aber nichts.

»Genau«, sagt er. »Sieh mal, ich war ehrlich mit dir, als ich dir erzählt habe, ich wäre schon mit vielen Frauen zusammen gewesen. Das entspricht der Wahrheit. Ich habe dir nur verschwiegen, dass ich dafür bezahlt wurde. Für dich mag es vielleicht einen Unterschied machen, aber was, wenn ich dafür nicht bezahlt worden wäre? Hättest du dann kein Problem mit den vielen Frauen, mit denen ich etwas hatte? Stört dich der Geldaspekt daran?«

»Ja, du hast die vielen Frauen erwähnt. Aber wenn du jahrelang ein Escort warst, dann sind es vermutlich viel mehr Frauen, als ich mir je hätte vorstellen können.«

»Wahrscheinlich stimmt das«, erwidert er nüchtern.

»Warum bist du überhaupt Escort geworden? Warum hast du ausgerechnet dieses Leben gewählt?«

Er atmet tief aus. »Ich habe dir ein wenig von meiner Familie erzählt – du bist übrigens die Erste, die davon erfahren hat – also weißt du, dass ich keine einfache Kindheit hatte. Mein Vater war nie da und meine Mutter tat so viel, wie sie konnte. Mein Bruder und ich träumten davon, wegzuziehen und ein besseres Leben zu haben. Wir sahen, wie unsere Mutter uns finanziell kaum über Wasser halten konnte, und wollten nie auch so leben müssen. Mein Bruder war ein guter Kerl; er machte nie irgendwelchen Ärger, kam in der Schule mit und tat immer, was man von ihm verlangte. Er war ganz anders als ich, aber wir drei hielten zusammen wie Pech und Schwefel. Als Mom auf der Arbeit war, halfen wir im Haushalt. Nach einem langen Tag zauberte es ihr ein Lächeln aufs Gesicht, wenn wir alles frisch geputzt hatten. Eines Tages beschlossen wir, ihr ein schönes Abendessen zuzubereiten, doch uns fehlten ein paar Zutaten. Drew wollte eben zum Supermarkt um die Ecke, um die Sachen zu besorgen.«

Er hält inne und atmet erneut tief durch. »Jemand hat ihn auf dem Nachhauseweg erschossen. Die Zeit danach war für meine Mutter und mich sehr hart. Er war mein bester Freund gewesen, manchmal mein einziger Freund. Meine Mom kam mit dem Verlust nicht klar. Sie weinte jeden Tag und meldete sich auf der Arbeit krank. Es geschah so häufig, dass sie ihr irgendwann kündigten. Ich war nur ein Teenager und musste kleinere Nebenjobs annehmen, damit wir überhaupt Strom und etwas zu essen bezahlen konnten. Um es noch schlimmer zu machen, bekam meine Mutter ein Alkoholproblem und in gewisse Weise verlor ich auch sie. Eines Nachts bekamen ein paar Freunde und ich zufällig mit, wie irgendein Typ versuchte, auf der Straße Frauen zu überreden, Escorts zu werden und das Geld mit ihm zu teilen. Wahrscheinlich war er ein Junkie oder Alki und nicht ganz klar im Kopf, löste bei uns jedoch eine Diskussion darüber aus, wie es wohl wäre, ein Escort zu sein und was alles zum Job gehört. Daraufhin ging ich in die Bibliothek und recherchierte ein wenig. Ich kontaktierte ein paar Agenturen, und als eine antwortete, war mir klar, dass ich so bald wie möglich anfangen würde. Auf diese Weise konnte ich mein altes Leben und mein Zuhause, mit dem ich so viele schreckliche Erinnerungen verband, hinter mir lassen. Und ich wusste, ich würde nie wieder in Geldsorgen stecken.«

Er macht noch einmal eine Pause. »Mein erstes Gehalt schickte ich fast vollständig an meine Mom. Ich wollte, dass es ihr gut geht. Dafür sorge ich bis heute. Mit der Zeit bekam ich immer mehr Geld für meinen Job und gab es für alles Mögliche aus. Das war neu und aufregend. Ich wollte das nicht aufgeben. Ich wollte mir nie wieder Sorgen über Geld machen müssen. Ja, vielleicht ist es ein Job, auf den die Leute höhnisch herabschauen, aber wenn ich ehrlich bin, würde ich lieber wieder diesen Job machen und Geld haben, als im Dunkeln Sandwiches essen zu müssen, weil mir der Strom gekappt wurde. Als Escort habe ich viel Geld verdient; ich konnte davon meinen Collegeabschluss machen und diesen Club eröffnen. Deshalb werde ich es nicht bereuen.«

Wie erstarrt stehe ich da und versuche, die ganzen Informationen zu verarbeiten. Wieder wird mir klar, dass er viel mehr ist als das, was ich ihm zugestehe. In so jungen Jahren so viel durchzumachen und am Ende so viel aus sich zu machen, ist unglaublich. Ich habe Armut nie kennengelernt. Ich weiß nicht, wie es ist, derart viel Schlimmes zu erleben; kann es mir nicht einmal vorstellen. Es steht mir wirklich nicht zu, Jace' Entscheidungen, die er in seinem Leben getroffen hat, infrage zu stellen.

»Jace ... ich weiß nicht, was ich sagen soll. Das tut mir alles so leid, aber ich bin auch so furchtbar stolz auf dich. Mir ist bewusst, dass du mehr als nur ein Escort bist. Ich habe dich als den gütigen, großzügigen und umsorgenden Mann kennengelernt, der du bist. Doch ich kann dir nicht verzeihen, dass du mich angelogen hast und nach unserer Nacht noch mit anderen Leuten geschlafen hast.«

Er kommt langsam auf mich zu. Sein Gesicht verrät keine Regung. »Worüber habe ich dich angelogen?«

»Vivian. Du hast gesagt, du würdest sie nicht kennen.«

»Tue ich nicht. Das war keine Lüge. Ich habe auch erst ihren Namen erfahren, als du ihn mir genannt hast.«

Ich weiche ein paar Schritte zurück, um ein wenig Distanz zwischen Jace und mich zu bringen. »Ich bin verwirrt.«

»Sie und zwei andere Mädchen hatten mich gebucht. Ich habe ihre Namen nie erfahren und sie meinen auch nicht. Wir hatten Sex, Adrienne. Deswegen kenne ich sie aber noch lang nicht.«

»Ich hasse es, dass du Sex mit ihr hattest«, murmle ich.

»Ich hasse es auch, doch ich kann es jetzt nicht mehr ändern. Es war mein Job.«

»Also hast du nur einmal mit ihr geschlafen, als du noch ein Escort warst?«

Er nickt. »Nur einmal.«

»Und was habt ihr dann zusammen auf der Herrentoilette in dem Club gemacht?«

»Sie ist mir dorthin gefolgt. Sie hat sich mir aufgedrängt, aber ich habe sie abgewiesen. Sie dachte, weil wir schon einmal miteinander geschlafen hatten, würde ich es wieder tun wollen. Viele Kundinnen nehmen das an. Sie glauben, sie könnten dich beim zweiten Mal ins Bett bekommen, ohne dafür bezahlen zu müssen.«

»Mit wie vielen Frauen warst du nach mir zusammen?«

»Ich bin mit ein paar ausgegangen, hatte jedoch nur mit einer Sex.«

Als ich zusammenzucke, fährt er prompt fort. »Es war nach unserer ersten gemeinsamen Nacht. Du bist fortgerannt und ich wusste nicht, ob ich dich je wiedersehen würde. Die Verabredung stand schon länger fest und ich konnte sie nicht mehr absagen. Aber nachdem für mich feststand, dass ich dich näher kennenlernen wollen würde, bin ich zu niemand anderem mehr ins Bett gestiegen. Sogar, als du mich dann nicht mehr sehen wolltest. Ich musste immer an dich denken.«

Die Tür zum Büro wird aufgestoßen und Troy und Emilie stürzen herein. »Oh, Gott sei Dank!«, ruft Emilie theatralisch aus.

»Deine Freundin hier hatte einen Nervenzusammenbruch, weil sie dich unten nicht finden konnte.« Troy sieht amüsiert aus.

»Du hättest mich einfach anrufen oder mir schreiben können«, sage ich.

»Ich habe mein Handy verloren«, erwidert sie schmollend.

Ich werfe Troy einen Blick zu und er lässt mich stumm wissen, dass Emilie in der Zwischenzeit noch ein paar Drinks getrunken hat. »Entschuldigt, wenn ich euch gestört habe. Ich habe mir bloß gedacht, ihr würdet vermutlich hier sein. Wenn ihr noch weiter reden wollt, kann ich sie im Auge behalten.«

Emilie setzt einen finsteren Gesichtsausdruck auf, der an ihr total lächerlich wirkt, und stakst zu Jace herüber. Sie versucht Furcht einflößend auszusehen, versagt aber kläglich. »Erinnerst du dich noch daran, womit ich dir gedroht habe, falls du nicht nett zu ihr bist?«, fragt sie.

Er sieht kurz zu mir und wendet sich dann wieder Em zu. »Vielleicht.«

»Oh, du weißt es noch. Mir ist es egal, wie niedlich du bist, blaue Augen hin oder her. Du wirst bestimmt nicht meine Freundin verarschen und ungeschoren davonkommen.«

Troy versucht angestrengt, nicht loszulachen. Jace sieht ebenfalls höchst amüsiert aus, und als Em ihren Zeigefinger hebt und streng damit auf Jace zeigt, kann ich auch nicht mehr an mich halten und pruste los. Die Jungs tun es mir nach. Der Größenunterschied ist einfach zu herrlich. Außerdem sieht sie aus wie eine alte Lady, die ihrem Enkel eine Standpauke hält, wenn sie so mit dem Finger vor seinem Gesicht herumfuchtelt.

Emilie dreht sich mit düsterer Miene zu mir um. »Was ist so witzig? Ich meine es ernst. Ich hacke sein Ding ab!«

Ich muss noch immer lachen. »Das weiß ich doch, Em.«

Sie verengt die Augen und sieht mich an. »Nicht nötig?« Sie glaubt zu flüstern, aber jeder kann sie hören.

Jace mustert mich aufmerksam, meine Antwort abwartend. »Komm schon, Em. Lass uns wieder runtergehen.«

»Willst du noch etwas trinken?«, fragt sie aufgeregt.

»Mal sehen.« Em braucht mit Sicherheit nicht noch mehr Alkohol.

Sie hakt sich bei mir ein und wir steuern auf die Tür zu. Bevor wir jedoch die Schwelle erreichen, spüre ich eine Hand an meinem Ellbogen.

Jace hält mich zurück. »So einfach lasse ich dich nicht gehen. Ich werde mich bei dir melden.«

Seine Worte klingen bestimmt und ich weiß, dass ich bald von ihm hören werde. Ich schlucke und nicke. Dann werfe ich Troy ein letztes Lächeln zu und wir machen uns auf den Weg.

»Ich werde mich auch bei dir melden, Troy!«, ruft Emilie, noch immer kichernd.

»Du bist so was von betrunken«, sage ich, während wir zurück in die Clubräume gehen.

»Gar nicht!«

Ich lache. »Klar. Worüber hast du eigentlich mit Troy geredet?«

»Vermutlich über das Gleiche wie du und Jace. Ihren ... Lifestyle.«

»Will Troy denn aufhören?«

»Ich bezweifle es.«

Wir erreichen die Bar und Em knallt ihre Hand auf die Theke. »Kellner! Ich will einen Schnaps.«

Der Barkeeper – nicht Kellner – bedenkt mich mit einem skeptischen Blick. »Ich mach das schon, Em«, sage ich und schiebe sie weg.

»Hi. Kannst du mir einfach ein bisschen Wasser in zwei Schnapsgläser füllen? Sie merkt den Unterschied ohnehin nicht mehr.«

Er zuckt mit den Schultern und gießt etwas Wasser in zwei Gläser.

»Bitte sehr.« Ich händige Em eines davon.

»Was ist das?« Sie wirkt angewidert. »Das hat ja gar keine Farbe.«

»Ein ganz neuer Drink. Trink einfach.«

Wir trinken beide aus und ich beobachte ihre Reaktion.

Sie blickt das Glas an und leckt sich über die Lippen. »Lass uns nächstes Mal etwas anderes nehmen. Das hier ist ziemlich schwach.«

Ich lächle. »Okay.«

Emilie setzt sich auf einen der Barhocker und beginnt, mit geschlossenen Augen und den Armen in der Luft zu tanzen. Sie erinnert mich ein wenig an diese aufblasbaren Skydancer, die gelegentlich zu Werbezwecken vor Geschäften stehen. Bei Ems Anblick muss ich lachen. Als ich aufsehe, entdecke ich Troy, der auf uns zukommt. Sein Gang erinnert mich an ein Laufstegmodel, eine Hand in der Hosentasche, der andere Arm schwingt locker mit. Durch seinen schneeweißen Anzug sticht er unwillkürlich aus der Menge heraus.

Er grinst, als er an Emilie vorbeigeht. Ihre Augen sind noch immer geschlossen und sie hat keine Ahnung, dass er hier ist. »Ich habe ein Taxi für sie gerufen. Dauert nicht mehr lang, bis sie einschläft.«

»Glaube ich auch. Danke.«

»Gern geschehen.« Er hält inne, es ist offensichtlich, dass er noch etwas auf dem Herzen hat. »Adrienne, es steht mir zwar nicht zu, aber du sollst wissen, dass Jace ein feiner Kerl ist. Ein besserer als ich, aber erzähl ihm bloß nichts von meinen Worten.« Seine Mundwinkel wandern nach oben. »Ich weiß, du bedeutest ihm wirklich viel. Jace war bisher nie der Beziehungstyp und geht darum manche Dinge vielleicht falsch an, doch er versucht wirklich, alles richtig zu machen. Bitte lass die Dinge, die wir tun – oder in diesem Fall – getan haben, das Gute nicht überschatten.«

Ich lächle. »Danke, Troy.«

Er richtet seinen Blick auf Emilie. »Und was ist zwischen euch?«, frage ich und deute zu ihr.

»Sie verdient etwas Besseres als mich«, seufzt er. »Ich hatte eine ernste Beziehung und ich fürchte, sie hat mich für immer kaputt gemacht.«

»Du willst mir doch nicht etwa sagen, dass du dir von etwas, das jemand in der Vergangenheit getan hat, nun auch noch die Zukunft ruinieren lässt?«, gebe ich seinen Rat an ihn zurück.

Er grinst. »Touché. Aber ich denke, dafür ist es bei mir zu spät. Ich vertraue niemandem mehr so leicht und das sorgt in einer Beziehung nur für Probleme. Und ich will ehrlich sein: Ich liebe meinen Job zu sehr, um damit aufzuhören. Ich habe dir gesagt, Jace ist von uns beiden der bessere Fang.«

»Vielleicht musst du nur jemanden finden, den du mehr liebst als deinen Job.« Ich lege meine Hand auf seine Schulter, dann gehe ich zu Emilie hinüber.

Er antwortet nicht, sondern verzieht nur leicht den Mund. Ich packe Emilie am Arm und ziehe sie mit nach draußen. Ich kann es kaum erwarten, nach Hause zu kommen. Ich muss mir über einiges klar werden und eine Entscheidung treffen.

# 28. KAPITEL

**Jace**

Ich beschließe, Adrienne einen Tag lang nicht zu kontaktieren. Das muss reichen. Sie meinte, sie würde sonntags nur faulenzen, also hoffe ich, sie zu Hause anzutreffen. Sie soll sich nicht länger vor mir verstecken. Ich werde dafür sorgen, dass sie ihre Gefühle für mich endlich zugibt.

Ich klopfe an ihre Wohnungstür, lege die Finger über den Spion und warte.

Ihre Schritte nähern sich der Tür. »Em, bist du das? Warum zum Teufel verdeckst du den Spion?«

Der Schlüssel dreht sich im Schloss und ich bin bereit, zu verhindern, dass sie mir die Tür vor der Nase zuschlägt.

Sie öffnet. Adriennes Blick wandert überrascht hoch zu meinem Gesicht. Ich lege meine Hand an die Tür, um sie aufzuhalten, sollte sie versuchen, sie zu schließen.

»Jace! Was machst du denn hier?« Adrienne fährt sich mit der Hand durch die Haare.

»Ich will mit dir reden. Ich habe dir doch gesagt, ich würde mich melden.«

»Ja, ich dachte nur, du sagst mir vorher Bescheid.«

»Du hättest einen Anruf ignoriert. Kann ich reinkommen?«

Sie zögert einen Moment. »Ja, aber ich will mir erst etwas Vernünftiges anziehen.«

»Ich finde, du siehst wunderschön aus«, sage ich, als sie mich einlässt.

Ihr dunkles lockiges Haar fällt ihr lose und wild über die Schultern. An ihr sieht es verdammt sexy aus. Ihr Shirt ist an einer Seite schulterfrei und entblößt ein Stück ihres Bauches. Ihr Hintern steckt in engen schwarzen Hosen.

»Danke. Ich hole nur eben ein Haargummi.«

Sie verschwindet in einem anderen Raum, und als sie zurückkehrt, hat sie ihre Locken zu einem hohen Zopf gebändigt.

Adrienne deutet zur Couch, also setze ich mich. Sie wiederum lässt sich auf einem Stuhl neben mir nieder und zieht die Beine an.

Ich seufze und lehne mich vor. »Adrienne, du kannst nicht leugnen, dass zwischen uns etwas ist. Jedes Mal, wenn ich dich sehe, spüre ich es und ich weiß, dir geht es ähnlich. Ich mache Scherze darüber, dass ich ein König bin und vielleicht wirke ich auch immer selbstsicher und sorglos. Doch im Moment mache ich mir große Sorgen, dass du mir nicht vergibst. Ich bin mir nicht sicher, ob ich gut genug für dich bin, du bist allerdings die Einzige, die mich dazu bringt, mich wie ein König zu fühlen. Wenn du in meiner Nähe bist, habe ich das Gefühl, ich könnte alles erreichen. Durch dich kann und will ich ein besserer Mann sein. Das ist mir noch nie passiert. Du kennst mich, Adrienne, mein wahres Ich. Die einzige Person, die so viel über mich weiß wie du, ist Troy. Ich weiß, du bist sauer. Aber dass du wütend bist, zeigt mir auch, dass ich dir ebenfalls etwas bedeute. Sonst würdest du deine Energien nicht darauf verschwenden, wütend auf mich zu sein.«

Ich sehe, wie es in ihrem Kopf rattert. Sie beobachtet mich mit Tränen in ihren schönen Augen. Ich halte unwillkürlich die Luft an und warte auf ihre Reaktion. Wenn sie mich aus ihrer Wohnung werfen sollte, werde ich keine Gelegenheit mehr bekommen, sie zu überzeugen, es mit uns zu versuchen. Alles, was ich sagen kann, habe ich gesagt – nun liegt es an ihr. Ich glaube nicht, dass man jemandem wirklich erklären kann, wie viel er einem bedeutet. Schließlich kennt man nur selbst sein Herz und seine Gedanken. Niemand kann je die Emotionen nachvollziehen, die man fühlt, wenn man sich in der Gegenwart einer anderen Person befindet oder an sie denkt. Man kann es ihr nur durch Taten zeigen, und ich hoffe, dass Adrienne mir die Chance gewähren wird.

Ich bin überrascht, als sie aus ihrem Stuhl aufspringt und zu mir kommt. Sie schlingt ihre Arme um meinen Hals und setzt sich seitlich auf meinen Schoß, sodass ihre Beine auf dem Kissen neben mir ruhen. Sie vergräbt ihr Gesicht an meinem

Nacken und ich atme endlich aus. Ich umarme sie und ziehe sie näher an mich.

»Jace, natürlich bedeutest du mir viel!«, sagt sie gegen meinen Hals. »Darum war ich so verletzt.«

Ich streichle ihr über den Rücken. »Ich weiß, Baby. Es tut mir leid.«

Eine Weile sitzen wir schweigend da, weil Worte nicht nötig sind. Dann richtet Adrienne sich auf und sieht mich an. »Willst du noch mal von vorn anfangen?«

Ich lächle sie an. »Das ist eine gute Idee.«

»Okay, dann lass uns die letzten drei Monate einfach vergessen.«

»Da bin ich nicht ganz mit einverstanden.«

»Doch. Dann wird unser erstes Date nämlich nicht mehr der Abend sein, an dem du mein Handy gestohlen und in Geiselhaft genommen hast.«

»Ich habe es nicht gestohlen«, protestiere ich grinsend.

»Wie du meinst.«

»Das bedeutet auch, dass du nach unserer ersten Nacht nicht davongelaufen bist. Das hat meinem Ego ganz schön zugesetzt.«

Sie lacht. »Oh bitte.«

»Okay, steh auf.« Ich schiebe sie sanft von mir herunter.

Verwirrt blickt sie zu mir auf, als ich aufstehe und mich vor sie stelle.

»Hi, ich bin Jace.« Ich strecke ihr meine Hand entgegen.

Das Lächeln, das sie mir schenkt, erwärmt mein Herz. »Hi, Jace. Ich bin Adrienne.« Sie erwidert meine Geste.

Ich führe ihren Handrücken an meine Lippen und küsse ihn. »Schön, dich kennenzulernen, Adrienne.«

Sie beißt sich auf die Unterlippe. »Gleichfalls.« Ich gebe ihre Hand frei und Adrienne schiebt beide Hände in die hinteren Hosentaschen. Dabei rutscht ihr Shirt noch ein Stückchen weiter hoch. »Also, Jace, was machst du beruflich?«, fragt sie mich. Auf ihrem Gesicht zeichnet sich ein teuflisches Lächeln ab.

Ich ziehe eine Augenbraue in die Höhe und grinse Adrienne schief an. »Nun, Adrienne, ich bin Teilhaber eines Clubs, den ich mir mit zwei Freunden aufgebaut habe. Davor habe ich mein Geld bei *Elite* verdient – einer Agentur, die eine große Anzahl verschiedener Männer unter Vertrag hat, die dafür angeheuert werden, zu welchem Zweck auch immer Zeit mit Frauen zu verbringen.«

»Hm. Und du hast keine Beziehung mit einer der Frauen, mit denen du *Zeit verbringst*?«

»Nein, bestimmt nicht.«

»Okay.«

Ich ergreife ihren Arm und ziehe sie an mich heran. »Komm her.«

Sie legt ihre Arme um meine Taille und lehnt ihren Kopf an meine Brust.

Ich muss unwillkürlich lächeln. »Würdest du mit mir auf ein Date gehen?«, frage ich und lege mein Kinn auf ihren Kopf.

Sie kichert. »Klar. Was schwebt dir denn vor?«

»Du.«

»Bei einem ersten Date?« Sie lässt von mir ab und tut geschockt.

Ich blicke zu ihr hinunter und schmunzele. »Wäre ja nicht das erste Mal.«

Sie errötet und senkt den Blick. »Sei still. Das war eigentlich überhaupt gar kein Date und zählt daher nicht.«

Ein Klopfen an der Tür unterbricht uns.

»Das ist wahrscheinlich Emilie. Nur sie und du tauchen hier unangekündigt auf.« Sie funkelt mich mit gespielter Verärgerung an.

»Und wer taucht dann angekündigt auf?« Ich ziehe fragend meine Augenbrauen nach oben.

»Mein Herrenbesuch«, neckt sie mich.

»Sehr witzig«, erwidere ich trocken, während sie zur Tür geht.

Ich beginne, mir einige der Fotos an ihren Wänden anzusehen. Dem Gespräch an der Tür höre ich nur mit halbem Ohr zu, doch dann lenkt ein Name meine Aufmerksamkeit auf den

Besuch und ich blicke hoch.

»Ich wollte nur schnell vorbeikommen und dir das bringen. Sobald ich es gesehen hatte, wusste ich, dass du es haben musst. Außerdem war ich hochzufrieden mit deiner Arbeit für die Hochzeit und werde dich von nun an mit allen meinen Events beauftragen. Und das sind eine ganze Menge, Liebes«, höre ich eine vertraute Stimme.

»Mrs Roberts, das ist ganz reizend von Ihnen. Vielen Dank, das weiß ich zu schätzen«, erwidert Adrienne. »Ich würde Sie hereinbitten, aber ich habe gerade Besuch.«

»Oh?«, fragt die Frau. Eine Sekunde später streckt sie ihren Kopf um die Ecke und entdeckt mich.

Was zur Hölle?

Adrienne dreht sich zu mir und zuckt entschuldigend mit den Schultern.

»Jace? Schätzchen, was machst du denn hier?«, fragt die Besucherin, überrascht, mich hier anzutreffen.

Sie ist nicht die Einzige.

# 29. KAPITEL

**Adrienne**

Mein Blick wandert von Mrs Roberts zu Jace und wieder zurück. Sie kennen sich? Wie das?

Und dann überkommt mich ein schrecklicher Gedanke. War Jace mit ihr *zusammen*? Sie ist so viel älter als er. Ich erschaudere. Wenn das der Fall sein sollte, wird das hier sehr unangenehm werden. Oh Gott.

Jace kommt zu uns herüber und ich trete zur Seite, um Mrs Roberts einzulassen. Er mustert mich vorsichtig, als wolle er abschätzen, was ich gerade denke.

»Liz«, begrüßt er Mrs Roberts dann und umarmt sie.

Sie umarmt ihn ebenfalls und küsst ihn kurz auf beide Wangen. *Liz*. So hat Charles sie auch genannt. War sie schon mit allen Escorts zusammen? Sie hat gesagt, dass sie jede Menge heiße junge Männer kennt. Vielleicht meinte sie ja das hier.

Ihr Blick wandert verwirrt zwischen Jace und mir hin und her. »Äh ...«

»Woher ...?«, beginnen sie und ich gleichzeitig.

Jace schenkt uns beiden ein Lächeln. »Liz, das ist Adrienne. Das Mädchen, mit dem ich jetzt *zusammen bin*. Adrienne, das war mein Boss.«

Ich brauche einen Moment, um den Zusammenhang zu erkennen. Doch dann werden meine Augen groß und ich sehe zu Mrs Roberts hinüber. Sie zuckt mit den Schultern und lächelt.

»Sie sind sein Boss?«, bringe ich hervor.

»War«, verbessert Jace.

Sie tätschelt seine Wange auf eine sehr mütterliche Art. »Jace hat meine Agentur verlassen, anscheinend für dich«, sagt sie liebevoll. »Wie habt ihr euch getroffen? Hast du ...?«

»Nein, ich habe ihn nicht gebucht. Wir haben uns zufällig getroffen.«

»Das ist ja mal was. Die Welt ist klein, nicht wahr?« Sie lächelt uns an. »Ich freue mich sehr für euch beide. Adrienne, du hast hier einen guten Fang gemacht – und Jace, Adrienne ist ein Goldstück.«

Plötzlich kommt mir ein Gedanke. »Warst du deshalb auf der Hochzeit?«, frage ich Jace.

Liz ist erfreut. »Oh ja. Ich habe ein paar meiner Jungs dazu gezwungen, zu kommen. Das Geschäft spielt immer eine Rolle, Adrienne. Ich habe dir doch gesagt, dass ich ein paar heiße Jungs kenne.« Sie zwinkert mir zu.

Ich schüttele den Kopf und lache.

»Gut, ich will euch nicht weiter von ... irgendetwas abhalten und werde mich auf den Weg machen. Ich hoffe, das Geschenk gefällt dir. Adrienne, ich melde mich bei dir.«

Sie umarmt zuerst Jace und dann mich. »Und ich hoffe, wir bleiben auch in Kontakt, Jace.«

»Natürlich.«

»Okay, dann auf Wiedersehen, ihr zwei.« Sie winkt uns noch einmal zu und geht.

Nachdem die Tür ins Schloss gefallen ist, sehen Jace und ich uns an. »Das war ... interessant«, sage ich. »Du scheinst ihr sehr am Herzen zu liegen.«

Er nickt. »So ist sie eben. Sie ist für uns alle wie eine Mutter, aber man sollte sie bloß nicht hintergehen.«

»Und wie lang kennst du sie schon?«

»Etwa sieben Jahre.«

»Wow. Wusstest du, dass Vivian ihre Stieftochter ist?«

Er verzieht angewidert das Gesicht. »Nein, und ich hoffe, Liz findet nie heraus, was zwischen uns beiden geschehen ist.«

»Sie scheinen sich nicht gut zu verstehen.«

Er wechselt das Thema, wofür ich dankbar bin.

»Ich habe selbst nicht begriffen, dass du an dem Abend da warst, weil du für Liz gearbeitet hast. Ich glaube, ich war zu beschäftigt damit, deine Unterhaltung mit Emilie zu belauschen.«

»Ja, ja. Sehr hinterhältig von dir.«

»Was? Ich habe da bloß unschuldig herumgestanden, als ihr beide plötzlich gekommen seid und euch unterhalten habt. Was hätte ich denn tun sollen?«

»Deine Anwesenheit deutlich machen, bevor peinliche Dinge gesagt werden.«

»Aber das wäre nur halb so spaßig gewesen. Du hast mir nie gesagt, wozu ich dich bringe.« Er grinst und packt mich an den Hüften.

Er zieht mich nah an sich und ich erröte bei dem Gedanken, was ich über ihn zu Emilie gesagt habe. Dass allein sein Kuss mich erregt und total feucht gemacht hat.

»Oh, ich weiß nicht mehr«, lüge ich.

»Das glaube ich dir nicht.« Er lässt die Hände zu meinem Hintern gleiten.

»Ich ... ich weiß es wirklich nicht mehr«, lüge ich erneut.

Er nimmt die rechte Hand hoch und Sekunden später brennt es auf meinem Hintern. Er hat mir einen Klaps gegeben. Ich quietsche überrascht auf.

»Muss ich das noch mal tun?«, fragt er. Seine Stimme ist tief und rau.

Mit den Händen liebkost er meinen Hintern, während er mit den Lippen meinen Nacken erforscht. Meine Atmung wird schwerer. Ich will mehr.

»Hm, vielleicht.«

Er küsst sich seinen Weg hoch zu meinem Ohr. »Du musst es mir erzählen«, flüstert er. Seine Zunge fährt an meinem Ohr entlang, seine Hand von meinem Po zu meinem Oberschenkel, dann zu meiner Pussy. Er bringt sein Gesicht vor meins und leckt mir kurz über die Lippen. Ich öffne sie für einen leidenschaftlichen Kuss. Durch die Hose massiert Jace meine Scham und ich beginne, mich gegen ihn zu drängen. Als er die Hand zurückzieht, stöhne ich entnervt.

»Erzähl es mir, Adrienne«, verlangt er.

»Du ... du machst mich feucht«, sage ich nach Atem ringend.

»Bist du jetzt feucht?« Er lässt seine Hand zu meinem Bauch wandern. Seine Finger streifen über meine Hüften, hoch zu meinen Brüsten.

»Ja«, keuche ich.

Er bewegt seine Hand wieder nach unten und öffnet ohne Umschweife den Knopf meiner Hose. Anschließend schiebt er sie hinein und ich kann sie an meiner Pussy spüren. An meiner Klitoris angekommen beginnt er, sie in kleinen Kreisen zu stimulieren. Ich schließe die Augen und schnappe nach Luft.

»Verdammt, ich liebe es, wie feucht du für mich wirst«, sagt er heiser.

»Nur du machst mich so feucht«, stöhne ich.

Ich höre ihn knurren. »Das ist meine Pussy.« Ich kann nicht sagen, ob es eine Frage oder eine Aussage ist.

»Ja«, erwidere ich. »Sie gehört nur dir.«

Plötzlich zieht er seine Hand weg und hebt mich hoch. Ich schlinge meine Beine um seine Hüfte und meine Arme um seinen Nacken.

»Schlafzimmer?«, fragt er.

Ich bedeute ihm, nach rechts zu gehen und er trägt mich zu meinem Bett.

Ich gebe einen kleinen Aufschrei von mir, als er mich auf das Bett wirft. Schnell entledigt er sich seiner Kleidung, dann reißt er mir praktisch die Hose vom Leib. Ich trage keine Unterwäsche und als er es bemerkt, entfährt seiner Kehle ein tiefes Grollen. Seine Augen sprühen vor Lust und Verlangen.

Ich streife mein T-Shirt ab und nur Momente später ist Jace schon über mir.

Sofort greife ich nach unten, packe seinen harten Schwanz und führe ihn an die richtige Stelle. Ich kann nicht länger warten, brauche ihn in mir.

Jace dringt hart und schnell in mich ein. Ich hebe meine Beine an und spreize sie, sodass er noch tiefer eintauchen kann. Seine Bewegungen werden nie langsamer. Er ist unerbittlich und fordernd, und ich liebe jede Sekunde davon. Während er sich in mich drängt, immer härter und schneller, hält er meine Handgelenke auf der Matratze fest. Bei jedem Stoß stöhne ich auf.

Er lässt meine Handgelenke los und schiebt seine Arme unter meine Beine, dann ist er wieder über mir. Da mein Hintern nun leicht angehoben ist, ist das Gefühl seiner harten Länge in mir noch intensiver. Unsere Lust hat etwas Animalisches. Dieser Sex hat nichts Sinnliches oder Romantisches. Er ist grob und hart und köstlich.

»Wessen Pussy ist das?«, fragt er durch sein Stöhnen.

»Oh Gott, Jace! Sie gehört dir! Es ist deine Pussy!«

»So ist's recht, Baby. Sie gehört nur mir. Wer macht diese Pussy feucht?«

»Du. Nur du! Gott, ja. Fick mich!«, wimmere ich.

Er legt eine Hand an meine Kehle und mein Bein sinkt nach unten. Der leichte Druck an meinem Hals ist so erotisch. Ich spüre, wie ich noch feuchter werde.

»Mhm, ja«, stöhne ich.

Ein Knurren. »Das gefällt dir?«

»Ja! Gott, ich liebe es!«

Er festigt den Griff um meine Kehle und dringt beständig in mich ein. Ich spüre, wie der Druck in mir größer wird, und schließe die Augen, während ich meine Zehen krümme.

»Ich ..., ich ...« Ich verstumme, kann den Satz nicht beenden.

»Ja. Komm für mich, Baby. Lass es mich fühlen.«

Ich explodiere förmlich, schreie und klammere mich an der Bettdecke fest. Mein Unterleib pulsiert um seinen Schwanz und ich spüre, wie Jace sich ebenfalls anspannt. Ich setze meine Füße auf und passe mich seinen Bewegungen an. Ein paar Sekunden später gleitet er aus mir heraus und ich beobachte, wie er sich selbst streichelt und schließlich auf meinen Venushügel kommt.

»Fuck!«, brüllt er.

Es ist so verdammt heiß, wie er sich auf mir ergießt. Danach lässt er sich neben mir aufs Bett fallen und ich lege den Kopf zurück auf die Matratze.

Jace dreht sich um und blickt mich an. »Entschuldige, dass ich kein Kondom übergestreift habe. Ich besorge dir ein Handtuch.«

»Schon okay. Ich denke, wir waren beide so in diesem Moment gefangen. Außerdem nehme ich die Pille und bin sauber.«

»Gut. Ich lasse mich auch regelmäßig testen. Versprochen.« Er grinst.

»Das habe ich angenommen«, erwidere ich. »Bin gleich zurück«, sage ich und stehe auf. »Aua.«

»Geht's dir gut?«

»Ja. Meine Knie sind nur ein bisschen weich«, gestehe ich lachend.

»Ah, dann ist meine Arbeit ja getan.« Er faltet die Hände hinter dem Kopf.

Als ich mich ins Bad begebe, um mich zu säubern, kann ich nichts gegen das versonnene Lächeln auf meinem Gesicht tun.

Jace macht mich glücklich. Ich kann mich nicht daran erinnern, dass es mit Liam je so war. Jace bringt mich ständig zum Lachen, wir teilen die gleiche Art Humor und bei ihm fühle ich mich wohl. Er ist so unglaublich großzügig und aufmerksam, und natürlich ist der Sex phänomenal. Nie zuvor hatte ich so großartigen Sex! Bei Jace kann ich einfach ich selbst sein und das ist das Wichtigste.

Aber ich will nicht so tun, als würde mich die Escortsache nicht stören. Das tut es. Ich glaube ihm dennoch, dass es für ihn nur ein Job war und er mit keiner der Frauen eine Beziehung hatte. Eventuell habe ich auch Emilie dazu gedrängt, Troy noch ein bisschen auszufragen. Daher wusste ich schon, dass die Escorts regelmäßig auf Geschlechtskrankheiten getestet werden. Das war noch eine meiner großen Sorgen. Des Weiteren verstehe ich auch, warum sich Jace ein besseres Leben aufbauen wollte. Und laut dem, was Emilie von Troy über ihre Verdienstmöglichkeiten gehört hat, war der Job perfekt dafür.

Wahnsinn! In ein paar Stunden können sie bis zu siebenhundert Dollar verdienen, aber sobald sie jemand für den ganzen Tag oder gar ein gesamtes Wochenende bucht, steigt das Gehalt schnell in die Tausende. Die Preise schwanken von Kerl zu Kerl, aber sie machen alle gutes Geld. Da Jace sieben Jahre lang ein Escort war, muss er mittlerweile ziemlich viel Kleingeld angesammelt haben. Dennoch bin ich froh, dass er aus dem Geschäft ausgestiegen ist. Denn sonst könnte ich wohl keine Beziehung mit ihm führen. Ich frage mich, wie es mit Emilie und Troy weitergehen wird.

Die Anzeige auf meinem *iPod*-Dock verrät mir, dass es halb sieben ist. Ich schnappe mir meinen Bademantel vom Haken an der Tür, schlüpfe hinein und kehre ins Schlafzimmer zurück.

Jace liegt nur mit seiner Unterwäsche bekleidet auf dem Bett und telefoniert mit seinem Handy.

Ich klettere neben ihn auf die Matratze und nehme mir die Zeit, seine Tattoos genauer zu inspizieren. Bisher hatte ich noch nicht die Gelegenheit, sie wirklich zu betrachten. Ich lasse meine Finger über den Text gleiten, der sich an Jace' Seite entlangzieht: *I am not your opinion of me.* Deine Meinung definiert mich nicht, in etwa. Ich blicke auf und sehe in seine strahlend blauen Augen. Er grinst und mein Herz zerfließt.

Während er sein Telefongespräch fortführt – es scheint um Clubangelegenheiten zu gehen – wende ich meine Aufmerksamkeit dem Tattoo auf seiner Brust zu. Ich setze mich auf ihn, beuge mich nach vorn und studiere das Bild.

Es ist ein brennender Phönix. Der Kopf und der Hals des Vogels befinden sich auf der rechten Seite seines Oberkörpers, die Flügel ziehen sich über die Mitte bis hin zur linken Seite. Der Phönix ist grau, orange und ein wenig gelb eingefärbt, was auf Jace' heller Haut unglaublich gut aussieht. Der Vogel steht in Flammen, seine Schwanzfedern sind scheinbar endlos lang. Sie winden sich um Jace' Schulter und seinen Oberarm. Unter dem Vogel steigen dunkler Rauch und züngelnde Flammen empor. Der Phönix erhebt sich aus der Asche. Das Tattoo ist wunderschön und ich weiß, wie viel Bedeutung es für Jace haben muss.

Als ich mich ihm wieder zuwende, bemerke ich, dass er aufgelegt hat. Seine Arme hat er hinter dem Kopf verschränkt und er beobachtet mich genau.

»Kann ich die Tätowierung auf dem Rücken sehen?«, frage

ich.

Er hebt mich sanft von ihm herunter und setzt mich neben ihn aufs Bett, dann dreht er sich auf den Bauch. Ich knie mich hin und studiere auch das letzte Kunstwerk. Schwarzgraue Flügel erstrecken sich über seinen Rücken. Über dem linken Flügel steht das Datum *05.12.1989*, über dem rechten *28.07.2004*. Ich bin mir ziemlich sicher, dass Jace sich das Tattoo in Erinnerung an seinen Bruder hat stechen lassen, und es bricht mir das Herz.

Ich beschließe, die traurigen Erinnerungen ruhen zu lassen, und versuche es stattdessen mit etwas Harmloserem. »Wow, du bist echt ein Gesamtkunstwerk, was?«

Er lacht leise, bevor er sich wieder umdreht und mich auf seinen Körper zieht. Ich beuge mich vor und gebe ihm ein paar flüchtige Küsse. »Sollen wir uns einen Film ansehen? Wir könnten Pizza bestellen und jetzt unser erstes Date beginnen.«

»Ein erstes Date nach dem Sex? Klingt gut.« Er lacht. »Und ziemlich billig bist du auch.«

Ich schnappe übertrieben nach Luft und gebe ihm einen Klaps auf die Brust. »Ja, ganz anders als du.« Dann kann auch ich mein Lachen nicht zurückhalten.

Er zieht eine Augenbraue hoch und ich beiße mir auf die Lippe, um mein Lachen zu unterdrücken. »Sehr witzig. Dafür wirst du jedoch bezahlen müssen.« Er grinst schief.

»Wie viel? Ich glaube, dich kann ich mir nicht leisten.« Ich beginne, von ihm herunterzuklettern.

Er versucht, ein ernstes Gesicht zu machen, kann sich nach meinem Witz aber kaum zusammenreißen.

»Ich kann dich auch ohne Geld bezahlen lassen«, brummt er schließlich.

»Oh, da bin ich mir sicher.«

Am Ende haben wir doch noch einmal Sex, bevor wir schließlich Pizza bestellen und einen Film ansehen. Dieses Mal neckt er mich, bringt mich ganz langsam fast bis zum Orgasmus, um sich dann von mir zu lösen und mich warten zu lassen. Mehrere Male. Er hat die volle Kontrolle über mich und lässt mich für alles, was ich will, betteln. Oh, ich habe wirklich dafür bezahlen müssen, aber wenn das die Strafe für meine schlechten Witze ist, dann werde ich jederzeit gern den fürchterlichen Comedian geben.

# 30. KAPITEL

**Adrienne**

Es ist jetzt zwei Wochen her. Zwei wundervolle, aufregende, fantastische Wochen, seit Jace und ich offiziell zusammen sind. Wieder. Dieses Mal allerdings verheimlichen wir es nicht mehr und behalten keine Geheimnisse voreinander.

An den Wochentagen kommt Jace in der Regel zu mir, wenn ich von der Arbeit heimkehre, und wir essen zusammen zu Abend. An manchen Tagen schafft er es wegen seines Jobs nicht, aber an diesen Tagen versuchen wir, uns zumindest zum Mittag kurz zu sehen. An den Wochenenden gehen wir ins Kino oder sehen uns eine der Shows in den großen Hotels an. Wir verbringen so viel Zeit zusammen wie nur irgend möglich. In den letzten zwei Wochen haben wir uns immer besser kennengelernt und ich könnte nicht glücklicher sein.

Heute ist Samstag und Jace hat in seinem Club – der passenderweise *Club Trinity* heißt – zu tun, hat aber Emilie und mich gefragt, ob wir nicht kommen möchten. Etwas Gutes hat es, die Besitzer zu kennen: Sollte es uns im Club zu laut oder zu voll werden, können wir einfach für ein Weilchen in eines ihrer Büros flüchten, bis wir wieder bereit für den Trubel im Club sind.

Abermals machen Em und ich uns in meinem Apartment fertig, damit wir uns zusammen auf den Weg zum Club machen können. Mittlerweile hat sich Em die Haare zurück in ein sattes Braun mit nur einigen schmalen blonden Strähnchen gefärbt. Sie hat es zur Hälfte nach hinten gesteckt und ein paar längere Strähnen umspielen ihr Gesicht. Ihr Outfit besteht aus einem weißen trägerlosen Kleid, das ihr knapp bis übers Knie reicht. Es sitzt locker und fällt ein wenig glockenförmig.

»Wie kann ich früher als du fertig sein?«, fragt sie.

»Ich habe noch gegessen«, antworte ich achselzuckend und stecke mir eine Weintraube in den Mund.

»Weintrauben? Das ist doch kein wirkliches Essen.«

»Sie sind köstlich und das ist das Einzige, was zählt. Außerdem muss ich mich bloß anziehen, das wird nicht lang dauern.«

»Ja, ja.« Sie trägt ein wenig Lipgloss auf und überprüft im Spiegel ihre Zähne.

»Also, worüber hast du dich gestern noch mit Troy unterhalten, nachdem du mich am Telefon abgewürgt hast, um mit ihm zu reden?« Ich verziehe gespielt mürrisch das Gesicht.

»Du hast gut reden, Fräulein-ich-stecke-in-Jace'-Arschritzefest. Oder war es andersherum?«

Ich verschlucke mich beinah an meiner Weintraube, weil ich lachen muss. »Das ist nur ein paar Mal passiert. Ich muss betrunken oder zumindest angeheitert sein, damit ich meine Pomuskeln genug entspannen kann. Er ist zu groß, das macht mich echt nervös.«

Em bricht ebenfalls in Lachen aus.

»Ich meine es ernst. Sag mir Bescheid, wenn du dich von Troy in den Hintern vögeln lässt. Wo wir gerade von ihm reden, verrätst du mir, worüber ihr beiden gesprochen habt?«

»Erst mal muss er meine Pussy ficken; und du weißt schon, alles der gleiche alte Scheiß.«

»Was bedeutet das? Ihr seid nur gute Freunde?«

»Denke schon. Ab und zu ruft er an und einmal ist er während meiner Arbeitszeit im Coffeeshop aufgetaucht und eine Weile geblieben.«

»Er mag dich«, sage ich lächelnd.

»Weiß ich doch.« Sie grinst. »Ich mag ihn auch. Nur seinen Job mag ich nicht.«

Ich nicke zustimmend.

»Er hat mir von seiner Verlobten erzählt und davon, was sie getan hat. Das hat ihn scheinbar ziemlich verkorkst. Ehrlich gesagt glaube ich auch nicht, dass er wirklich ganz über sie hinweg ist. Darum ist er vermutlich so zufrieden mit seinem Job. Solang er diese Arbeit macht, wird er sich nicht darum sorgen müssen, eine echte Bindung mit jemandem aufzubauen.«

»Sie ist eine Hure. Er sollte sich nicht so schwer damit tun, über sie hinwegzukommen. Sie kann von Glück reden, dass Troy nicht durchgedreht ist und sie und seinen Cousin umgelegt hat, um dann auf Unzurechnungsfähigkeit zu plädieren.«

»Aber echt!« Sie lacht.

»Dann lass uns ihm zeigen, was er so alles verpasst. Du solltest vor seinen Augen mit einem Typen flirten oder so. Vielleicht braucht er nur ein wenig Ansporn.«

»Ich habe ihm schon von einem Date erzählt, auf dem ich war!«, ruft Em aus.

»Was?«

»Jepp. Es war nichts Ernstes, aber als er dann eines Abends angerufen und gefragt hat, was bei mir so los war, habe ich ihm davon erzählt. Er schien darüber nicht glücklich, hat dazu jedoch auch nichts gesagt.«

»Weil er nicht das Recht hat.«

»Ich weiß. Er hat dann unterschwellig versucht, mich über das Date auszufragen. Es war echt witzig.«

»Okay, ich ziehe mich nur eben an und dann können wir los.«

»Okay.«

Ich beschließe, Jace' Lieblingsfarbe zu tragen, und schlüpfe in ein dunkelblaues Kleid, das hinten länger ist als vorn. Aber sogar der lange Teil ist noch ziemlich kurz und fällt kaum bis zu den Kniekehlen. Um die Taille lege ich einen schmalen schwarzen Gürtel und lasse den Rest frei schwingen.

»Fertig!«, rufe ich, als ich aus meinem begehbaren Kleiderschrank komme. »Hab dir doch gesagt, es würde nicht lang dauern.«

»Ja, ja.«

***

Wir bitten den Taxifahrer, uns am Hintereingang von *Club Trinity* abzusetzen. Jace will uns dort hineinlassen, damit wir nicht Schlange stehen müssen. Ein paar Minuten, nachdem ich ihm eine SMS geschrieben habe, öffnet er uns die Tür.

Natürlich sieht er wieder umwerfend gut aus. Er trägt ein langärmeliges schwarzes Hemd und darüber eine graue Weste. Seine Hose passt zur Weste und seine schwarzgrauen polierten Schuhe runden das Outfit ab. Er lächelt uns zu, als wir auf ihn zukommen.

»Ladys«, begrüßt er uns.

»König«, erwidert Em kichernd.

Jace verengt die Augen und mustert mich kritisch.

»Was denn? Mädchen reden nun mal«, sage ich unschuldig. Ich stelle mich auf die Zehenspitzen und schlinge meine Arme um seinen Nacken.

»Ich frage mich, was du ihr noch so erzählt hast«, murmelt er leise und legt seine Arme um meine Taille.

»Nur gute Sachen, natürlich.«

»Das hoffe ich.« Er grinst, dann gibt er mir einen Kuss.

»Es gibt nichts Schlechtes über dich zu sagen.«

»Noch nicht«, wirft Em ein.

Ich schmunzele und Jace gibt mir einen sanften Klaps auf den Po.

Als wir den Flur hinabgehen, der zum Büro im Erdgeschoss führt, hake ich mich bei Jace unter. »Hast du noch im Büro zu tun?«, frage ich.

»Ja, aber ihr könnt ruhig schon vorgehen und euch was zu trinken holen, ich komme dann später dazu.«

»Okay.«

»Du siehst übrigens umwerfend aus. Ich mag diese Farbe an dir.«

»Danke. Ich hab an dich gedacht, als ich das Kleid ausgesucht habe.« Ich grinse wie eine Idiotin.

Er lehnt sich zu mir und ich spüre seine Hand an meinem Bein, dann unter meinem Kleid und an meiner Hüfte. Unwillkürlich halte ich die Luft an. Ich blicke zu Em, doch sie ist in der Bürotür ein Stückchen weiter stehen geblieben.

»Ich hoffe, dass du die ganze Nacht an mich denken wirst, denn ich werde mit Sicherheit an dich denken. In erster Linie daran, wie du deine Beine um meinen Hals schlingst und ich dir deine Pussy lecke.« Er lässt die Hand von meiner Hüfte zur Innenseite meines Oberschenkels wandern, meinen Spitzenslip entlang, und übt ein wenig Druck auf meine Klitoris aus.

Instinktiv schließe ich die Augen und beiße auf meine Unterlippe. Dann kann ich seine Berührung nicht mehr spüren. Als ich die Augen öffne, grinst er mich an.

»Du wirst jetzt ganz sicher an mich denken.«

»Das ist nicht nett«, schmolle ich.

»Aber ich werde später *sehr* nett zu dir sein.«

»Das will ich hoffen.«

»Seid ihr mit eurem Sex jetzt fertig?«, ruft Em vom Büro aus.

Jace und ich fangen an zu lachen. »Wenn wir Sex hätten, dann würden du und der gesamte Club sie schreien hören«, erwidert Jace, während wir auf das Büro zugehen.

Ich verenge meine Augen. »Wenn du meinst.«

Em streckt den Kopf aus dem Büro. »Fertig?«

»Ja.«

Bevor Em und ich gehen, umarme ich Jace und gebe ihm einen Kuss.

Nachdem wir uns die ersten Drinks geholt haben, suchen wir uns eine bequeme Couch und beobachten die Leute. Wir haben ziemlich viel Spaß dabei, den Betrunkenen beim Tanzen zuzusehen. Ein Typ lässt sich auf den Boden fallen und versucht etwas, das wohl *The Worm* werden soll, aber er ist furchtbar schlecht darin. Zwischenzeitlich sieht es so aus, als würde er versuchen, auf der Tanzfläche zu schwimmen. Schließlich gibt er auf und macht sich auf die Suche nach einem Mädchen, das mit ihm tanzen will. Ohne Erfolg. Am Ende scheint er ganz zufrieden damit, allein zu tanzen.

Ein paar Minuten später entdecken wir Troy und Marc in der Nähe. Sie bemerken uns nicht, aber Emilie beobachtet Troy genau. Als eine Frau stehen bleibt, um sich mit ihnen zu unterhalten, verzieht Em hämisch den Mund.

Ich kichere und sofort habe ich ihre Aufmerksamkeit. »Was?«

»Nichts. Du siehst nur aus, als würdest du dich gleich mit dem Mädchen da duellieren wollen.«

»Ich verstehe bloß nicht, warum sie seinen Arm anfassen muss. Schlampe.«

Ihr angewiderter Gesichtsausdruck bringt mich erneut zum Lachen. »Oje. Ihr solltet euch endlich aufeinander einlassen.«

Sie schnauft nur. »Ich hole uns noch ein paar Drinks.«

»Okay«, sage ich schmunzelnd. »Grüß Troy von mir.«

»Ich werde nicht mit ihm reden.«

»Na klar.«

Sie steuert auf die Bar zu, die zufälligerweise ganz nah bei Troy und Marc ist. Ich nippe am Rest meines Getränks und lasse meinen Blick durch den Raum schweifen. Nach ein paar Minuten prüfe ich, wo Em ist. Sie steht an der Bar; Troy an ihrer Seite. Marc redet noch immer mit der Frau, die sie vorhin angesprochen hat. Troy muss Emilie gesehen haben und ihr zu der Bar gefolgt sein. Es ist so offensichtlich, dass die beiden aneinander Interesse haben, doch tun sie ihr Bestes, um andere glauben zu lassen, sie seien bloß Freunde. Es ist nur eine Frage der Zeit, bis sie zusammen im Bett landen. Und dann wird die ganze Sache noch komplizierter. Vor allem, wenn Troy seinen Beruf nicht aufgibt.

Ich trinke den letzten Schluck meines Drinks und sehe weiter den Leuten zu. Ich fühle mich ziemlich unwohl dabei, hier allein zu sitzen. Hinter mir steht eine Gruppe von Kerlen, die sich lautstark darüber unterhalten, *ein paar Weiber ficken* zu wollen. Ich verdrehe die Augen und ziehe in Erwägung, zur Bar umzusiedeln, um ihnen aus dem Weg zu gehen. Aber je mehr sie reden, desto lauter werden sie – und schließlich siegt meine Neugier. Ich drehe mich ein wenig um, um einen Blick auf die Idioten zu werfen und erkenne einen von ihnen. Liam.

Prima. Jetzt fürchte ich, dass er mich sehen und zu mir kommen wird, wenn ich aufstehe. Nur weil ich ihm seinen Seitensprung verziehen habe, möchte ich noch lang nicht mit ihm befreundet sein. Außerdem erinnere ich mich zu gut daran, wie er wird, wenn er getrunken hat. Nervig, laut, notgeil, aber noch weniger in der Lage, mir einen Orgasmus zu verschaffen als im nüchternen Zustand. Er wird dann zwar großspuriger, bemerkt jedoch nicht, wie dämlich er sich benimmt. Es ist wirklich übel.

Gott sei Dank kommt Emilie mit den Drinks zurück.

»Liam ist genau hinter uns«, sage ich in dem Moment, als sie sich hinsetzt.

»Nein!«

»Ja. Sieh nicht hin. Ich will nicht, dass er uns entdeckt und zu uns kommt.«

»Ich wäre froh drum. Dann würde ich ihm in die Eier treten.«

Ich lache und nippe an meinem Getränk. »Hast du Troy schön von mir gegrüßt?«

Sie verdreht die Augen. »Ich bin da nicht hingegangen, um mit ihm zu reden. Er ist mir zur Bar gefolgt ... nachdem ich an ihm vorbeigegangen bin.« Sie lächelt verschmitzt.

»Was hat er gesagt?«

»Dass ich heute gut aussehe und er später mit mir tanzen will.«

»Und wirst du mit ihm tanzen?«

»Klar. Freunde tanzen miteinander. Du und ich tanzen auch zusammen.«

»Klar, aber du magst mich nicht so, wie du ihn magst, oder etwa doch?« Ich zwinkere ihr zu.

»Oh, du hast es endlich gemerkt. Ich habe so lang darauf gewartet, dass du erkennst, wie hoffnungslos ich in dich verliebt bin«, sagt sie theatralisch.

»Man muss mich halt lieben«, erwidere ich schulterzuckend.

Während wir uns unterhalten, trinken wir langsam unsere Gläser aus. Liam ist noch immer an Ort und Stelle, also müssen wir es riskieren, aufzustehen und von ihm gesehen zu werden. Hoffentlich nicht! Andernfalls müssen wir den gesamten Abend auf dieser Couch verbringen und eigentlich möchten wir noch die anderen Ebenen abchecken.

»Fertig?«, flüstere ich verschwörerisch.

»Fertig«, antwortet sie leise.

Wir rutschen vom Sofa und machen eine scharfe Wendung nach rechts. Wir werfen erst einen Blick zurück, als wir die

Treppen am anderen Ende des Raumes erreicht haben.

»Gut. Der Bastard ist an seinem Platz geblieben«, sagt Em.

Wir beginnen, die Treppen hochzusteigen, als uns Troy entgegenkommt.

Er und Emilie grinsen sich gegenseitig an. »Bekomme ich jetzt meinen Tanz?«, fragt er.

Sie sieht mich an, als bitte sie um meine Erlaubnis. »Mach ruhig. Ich werde Jace in seinem Büro ein bisschen Gesellschaft leisten. Troy, kannst du mir eben den Flur aufschließen?« Die Büros befinden sich hinter abgeschlossenen Türen, zu denen nur die Jungs den Schlüssel haben.

»Ja klar«, erwidert Troy.

Wir gehen hinüber und er schließt für mich auf.

»Verlier diesmal nicht dein Handy«, sage ich noch zu Emilie. „Ich muss dich ja irgendwann wiederfinden."

»Okay, okay.«

Sie wenden sich ab und ich stehe nur da, halte die Tür auf und beobachte, wie die beiden miteinander umgehen. Ich hoffe, dass sie noch zueinanderfinden. Wo doch Troy und Jace beste Freunde und Emilie und ich auch unzertrennlich sind, könnten wir tolle Doppeldates haben. Außerdem sind sie so wahnsinnig niedlich zusammen! Sie sind beide sehr unverblümt und offen. Es ist witzig ihnen dabei zuzusehen, wie sie sich freundschaftlich necken. Sie haben im jeweils anderen einen ebenbürtigen Partner gefunden.

Ich reiße mich aus meinen Gedanken und betrete den *geheimen* Gang. Jetzt ein paar ruhige Minuten mit Jace zu verbringen klingt perfekt. Ich hoffe nur, ich störe ihn nicht bei irgendetwas Wichtigem.

Sobald ich den Korridor betrete, bemerke ich augenblicklich, dass ich nicht allein bin. Jemand ist mir hierhinein gefolgt, bevor die Tür ins Schloss fallen konnte. Ich will dem Fremden gerade sagen, dass dieser Teil des Clubs nur Befugten zugänglich ist, als ich Liams Stimme höre. »Hab ich doch richtig gesehen.«

Ich erstarre. Jace' Büro ist am anderen Ende des Korridors,

und wenn seine Tür geschlossen ist, wird er mich niemals hier hinten hören. Kaum habe ich mich zu Liam umgedreht, wird mir sofort klar, dass er völlig betrunken ist. Seine Augen sind blutunterlaufen, sein Gesicht ist rot und ein lächerliches Grinsen liegt auf seinem Gesicht.

»Liam, Fremden ist der Zutritt hier nicht gestattet«, sage ich ruhig.

»Du bist doch hier«, antwortet er schlicht.

»Ich weiß, aber im Gegensatz zu mir hast du keine Befugnis, hier zu sein. Warum kehrst du nicht einfach in den Club zurück und ich komme in einer Minute oder so nach?« Ich bemühe mich, freundlich zu klingen.

Hoffentlich kann ich ihn besänftigen und er wird nicht aggressiv. Noch etwas, das normalerweise passiert, wenn er getrunken hat.

»Ich wollte nur kurz *Hi* sagen.« Er stolpert näher, seine Worte kommen schwer und lallend. »Du siehst heute gut aus.«

»Okay, komm schon.« Ich schiebe mich an ihm vorbei, um die Tür zum Club zu öffnen.

Doch sobald meine Hand den Türknauf berührt, packt Liam mich am Handgelenk. »Sei doch nicht so. Ich habe mich entschuldigt. Ich dachte, du hättest mir vergeben?«

Mein Blick richtet sich auf seine Hand, mit der er mein Handgelenk umklammert, dann hoch zu Liam. »Das habe ich, aber das bedeutet nicht, dass du mich so anfassen darfst.«

»Komm schon, Adrienne. Meine Hände waren schon an ganz anderen Stellen.« Sein Lächeln ist mir unheimlich.

»Das ist mir egal, Liam. Lass mich los!«, schreie ich und befreie mich energisch aus seinem Griff.

Er verengt die Augen und drängt mich gegen die Tür. »Tu nicht so, als würdest du mich nicht vermissen. Tu nicht so, als würdest du mich nicht wollen.« Mit seinen Fingern umspielt er mein Kinn.

Ich wende den Kopf ab und drücke meine Hände gegen seine Brust, um ihn wegzuschieben. Doch Liam umfasst meine Hände und drückt sie gegen die Tür in meinem Rücken. Ich kann den Alkohol in seinem Atem riechen, als er sich vorbeugt und seine Nase gegen meine lehnt.

»Wehr dich nicht gegen mich, Adrienne. Das macht mich bloß an.«

Als er beginnt, meinen Nacken zu liebkosen, ramme ich mein Knie in seine Eier. Sofort lässt er mich los und stolpert zurück. Während er sich fluchend vor Schmerzen krümmt, renne ich zu Jace' Büro. Ich hoffe wirklich, dass er da ist. Aber noch bevor ich die Tür erreiche, werde ich an meinem Pferdeschwanz zurückgezogen. Ich schreie auf und Liam reißt noch stärker an meinem Zopf.

»Du verdammte kleine Schlampe!«, faucht er.

Er zieht so heftig, dass ich die Balance verliere und gegen ihn falle. Er schleudert mich gegen die Wand und ich schreie erneut auf. »Halt die Fresse!«, brüllt er. »Warum musst du immer alles kaputt machen? Ich wollte nett zu dir sein und so dankst du es mir? Darum habe ich dich betrogen. Du wusstest mich nie zu schätzen.«

Ich erwidere nichts und versuche, gegen die Tränen anzukämpfen.

»Du schuldest mir noch einen letzten Fick. Einen Abschiedsfick.«

Ich schließe die Augen, Tränen laufen über meine Wangen. »Liam, bitte. Bitte nicht.«

»Ja, Baby, so ist es richtig. Bettle mich an.«

Ein lauter Knall lässt mich hochschrecken. Ich öffne die Augen und sehe Liam am Boden liegen. Jace steht über ihm. Er muss ihn gegen die Wand geworfen haben.

Jace packt Liam an seinem Hemd und zieht ihn hoch. Er ist bei Bewusstsein, scheint aber ein wenig desorientiert. Wahrscheinlich sowohl wegen des Alkohols als auch wegen seines Freiflugs gegen die Wand.

»Ich habe dir gesagt, dass du sie nie wieder anfassen sollst!«, brüllt Jace. Er ist außer sich vor Zorn. »Habe ich das nicht?«, verlangt er zu wissen. »Antworte mir, du kleines Stück Scheiße. Habe ich dir nicht gesagt, dass du sie nicht anrühren sollst?«, fragt er leise vor Zorn.

Endlich nickt Liam.

»Nächstes Mal nimmst du mich gefälligst ernst. Sie gehört mir. Du hast kein Recht, sie noch einmal anzufassen. Komm ihr je wieder zu nah und ich werde dich verdammt noch mal umbringen.«

Einen Herzschlag später landet Jace' Faust in Liams Gesicht. Er wird genau am Kinn getroffen und sinkt bewusstlos zu Boden.

Als Jace sich zu mir umdreht und mich ansieht, bebt er noch immer vor blanker Wut. Er tritt näher und wischt mir mit dem Daumen sanft die Tränen vom Gesicht. »Bist du in Ordnung?«

Ich nicke nur. Meine Unterlippe zittert.

»Komm her.« Er zieht mich an seine Seite und bringt mich in sein Büro.

Dort führt er mich zum Sofa und tätigt anschließend einen Telefonanruf. Ein paar Minuten später tauchen zwei der Türsteher auf und tragen Liam aus der Tür am Ende des Flures. »Sie werden ihn in ein Taxi verfrachten. Die Adresse steht in seinem Portemonnaie. Er hat Glück, dass ich ihn nicht irgendwo in der Gosse aussetze.«

»Meinen Segen hättest du«, sage ich leise.

Jace bedenkt mich mit einem traurigen Lächeln, dann setzt er sich zu mir auf die Couch. »Geht es dir wirklich gut? Er hat dir nicht wehgetan, oder?«

»Ich werde schon wieder.«

»Es tut mir so leid, dass ich nicht eher aufgetaucht bin.«

»Dich trifft keine Schuld.« Ich kuschle mich an seine Seite. Er legt seinen Arm um meine Schultern und zieht mich enger an ihn heran.

»Willst du nach Hause?«, fragt er.

»Nach Hause?« Ich hoffe, er will mich nicht auch in ein Taxi setzen und zu meiner Wohnung schicken.

»Ja. Zu mir nach Hause. Ich bin hier ohnehin fertig.«

»Ja, das wäre schön.« Ich bringe ein Lächeln zustande.

Er zieht sein Handy aus der Hosentasche und schreibt eine

Nachricht. Ein paar Sekunden später meldet sich das Telefon mit einer Antwort. »Okay. Ich habe Troy Bescheid gesagt, dass wir gehen. Er hat versprochen, sich um Emilie zu kümmern und sie sicher nach Hause zu bringen.«

Wieder klingelt das Handy. »Oh, und du sollst dich anscheinend morgen früh bei Emilie melden.« Er lacht.

»Okay. Danke, Jace.«

»Für was?«

»Dafür, dass du einfach bist, wie du bist.«

Er umarmt mich ein wenig fester und gibt mir einen Kuss auf den Kopf. Ein paar Minuten später gehen wir *nach Hause.*

# 31. KAPITEL

**Jace**

Nachdem wir bei mir angekommen sind, mache ich mich daran, etwas zu kochen, während Adrienne duscht und in eines meiner großen T-Shirts schlüpft. Die Spaghetti und das Baguette sind fertig, als sie aus dem Bad kommt.

»Du hörst besser damit auf, mich so zu verwöhnen, oder du wirst mich nie mehr los«, witzelt sie beim Betreten der Küche.

Von der Seite schlingt sie ihre Arme um meine Hüften und legt ihren Kopf an meine Brust. Mit einer Hand umfasse ich ihre Schulter, mit der anderen rühre ich die Soße. »Vielleicht ist das ja mein Plan.«

»Mich zu verwöhnen?«

»Dich so weit zu kriegen, dass du mich niemals verlassen willst.«

Sie blickt mich aus ihren wunderschönen Augen an und lächelt. Ich beuge mich hinunter und gebe ihr einen Kuss. »Setz dich schon mal hin und ich bringe dir deinen Teller.«

»Oh, du verwöhnst mich wirklich.«

»Ich behandle dich nur, wie du es verdienst, Babe.«

Ich stelle die Teller auf den Tisch, dann hole ich Getränke aus dem Kühlschrank. »Wasser, Limo, Wein, Saft oder Milch?«

»Wasser, bitte.«

Mit zwei Flaschen Wasser in der Hand kehre ich zurück zum Tisch und setze mich Adrienne gegenüber.

»Bist du müde?« Ich sehe, wie sie ein Gähnen unterdrückt.

»Vielleicht ein bisschen.«

»Wenn wir gegessen haben, können wir ja ins Bett.«

»Klingt fabelhaft.«

Nachdem wir fertig sind, räume ich die Teller in den Geschirrspüler und gehe in mein Schlafzimmer. Ich ziehe mich bis auf meine Boxershorts aus und geselle mich zu Adrienne ins Bett. Sie zappt sich auf der Suche nach einem guten Film durch die Fernsehkanäle.

»Du hast so viele Sender und trotzdem läuft nichts Vernünftiges.«

»Ich weiß. Eigentlich könnte ich den Fernseher von der Wand nehmen, aber ich liebe die Sportsendungen.«

»Männer«, schnaubt sie.

»Magst du keinen Sport?«, frage ich.

»Ich sehe nur Football wirklich gern. Dem Rest kann ich nicht viel abgewinnen.«

»Damit kann ich leben. Football ist mir auch am liebsten. Aber ich mag auch Basketball.«

»Basketball geht in Ordnung, doch bitte mich nie darum, mir ein ganzes Baseball- oder Tennisspiel anzutun. Das schaffe ich nicht. Nicht einmal für dich.« In ihren Augen leuchtet es spitzbübisch auf.

Ich lache. »Ist notiert.«

Sie gähnt erneut.

»Komm, lass uns schlafen.« Ich nehme die Fernbedienung und schalte den Fernseher aus. Dann lege ich sie neben mich auf den Nachttisch und ziehe Adrienne enger an mich. Sie legt ihren Arm über meinen Bauch und ihren Kopf auf meine Brust.

»Warum bist du so gut zu mir?«, fragt sie und klingt müde.

»Weil du mein Mädchen bist«, erwidere ich nüchtern.

Und dann schläft sie ein.

***

Adrienne liegt nicht mehr bei mir im Bett, als ich am nächsten Morgen aufwache. Ich werfe einen Blick zum Bad, doch die Tür steht offen und das Licht ist nicht eingeschaltet. Schließlich stehe ich auf, streife eine Hose über, gehe kurz auf Toilette und putze meine Zähne.

Noch bevor ich sie sehe, höre ich sie in der Küche. Sie summt leise bei einem Lied mit, das auf ihrem Handy läuft. Noch immer trägt sie mein T-Shirt. Sie ist emsig dabei, das Frühstück zuzubereiten, was mir ein Lächeln entlockt.

»Guten Morgen.«

Sie fährt herum. »Du hast mich zu Tode erschreckt!«, sagt sie, die Hand an ihrer Brust.

»Entschuldige«, erwidere ich belustigt.

»Ich habe dir noch nie Frühstück gemacht, also hoffe ich, es schmeckt dir. Es gibt Rührei, Bacon, Würstchen, Bratkartoffeln und Toast.«

»Klingt fantastisch. Ich bin am Verhungern.«

»Ich bin überrascht, dass du so viel in deiner Küche und der Vorratskammer hast.« Sie grinst.

»Ich habe dir doch gesagt, ich koche oft.«

Sie nickt fröhlich und wendet sich wieder dem Herd zu.

»Brauchst du Hilfe?«, frage ich.

»Nein. Geh da rüber und schau dir Sport im Fernsehen an.« Sie deutet mit dem Pfannenwender zum Wohnzimmer.

»Wer verwöhnt hier jetzt wen?« Ich gehe zu ihr und schenke ihr einen Kuss.

»Du bist mein Kerl«, sagt sie schulterzuckend und meine Mundwinkel verziehen sich noch etwas weiter nach oben. »Außerdem solltest du nicht ohne Shirt in die Küche kommen. Es lenkt mich ab. Ich werde noch das Essen anbrennen lassen.«

»Entschuldige«, sage ich lachend. »Ich werde mir schnell eins anziehen.«

Da Adrienne den Vorfall mit ihrem Ex nicht angesprochen hat, werde ich das auch nicht tun, sondern abwarten, bis sie darüber reden möchte. Ich weiß, dass er sturzbetrunken war und nicht geschafft hat, was er tun wollte, dennoch hätte ich am liebsten weiter auf ihn eingeschlagen. Das hätte jedoch wahrscheinlich keinen Sinn gemacht, wo er ohnehin schon bewusstlos war. Wenn ich den Bastard noch einmal sehen sollte, wird er es allerdings bereuen.

Obwohl ich mir eine Sportsendung ansehen soll, kann ich nicht anders, als Adrienne dabei zu beobachten, wie sie in meiner Küche herumhantiert. Ich hatte noch nie eine Frau hier, noch dazu eine, die für mich kocht. Es ist schön, Adrienne summend und so glücklich sehen. Genau das habe ich in meinem Leben vermisst, begreife ich. Nicht nur eine Beziehung, sondern auch, zufrieden zu sein. Sie glücklich zu erleben, macht mich glücklich.

»Okay, komm und hol's dir!«, tönt Adrienne gut gelaunt aus der Küche.

»Was soll ich mir holen?«, frage ich anzüglich, während ich aufstehe und zur Küche hinübergehe.

»Was auch immer du willst, alles hier gehört dir.« In ihren Augen liegt ein schelmischer Ausdruck.

»Alles, ja?«

Sie nickt und beißt sich auf die Unterlippe.

»Also gehört das hier mir?« Ich berühre ihren Mund mit meinem Daumen.

Sie nickt erneut.

»Das hier auch?« Ich packe ihren Hintern. Sie schließt die Augen halb und nickt wieder.

»Gehört das hier auch mir?« Ich schiebe meine Hand zu ihrer Pussy.“

Sie schließt kurz die Augen. »Tut es das?«, verlange ich zu erfahren.

»Ja«, haucht sie.

»Gut. Und was ist damit?« Ich lege meine Hand auf ihr Herz.

Ihre Augen werden groß. Meine Frage kommt unerwartet. Wir stehen nur da und sehen uns gegenseitig an. Das ist ein wirklich bedeutender Moment in unserer Beziehung. Wir kennen uns nun schon seit einigen Monaten. Obwohl wir ein paar Mal für kurze Zeit getrennt waren, hat das doch nie etwas an meinen Gefühlen für Adrienne geändert. Sie ist etwas ganz Besonderes und ich will sie für eine lange, lange Zeit bei mir wissen. Für immer. Aber ich weiß nicht, was sie für mich empfunden hat oder empfindet, jetzt, wo sie die Wahrheit über mich kennt.

»Ja.«

Ein Wort. Mehr ist es nicht und doch bedeutet es mir alles. Ich lächle und hebe sie hoch. Automatisch schlingt sie ihre Beine um meine Taille. Noch immer die Gabel in der Hand, legt sie ihre Arme um meinen Hals. Ich küsse ihre Wange, dann ihren Mund und ihre andere Wange. Adrienne kichert und ich bedecke ihr Gesicht mit weiteren Küssen.

»Ist ja gut. Du könntest auch einfach mein Gesicht wie ein Hundewelpe abschlecken.« Sie wirkt mehr als amüsiert.

»Es macht mir nichts aus, dich zu lecken.« Ich hebe eine Augenbraue.

»Das weiß ich und ich finde es toll, dass es dir nichts ausmacht. Und jetzt lass uns etwas essen, bevor alles kalt wird.«

»Nun, auf keinen Fall möchte ich, dass wir es wegwerfen müssen.« Ich betrachte das ganze Frühstück, das sie auf dem Tisch verteilt hat. »Ich kann es kaum erwarten, das alles zu essen.«

»Alles?« Jetzt ist ihr Ton äußerst zweideutig.

»Dich werde ich später vernaschen, keine Sorge«, sage ich augenzwinkernd.

Wir setzen uns an den Frühstückstresen nah dem deckenhohen Fenster. Ich habe schon immer gern hier gesessen und die Aussicht genossen.

»Die Aussicht ist umwerfend«, meint Adrienne, als hätte sie meinen Gedanken gelauscht. »Ich würde mich daran nie sattsehen können.«

»Habe ich auch noch nicht.« Ich grinse. »Aber was, wenn ich mal umziehe? Würdest du mich auch besuchen, wenn die Aussicht weniger grandios wäre?«

Sie tippt mit dem Finger gegen ihr Kinn. »Vermutlich.« Sie zieht das Wort in die Länge. »Schließlich gefällt mir der Anblick hier auch.« Sie zeigt mit dem Finger auf mich.

»Das ist gut.«

»Denkst du ernsthaft darüber nach, umzuziehen?«

»Vielleicht. Ich spiele mit dem Gedanken. Ich mag meine Wohnung hier wirklich, aber es würde mich auch reizen, weiter abseits des Strip zu wohnen, in einem Haus statt einem Apartment.«

»Ich glaube wirklich nicht, dass du das hier als Apartment bezeichnen kannst.« Sie verzieht das Gesicht.

»Okay, aber du weißt, wie ich das meine.«

»Ja. Ich würde dich auch besuchen, wenn du in einem alten Van unten am Fluss leben würdest.«

Ich muss lachen. »Okay, Chris Farley.«

Sie muss losprusten. »Ich bin froh, dass du die Anspielung verstanden hast, sonst wäre das wirklich peinlich geworden.«

Wir fangen an, über unsere Lieblingsfolgen von *Saturday Night Live* zu diskutieren und landen schließlich bei unseren anderen Lieblingsserien.

»Du hast echt nicht *Lost* gesehen?« Sie klingt entsetzt.

»Äh. Nein.«

»Was soll dieser Tonfall? *Lost* ist großartig!«

»Ich weiß nicht. Ich hab nur was von einem Rauchmonster gehört und war schon bedient.«

»Es mag komisch klingen, aber du *musst* dir diese Serie ansehen. Die Story ist so gut, du würdest bestimmt süchtig werden! Ganz sicher!«

»Hm, ich weiß nicht«, sage ich, um sie zu ärgern.

»Ich habe alle Staffeln. Ich kann sie mitbringen oder du kannst sie bei mir gucken, aber du wirst dir die Serie ansehen!«

»Oh, wirklich?«

»Ja. Das wird einfach unser Sonntagsritual.«

Und plötzlich scheint die Sache mit *Lost* gar nicht mehr so schrecklich. Ich mag die Vorstellung, dass die Sonntage nur uns gehören. »Okay, ich sehe es mir an.«

»Wirklich? Juhu! Ich freue mich so. Ich verspreche dir, du wirst es lieben.« Sie klatscht aufgeregt in die Hände.

»Vermutlich«, sage ich und ziehe das Wort ebenso in die Länge wie Adrienne vorhin.

Sie verdreht die Augen.

»Das bedeutet, dass du dir eine meiner Lieblingsserien ansehen musst.«

»Was denn? Pornos?« Sie fängt an zu lachen, als habe sie gerade den Witz des Jahrhunderts gebracht.

»Nein. Keinen Porno«, sage ich. »Obwohl ich nichts dagegen hätte, welche mit dir zu schauen.«

»Natürlich nicht. Gehen dir die Ideen aus?«, neckt sie mich.

»Natürlich nicht.«

Sie versucht, ernst zu sein. »Also, welche Serie gefällt dir?«

*»Breaking Bad.«*

Adrienne kräuselt die Nase.

*»Sons of Anarchy?«*

Sie zuckt mit den Achseln.

»Komm schon, eine von denen wirst du doch kennen.«

»Nein, aber ich werde mir eine davon mit dir ansehen. Du darfst dir aussuchen, welche. Und dann können wir die Sonntage abwechselnd mit dem supertollen *Lost* und mit was auch immer du dir aussuchst, verbringen.« Ihr Enthusiasmus lässt beim zweiten Teil des Satzes deutlich nach.

»Okay, ich werde dich überraschen.«

»Das tust du doch immer.« Sie beugt sich vor und gibt mir einen Kuss.

# 32. KAPITEL

**Adrienne**

Ein Monat voller fauler Sonntage liegt hinter uns. Okay, also vier Sonntage, aber diese vier waren die schönsten meines Lebens. Wir haben entweder bei ihm oder mir in Pyjamas rumgesessen, uns abwechselnd bekocht und *Lost* und *Sons of Anarchy* geguckt. Ich muss ja zugeben, seine Serie ist gar nicht so übel.

Ich muss außerdem zugeben, mich hemmungslos in Jace verliebt zu haben. Er hat mein Herz gestohlen und ich will es gar nicht wiederhaben. Es gehört ihm. Bald sind wir sechs Monate zusammen.

Obwohl ich es selbst kitschig finde, wenn Leute Monatsjubiläen feiern, habe ich mir für den Anlass trotzdem etwas ausgedacht. Nie im Leben kann ich noch sechs Monate mit meinem Geschenk warten. Es ist nichts Großes und er wird wahrscheinlich nicht einmal wissen, dass wir dann auf den Tag sechs Monate zusammen sind, aber ich will ihm endlich zeigen, was ich für ihn fühle.

Es ihm zu sagen, das L-Wort, macht mich nervös. Wahrscheinlich, weil er es auch noch nie gesagt hat. Obwohl ich weiß, wie viel ich ihm bedeute, nagt dennoch ein kleiner Zweifel an mir, er könne womöglich nicht das Gleiche wie ich empfinden.

Heute treffe ich mich mit Em im Coffeeshop. Seit drei Jahren ist sie die Managerin des Ladens und recht eng mit dem Inhaber befreundet. Der wiederum ist mittlerweile ziemlich alt und möchte Em den Laden gern überschreiben. Sie ist so aufgeregt und ich freue mich sehr für sie. Es ist ein wahnsinnig niedlicher Ort.

Die Uhr zeigt halb sieben am Abend und die Novembernächte sind schon merklich kühl. Der Coffeeshop ist recht leer, als ich ihn betrete, und so entdecke ich direkt Em an einem der Tische. In ihren Händen hält sie eine dampfende Tasse.

»Es ist so verdammt kalt draußen«, begrüßt sie mich.

»Ach, komm schon. Es sind immerhin noch zehn Grad draußen. Das geht noch.«

»Es sind neun Grad.«

»Weißt du, die Leute in Alaska würden dich wahrscheinlich auslachen, wenn sie wüssten, wie du dich hier beschwerst. Ich wette, da herrschen jetzt schon Minusgrade. Die würden sich wahrscheinlich über neun Grad freuen.« Ich lache.

»Dann erinnere mich daran, dass ich niemals nach Alaska ziehe.«

»Okay.«

»Ich mache dir eine heiße Schokolade.« Em springt auf und verschwindet hinter dem Tresen.

»Danke«, sage ich und setze mich.

Mit einer Tasse und ein paar Plätzchen kehrt Emilie zu mir zurück. „Und, bereit für Thanksgiving? Ich stehe jedenfalls in den Startlöchern, um mir bei deinem Dad den Bauch mit Köstlichkeiten vollzuschlagen“, sagt Em.

»Ich bin immer bereit für Thanksgiving.«

»Wie geht es deinem Dad denn? Ich habe ihn schon länger nicht mehr gesehen.«

»Es geht ihm gut. Du kennst ihn – er hat wieder viel gearbeitet. Außerdem war er tatsächlich ein paar Wochen im Urlaub. Auf den Bahamas.«

»Bahamas? Mann, er hätte mich mitnehmen sollen.«

»Nicht wahr? Ich wollte eigentlich mitfahren, aber dann kam die Arbeit dazwischen.«

»Verdammte Pflichten. Ich werde auf jeden Fall ein wenig Nachtisch mitbringen, damit nicht die ganze Arbeit an ihm hängen bleibt.«

»Ja, ich werde den Schinken beisteuern und ein paar Beilagen. Doch den Truthahn überlasse ich ihm. Er macht den besten der Welt.«

»Gute Idee.«

Seit ungefähr sechs Jahren verbringt Em alle Feiertage mit uns. Seit dem Tod ihrer Eltern. Mit einundzwanzig hat sie beide bei einem Autounfall verloren. Jedes Jahr bringt Em den Nachtisch mit, den ihre Mutter bei besonderen Anlässen zubereitet hat: Strawberry Trifle.

»Wo ist Jace?«, fragt sie, auf einem Plätzchen kauend.

»Der arbeitet.«

»Ah. Darum bekomme ich dich mal zu Gesicht.« Sie wirft mir ein süffisantes Grinsen zu und nimmt einen Schluck ihres Kaffees.

»Wie du meinst. Wo ist Troy? Hat er dich schon genommen?«

Fast spuckt sie ihre heiße Schokolade wieder aus. Schnell bedeckt sie ihren Mund mit der Hand, um ein Malheur zu vermeiden. »Oh mein Gott, mit diesen Worten hatte ich nun nicht gerechnet.« Sie wischt sich etwas Schokolade vom Kinn. »Aber die Antwort lautet Nein. Meine Lenden sind einsam und traurig.«

»Wenn du Troy ohnehin keine Chance geben willst, dann würde ich aufhören, so oft mit ihm zu reden. Im Ernst, ihr treibt mich in den Wahnsinn. Dabei ist es so niedlich, wenn ihr zusammen seid! Ihr flirtet miteinander und versucht ständig, euch ganz unauffällig zu berühren. Tut es einfach! Die sexuelle Spannung zwischen euch macht mich ganz fertig, dabei kriege ich es immerhin regelmäßig besorgt!«

»Ich berühre ihn nicht unauffällig!«, schnauft Em.

»Und ob. Ich habe es gesehen und Jace auch. Wir reden sogar darüber.«

»Pah. Wir sind nur Freunde.«

»Ja, ja«, murmele ich und trinke einen Schluck. »Was ist denn aus deinem Mantra geworden, Sex ohne Verpflichtungen zu haben? Ich bin mir ziemlich sicher, dass du diejenige warst, die mich dazu gedrängt hat, mit Jace zu schlafen, obwohl ich ihn mit mehreren Frauen gesehen hatte.«

»Nun«, sie denkt einen Moment nach, »das war etwas anderes.«

»Von wegen. Ich glaube eher, dir ist bewusst geworden, wie sehr du Troy magst, aber dass du niemals mit seiner Arbeit klarkommen könntest. Du wärest eine eifersüchtige, verrückte Psychofreundin und das ist völlig okay! Du musst nur zugeben, dass du ihn wirklich magst. Das ist der Grund, warum es bei euch nicht vorwärtsgeht. Du hast Angst, verletzt zu werden.«

Sie starrt in ihre Tasse, als würde der Inhalt eine Antwort bereithalten. Endlich sieht Em zu mir auf. Sie wirkt aufgewühlt. »Du hast recht. Ich mag ihn wirklich sehr, und dass ich mit ihm befreundet bin, ständig mit ihm rede oder wir uns treffen, macht es nur noch schlimmer. Er ist perfekt, Adrienne. Zumindest für mich. Er ist so witzig, versteht meinen verrückten Sinn für Humor und ihm ist mein Gehabe nicht peinlich. Wir verstehen uns wirklich gut und außerdem ist er heiß wie sonst was.« Sie seufzt. »Aber ich hasse es, ständig an ihn denken zu müssen, wenn wir uns nicht sehen oder am Telefon reden. Dann frage ich mich, mit wem er unterwegs ist und was er gerade tut. Und ich frage mich, ob er sich wohl in eine der Frauen verlieben wird, mit denen er schläft.«

»Ich weiß. Es tut mir so leid, Em.« Ich strecke meine Hand nach ihr aus und streichele ihr über den Arm.

Sie seufzt noch einmal schwermütig. »Lass uns über etwas anderes als Kerle reden.«

»Okay.«

Nach einigen Momenten unangenehmer Stille, sagt Em plötzlich: »Okay, hast du irgendwelche neuen Geschichten von Jace?«

Wir lachen und ich erzähle ihr von meinem Plan, was ich zu unserem sechsmonatigen Jubiläum machen will. Sie hält es für eine tolle Idee und ich kann nur hoffen, dass es Jace ähnlich geht.

Wir bleiben noch bis nach Ladenschluss im Coffeeshop. Die anderen Mitarbeiter und auch die Gäste sind schon vor einiger Zeit gegangen, doch Em und ich waren so in unser Gespräch vertieft, dass es uns gar nicht in den Sinn gekommen ist, woandershin zu gehen. Solang es heiße Schokolade und ein paar Leckereien gab, sind wir gern geblieben.

»Ich sollte jetzt wohl besser nach Hause gehen«, stelle ich

fest, stehe auf und strecke mich.

»Das sollte ich auch tun. Ich muss morgen wieder in aller Frühe hier sein.«

Ich helfe Em beim Aufräumen und Abschließen, dann treten wir beide auf die Straße.

»Heilige Scheiße, jetzt muss es aber mindestens minus zehn Grad sein«, jammert Emilie.

»Okay, zugegeben, es ist wirklich kälter geworden, aber die Minusgrade bezweifle ich.« Ich lache. »Vielleicht gerade so um die null Grad.« Was immer noch eine Übertreibung ist.

»Das ist einfach zu kalt. Ich werde zu meinem Auto sprinten. Wir reden später. Viel Glück mit deiner Überraschung.«

»Danke«, erwidere ich. Dann drehe ich mich um und gehe zu meinem Auto.

***

Drei Tage später, am fünfzehnten November, ist unser sechsmonatiges Jubiläum. Den ganzen Tag über war ich aufgeregt und nervös. Ich hoffe, Jace ahnt nicht, dass etwas im Busch ist. All die kleinen Geschenke sind verpackt und ich habe Troy angehalten, dafür zu sorgen, dass Jace zu einer bestimmten Zeit zu Hause ist, weil die Geschenke geliefert werden. Darüber hinaus habe ich mich für unser Date heute Abend extra besonders herausgeputzt.

Oh Gott, ich bin so nervös. Ich hoffe, er findet die Geste nicht zu kitschig. Die Pakete sind bereits beim Kurier und er weiß, wann er sie abgeben muss. Jetzt kann ich nur noch darauf warten, dass Jace sich meldet. In meinem babyblauen Chiffonkleid, das mir etwas übers Knie fällt, setze ich mich hin, klopfe mit den Füßen auf dem Boden herum und warte ängstlich auf Jace' Reaktion.

# 33. KAPITEL

## Jace

Troy und ich sitzen in meinem Wohnzimmer und sehen uns Basketball an, als ich einen Anruf bekomme – eine Lieferung soll für mich abgegeben werden.

»Das ist seltsam«, sage ich, nachdem ich aufgelegt habe.

»Was ist?«, fragt Troy.

»John hat gerade angerufen. Jemand kommt hoch, um ein Paket abzugeben. Aber ich habe gar nichts bestellt.«

»Hm. Das ist wirklich seltsam«, erwidert er. »Okay, Mann, ich werde mich mal auf den Weg machen.«

»Okay. Pass auf dich auf. Wir hören voneinander.«

»Ja. Lass mich wissen, was mit dem Paket los ist. Nachher ist da noch Anthrax drin.«

»Sehr witzig.«

Er lacht und macht sich auf den Weg nach unten, während ich an der Tür auf den Kurier warte. Der taucht nicht mit einem, sondern direkt mit zwei Paketen auf. Eins davon ist ziemlich groß, das andere recht klein.

»Mr Jamison?«, fragt er.

»Das bin ich.«

»Prima. Das hier ist für Sie.« Er gibt mir die Pakete.

»Muss ich nichts unterschreiben?«

»Nein. Haben Sie noch einen schönen Abend.« Mit diesen Worten zieht er von dannen.

Ich bringe die Pakete in die Küche und untersuche sie auf einen Namen oder ein Logo, kann aber keins von beidem entdecken. Dann bemerke ich, dass auf dem großen Karton die Ziffer Eins und auf dem kleineren die Ziffer Zwei steht. Ich schnappe mir ein Messer und schneide damit durch das Klebeband, mit dem der Deckel verschlossen ist. Nachdem ich mich durch einen Berg Papier gewühlt habe, stoße ich mit der Hand auf etwas, das sich nach Metall anfühlt.

Als ich es aus dem Paket ziehe, muss ich lachen. Es ist eine Krone. Sie ist silbern und goldfarben und mit Diamanten verziert, die hoffentlich nicht echt sind. Vorn steht in Großbuchstaben »KÖNIG« darauf geschrieben.

Adrienne. Das Paket muss von ihr sein.

Ich lege die Krone auf dem Tisch ab und hole noch mehr Papier aus dem Paket. Auf dem Boden des Kartons finde ich einen Umschlag und eine recht große Metallstange. Als ich sie ebenfalls herausnehme, bemerke ich, dass in die Stange hübsche Muster eingraviert sind und ihr Ende aus einem dunklen runden Juwel besteht. Die andere Seite ist mit einem verschnörkelten goldenen Knauf versehen. Nachdem ich endlich begreife, dass es ein Zepter ist, muss ich noch mehr lachen. Adrienne ist so eine kleine Klugscheißerin.

Ich reiße den Umschlag auf und sehe ihre geschwungene Handschrift.

*Jace,*

*ich weiß, dass du dich nie entscheiden kannst, ob du ein König oder ein Gott sein willst, also warum nimmst du nicht einfach Zeus? Er war der König der Götter. Hier sind deine Krone und dein Zepter. Jetzt bist du offiziell gekrönt.*

*Adrienne*

Ich schüttele erheitert den Kopf. Wie schwer es wohl gewesen ist, diese Dinge aufzutreiben? Schließlich gibt es Krone und Zepter nicht im Supermarkt um die Ecke. Ich platziere sie zusammen auf dem Tisch und mache mich an das zweite, kleinere Paket.

Als ich es öffne, entdecke ich zuerst die Broschüre eines Immobilienmaklers. Beim Durchblättern sehe ich, dass sie Dutzende von Häusern enthält, die zum Verkauf stehen oder zur Vermietung angeboten werden. Wirklich schöne Häuser zudem. Dem Päckchen liegt ein weiterer Zettel bei.

*Was ist ein König schon ohne sein Schloss? Ein König sollte immer ein Schloss haben, und obwohl ich deine Wohnung mag, weiß ich, du denkst schon länger über einen Umzug nach. Hier ist eine Broschüre mit brandneuen Häusern, die zum Verkauf oder zur Vermietung stehen. Brandneu! Was bedeutet, dass noch nie jemand in ihnen gelebt hat. Natürlich sind sie alle eines Königs würdig. Viel Land! Ich will dir damit zeigen, dass ich dich bei all deinen Entscheidungen unterstützen werde. Ich werde dich besuchen, wo auch immer du lebst. Einen Van konnte ich leider nicht auftreiben, tut mir leid.*

*xoxo*

*Adrienne*

Ihre Bemerkung über den Van bringt mich zum Lachen. Danach sehe ich mir die Häuser in der Broschüre genauer an. Sie sind alle wirklich toll; ich wüsste gar nicht, für welches ich mich entscheiden soll. Trotzdem bin ich dankbar dafür. Es wird mir dabei helfen, den Häuserkauf tatsächlich anzugehen. Ich habe ihr erzählt, dass ich gern ein Haus mit Garten hätte, falls ich mal einen Hund halten möchte. In letzter Zeit habe ich oft davon gesprochen, in ein *echtes Haus* umzuziehen. Ich bin froh über ihren kleinen Schubs in die richtige Richtung. Andernfalls würde ich vielleicht noch jahrelang nur davon reden.

Dann entdecke ich einen weiteren kleinen Zettel aus dem Paket hervorlugen.

*Ein Geschenk habe ich noch für dich. Schick mir eine Nachricht, wenn du so weit bist, und ich werde es dir persönlich vorbeibringen.*

Ich frage mich, was das andere Geschenk wohl sein mag und warum ich überhaupt Geschenke bekomme. Sollte ich ihr auch etwas geben? Ich weiß es nicht. Ich weiß nicht, warum sie das hier tut. Also denke ich darüber nach, ihr noch schnell etwas zu besorgen, bevor Adrienne herkommt. Aber ich habe keine Ahnung, was. Verdammt, ich wünschte, ich wüsste, warum sie das hier tut. Vielleicht tun Mädchen ja so etwas ohne besonderen Grund?

Auf einmal kommt mir ein Gedanke. Ich glaube, ich weiß genau, was ich ihr schenken will, doch ich bin völlig unschlüssig, wo ich meine Suche danach beginnen soll. Außerdem will ich Adrienne nicht zu lang warten lassen, aber die Idee ist einfach zu gut, um es nicht zumindest zu versuchen. Ich beginne, im Internet zu recherchieren, ob ich das Geschenk irgendwo in der Nähe bekomme.

Und ich habe Glück. Nach ein paar Minuten finde ich einen Laden, der nicht zu weit entfernt liegt. Aber ich muss mich beeilen. Das ist noch so ein Grund, warum ich einen neuen Platz zum Leben brauche. Ich wäre definitiv schneller bei meinem Auto, wenn ich nicht im obersten Stockwerk eines verdammten Hochhauses wohnen würde!

Ungefähr eine Stunde später bin ich wieder zu Hause. Wenn ich mehr Zeit für die Vorbereitung gehabt hätte, dann hätte ich vielleicht ein noch schöneres Geschenk gefunden, doch das hier passt auch. Ich schicke Adrienne eine SMS, in der ich mich für die tollen Geschenke bedanke und sie bitte, schnell vorbeizukommen. Sie schickt mir einen Smiley zurück.

Und nun warte ich.

Nach gefühlten Stunden taucht sie endlich auf. Mein Geschenk habe ich hinter der Bar versteckt, sodass sie es nicht sehen kann.

Ich öffne die Tür und da steht sie mit einer kleinen Tüte, aus der dünnes Papier herausguckt. In ihrem blauen Kleid sieht Adrienne fabelhaft aus. Ihr Haar fällt ihr lose über die Schultern und sie lächelt mich nervös an.

»Hey, Schönheit«, sage ich, greife nach ihrer Hand und ziehe sie herein.

»Du siehst gut aus.« Sie beäugt mein Outfit.

Nachdem ich wieder zu Hause war, habe ich mich schnell umgezogen, da ich Basketballshorts und ein T-Shirt zum Austauschen von Geschenken irgendwie nicht angemessen fand. Zumindest nicht bei der Art von Geschenk, die ich ihr geben will. Also habe ich schnell Jeans und ein Hemd angezogen. Nichts übermäßig Schickes, aber vermutlich auch nicht das, was

Leute normalerweise tragen, wenn sie nur daheim rumfaulenzen. Hoffentlich riecht sie den Braten nicht.

»Danke«, sage ich, beuge mich vor und gebe ihr einen Kuss.

Hand in Hand gehen wir ins Wohnzimmer.

»Ich mochte die Geschenke«, sage ich grinsend.

»Tatsächlich? Du findest sie nicht kitschig?«

»Was? Niemals. Ich werde die Krone und das Zepter mitnehmen, wenn ich das nächste Mal vor die Tür gehe.«

Ihr Lachen erfüllt den Raum. »Oh Gott, was habe ich getan?«

»Bestätigt, was ich schon lang wusste. Ich mag die Idee mit Zeus. König der Götter. Gefällt mir.«

»Das dachte ich mir.« Sie verdreht theatralisch die Augen.

»Okay, kann ich dich etwas fragen, ohne dass du wütend auf mich wirst? Warte. Willst du etwas zu trinken?«

»Ja und ja. Du weißt, was ich gern trinke.« Sie setzt sich auf die Couch.

Ich bringe unsere Getränke ins Wohnzimmer und lasse mich Adrienne gegenüber nieder.

»Also, was liegt dir auf dem Herzen?«

»Okay. Müsste ich wissen, wofür die Geschenke sind? Habe ich etwas verpasst oder bist du bloß nett zu mir?«

Sie lächelt erleichtert. »Nein, du hast nichts verpasst. Ich bin nur ein echtes Mädchen.«

»Oh. Okay. Jetzt fühle ich mich besser.«

»Wir sind heute genau sechs Monate zusammen, deswegen wollte ich dir etwas schenken.«

»Allein dafür, dass du es so lang ausgehalten hast, sollte ich dir ebenfalls etwas schenken.« Ich grinse.

»Oh, mit dir kommt man ziemlich einfach klar.« Sie streichelt meinen Handrücken. »Ich habe noch ein Geschenk für dich.«

Sie atmet tief durch und nimmt einen Schluck ihres Drinks. Ihr Blick sucht meinen. Sie ist nervös.

»Ich bin mir sicher, ich werde es mögen, was auch immer es ist«, versuche ich, sie zu beruhigen.

Wenn überhaupt, dann sollte ich nervös sein, aber Adrienne weiß ja nicht, was ich plane. Die Krone, die sie mir geschenkt hat, hat mir die perfekte Idee gegeben, um ihr zu zeigen, was ich für sie empfinde.

»Das hoffe ich«, murmelt sie.

Sie reicht mir die kleine Tasche und ich ziehe das Seidenpapier heraus. Darin befinden sich zwei silberne, im antiken Stil gehaltene und ineinander verschlungene Herzen. Auf einem steht *Mein Herz gehört dir* und in dem anderen ist ein Bild von ihr und mir. Ich kann mich nicht einmal daran erinnern, dass jemand das Foto von uns gemacht hat. Darauf sind Adrienne und ich auf dem Strip unterwegs, die Lichter im Hintergrund sind verschwommen. Sie blickt zu mir hoch und in ihrem Gesicht liegt nichts als absolute Zuneigung. Ich sehe auf sie hinab, meine Hand liegt an ihrer Wange und ein Lächeln umspielt meine Lippen. Ihre Hand liegt auf meiner Brust und ich weiß, dass sie auf den Zehenspitzen steht, um mich zu küssen. Das Foto zeigt zwei verliebte Menschen. Jeder würde das sofort erkennen.

Ich werfe ihr einen Blick zu und Adrienne beißt sich auf die Lippe. »Da ist noch etwas drin«, sagt sie sanft.

Ich greife noch einmal in die Tüte und hole einen Brief hervor.

*Jace,*

*man sagt, die besten Geschenke kommen von Herzen, aber ich gebe dir mein ganzes Herz. Es gehört dir. Ich vertraue darauf, dass du es schützen und sicher aufbewahren wirst. Seit ich dich getroffen habe, bin ich jede Nacht zu Bett gegangen und habe an dich gedacht, und am Morgen waren meine Gedanken wieder bei dir. Fürchte ich mich? Ja. Aber nur, weil du mir mehr bedeutest als jemals jemand anderes zuvor. Nicht bei dir sein zu können macht mir Angst. Manchmal weiß man einfach, wenn man für jemanden bestimmt ist. Und ich weiß ohne jeden Zweifel, dass wir für einander bestimmt sind. Mein Herz ist nur ganz, weil du darin wohnst. Wenn du mich je verlassen solltest, würde es wohl zerbrechen und nie wieder heilen. Du hast ein solches Glück in mein Leben gebracht. Ein Glück, das ich vorher so nicht kannte.*

*Ich liebe dich, Jace.*
*xoxo*

Ich bin völlig sprachlos und das geschieht nicht oft. Noch habe ich nicht aufgeblickt. Stattdessen lese ich den Brief noch einmal. Ich suche nach den angemessenen Worten, aber erfolglos.

Schließlich kommt mir eine Idee. »Warte hier«, sage ich.

Ich springe auf und renne zu der Bar, wo ich ihr Geschenk versteckt habe. Dann kehre ich zurück und setze mich wieder vor sie. »Adrienne, das war wunderschön. Ich hätte nie gedacht, dass ich solche Gefühle bei jemandem auslösen könnte. Dich glücklich zu machen ist das Einzige, das ich tun will. Du hast mich zum Leben erweckt. Wenn es dich nicht gäbe, wüsste ich nicht, wie sich echtes Glück anfühlt. Jahrelang dachte ich, ich wäre glücklich. Dann traf ich auf dich und mir wurde klar, was mir alles in meinem Leben gefehlt hat.«

Ihre Unterlippe zittert und sie hat Tränen in den Augen. Ich nehme die Geschenkbox in meine Hand, um sie zu öffnen.

»Das hier habe ich für dich besorgt. Ich wollte dir schon lang sagen, was ich für dich fühle. Ich habe so etwas zuvor noch nie getan und wahrscheinlich habe ich zu viel darüber nachgedacht. Das hier mag vielleicht kitschig erscheinen, aber irgendwie passt es zu deinem Geschenk.«

Adrienne beobachtet, wie ich die Schachtel öffne und ihr Geschenk hervorhole. Sie lacht auf die Art auf, die mich immer zum Lächeln bringt. »Lass mich erklären. Du hast mir eine Krone gekauft, richtig?«

Sie nickt verwirrt.

»Ich bin ein König, ja?«

Ihre Lippen zucken belustigt und sie verdreht die Augen.

»Mhm.«

»Du sagtest, ein König brauche ein Schloss, und dank dir kann ich nun losgehen und mir eins aussuchen. Außerdem habe ich ein Zepter bekommen, also scheine ich komplett ausgerüstet zu sein.«

Sie blickt mich neugierig an.

»Aber du hast eins vergessen. Denn was ist ein König ohne seine Königin?«

Ich reiche ihr das silberne, mit Strass besetzte Diadem. Es ist nichts Besonderes, nur etwas, das ich in einem Kostümladen gefunden habe.

»Ich liebe dich, Adrienne. Ich glaube, das tue ich nun schon eine ganze Weile. Du bist meine Königin und ich werde dich auch immer so behandeln. Du verdienst nur das Beste, und genau das will ich immer für dich sein.«

Sie kann die Tränen nicht länger zurückhalten, sie laufen ihr hemmungslos über die Wangen. Sie legt das Diadem zur Seite und springt auf meinen Schoß.

»Oh Jace! Ich liebe dich. Ich liebe dich. Ich liebe dich.«

»Ich liebe dich auch. Mehr, als du je ahnen kannst.«

# EPILOG

**Troy**

»Ist wirklich schön hier«, sage ich, während ich mich in Jace' neuem Haus umsehe.

»Danke.«

»Wie viele Zimmer hat es?«

»Fünf Schlafzimmer und sieben Bäder, ein paar Wohnzimmer, ein Kino, einen Fitnessraum und ein Zimmer für Videospiele.«

»Oh, mehr nicht?«, frage ich sarkastisch.

»Ach komm, Mann. Ich konnte dieses Haus einfach nicht *nicht* ausschlagen.«

»Versteh ich doch. An deinem Pool gibt es ja sogar einen verdammten Bachlauf und einen Wasserfall. Das ist verrückt. Ich glaube, ich ziehe einfach in das Gästehaus ein.«

»Warum tust du so, als sei dein Heim eine bescheidene Hütte? Dein Haus ist riesig.«

»Ich weiß. Aber ich habe nicht ausschließlich Schlafzimmer mit angrenzendem Bad. Und keine Bibliotheken und so ein Zeug.«

»Willst du denn eine?«

»Nein. Aber die Frauenwelt fährt darauf ab.«

Er lacht. »Steht Emilie auf Bibliotheken?«

»Mann, warum fragst du nach ihr? Keine Ahnung. Seit dem Thanksgiving bei Adriennes Vater hat sie nicht mehr mit mir gesprochen«, meint Troy.

»Hmm.«

»Was meinst du damit? *Hmm?* Weißt du etwas? Hat Adrienne dir etwas erzählt?«

»Du weißt schon, dass du wie ein Mädchen klingst?«, bemerkt Jace.

»Antworte einfach auf die Frage.«

»Du weißt, warum. Sie kommt mit deinem Job nicht zurecht.

Trotzdem mag sie dich wirklich. Wie kannst du das nicht sehen?«

»Ich habe nie darüber nachgedacht, den Job aufzugeben. Das weißt du.«

»Ja. Aber vielleicht ist es jetzt an der Zeit.«

»Selbst wenn ich das täte, wäre ich immer noch nicht der Typ für eine Beziehung. Dafür bin ich zu kaputt.«

»Das dachte ich von mir auch immer, doch mit Adrienne ist es ganz einfach.«

»Wo ist Adrienne?«

»Auf der Arbeit. Sie kommt später vorbei.«

»Sie könnte genauso gut einziehen.«

»Ich hoffe, das tut sie eines Tages.«

»Sieh dich nur an, total glücklich und so. Ich freu mich für dich.«

Möglicherweise ist es doch gar keine so schlechte Idee, den Escortjob aufzugeben. Mit dem Club verdiene ich genug Geld und Marc, Jace und ich planen sogar schon, einen weiteren zu eröffnen. Vielleicht war ich nur so lang Escort, um ernsthaft interessierte Frauen auf Distanz zu halten. Aber ich glaube einfach nicht, dass ich einer Frau noch einmal vertrauen könnte. Nicht nachdem, was Carla mir angetan hat. Ich habe sie über alles geliebt und sie hat mich auf die schlimmstmögliche Art hintergangen.

»Hey, Troy.« Jace' Stimme reißt mich aus meinen Gedanken.

»Sorry. Was gibt es?«

»Alles gut bei dir?«

»Ja, ich war nur für eine Minute in Gedanken versunken.«

»Warum redest du nicht mit Emilie darüber? Erzähl ihr alles. Nicht nur, was Carla dir angetan hat, sondern auch, wie du jetzt zu Beziehungen und Vertrauen stehst. Sei ehrlich mit dir. Eventuell hilft es ihr zu verstehen, warum du so bist, wie du bist. Sonst denkt sie nachher noch, sie sei dir egal.«

»Ja. Eventuell.«

»Ich will nur, dass du glücklich bist. Du bist wie ein Bruder für mich und ich will nur das Beste für dich. Geh nicht durchs

Leben, ohne je wirklich geliebt zu werden. Du meinst, du hättest das mit Carla gehabt, doch das war keine Liebe. Zumindest keine wahre Liebe.«

»Vielleicht nicht«, antworte ich.

Ich denke gern, dass Carla mich geliebt hat. Wir waren über Jahre zusammen, ich habe sie geliebt und geglaubt, sie würde meine Gefühle erwidern. Sie hat es mir ständig gesagt, aber mir nicht einmal wirklich bewiesen. Vielleicht hat Jace recht.

Ich hätte wirklich gern das, was Jace mit Adrienne hat. Sie gehören einfach zusammen. Man merkt sofort, dass sie echte Freunde sind. Ohne Freundschaft gibt es keine Liebe. Sie haben alles.

»Rede bald mit ihr, denn wir werden Weihnachten hier feiern. Adriennes Vater, Emilie, Marc, Nico und Kade werden auch da sein. Du bist ebenfalls eingeladen und ich will nicht, dass die Stimmung wegen dir und Em komisch wird.«

Scheiße. Damit habe ich nur noch ein paar Wochen. »Schon gut, Mann. Ich denke, ich werde jetzt nach Hause fahren. Aber ich kann morgen noch mal vorbeikommen und dir beim Auspacken helfen, wenn du willst.«

»Ja, cool.«

Während der gesamten Heimfahrt denke ich an Emilie und daran, was ich ihr sagen soll. Dass ich sie wirklich mag und viel Spaß mit ihr habe, ich ihr aber nicht vertrauen kann, weil ich keiner Frau traue? Nein, der Scheiß wird nicht funktionieren. Doch das ist nun mal die Wahrheit. Vielleicht wird sie mir beweisen, dass ich ihr vertrauen kann, wenn ich mir erlaube, mit ihr eine Beziehung anzufangen.

An einer roten Ampel zücke ich mein Handy und schicke ihr eine Nachricht.

*Hey, ich muss mit dir reden. Wollen wir uns in dreißig Minuten bei mir treffen?*

Ihre Antwort erreicht mich, als ich die Auffahrt hochfahre.

*Okay. Ich sehe dich in einer Dreiviertelstunde.*

Ich schüttele den Kopf. Sie muss die Dinge immer auf ihre Art tun. Aber ich freue mich, dass sie kommt. Jetzt bin ich an der Reihe, ehrlich mit ihr zu sein und abzuwarten, was passiert.

Nachdem ich aus meinem Wagen gestiegen bin, sehe ich von meinem Handy auf und steuere auf die Haustür zu. Ich erstarre.

Was zum Teufel ...?

Carla steht vor meiner Tür.

Neben ihr ein Koffer.

*Fuck.*

Liebe Leser,

Ich weiß es zu schätzen, dass ihr euch die Zeit genommen habt, mein Buch zu kaufen und es zu lesen. Ich hoffe sehr, es hat euch gefallen. Derzeit arbeite ich am zweiten Buch, das sich Troy widmen wird. Im dritten Buch geht es dann um Marcs Geschichte. Ich werde so hart, so schnell und so gut ich kann an diesen Bücher arbeiten, damit es nicht ewig dauert, bis sie erscheinen. Im nächsten Buch erfahrt ihr außerdem noch ein wenig mehr über Jace und Adrienne.

Vielen Dank für eure Unterstützung
xoxo – Isabel

# DANKSAGUNGEN

Wieder einmal muss ich mit meinem Ehemann anfangen. Ich danke dir so sehr dafür, dass du immer für mich da bist, um mich zu unterstützen und mir zu helfen. Du bist fantastisch! Ich habe so ein Glück, mit dir verheiratet sein zu dürfen. Ohne dich hätte diese Geschichte nie das Licht der Welt erblickt. Danke, Baby!

Danken möchte ich auch jedem einzelnen Blogger, der mir auf irgendeine Art je geholfen hat. Ob es nun durch das Teilen von Teasern, des Covers, von Gewinnspielen oder etwas ganz anderem war, ihr seid einfach unglaublich! Durch euch erfahren die Leser von neuen Geschichten und Autoren, also vielen Dank!

Und natürlich muss ich meinen Lesern und Unterstützern danken, die ebenfalls unermüdlich Neuigkeiten von meiner Seite teilen und so andere Leute wissen lassen, wenn ich etwas Neues gepostet habe. Es ist schwer, ein Newbie zu sein. Wir brauchen alle Hilfe, die wir kriegen können, und Mundpropaganda ist die allerbeste Art der Werbung. Ich danke euch!

Besonderer Dank gilt Michelle Lange Schwartz und Gretchen Anderson Purgason. Ihr beiden habt mich stets ermutigt und unterstützt und seid die besten und hilfsbereitesten Frauen der Welt! Ich weiß nicht, was ich ohne euch machen würde. Danke, dass ihr mein Buch gelesen und so sehr gemocht habt! Danke für all die lieben und motivierenden Worte, die mich haben weiterschreiben lassen. Ich liebe euch beide!

Danke an meine *Geheimgruppe* von Frauen. Ich weiß es zu schätzen, dass ihr zugestimmt habt, mein Buch zu lesen, und mir dabei geholfen habt, mein Buch zu bewerben und meinen Namen bekannt zu machen.

Shaneen, du bist ebenfalls jemand ganz Besonderes, weil du mich seit dem ersten Buch begleitet hast. Ich freue mich so, dass es dir gefallen hat, und weiß deine Güte und Großzügigkeit zu schätzen. Danke für deine Unterstützung und für deine Freundschaft.

Natürlich darf ich meine wunderbare Lektorin Cynthia Boudreaux nicht vergessen. Danke, dass die Zusammenarbeit mit dir so hilfreich war und solchen Spaß gemacht hat. Danke an meine wunderbare Formatiererin Angela von *Fictional Formats*. Danke auch an *A Dirty Book Affair* für die Hilfe am Erscheinungstag, bei der Enthüllung des Buchcovers und bei der Blogtour. Ich kann nicht in Worte fassen, wie sehr ich das zu schätzen weiß. Robin von *Wicked by Design* – was kann ich sagen? – tausend Dank für deine Geduld, was meine zahlreichen E-Mails, Fragen und Vorschläge betrifft. Du bist großartig, in dem, was du tust, und ich LIEBE meine Buchcover. Niemand anders hätte etwas Besseres designen können. Danke!

KÜSSE IN FLORENZ von Lina Roberts

**ISBN-Paperback: 978-3-902972-39-2**
**ISBN-EPUB: 978-3-902972-57-6**

Als wäre die misslungene Examensprüfung nicht Grund genug, den Kopf in den Sand zu stecken, ertappt Anna Weissert ihren Langzeitfreund auch noch beim Fremdgehen. Um die Scherben ihres Lebens zu sortieren, reist Anna nach Florenz, wo sie Enrico begegnet. Der verteufelt heiße Italiener schafft es nicht nur, für sündhafte Zerstreuung zu sorgen, sondern auch, ihr neue Perspektiven aufzuzeigen. Alles könnte perfekt sein, wäre Enrico der Typ Mann, der an die Liebe glaubt …

CORDIA CREEK: Nur mit Dir von Sonya Devlin

**ISBN-Paperback: 978-3-902972-47-7**
**ISBN-EPUB: 978-3-902972-60-6**

Anneke van de Veldes Karriere in der schillernden Modemetropole New York findet ein jähes Ende, als sie einen folgenschweren Fehler begeht. Mittellos und voller Reue kehrt sie nach Cordia Creek zurück, wo sie prompt auf den Grund ihrer Flucht aus der Provinzstadt trifft: Ihren Ex-Verlobten Jonas Olsen, der sie mit ihrer ehemals besten Freundin betrogen hat. Obwohl sie sich fest vorgenommen hat, Jonas keine Chance zu geben, ihr Leben ein weiteres Mal auf den Kopf zu stellen, verliert sie erneut ihr Herz an ihn – doch diesmal steht mehr auf dem Spiel als nur ihre Liebe …